Drei Leben mit dir

Kerstin Böhm

HAMBURG
LOVESTORY

KERSTIN BÖHM

3 Leben mit Dir

HAMBURG
LOVESTORY

1. Auflage August 2019

E-Mail: info@kerstin-boehm.com
www.kerstin-boehm.com

Bestellung und Vertrieb:
Nova MD GmbH, Vachendorf

Covergestaltung:
Catrin Sommer (www.rausch-gold.com)
Bild: shutterstock_1006974841

ISBN: 978-3-96443-386-2

Sehnsucht ist die Sprache des Schicksals,
mit der sie dir den richtigen Weg weist.

Prolog
Mein erstes Leben

Mein lieber Jonas,

werde ich den Mut aufbringen, dir diesen Brief tatsächlich zu schicken? Ich weiß es nicht. Es gibt so viele ungesagte Worte, doch was wird es jetzt noch ändern, sie auszusprechen? Wir beide haben unser Leben gelebt und ich spüre, dass mir nicht mehr viel Zeit bleibt. Vielleicht ist es normal, dass man am Ende versucht, die Versäumnisse seines Lebens aufzuarbeiten. Und es gibt nichts, was ich mehr bereue, als unsere Freundschaft verloren zu haben.

Unzählige Male wollte ich dich anrufen – um dir zu deiner Verlobung zu gratulieren, zu deiner Heirat oder deinem ersten Artikel in der ZEIT, immer war ich in Gedanken bei dir und doch habe ich jedes Mal vor dem ersten Klingeln wieder aufgelegt. Es musste reichen, unsere Freundschaft in meiner Fantasie fortzuführen. Ich habe all deine Artikel gelesen, jede noch so kleine Information über dich in mir aufgesogen. Immer wieder ging ich in die Hamburger Kunsthalle. Dort stand ich vor Runges Selbstporträt und rief mir deine Worte ins Gedächtnis, mit denen du mich damals so verzaubert hast. Doch das Echo dieses Gefühls verhallte über die Jahre, entfernte sich und wurde immer leiser, bis es letztlich ganz verstummte.

Es ist verrückt, doch selbst nach all den Jahren frage ich mich oft, was du hierzu oder dazu sagen würdest. Doch genau diese Tagträume ließen den Graben zu dir immer tiefer werden. In meiner Vorstellung warst du der Kindskopf von früher, aus dem die Begeisterung nur so heraussprudelte. Meine Sorge war zu groß, dass du mit dem Jungen aus meinen Kindheitstagen nichts mehr gemein haben könntest. Aber viel schlimmer war der Gedanke, dass du meinen Anruf entgegennehmen könntest, ich mich melde, und eine gedehnte Stille in der Leitung verrät, dass du dich nicht an mich erinnerst.

Es gibt aber noch einen weiteren Grund für meine Zurückhaltung. Jetzt, da Marc nicht mehr an meiner Seite weilt, kann ich ihn mir eingestehen. Ich hatte mich früh für Marc entschieden und je älter wir wurden, desto mehr schätzte ich seine klare Sicht auf die Zukunft. Sie kam einem Versprechen auf ein zufriedenes Leben gleich. Ich war mir so sicher, dass er mich glücklich machen würde, und so war es auch. Viele Jahre steckte mich seine Beständigkeit an und ließ mich einen Weg beschreiten, von dem ich zu spät merkte, dass es nicht meiner war. Und doch bin ich diesen Weg stetig weitergegangen, denn ich wollte mein Glück nicht über seines stellen. Er hat mich so sehr geliebt, so viel für mich getan, es wäre nicht richtig gewesen.

Das war der eigentliche Grund, warum ich nie versucht habe, an unserer Freundschaft anzuknüpfen. Es war die Sorge, was ein Wiedersehen mit dir anrichten könnte. Du wusstest schon immer, was in mir vorging, und hattest die Macht, das Kartenhaus, das ich so mühevoll errichtet hatte, zum Einstürzen zu bringen.

Verstehe mich nicht falsch, ich hatte ein schönes Leben. Dennoch habe ich mich zuweilen nach einem sanften Ausweg gesehnt. Es ist so verlockend, daran zu glauben, dass ich zurück zu diesem einen Moment kann, in dem ich mich für Marc entschied. Wären Marc und ich nie ein Paar geworden, hätte ich ihn nicht verletzen können. Er hätte die Chance, ohne mich glücklich zu werden, und ich könnte meinen eigenen Weg finden. Letztlich habe ich nichts zu verlieren und werde es versuchen …

Was dann aus uns wird, sollte es funktionieren? Ich weiß es nicht. Ich wage nur zu hoffen, dass wir uns niemals wieder verlieren werden.

Deine Rebecca

Mein zweites Leben mit dir – ohne dich

1

Hier wollte ich bleiben. In Marcs Armen, meine Wange an seiner Brust, seine gefütterte Lederjacke um meine Schultern – wie ein Kokon, der mich vor der Kälte des Dezembers ebenso schützte wie vor dem trüben Dunst von Trauer, der diesen Friedhof umgab. Ich wusste, wie wichtig dieser Tag für mich war. Das sagten mir alle. Ich musste Abschied nehmen, doch ich wollte mich nicht verabschieden.

»Ich komme zu spät«, murmelte ich, während ich mich aus Marcs Umarmung löste. »Ich kann an solch einem Tag doch nicht zu spät kommen!«

Ich hatte trotz der Einwände meiner Mutter heute Nacht nicht in meinem Elternhaus übernachtet, das in der Nähe des Friedhofs in Jork lag, sondern in unserer Wohnung in Hamburg-Eimsbüttel. *Meiner Wohnung*, nicht unserer Wohnung, korrigierte ich mich selbst. Ich lebte dort nun alleine. Und es war keiner mehr da gewesen, um mich darauf hinzuweisen, dass ich zu spät kommen würde.

»Die Trauerfeier hat noch nicht begonnen«, redete Marc leise auf mich ein, wie auf ein Pferd, das jeden Moment durchzugehen drohte. Sanft schob er mich vorbei an den Gräbern in Richtung des Kircheneingangs, wo die anderen Trauernden warteten.

»Außerdem trage ich Schwarz. Jonas hat Schwarz verabscheut. Die Farbe steht nur Katzen, hat er immer gesagt. Aber ich kann auf einer Beerdigung doch kein Pink tragen. Was würde seine Familie dazu sagen? Die hasst mich eh schon …«

Nach einer Stunde vor dem Kleiderschrank hatte ich meine blonden Locken mit einem Haargummi gebändigt und mich für das Etuikleid mit Jackett entschieden, das ich vor vielen Jahren für ein Bewerbungsgespräch gekauft, dann aber doch nicht angezogen hatte. Ich wollte damals keinen Nebenjob, für den ich mich verstellen musste. Meine Kleidung war genauso bunt wie mein Leben und meine Haare waren so wirr wie das Durcheinander meiner Gedanken. Nun verkleidete ich mich, um nicht noch mehr Zorn von Jonas' Verwandtschaft auf mich zu ziehen. Einzig die roten Pumps erlaubte ich mir – ein kleines Zeichen, mit dem ich ein beschwichtigendes »Ich weiß, ich weiß« gen Himmel schicken wollte. Das war zumindest mein Plan gewesen. Während wir uns dem Kircheneingang näherten, fühlte es sich an, als wären die Augen der anderen Trauernden auf diesen einen Farbklecks gerichtet – ein gefundenes Fressen für all jene, die sich ohnehin über mich echauffierten. Und ich konnte es ihnen nicht verübeln. Was für eine blödsinnige Idee.

»Niemand hasst dich, Kleine.«

»Oh doch. Jonas' Mutter spricht nicht mehr mit mir – sie spricht noch nicht einmal mehr mit meiner Mutter –, und ich kann es ihr nicht verdenken.«

Emily, Marcs Freundin, trat zu uns und warf mir ein Lächeln zu, mit dem sie ohne Weiteres in der Politik hätte bestehen können – vordergründig freundlich, aber mit Nägeln und Glassplittern gespickt. Nur das Mitleid in ihren Augen schien echt zu sein.

Widerwillig löste ich mich aus Marcs Umarmung und wischte mit dem Handrücken die Tränen von meinen Wangen. Marc hielt mir ein Papiertaschentuch hin, nach dem ich dankbar griff.

Inzwischen waren alle Trauergäste in der Kirche. Wir sollten sie nicht länger warten lassen. Marc öffnete die Holztür, ließ mir den Vortritt und ging an meiner Seite den Mittelgang entlang.

»Ich bin so froh, dass du da bist.«

»Wo sollte ich denn sonst sein?« Marc strich mir über den Rücken. »Du schaffst das.«

Seit unserer Kindheit war Marc die Konstante in Jonas' und meinem Leben gewesen: eine Eiche, deren Wurzeln so tief in der Erde verankert waren, dass sie nicht nur sich selbst, sondern auch allen anderen Halt gab, die sich an sie lehnten. So war das schon immer gewesen, und so würde es immer sein. Zumindest darauf konnte ich mich verlassen.

Der Pfarrer kam auf uns zugeeilt.

»Sind Sie so weit?«, fragte er im Flüsterton, als würde ich bei normaler Lautstärke zerbrechen. Vielleicht stimmte das sogar.

Ich nickte. Ich war noch nie jemand gewesen, der Publikum brauchte. Mir reichte die Aufmerksamkeit weniger Menschen, die ich aber umso mehr einforderte. Und nun war einer aus diesem Kreis gestorben, der Wichtigste.

Marc nickte mir zu. Es war diese Art von Nicken, das einem sagte: Du schaffst das. Nun kam der Teil der Trauerfeier, den ich ganz alleine durchstehen musste. Den Geruch von Weihrauch in der Nase, stieg ich die Marmorstufen in den Altarraum hinauf und stellte mich hinter das Lesepult aus Holz. Das Murmeln und Flüstern der Trauergemeinde rauschte wie ein beginnender Wintersturm über die Bankreihen hinweg. Ich atmete die kalte Luft tief ein und holte einen Zettel aus meiner Jackentasche. Eigentlich benötigte ich ihn nicht mehr … Stundenlang hatte ich jedes Wort sorgsam ausgewählt und war den Text zuletzt sogar mit Marc durchgegangen, der einige zu weitschweifige Passagen gestrichen hatte. Den ganzen Aufwand betrieb ich in der verrückten Vorstellung, mein Nachruf wären die letzten Zeilen, die Jonas von mir hören würde. Doch das war Unsinn. Meine letzten Worte hatte ich in Kolumbien an ihn gerichtet. Es war sein Name gewesen, den ich flehentlich wiederholt hatte, in der Hoffnung, ihn so bei mir halten zu können … Dennoch fühlte ich mich wohler dabei, das Blatt Papier vor mir liegen zu haben – wie einen Kompass, der mich durch die grauenvollen Minuten lotsen würde, die mir bevorstanden.

Vorsichtig pochte ich auf das Mikrofon, was ein dumpfes Klopfen durch die Kirche schickte. Dann begann ich zu sprechen: »Als wir sieben Jahre alt waren und uns unsere Eltern erlaubten, uns weiter vom Haus zu entfernen und Jork zu erkunden, erfanden Marc, Jonas und ich das Spiel ›Rechts oder links‹. Wir liefen einfach drauflos, und an jeder Kreuzung entschieden wir reihum, in welche Richtung uns das Spiel führen sollte. Wie das Geäst eines Baumes breiteten sich die Straßen vor uns aus. Wir wanderten von Gabelung zu Gabelung, bis wir den letzten Zweig erreicht hatten, der uns in eine Sackgasse am Ortsrand führte. So strandeten wir an Bachläufen, die zum Bauen von Staudämmen einluden, blickten auf endlose Äcker, durch deren Matsch wir stapften, schlenderten durch kilometerlange Reihen von Apfel- und Kirschbäumen oder standen vor einem dunklen Wäldchen, das uns alsbald verschluckte. Wir liebten das Abenteuer und die scheinbar unendliche Anzahl an Möglichkeiten, die der Tag für uns bereithielt. An jeder Gabelung malten wir uns aus, was uns rechts oder links erwarten würde. Und obwohl wir wussten, dass wir fast einhundert Kilometer von der Nordsee entfernt wohnten, stellten wir uns oft vor, am Ende des Weges auf das Meer zu stoßen. So standen wir an der Straßenkreuzung und fantasierten von Dünen, die wir hinunterrutschen würden, von meterhohem Schilf zum Versteckspielen und einem menschenleeren Strand, an dem wir um die Wette ins kalte Nass sprinten würden …«

Ich trank etwas Wasser und erschrak, als mein Schlucken, durch das Mikrofon übertragen, im Kirchenschiff widerhallte. Ich übersprang einige Sätze und redete schnell weiter: »Wie die meisten von euch wissen, waren Jonas und ich nicht die entscheidungsfreudigsten Menschen. Jonas studierte zuerst Literaturwissenschaften, dann Musik, und landete letztlich bei Kunst. Das tat er nicht, weil es ihm schwerfiel, sich festzulegen, sondern weil er alles Schöne auf dieser Welt bewunderte und nie genug davon bekommen konnte. Es war, als spielten wir unser Leben lang ›Rechts oder links‹. Wir schlugen uns im Zickzack durch unseren Alltag, hielten vor jeder Entscheidung inne und träumten, dass hinter einer der Optionen das Meer auf uns wartete. Unser Weg war nicht stetig, doch dafür war er gespickt mit Abenteuern und Träumen. Jonas und ich haben jede Sekunde genossen, und es schmerzt sehr, dass der Pfad, den wir einschlugen, für Jonas so früh enden musste. Dabei sind wir noch nicht einmal den halben Weg gegangen …«

Meine Stimme brach und ich spürte, wie Tränen meine Wangen hinunterliefen, wischte sie aber nicht weg. »Ich kann immer noch nicht glauben, dass der Mensch, der dem Leben so viel Schönheit abgewinnen konnte, genau dieses Leben verloren hat. Und genauso wenig kann ich glauben, dass wir in Kolumbien zum letzten Mal gemeinsam am Strand gewesen sein sollen …«

Übermannt von den Gefühlen, die bei diesen Erinnerungen in mir aufstiegen, richtete ich meinen Blick auf einen Punkt oberhalb der Menge und fuhr fort: »Sollte ich irgendwann wieder vom Meer träumen können, werde ich mir vorstellen, dass Jonas bereits dort ist und auf mich wartet.«

Stille. Nur ein versehentlich fallengelassener Schlüssel klirrte wie ein zerberstender Eiszapfen auf den Marmorboden. Ich nickte dem Pfarrer zu. Er betätigte die Stereoanlage und *I'll Be Missing You* hallte durch die Kirche.

Das war unser Song. 1997, als Faith Evans diese eingängige Melodie mit ihrer wunderschönen, klaren Stimme sang, ahnte ich noch nicht, wie sehr der Liedtext mich eines Tages einholen würde. *Ich werde dich vermissen.*

Jonas' Mutter hatte bis zuletzt zu verhindern versucht, dass ich die Rede halte und wir dieses Lied spielen. »So ein neumodischer Kram gehört nicht in eine Trauerzeremonie«, hatte sie gezetert. Dabei hatte ihr Gesicht das künstliche Rot ihrer kurzen Haare angenommen, doch Marc hatte sie beschwichtigt.

Den Blick auf den Boden gerichtet, ging ich zurück an meinen Platz; meine Worte waren zu persönlich gewesen, als dass ich die ablehnenden Mienen von Jonas' Verwandtschaft verkraftet hätte. So konzentrierte ich mich auf Marcs Gesicht, während ich in den Mittelgang einbog und mich schnell in die zweite Bankreihe zwischen ihn und meine Mutter schob. Marcs Augenlider zitterten, mehr Trauer war ihm nicht anzumerken. Ich wusste, er bemühte sich, für uns beide stark zu sein. Kaum hatte ich mich hingesetzt, zog meine Mutter mich an sich und legte ihren Arm schützend um meine Schultern.

Der Rest der Zeremonie flog an mir vorbei. Ich war nicht da. Genau wie Jonas nicht mehr da war. Er hatte einen Teil von mir mitgenommen, den unbeschwerten.

2

Meinen Blick auf den Schotterweg des Friedhofs geheftet, nahm ich die Beileidsbekundungen entgegen. Ich wollte weder auf das Grab neben uns blicken, noch den Gästen in die Augen sehen. Meine Mutter und Marc standen dicht hinter mir, als rechneten sie damit, mich jeden Moment auffangen zu müssen.

Ein gepflegter Herr mit aufrechtem Gang und schlohweißen Haaren schloss seine Hand um meine. Ich kannte ihn, hatte aber nicht die Kraft, darüber nachzudenken woher.

»Eine schöne Rede«, drängelte sich eine Frau mit schwarzem Filzhut und rot geränderten Augen dazwischen, wahrscheinlich eine von Jonas' vielen Großtanten. Ich lächelte mechanisch, wie auch bei den letzten fünfzig Gästen, die mir zuvor ihr Beileid ausgesprochen hatten. Von meiner Geste ermutigt, schloss sie mich in ihre kurzen Arme und drückte mich gegen ihren voluminösen Busen. Mir war das egal. Alles war mir egal. Die Frau ging weiter zu Jonas' Eltern, die sie mit lautem Schniefen ebenfalls umarmte. Barbara und Frank waren ganz mit den Beileidsbekundungen beschäftigt; sie nahmen mich kaum wahr, obwohl ich neben ihnen stand. Die Schlange der Kondolierenden wurde immer kürzer, und ich fragte mich, was die Etikette verlangte. Sollte ich Jonas' Eltern ebenfalls mein Beileid bekunden?

»Becca, es tut mir so leid.« Selbst Flittchen-Sabine, deren zerlaufene Mascara sie wie einen Panda aussehen ließ, nahm mich in den Arm und schniefte mir laut ins Ohr. Nüchtern stellte ich fest, dass ich in diesem Moment keinerlei Widerwillen empfand. Ihre ständigen Annäherungsversuche bei Jonas schienen wie aus einer anderen Welt. Alles wurde von dem Vakuum in mir verschluckt.

»Hier, bitte.« Marc, der die ganze Zeit hinter mir gestanden hatte, reichte Sabine ein Taschentuch und erlöste mich damit von ihrer Umarmung. Mit einer galanten Handbewegung führte er sie zu Barbara und Frank weiter.

»Schätzchen.« Charly, meine beste Freundin, war die Letzte in der Reihe der Trauergäste, die kondolieren wollten. Auch sie hatte sich mit einem seriösen Hosenanzug verkleidet. Der Schleier ihrer Tränen verdeckte das sonst kesse Leuchten in ihren Augen und ihre dunkle Haut wirkte nahezu blass. Als sie mich in die Arme schloss, kitzelte mich ihre schwarze Haarkrause an der Wange. Obwohl auch ihre Umarmung nicht half, meine Traurigkeit zu lindern, konnte ich mich zumindest einen Augenblick lang fallen lassen.

Aus dem Augenwinkel beobachtete ich, wie Barbara sich zögernd zu uns umdrehte, sich dann aber schnell wieder abwandte. Charly machte keine Anstalten, mich loszulassen, doch als ich den Griff lockerte, gab sie mich frei.

»Barbara?«

Jonas' Mutter wandte sich mir zu, und ich wünschte, ich hätte sie ziehen lassen. Nur die dunklen Schatten unter ihren starren Augen verrieten, wie erschöpft sie war, sonst zeugte nichts in ihren Zügen von Trauer. Im Gegenteil: Ihr entschlossener Blick, die Zornesfalte über der Nasenwurzel und die zusammengekniffenen Lippen ließen sie aussehen, als wappnete sie sich für einen Kampf.

Sie war kein Mensch, den man in den Arm nahm, also startete ich unbeholfen das Gespräch: »Ich weiß nicht, was ich sagen soll.«

»Vielleicht, dass es dir leidtut. Das wäre eine Möglichkeit.« Ihr spitzer Tonfall traf mich wie ein Pfeil in die Brust.

Ich öffnete den Mund, um etwas zu entgegnen, schloss ihn aber gleich darauf wieder.

Charly sprang für mich ein: »Echt jetzt? Das ist nicht Ihr Ernst, Frau Priller.«

»Doch, ist es. Jonas wollte …«

»Barbara, bitte!« Marcs harsche Stimme ließ mich zusammenfahren, obgleich seine Mahnung nicht mir galt. Er legte seine Hand auf meinen Rücken, wo sie sich mit einer beruhigenden Gleichmäßigkeit auf und ab bewegte.

Barbara und er taxierten sich einige Sekunden lang.

»Ach«, winkte Barbara letztlich ab, als habe es keinen Sinn, weiter mit uns zu reden.

Sie wollte gehen, doch Charly war noch nicht fertig mit ihr. »Ich weiß, Sie haben heute Ihren Sohn beerdigt, und das tut mir unendlich leid. Aber genauso hat Becca ihren Verlobten verloren. Vorwürfe sind hier wirklich fehl am Platz.«

Ich zuckte bei dem Wort »Verlobten« zusammen. Ich hatte nur Charly und meiner Mutter erzählt, dass Jonas mir auf der Reise einen Heiratsantrag gemacht hatte. Wie so oft fuhr ich jetzt mit meinem Daumen über den Verlobungsring an meiner Hand. Es gab Momente, in denen ich bezweifelte, dass dieses Ereignis so kurz vor seinem Tod wirklich geschehen war. Wie nah sich Glück und Leid doch sein konnten. Nur ein einziger Tag trennte den schlimmsten und den schönsten Moment meines Lebens voneinander.

»Von einer Verlobung weiß ich nichts«, holte Barbaras Stimme mich ins Hier und Jetzt zurück. »Und lassen Sie sich eines gesagt sein: Mein Jonas wäre niemals von sich aus in dieses Land gereist. Rebecca hat ihn angestiftet – immer höher, schneller, weiter. Kein Land war ihr gefährlich genug.«

»Das ist doch Schwachsinn. Ihr Sohn war erwachsen. Er hat eigene Entscheidungen getroffen. Eine davon war es, gemeinsam mit Rebecca nach Kolumbien zu reisen, und eine weitere, diesem Dieb hinterherzulaufen.«

»Bitte, Charly, lass gut sein. Sie hat recht.« Ich hatte Barbaras Worte verdient, und diese Tatsache würde so lange an mir nagen, bis nichts mehr von mir übrig blieb. Es war *meine* Abenteuerlust gewesen, *meine* Leidenschaft für ferne Länder. Zuerst waren wir nach Australien und Kanada gereist, dann nach Thailand und Kambodscha, nach Indien, Südafrika und Bolivien. Nach und nach waren meine Reiseziele immer gewagter geworden und wir immer unvorsichtiger. Jonas hatte sich von mir leicht begeistern lassen, er wäre mir überall hin gefolgt.

Charly schüttelte den Kopf. »Hör auf mit dem Blödsinn. Sie hat nicht recht!«

»Sch, sch, sch. Nicht heute«, sagte Marc mit sanfter Stimme. Ich wusste nicht, ob seine Worte mir oder Charly galten, doch ich merkte, wie ich unwillkürlich aufatmete.

»Ich denke, das Gespräch ist beendet.« Meine Mutter baute sich mit ihrer ganzen Leibesfülle vor Barbara auf.

Das ließ diese sich kein zweites Mal sagen. Schwungvoll drehte sie sich um und eilte davon.

»Dich trifft keine Schuld, hörst du?« Charly fasste mich an den Schultern und schüttelte mich leicht.

Ich hörte Charlys Worte, doch sie kamen nicht bei mir an. Meine Gedanken waren längst wieder abgedriftet. Warum nur musste ich auf dem Markt so lange trödeln, bis es dämmerte? Warum nur hatte ich vorgeschlagen, zu Fuß zu diesem Restaurant zu gehen? Warum hatte ich das wertvolle Armkettchen getragen? Warum hatte der Typ ein Messer dabeigehabt? Gottverdammt, wir waren doch nur Touristen!

»Würdet ihr mich bitte einen Augenblick allein lassen?«, bat ich.

Meine Mutter, Marc und Charly kamen der Bitte nach und gesellten sich zum Rest der Trauergesellschaft, der sich am Eingang des Friedhofs versammelt hatte.

Ich trat an das kleine Loch in der Erde, in das wir die Urne herabgelassen hatten. Die schönsten Momente meines Lebens hatte ich mit Jonas verbracht. Doch nicht einen davon erlaubte ich mir ins Gedächtnis zu rufen. Ob aus Selbstschutz oder Selbstbestrafung, wusste ich nicht. Nur eine Erinnerung spulte sich in Endlosschleife vor meinem geistigen Auge ab: Jonas, wie er sich auf dem Boden zusammenkrümmte. In seinem Blick lag ein friedvoller Ausdruck, als wüsste er, dass er sterben würde, und akzeptierte es. Er war ganz bei sich, seine Miene wirkte fast konzentriert; mich nahm er kaum noch wahr.

Wäre er fünfundneunzig Jahre alt gewesen und hätte auf ein erfülltes Leben mit vielen Urenkeln zurückblicken können, hätte ich das verstanden. Doch er war gerade erst dreißig geworden, und sein Tod kam unerwartet. Er hätte gequält schauen müssen, überrascht, verwirrt – alles, aber nicht friedvoll.

Dann kam dieser letzte Atemzug, tief und langsam, wie jemand, der soeben einen Gipfel erklommen hat und die Bergluft genießt. Die fast türkisfarbenen Punkte um seine Pupille leuchteten nicht mehr, sie waren verblasst, und das Funkeln in seinen Augen erlosch. In diesem Moment hatte er mich verlassen. Für immer.

3

Ich saß mit angewinkelten Knien auf einem der Küchenstühle und starrte das Paket an, das seit Wochen auf dem Tisch lag. Jonas hatte es vor unserer Reise bestellt und es war nicht rechtzeitig geliefert worden. Ich hatte es noch nicht übers Herz gebracht, es zu öffnen. Überhaupt sah unsere Wohnung noch immer so aus, als würde er hier leben. Sein elektrischer Rasierer lag im Korb unter dem Badezimmerspiegel, seine Jogginghose hing über dem gusseisernen Bettpfosten und sein smaragdgrünes Meditationskissen lag mitten auf dem Wohnzimmerboden. So war Jonas noch ein wenig bei mir. Indem ich das Paket nicht öffnete, bewahrte ich mir das Gefühl, er würde jeden Moment den Raum betreten und es auspacken.

Pompi, unsere dreibeinige Maine-Coon-Katze, tippte mit ihrer Pfote an meinen Knöchel. Bereitwillig stellte ich meine Füße auf den Boden, damit sie auf meinen Schoß springen konnte, und vergrub meine Finger in ihrem Fell. Sie dankte es mir mit lautem Schnurren.

Erneut starrte ich das Paket an und fragte mich, wie lange ich das hier noch machen konnte. Ich saß herum und vergrub mich in Erinnerungen an eine Zeit, in der alles noch gut war. Doch nichts würde je wieder gut werden. Dieser Tatsache musste ich mich allmählich stellen. Bevor ich es mir anders überlegen konnte, nahm ich das Paket in die Hand. Dem Absender zufolge war es ein Buch – ein weiteres, das sich in Jonas' Leseliste eingereiht hätte. Der Stapel Bücher auf seinem Nachttisch war nie kleiner geworden, kaum hatte er eines ausgelesen, hatte er schon zwei weitere Bücher gekauft. Sein Lesedurst war nie gestillt.

Vorsichtig öffnete ich den braunen Karton: eine Taschenbuchausgabe von *Cloud Atlas*. Ich nahm die beiliegende Rechnung in die Hand, die längst hätte bezahlt werden müssen, ging in den Flur, wo sich Jonas' ungeöffnete Post auf der Kommode stapelte, und blätterte die Briefe durch. Tatsächlich fand ich bereits eine Mahnung von der Buchhandlung. Das war typisch Jonas. Selbst nach seinem Tod wurde er wegen Büchern angemahnt. Wie so oft löste ein Gegenstand oder ein einzelnes Wort eine längst vergessene Erinnerung aus. Meine Gedanken drifteten ab und ich gestattete mir, mich erneut in der Vergangenheit zu verlieren …

»Jonas Priller!«, schrie ich über den Pausenhof. Ich musste ihm unentwegt hinterherrennen, weil er mich wegen der lauten Musik auf seinen Kopfhörern nicht hörte.

»Engelchen!« Er zog die Kopfhörer von den Ohren und drehte sich mit einem sichtlich erfreuten Grinsen um. »Wie war es gestern beim Judo?«

»Hab ich geschmissen. Wo warst du? Die Grizzly hat nach dir gefragt.« Unsere Geschichts- und Kunstlehrerin, die eigentlich Frau Greising hieß, trug diesen Spitznamen, weil sich ihre Beinhaare selbst durch blickdichte Strumpfhosen bohrten.

»Ich war um wahre Bildung bemüht, Mylady.« Er streckte ein Buch mit abgewetztem Einband hoch: *Macbeth*.

»Na, zumindest liest du dieses Buch.« Ich wuschelte ihm freundschaftlich durch seine schwarzen Haare.

»Ich lese viele der Bücher, die ich ausleihe.«

»Du liest nur einen kleinen Bruchteil der Bücher, die du ausleihst«, korrigierte ich ihn. »Warum, bleibt mir ein Rätsel.«

»Warum du nichts anderes als Reiseführer liest, ist mir auch ein Rätsel. Aber ich akzeptiere es, auch wenn dir unglaublich viel entgeht. Außerdem lese ich die Bücher ja. Irgendwann. Nur leider schaffe ich nicht mehr als zwei die Woche. Zumindest bei solchen Kalibern.«

»Dann leih dir doch nur zwei die Woche aus.«

Jonas zuckte mit den Schultern, seine tiefblauen Augen funkelten amüsiert, als hätte er etwas ausgeheckt.

»Gib's zu, das ist nur deine Intellektuellen-Masche für die Mädels.«

»Und, funktioniert sie, Frau Priller?« Wie immer sprach er mich mit seinem Nachnamen an, oft gefolgt von einer

Rede über unsere künftige Heirat, die meiner Überzeugung nach nie stattfinden würde.

»Keine Ahnung.« Ich zuckte mit den Schultern.

»Eines Tages wirst du deine Leidenschaft für mich entdecken. Ich weiß nur nicht, ob ich dann noch zu haben sein werde, also warte nicht allzu lange.«

»Du Spinner. Komm schon. Verrat mir, was diese Buchnummer soll.«

»Rate mal.«

»Du gehst gerne in die Bibliothek.«

»Uh, es wird warm.«

»Und dort kannst du dich nie entscheiden?«

»Es wird kälter.«

»Hm. Du willst die Bibliothekarin in den Wahnsinn treiben?«

»Es wird heiß. Wortwörtlich.«

»Nein! Du stehst auf Frau Marquardt?«

»Tun wir das nicht alle? Schau mal, sie schreibt mir regelmäßig Briefchen.«

Jonas zog einen Stapel Briefe, die sorgfältig mit einer Heftklammer zusammengesteckt waren, aus seinem Rucksack, faltete sie auseinander und begann laut vorzulesen.

»›Lieber Herr Priller, bitte denken Sie daran, die Ausgabe von Homers *Odyssee* zurückzubringen. Ich habe Ihre Ausleihfrist um zwei Wochen verlängert.‹« Dann blätterte er zum nächsten Brief: »›Lieber Herr Priller, darf ich Sie daran erinnern …‹« Und der nächste: »›Lieber Herr Priller, noch immer haben Sie …‹«

Dann sah er auf. Er grinste über beide Ohren.

»Sie nennt mich ›Lieber‹. Außerdem sind das keine Standardbriefe. Sie sind alle einzeln getippt. Für mich. Und ich steh drauf, wie sie mich ›Herr Priller‹ nennt. Das hat so etwas Erwachsenes.«

»Aber ich dachte, du stehst auf Möpse-Sabine?«

»Ach, immer diese Entscheidungen. Frau Marquardt besticht mit ihrer liebevollen Art, Briefe zu schreiben. Sabine, nun ja, die hat andere Stärken, wie du selbst angemerkt hast. Aber egal. All diese Mädels sind eh nur Zeitvertreib, denn ich heirate ja sowieso dich.«

»Und da bist du dir ausnahmsweise mal sicher, was?«

»Korrekt.«

»Ich glaube, da solltest du eher auf Frau Marquardt hoffen.«

»Du wirst schon noch sehen, Frau Priller. Du wirst schon noch sehen.«

»Ich dachte, du weißt nicht, ob du dann noch zu haben bist.«

»Das war natürlich gelogen.«

Jonas und ich setzten uns auf die Schlange aus Speckstein, die sich meterlang über unseren Schulhof zog. Wir hatten sie liebevoll *Nessi* getauft. Er schob seine Kopfhörer über meine Ohren und drehte am Lautstärkeregler des Discmans. »Hör mal.«

Ich lauschte dem Intro eines Liedes, auf dessen Namen ich nicht kam. Ich wusste nur, dass es von den Beach Boys war.

»Ich finde ja, diese Band wird hoffnungslos unterschätzt. Die Akkordfolge ist der Hammer. Nix mit ein bisschen

Surfen und Party und so. Das ist Kunst!«, sagte Jonas so laut, dass er die Musik übertönte. »Oder hör mal den Song, der geht so ab.« Jonas kramte in seinem mit Edding vollgekritzelten Rucksack nach einer anderen CD und legte sie ein. In meinen Ohren dröhnte das Schrammen von Gitarren und der unverkennbare Bass von *Killing in the Name*.

Ich zog die Kopfhörer herunter, konnte die Musik aber noch hören. »Erst Beach Boys, dann Rage Against the Maschine, was kommt als Nächstes? Mariah Carey?«

»Willst du mich beleidigen?« Er stupste mir mit dem Zeigefinger in die Seite. Dann reckte er den Arm in die Luft, spreizte Zeigefinger und kleinen Finger von der Faust ab und nickte mit dem Kopf im Rhythmus der Musik.

Ich lachte.

»Die sind nächsten März in Deutschland. Da sollten wir unbedingt hin.«

»Ich wage zu bezweifeln, dass unsere Eltern das erlauben«, gab ich zu bedenken und freute mich auf den Zeitpunkt, an dem wir endlich erwachsen waren und gemeinsam alle Konzerte besuchen konnten, auf die wir Lust hatten.

»Wenn wir volljährig sind, gehen wir jedes Wochenende auf ein Konzert«, sprach Jonas wie so oft meine Gedanken aus.

»Und wir reisen in ferne Länder.«

»Welches führt denn gerade deine Liste an?«

»Westkanada. Die Rocky Mountains sind bestimmt der Hammer. Stell dir vor, du wanderst auf einem einsamen

Waldweg und auf einmal schrubbt sich ein Braunbär an einer Tanne neben dir das Fell. Was das für ein Gefühl sein muss …«

»Das Gefühl, die Beine in die Hände nehmen zu müssen und um sein Leben zu rennen?«

»Du Angsthase.« Wir grinsten uns verschwörerisch an, denn wir beide wussten, dass Jonas diesen Vorwurf nicht auf sich sitzen lassen würde.

Übermütig trommelte er mit den Fäusten auf seiner Brust. »Na gut. Besorge mir einen Bären und ich beweise dir das Gegenteil.«

Den restlichen Vormittag hingen wir auf Nessi rum, hörten Musik und verpassten die Deutsch-Doppelstunde bei *Captain Kirk*, eigentlich Frau Kirker.

Jonas hatte schon immer einen schlechten Einfluss auf mich, was unsere Lehrer zu Schulzeiten immer wieder betonten. Dass ich mit meiner Abenteuerlust auch einen schlechten Einfluss auf ihn hatte, wäre mir damals nie in den Sinn gekommen.

Dieser Gedanke riss mich aus meinen Erinnerungen und holte mich zurück ins Hier und Jetzt, in dem die Folgen meines schlechten Einflusses dafür gesorgt hatten, dass ich tagein und tagaus alleine an diesem Küchentisch saß und versuchte, die Vergangenheit in meinen Gedanken lebendig zu halten.

Ich stand auf, ging ins Wohnzimmer und suchte in dem deckenhohen CD-Regal nach der Beach-Boys-CD, legte sie ein und zappte, bis der Song von damals ertönte. Ich verglich die Nummer des Liedes mit der Songliste auf der Hülle, er hieß *God Only Knows*. Aufmerksam lauschte ich Brian Wilson, dem Leadsänger der Band. Er sang davon, dass das Leben weiterginge, auch wenn seine Geliebte ihn verlassen würde.

Niemals hätte ich mir vorstellen können, dass Jonas mich einmal verlassen würde. Doch der Liedtext sollte recht behalten: Das Leben ging weiter. Nur irgendwie ohne ihn – und ohne mich.

Ich schob den Klamottenhaufen von der Holztruhe, in der wir unsere Erinnerungsstücke aufbewahrten. Jonas und ich hatten sie meist nach einer Reise geöffnet und unsere Mitbringsel hineingetan. Postkarten, die wir uns selbst geschickt hatten. Einen kleinen Buddha aus Stein. Ein Fläschchen Ahornsirup. Eine indische Curry-Gewürzmischung. Dann fand ich, wonach ich suchte: Auf dem Boden lagen die Briefe von Frau Marquardt. Bis zum Schulabschluss war es ein stolzer Stapel geworden. Jonas hatte sie mit einem Augenzwinkern in die Kiste gelegt, um mich zu mahnen, dass ihn auch andere Frauen umwarben, wie er sagte. Vorsichtig schob ich seine letzte Buchmahnung unter die Briefklammer und legte den Stapel zurück. Ich schloss die Truhe und damit den Zugang zu all unseren Erinnerungsstücken. Es war schmerzhaft und wohltuend zugleich, all diese Erinnerungen aufleben zu lassen. Und doch wusste ich, dass ich sie allmählich hinter mir lassen musste, wenn ich einer wie auch immer gearteten Zukunft eine Chance geben wollte.

Ich stand auf, ging ins Schlafzimmer und sah mich um. Mit Tränen in den Augen legte ich Jonas' Kleidung zusammen, sortierte die herumliegenden Bücher in unser Wandregal und packte seine Jacken von der Garderobe in den Schrank. Es war ein erster Schritt. Ein ganz kleiner. Und doch zerriss er mir fast das Herz.

4

Die Wochen rieselten wie der Schnee des Winters dahin. Erst als ich vor die Tür trat und erstaunt feststellte, dass ich weder Handschuhe noch Mantel brauchte und die ersten Wagemutigen mit Decken die Außenterrassen der Eimsbütteler Cafés besiedelten, wurde mir bewusst, dass der Frühling mittlerweile Einzug gehalten hatte. Jonas hatte mich im November verlassen, einer Zeit, in der es einfacher war, das Leben auszusperren.

Ich erledigte meine Besorgungen und machte mich wieder auf den Weg nach Hause, denn mir war noch nicht nach singenden Vögeln und Sonne zumute. Schwer bepackt mit Einkäufen, die mich und meine Kater durch die nächsten Wochen verlängerten Winterschlafs bringen sollten, schlug ich die Wohnungstür hinter mir zu und drückte seit Tagen zum ersten Mal auf die blinkende Taste des Anrufbeantworters.

»Mäuschen, ich mache mir Sorgen. Wann kommst du mal wieder vorbei? Ich mache auch Waffeln …«, knisterte Mamas Stimme aus dem Lautsprecher.

Ich drückte auf »Weiter«.

»Ich war in der letzten Woche zweimal bei dir.« Marcs Tonfall klang genervt. »Denkst du eigentlich, ich bin doof? Ich sehe doch das Licht in deiner Wohnung und wie es erlischt, wenn ich klingle. Emily ist die nächsten Tage nicht da, und ich würde dich gerne sehen. Ruf endlich zurück.«

Marc besuchte mich regelmäßig, doch es war noch immer eigenartig, ihn ohne Jonas zu treffen. Wir waren immer zu dritt ausgegangen, ganz wie in alten Zeiten. Die Versuche eines Pärchenabends mit Emily waren jedes Mal kläglich gescheitert. Marcs Freundin fühlte sich bei dieser geballten Menge gemeinsamer Historie außen vor. Deswegen trafen wir uns meist, wenn sie auf Dienstreise war. Sich nur mit Marc zu treffen, führte mir allerdings deutlicher als alles andere vor Augen, dass einer von dreien fehlte.

»So, jetzt reicht es, Schätzchen«, ertönte als Nächstes die resolute Stimme von Charly. »Ich hole dich heute um siebzehn Uhr ab, und wenn du dann nicht angezogen und geduscht bist, schleife ich dich im Schlafanzug vor die Tür. Es geht auf den Hamburger Dom, denn Traditionen soll man pflegen. Und ob du willst oder nicht: Ich werde dich dort mit Zuckerwatte und Softeis vollstopfen, ins Kettenkarussell und Riesenrad stecken und zum Schluss mit ein paar Gläschen Kümmelschnaps abfüllen.«

Ich fühlte mich ertappt, denn ich hatte es tatsächlich nicht für nötig befunden, vor dem Einkaufen zu duschen. Auch wollte ich gleich wieder in meinen Jogginganzug schlüpfen. Ich fragte mich, welchen Wochentag wir hatten. Die Geschäfte waren offen. Wenn Charly den Nachmittag mit mir verbringen wollte, musste sie weder kellnern, noch hatte sie Vorlesung. Vielleicht Samstag?

Wir gingen seit Jahren gemeinsam auf den Dom, doch nach monatelangem Einsiedlerleben war die Vorstellung, sich plötzlich mit halb Hamburg auf dem Heiligengeistfeld zu tummeln, nicht sonderlich verlockend. Genau genommen hatte ich überhaupt keine Lust, die Wohnung zu verlassen.

Erneut klingelte das Telefon. Ich ließ den Anrufbeantworter anspringen.

»Noch eineinhalb Stunden, Schätzelein. Dann bin ich da«, mahnte Charly.

Ich beschloss, dass es wirklich an der Zeit war, mal wieder jemand anderem als dem Lieferservice die Tür zu öffnen. Schweren Herzens schlurfte ich ins Bad, zog mich aus und drehte die Dusche auf.

Zwei Stunden später schlenderte ich die endlose Reihe an Süßigkeitenständen, Frittenbuden und Kinderkarussells entlang, die sich über das Heiligengeistfeld zog. Nach der wochenlangen Stille meiner Wohnung fühlte ich mich von all den Kindern, die mit Stofftieren und Luftballons durch das Gedränge flitzten, und den Jugendlichen, die vor den Autoscootern die Wege verstopften, überfordert. Überall heulten Sirenen, blinkten bunte Schriftzüge, priesen Ansager von Fahrgeschäften die nächste Runde und Losverkäufer ihren Hauptgewinn an:

»Von zehn Losen nur eine Niete!«

»Und ab geht's. Wir starten die Maschinen und geben Gas, Gas, Gas!«

»Wie geht es dir?«, fragte Charly.

Ich überlegte, was ich antworten sollte. Es gab gute Tage und es gab schlechte Tage. Unter dem Strich konnte man aber sagen, dass der stechende Schmerz meines Verlusts allmählich einer dumpfen Leere gewichen war, so als wären all meine Gefühle verschluckt worden, die positiven wie die negativen.

»Besser«, antwortete ich und damit log ich Charly noch nicht einmal an. Nichts zu fühlen, war um Welten besser als der Schmerz zuvor.

»Und wann willst du wieder zur Uni gehen?« Charly schob sich die Hälfte einer Schokobanane in den Mund. »Du scholltescht mehr eschen. Du bischt ja gansch dürr geworden. Hier.« Sie drückte mir den Rest der Banane in die Hand.

Ich begann widerstrebend daran zu knabbern. »Ich weiß nicht, ob ich weiter studieren will.«

»Möchtest du mir doch noch Konkurrenz bei der Anzahl abgebrochener Studiengänge machen?«, feixte Charly, doch wir beide wussten, dass dieses Thema überhaupt nicht zum Lachen war. Das einzig Gute an unserer Unstetigkeit war, dass wir zwei uns im Lehramtsstudium kennengelernt hatten. Es war für uns beide das erste Studium gewesen.

»Vielleicht sollte ich doch Lehrerin werden. Jetzt wo Kinder für mich gestrichen sind.«

»Die Logik musst du mir erklären.«

»Ganz einfach. Ohne Jonas werde ich auch keine Kinder bekommen. Und so hätte ich trotzdem viele kleine Rabauken um mich.«

»Du scheinst unser erstes Schulpraktikum vergessen zu haben. Aber kein Problem, ich erinnere dich gerne an ein paar Details: Die Schüler sind dir auf der Nase herumgetanzt. Du hattest Mühe, sie für Geografie zu begeistern; das hat dich total frustriert. Du hast es gehasst, Strafarbeiten zu verteilen, weil du eine coole Lehrerin sein wolltest … Reicht das oder soll ich weitermachen?«

»Vielleicht war das einfach nicht meine Klasse.«

»Oder es war nicht dein Beruf. Ich finde ja, das Touristikstudium passt viel besser zu dir. Du bist die Einzige, die ich kenne, die in ihrer Freizeit Reiseführer liest. Du liebst es, um die Welt zu tingeln, du umgibst dich gerne mit Menschen anderer Kulturen. Und das mit den Kindern … Du bist eine intelligente und attraktive Frau, an Verehrern wird es dir also nie mangeln. Ich verstehe, dass du dir das noch nicht vorstellen kannst, aber vielleicht bist du eines Tages wieder bereit, dich auf jemanden einzulassen. Du hast alle Zeit der Welt. Nur schmeiß jetzt nicht alles hin.«

»Ich und Verehrer? Und selbst wenn …«

»Also, einen schnuckeligen Verehrer hast du allemal, aber davon fange ich nicht wieder an.«

Ich hätte Charly niemals anvertrauen sollen, dass es ein kleines Zeitfenster in meiner Jugend gegeben hatte, in dem ich in Marc verschossen gewesen war. Glücklicherweise hatte ich für mich behalten, dass er mich tatsächlich einmal um ein Date gebeten hatte – davon hatte ich selbst Jonas nie etwas erzählt.

»Das ist absoluter Blödsinn.«

»Ist es nicht! Und das weißt du auch, sonst würdest du das nicht in deinen Träumen verarbeiten!«

Da war es wieder – Charlys Lieblingsthema. Ab und an träumte ich von Marc und mir als Paar. Woher das kam und was der Grund dafür war, konnte ich mir nicht erklären. Ich hatte Jonas nie davon erzählt und ich bereute es, Charly eingeweiht zu haben. Seither schnitt sie das Thema immer wieder an, doch es war mir unangenehm, darüber zu sprechen. Ich war mir meiner Gefühle zu Jonas immer sicher gewesen und jeder einzelne Traum fühlte sich an, als würde ich ihn betrügen – mit unserem besten Freund. Doch Charly ließ nicht locker. Sie begeisterte sich für alles Esoterische und Übernatürliche und hatte sich längst wilde Theorien zusammengesponnen, was die Träume bedeuteten. Ihre grundlegende Überzeugung war, dass mir mein Unterbewusstsein irgendetwas sagen wollte.

»Benutzt du das Traumtagebuch, das ich dir geschenkt habe?«

Ich würde ihr sicher nicht anvertrauen, dass ich tatsächlich all meine Träume und Traumdeutungen in dem Büchlein notierte. Wahrscheinlich würde sie mir ewig in den Ohren liegen, es lesen zu wollen.

So ignorierte ich ihre Frage und antwortete stattdessen: »Marc ist mit Emily zusammen. Glücklich, wohlgemerkt. Sie sind perfekt füreinander. Er braucht eine Frau, die in ihrer Freizeit Bettwäsche stärkt und mangelt, am Sonntag einen herrlichen Braten auftischt und trotz alledem ein genauso zielstrebiger Karrieremensch ist wie er selbst. Ihr gemeinsames Jahreshighlight sind die Bregenzer Festspiele, und danach fahren sie immer auf die Insel Mainau, um Blumen zu bewundern. Blumen! Du glaubst doch nicht wirklich, dass ein Mann gleichzeitig auf jemanden wie sie und jemanden wie mich stehen kann. Das ist schlichtweg unmöglich.«

»Hast du seine Blicke nie bemerkt? Also, Emily hat sie bemerkt, so wie die dich immer angiftet.« Charly drängte sich durch eine Traube von grölenden Teenagern und bestellte an einem Stand mit Süßigkeiten eine Tüte Schmalzgebäck.

»Wo steckst du den ganzen Süßkram nur hin?«

Charly war einen Meter achtzig groß und so feingliedrig wie eine Primaballerina, auch wenn sie ihre Figur meist unter burschikosen Outfits versteckte.

»In mein hart arbeitendes Gehirn.« Charly grinste.

»Und wenn du Marc so schnuckelig findest, kannst du gerne dein Glück bei ihm versuchen.«

»Mmmmhhh, diese breiten Schultern … Wie der griechische Titan Atlas, der das ganze Himmelszelt auf dem Rücken trägt.«

Nun musste ich lachen, verstummte aber sogleich wieder. Ich wusste nicht, wann ich das letzte Mal gelacht hatte. Allein daran zu denken, warum ich mich so lange nicht mehr amüsiert hatte, reichte aus, um mich wieder traurig zu stimmen. Meine Gelöstheit verpuffte augenblicklich.

Charly sah mich an, und ihr weicher Blick sagte: *Du darfst das. Du darfst Spaß haben.* Doch sie sagte nichts. Stattdessen witzelte sie einfach weiter: »Hach, und Haare wie von einem Shampoo-Model aus dem Fernsehen. Ich würde da gerne mal mit meinen Händen drin wuscheln.«

»Soll ich ihn fragen, ob du darfst?«, versuchte ich darauf einzusteigen.

»Und dieser Knackarsch. Wenn du bei der Gelegenheit gleich klären könntest, ob ich den auch anfassen dürfte?«

»Klar. Wenn ich ihn das nächste Mal sehe, frage ich ihn.«

Charly prustete belustigt los. »Nee, lass mal. Blumen interessieren mich auch nicht sonderlich.«

Schweigend blieben wir vor einem haushohen Fahrgeschäft stehen, aus dem wildes Geschrei ertönte, als es seine Insassen auf den Kopf manövrierte.

»Weißt du was?« In Charlys Augen blitzte der Schalk, und ich wusste, dass das nichts Gutes verhieß.

Ich folgte ihrem Blick und sah einen Holzwagen in Form eines übergroßen Fasses mit dem rot-goldenen Schriftzug: »Wahrsagen, Kartenlesen, Handlesen – Wissen ist Macht«. Mir kam dieser Wagen seltsam bekannt vor und gleichzeitig war ich mir sicher, ihn noch nie gesehen zu haben.

»Für so einen Blödsinn gebe ich kein Geld aus.«

»Ich zahle.« Und schon war sie vorausgelaufen und hatte ihren Kopf durch die klappernden Plastikperlenketten im Türrahmen geschoben. »Hallo? Jemand da?«

Unwillig folgte ich ihr.

»Kommen Sie rein«, sagte eine Frau mit rollendem »R« und osteuropäischem Akzent.

Ich überlegte kurz, ob ich draußen warten sollte, doch Charly griff nach meiner Hand und zog mich mit in den Wagen.

Estrella – ihren Namen hatte ich dem Schild neben dem Eingang entnommen – begrüßte uns mit einem huldvollen Nicken. Ihre Haare waren von einem losen Seidentuch bedeckt, an dessen Enden silberne Münzen baumelten. Ihre Ohren waren mit großen Kreolen geschmückt und ihr Samtkleid hatte weit ausgestellte Fledermausärmel. Am liebsten hätte ich laut losgeprustet.

»Setzen Sie sich.« Sie wies auf die Plastikstühle, die großzügig mit Tüll umschlungen waren. »Ich werde Ihnen die Zukunft lesen«, teilte sie uns mit und streckte uns ihre knochige Hand entgegen.

Charly stupste mich an.

»Nee, fang du an«, sagte ich.

»Wir sind nicht meinetwegen hier, Schneckchen.«

»Oh doch. Ohne dich wären wir sicher nicht hier.«

»Jetzt stell dich nicht so an. Du tust ja fast so, als hättest du in deinen Handlinien ein fieses, kleines Geheimnis versteckt.«

Estrella griff nach meiner Hand und beendete damit unsere Diskussion. Ihre Armreifen klimperten, während sie meine Handfläche hin- und herdrehte, um sie zu studieren. Für einen kurzen Augenblick hatte ich ein Déjà-vus, als hätte Estrella schon einmal meine Hand gehalten. Irritiert schüttelte ich dieses Gefühl von mir ab.

»Ungewöhnlich.« Sie kramte aus einer Blechbox eine rote, an den Rändern spitz zulaufende Brille hervor und setzte sie auf. »Wirklich ungewöhnlich.«

Dann räusperte sie sich. »Fangen wir mit dem Offensichtlichen an. Sie sind ein sehr leidenschaftlicher Mensch.«

Das war ja klar! Wer würde bei so einer allgemeinen Aussage schon widersprechen?

»An Ihrer Schicksalslinie erkenne ich, dass Sie sich durch Ihr Leben treiben lassen. Das ist nicht außergewöhnlich für Menschen wie Sie.«

Menschen wie mich?

Sie fuhr mit dem Finger über eine Hautfalte, was kitzelte. »Und sehen Sie hier.« Sie zeigte auf zwei Linien unter meinem kleinen Finger. »Ihre Liebeslinie zeigt, dass Sie zwei Menschen geliebt haben. Einen sehr früh, einen lieben Sie noch immer, doch die Linie ist unterbrochen. Sie sind getrennt.«

Gut geraten. Meine dunklen Augenringe und die Tatsache, dass ich hier saß, um mir von einer Hochstaplerin gut zureden zu lassen, sagten wohl alles.

»Und wird es irgendwann noch einen Mann in Beccas Leben geben?«, fragte Charly vorsichtig.

Ich knuffte ihr mit meinem Ellenbogen in die Seite.

»Eine weitere Linie sehe ich nicht.« Estrella zuckte entschuldigend mit den Schultern.

»Krass.« Charly sah Estrella überrascht an, und auch ich wunderte mich.

Erzählten einem Wahrsager nicht genau das, was man als ihr Kunde hören wollte? Lebenslange Enthaltsamkeit fiel wohl kaum in diese Kategorie. Wahrscheinlich streute sie hier oder da auch einmal schlechte Nachrichten ein, um ihre Authentizität zu unterstreichen.

Charly sah nachdenklich nach oben, als versuchte sie, wissenschaftliche Fakten zusammenzusetzen und auszuwerten. »Das heißt, es gibt nur ihre erste Liebe und ihre große Liebe.«

»Nur die beiden«, bestätigte Estrella. Dann wandte sie sich nochmals meiner Handfläche zu. »Aber das Außergewöhnliche ist … Ich habe schon einmal davon gehört, es aber noch nie mit eigenen Augen gesehen.«

Charly hing an Estrellas Lippen, ich hingegen konnte diesen theatralischen Spannungsbogen, mit dem sie uns einzufangen versuchte, allenfalls belächeln. Jetzt kam sicherlich irgendeine abwegige Erklärung, was sie mit »Menschen wie Sie« meinte.

»Sehen Sie diese Linie an Ihrem Ringfinger? Diese spricht von einer ganz besonderen Gabe. Und sehen Sie hier … Sie haben zwei lange Schicksalslinien, die zusammenlaufen und in der Handwurzel münden. Schauen Sie.« Estrella machte eine bedeutungsschwangere Pause und wir nickten. »Es gibt Seher, die glauben, diese Linienkonstellation stünde für die Anzahl der Lebensiterationen. In Ihrer Hand kann ich erkennen, dass Sie in Ihrer zweiten sind.«

Lebensiteration. Dieses Wort sagte mir irgendetwas. Ich dachte jedoch nicht länger darüber nach, denn ich war mir sicher, dass gleich ein Angebot für weitere Informationen folgen würde – natürlich gegen Einwurf kleiner Münzen.

Estrella sah uns erwartungsvoll an.

»Das klingt alles äußert spannend.« Der Spott in meiner Stimme konnte Estrella kaum verborgen bleiben.

»Lebensiteration. Ist das etwas wie Wiedergeburt?«, fragte Charly.

Estrella drehte sich in Charlys Richtung, wahrscheinlich dankbar, zumindest bei einer von uns Gehör zu finden. Dann fuhr sie in geheimnisvollem Flüsterton fort: »So ähnlich. Menschen mit der Gabe Ihrer Freundin können zu einer Entscheidung zurückkehren, sie ändern und ihr Leben erneut leben. Sie sind sich des letzten Lebens nie bewusst, doch es gibt Zeichen. Man kann durch Hypnose mehr erfahren. Wenn Sie wollen, kann ich …«

»Ich glaube, wir haben fürs Erste genug. Vielen Dank.« Entschlossen stand ich auf.

»Sie sollten sich damit beschäftigen, junge Frau. Es ist ein Geschenk …«

»Vielleicht ein andermal.« Mit einem höflichen Lächeln, das meine Mutter nicht besser hinbekommen hätte, trat ich ins Freie.

Charly zahlte und rannte mir hinterher. »Du alter Spielverderber!«

»Das ist Humbug, Charly«, antwortete ich kopfschüttelnd.

»Das weißt du doch gar nicht. Ich hätte gerne mehr von diesen Zeichen erfahren. Vielleicht hat das ja etwas mit deinen Träumen zu tun.«

»Nicht schon wieder.« Ich seufzte.

Charly gab auf. »Estrella war aber schon eine Marke, das musst du zugeben.« Sie äffte den rollenden Akzent der Wahrsagerin nach: »Sie haben zwei Schicksalslinien, sehr ungewöhnlich …«

Ich stieg mit ein: »Und wenn Sie weiterhin so gutgläubig sind, Frau Charly Dunk, ist auch *Ihr* Schicksal besiegelt, und es wird tragisch enden. Das Oberhaupt einer Sekte wird Ihnen all Ihr Geld abknöpfen und Sie werden wieder bei Ihrer Mutter einziehen müssen.«

Wir lachten laut auf. Unbewusst atmete ich tief durch, was ich erst merkte, als sich etwas in mir zu lösen schien. Ich fühlte mich, als hätte ich lange nicht mehr tief Luft geholt.

»Komm, lass uns eine Runde Riesenrad fahren, du Wunderkind der Handlinien. Und danach trinken wir ein paar Schnäpschen«, rief Charly mir zu, und schon war sie in der Menschenmenge verschwunden.

5

Als ich spätabends zu Hause eintraf, fühlte ich mich ein wenig leichter. Die Trauer hatte nachgelassen, und ich hatte das Gefühl, als hätte jemand Gewichte von meinen Knöcheln entfernt und einen engen Gürtel um meinen Brustkorb um ein paar Löcher gelockert.

Ich öffnete das Schlafzimmerfenster, das den Blick auf die Baumkrone der Eiche im Hinterhof freigab, legte mich aufs Bett und sog die frische Abendluft tief in meine

Lungen. Hamburg schlief allmählich, und bis auf vereinzelte Autos, die am Haus entlangfuhren, glich die Geräuschkulisse der eines Dorfes. Irgendwann – waren es Sekunden oder Minuten, ich wusste es nicht – verstummte die Welt vollends und ich fiel in einen sanften Schlaf …

Ich sitze an einem massiven Eichentisch in einer Wohnküche, die ich nicht kenne, mir aber irgendwie vertraut vorkommt. Die Wände sind mit einem Fliesenspiegel im Friesenmuster bedeckt, die Decke zieren breite Holzbalken und der blaue Kachelofen in der Ecke verströmt eine angenehme Wärme, die mich in eine behagliche Stimmung hätte bringen müssen, doch ich bin seltsam angespannt.

Mir gegenüber sitzt Marc. »Meinst du nicht auch, es wäre Zeit für den nächsten Schritt?«, fragt er mich. In seinen Augen liegt ein sehnsüchtiges Flehen, doch lassen seine traurigen Züge darauf schließen, dass er meine Antwort bereits erahnt.

Instinktiv kenne ich den Gegenstand unseres Gespräches. »Ich weiß es nicht«, erwidere ich. »Ich weiß es einfach nicht.« Ich fahre mit meinen Händen durch meine Haare und ziehe fest an ihnen, als könnte ich auf diese Weise zu einer Antwort gelangen. Mein Verstand will ihm recht geben; wir sind schon so lange zusammen, warum also sträube ich mich dagegen, ein Haus zu kaufen?

In meinem Kopf schwirren tausende Gründe umher, und doch kann ich keinen von ihnen greifen. »Ich möchte noch etwas erleben. Die Welt erkunden, gemeinsam mit dir«, ziehe ich mich aus der Affäre.

»Wir sind schon so viel gereist, mein Schatz.«

»Ich möchte exotischere Länder sehen … Vielleicht Indien oder Kolumbien. Ich habe letztens auf Arte eine Dokumentation gesehen, dort ist es wunderschön. Du hättest den karibischen Strand sehen sollen: türkisfarbenes Meer, weißer Sand, Palmen …« Ich stöhnte genießerisch.

»Kolumbien ist gefährlich.«

»Man muss bestimmte Regionen meiden, aber wenn wir vorsichtig sind …«

Marc legt seine Hand auf meine. »Schatz, ich möchte in keinem Land Urlaub machen, in dem ich vorsichtig sein muss.«

Stumm sitzen wir am Küchentisch und ertragen die Stille, bemüht, dass sich unsere Blicke in dem kleinen Raum nicht kreuzen.

»Das kann aber doch nicht alles sein«, platzt es aus mir heraus. Marc verzieht das Gesicht, als hätte ich ihn geohrfeigt. Mein Ausbruch tut mir augenblicklich leid.

»Ich dachte, wir zwei sind alles.« Mit zusammengepressten Lippen wendet Marc den Blick ab.

»Das sind wir«, lenke ich schnell ein. Marc liebt mich über alles, dessen bin ich mir sicher. Ich schätze seine klare Sicht auf die Zukunft, auf unsere *Zukunft. Und dies ist nun eben der nächste Schritt.*

»In Ordnung.« Ich zwinge mich zu einem aufmunternden Lächeln.

»Wir kaufen dieses Haus und sanieren es?« Marcs Mund verzieht sich zu einem breiten Grinsen.

Seine Freude strahlt auf mich ab, und meine Antwort fühlt sich auf einmal richtig an. Ich nicke und spüre Vorfreude in mir aufsteigen.

Ein weißhaariger Mann betritt die Küche. Er trägt einen blauen Zweireiher mit goldener Knopfleiste und beigefarbenem Einstecktuch. Sein weißer Vollbart ist sorgfältig gestutzt.

»Hallo, Rebecca.« Seine sonore Stimme lässt mich angenehm schaudern.

Marc scheint ihn weder zu sehen noch zu hören, was mich wundert. Wie ein alter Bekannter gesellt der Mann sich zu mir, nimmt mich an der Hand und zieht mich aus der Küche hinaus.

Sanft wachte ich auf, erfüllt von einer unbeschwerten Leichtigkeit. Ich blinzelte in den ersten Sonnenstrahlen, die durch das weit geöffnete Fenster fielen. Allmählich bemerkte ich, wie kalt mir war; eine klamme Feuchtigkeit überzog mein Gesicht.

Abrupt richtete ich mich auf und setzte die Bruchstücke meiner Wirklichkeit wieder zusammen. Ich hatte nur geträumt. Nicht Marc war mein Freund, sondern Jonas. Ich sah zu seiner Bettseite, wo die Decke zerwühlt und das Kopfkissen auf den Boden gefallen war. Jonas war nicht da.

Tröpfchen für Tröpfchen kehrte die Realität in mein Bewusstsein zurück, bis sie sich in einen reißenden Fluss verwandelte, dessen tosende Strömung mich unter Wasser riss und mir die Luft abschnürte.

Er war nicht da … und er würde auch nicht wiederkommen. Meinetwegen. Für den Bruchteil einer Sekunde wünschte ich mich in meinen Traum zurück, doch dieser Gedanke trieb mich nur noch tiefer in den Strudel meines schlechten Gewissens. Wie konnte ich so etwas auch nur denken? Woher kamen diese nächtlichen Hirngespinste bloß, die mir ein Leben an Marcs Seite aufzeigten?

Ich stand auf und kramte in dem Schrankfach, in dem ich mein Traumtagebuch versteckt hatte. Schnell schrieb ich alle Einzelheiten nieder, an die ich mich noch erinnern konnte. Im Moment des Erwachens ähnelten die Eindrücke aus meinen Träumen eher einem Erlebnis vom Vortag; jedes Detail war in meinem Gedächtnis verankert. Doch diese Bilder entglitten mir im Sekundentakt; sie flatterten wie vom Wind getragen davon und verloren sich im Himmel. Zurück blieb nicht mehr als eine vage Erinnerung.

»Marc möchte ein Haus kaufen, ich nicht. Ich möchte nach Kolumbien, Marc nicht. Er findet es nicht sicher. Dann dieser ältere Herr; es ist, als würde er mich aus dem Traum hinausziehen.«

Immer wieder flüsterte ich die Sätze vor mich hin. Meist fand ich eine Erklärung für meine nächtlichen Fantasien. Diese notierte ich ebenfalls in dem Tagebuch. Ich blätterte zurück: Nachdem wir Marc und Emily einmal auf einer Hochzeit getroffen hatten, brachte ich nachts die Ereignisse durcheinander und stand neben Marc vor dem Altar. Nachdem Jonas und ich die Hamburger Pizzerien wochenlang durchgetestet hatten, um unseren neuen Restaurantblog zu füllen, träumte ich mich mit Marc in ein Nobelrestaurant. Doch bei diesem neuesten Traum tappte ich im

Dunklen. Erneut las ich meinen letzten Eintrag. Wahrscheinlich hatte Charlys überschwängliche Rede vom Vorabend, Marc würde Gefühle für mich hegen, diese Träumerei ausgelöst. Aber da lag sie falsch. Marc und ich waren Freunde, schon immer gewesen – bis auf diesen kurzen Zeitraum, in dem mein Herz in Marcs Beisein seine Frequenz erhöht hatte. Ob es Tage oder zwei Monate gewesen waren, wusste ich nicht mehr. Im Nachhinein erschien mir die Zeit oft verzerrt. Unbedeutende Ereignisse kamen mir kürzer vor und ein einzelner Glücksmoment nahm in der Erinnerung so viel Platz ein, als hätte er Stunden gedauert.

6

In der Freundschaft zu Jonas und Marc hatte es für mich viele Jahre keine Rolle gespielt, dass die beiden Jungs waren. Jonas, der Pausenclown und mehrfach suspendierte Klassenchaot, war mein bester Freund und immer an meiner Seite. Nicht selten musste ich ihn decken, ihm falsche Alibis verschaffen oder ihm aus der Patsche helfen. Marc hingegen war einfach Marc – der Kerl, dessen karierte Hemden immer akkurat in die Jeans gestopft waren und der keine schulische Fleißarbeit versäumte.

Wir drei waren Einzelkinder und hatten ineinander früh die Geschwister gefunden, die wir uns ersehnten. Dies änderte sich, als Jonas und ich in der neunten Klasse waren. Ich konnte mich noch daran erinnern, wie irritiert ich anfangs war, als ich die Blicke meiner Mitschülerinnen auf

Marc bemerkte. Er war zwei Klassen über uns, und nachdem er mich auf dem Schulhof mit einer Umarmung begrüßt hatte, war ich plötzlich von einer Horde Mitschülerinnen umringt, die mich über ihn auszuhorchen versuchten.

Anfangs beobachtete ich die anderen Mädchen nur, doch irgendwann fing auch ich unbewusst an, mich in seiner Gegenwart wie … na ja, ein Mädchen zu verhalten. Ich kicherte verschämt hinter vorgehaltener Hand, warf meine Haare zurück, wenn er in meine Richtung sah, und druckste herum, um ja nichts Falsches zu sagen.

Als mir eines Tages auf dem Pausenhof zugerufen wurde, dass Marc sich mit Armin aus der 11b prügele, konnte ich das nicht glauben. Marc gehörte nicht zu der Sorte Jungs, die sich schlugen. Schnell folgte ich den anderen Schaulustigen zum Spielplatz und sah mit eigenen Augen, wie er seinen Kontrahenten in den Schwitzkasten nahm.

Armin lachte laut auf und rief: »Schau, da kommt sie auch gleich angelaufen.«

Marc sah in meine Richtung, boxte ihm ein letztes Mal in die Rippen, stand auf, klopfte sich den Sand von den Knien und ging davon. Ich rannte ihm hinterher und fragte nach dem Grund für die Schlägerei. Er studierte mein Gesicht etwas länger als sonst, schüttelte dann den Kopf und antwortete mit versteinerter Miene: »So Sachen.« Damit war der Vorfall für ihn offenbar erledigt. Während wir zurück zum Schulgebäude liefen, fragte er ganz nebenbei: »Hast du Lust, mit zum Schulball zu gehen?«

Überrumpelt erwiderte ich: »Klar. Wir können ja zu dritt hingehen, du, Jonas und ich. Drei Musketiere und so.« Dann formte ich mit Zeige und Mittelfinger ein Victory-Zeichen. Kaum ausgesprochen, hätte ich mich am liebsten geohrfeigt. Und dann diese dämliche Geste mit der Hand … Ich wollte mich gerade korrigieren und meine Antwort durch ein »Ja, gerne« ersetzen, doch Marc war schneller: »Nee, lass mal. Dann frag ich eben Susi. Die wird sicher mit mir gehen.«

Ich stammelte: »Äh, ja. Okay.«

Daraufhin biss er in sein Brötchen und murmelte mit vollem Mund einen Abschiedsgruß.

Mein Blick folgte ihm. Ich war nicht imstande, mich zu bewegen oder ihm gar hinterherzurufen. Als Marc hinter der Ecke des Schulgebäudes verschwunden war, stieß ich reflexartig den Atem aus. Ich hatte gar nicht gemerkt, dass ich ihn angehalten hatte.

Tagelang zermarterte ich mir danach den Kopf, warum ich so reagiert hatte. Ein einfaches »Ja« hätte gereicht, doch ich Vollidiot musste Jonas mit einladen. »Feigling«, schalt ich mich immer und immer wieder.

Am Tag des Schulballs konnte ich an nichts anderes mehr denken als an Marc, der den Abend lieber mit Susi als mit mir verbringen wollte. Bevor die Feier losging, stand jedoch noch ein Schulausflug in die Hamburger Kunsthalle auf dem Programm. Unmotiviert schlurfte ich der Lehrerin hinterher und ignorierte ihre Ausführungen über Kunstgeschichte. Außer Jonas hatte keiner von uns Lust, sich stundenlang vor alten Schinken die Beine in den Bauch zu stehen. Alle tauschten sich über ihre Outfits für den Abend aus und darüber, mit wem sie zu dem Ball gingen.

Die Grizzly ermahnte die Gruppe zur Ruhe und ging zum nächsten Bild. »Und schaut hier: ein Werk aus dem Klassizismus, von Goya. Es zeigt einen mit dem Künstler befreundeten Tuchhändler. Seht das Tuch um den Hals. Er ist kein schöner Mann, doch die Farbkombination aus Blau und Gelb setzt ihn in …«

»Bla, bla, bla«, flüsterte ich Jonas ins Ohr.

»Das hat die Grizzly gestern Abend bestimmt auswendig gelernt.« Jonas stöhnte leise auf. Dann sah er das Bild wieder an. »Weißt du, was bei den Porträts von Goya lustig ist?«

Ich schüttelte den Kopf.

»Er hasste es, Hände zu malen. Es ist auch schwer, die gut hinzubekommen. Aus dem Grund war bei seinen Auftragsarbeiten immer nur eine inklusive. Die zweite Hand hat er irgendwo versteckt, hinter dem Rücken, unter dem Tisch oder außerhalb des Bildrandes. Oder er hat die Menschen einfach seitlich gemalt. Wenn man dennoch beide Hände zeigen wollte, musste man einen Aufpreis zahlen.«

»Das spricht nicht wirklich für sein Können.«

»Ach, dafür hatte er andere Qualitäten.«

»Dass du so scharf auf diesen Kunstkram bist.«

Jonas griff nach meiner Hand. »Komm mit.«

Ich ließ mich mitziehen, sah mich im Gehen aber noch einmal nach der Grizzly um. Sie war ganz in ihre Ausführungen vertieft.

»Durch die Räume einer Ausstellung zu gehen, ist megaspannend. Man sieht durch die Bilder wie durch ein Fenster in eine frühere, längst vergessene Zeit.« Ohne auf meine Reaktion zu warten, zog Jonas mich zwei Räume weiter. »Das hier zum Beispiel. Es ist das romantischste Werk der gesamten Ausstellung, wenn du mich fragst.« Jonas blieb vor einem kleinen, in Erdtönen gehaltenen Ölgemälde stehen, meine Hand immer noch in seiner.

Die Bewunderung in Jonas' Augen ließ auch mich innehalten. Ich begutachtete das Porträt eines nicht sonderlich attraktiven Mannes Mitte zwanzig. Bemüht, dem Bild etwas abzugewinnen, starrte ich es an. »Warum romantisch?«, fragte ich nach einer Weile. Ich fand es recht nichtssagend.

Jonas zog mich zu der Wand gegenüber. »Darf ich vorstellen? Pauline, Rebecca – Rebecca, Pauline.«

Ich betrachtete das braunhaarige, blasse Mädchen, das mich aus dem Goldrahmen heraus anblickte.

»Dieser heiße Feger ist die große Liebe von Philipp Otto Runge, dem Maler aller Bilder in diesem Raum.« Damit schleifte Jonas mich wieder zum vorherigen Werk. »Und das ist er, der gute Philipp. Mein Held. Wie findest du es?«

»Ist das eine Fangfrage?«, wehrte ich ab. Angesichts seiner Begeisterung war es mir peinlich, so wenig Ahnung zu haben.

»Jetzt zier dich nicht. Sag schon. Was siehst du?«

Ich beschloss, ehrlich zu sein. »Einen Typen, der wie ein ziemlicher Softi aussieht.«

»Bingo!« Jonas klatschte, was uns pikierte Blicke der anderen Museumsbesucher einbrachte. Er stellte sich dicht hinter mich und sprach leiser weiter: »Genau das ist es. Er stellte sich nicht stark dar, mit breiten Schultern und markanten Gesichtszügen, oder posiert gar als Künstler, mit Pinsel in der Hand vor einer Leinwand. Er war der Maler – er hätte sich in Szene setzen und seine Züge verschönern können. Aber er versucht erst gar nicht, sich in einem Meisterwerk zu verewigen. Er zeigt sich genau so, wie er ist. Wenige dezente Farbtöne reichen, um alles zu sagen. Er ist entspannt, sogar sein Wams ist geöffnet. Ist das nicht ein schönes, altmodisches Wort? Wams. Das klingt doch viel schöner als eine schnöde Weste. Na, egal. Die Konturen sind weich. Schau, seine Haare sehen aus wie fließende Zartbitterschokolade, und auch dieser braune Kragen wirkt kuschelig. Philipp zeigt seine sanfte Seite; er möchte nicht verstecken, wie verletzlich er ist. Und dann diese roten Wangen. Das ist kein Foto, das geschossen wurde, als ihm zufällig warm war. Nein, er hat eine bewusste Entscheidung getroffen. Er wollte zeigen, dass er glüht. Für sein Paulinchen. Ein romantischer Kerl, durch und durch. Er malt also der Frau, die er liebt, dieses Selbstbildnis, verpackt es und schickt es auf die Reise zu ihr. Sie entfernt das Papier und blickt in das Abbild seiner Augen – tiefschwarz, nicht der kleinste Lichtreflex spiegelt sich in ihnen. Aus seinem Blick spricht die pure, tiefe Sehnsucht. Dieses Bild sagt: ›Das bin ich, das fühle ich für dich.‹ Pauline zieht die Karte aus dem beiliegenden Umschlag und liest seinen Heiratsantrag. Was für ein cooler Typ, genau so macht man es.«

»Und hat sie ja gesagt?«

Jonas zwinkerte mir zu. »Wer könnte da widerstehen?«

Dann sah er wieder das Gemälde an. »Siehst du die unordentliche Strähne, die einen Schatten auf seine Stirn wirft? Ich würde zu gerne wissen, weshalb er sie gemalt hat. Das ist das Faszinierende an Kunst: Man weiß, dass der Maler viel Zeit auf jede Einzelheit verwendet hat, aber er verrät uns nicht, warum er welches Detail wie gestaltet hat. Ich stelle mir vor, dass Pauline seine Locken geliebt hat. Bei ihren ersten zarten Berührungen, die damals vor der Ehe kaum erlaubt waren, traute sie sich, ihm durch die Haare zu fahren. Also ein kleiner verruchter Insider zwischen den beiden.«

Gefesselt starrte ich das Porträt an. »Wow.« Ich konnte zum ersten Mal in meinem Leben ein Bild *fühlen*. Wie ein Lieblingssong, der einem unter die Haut geht, breitete sich eine kribbelnde Aufregung in meiner Magengegend aus, während ich die erdigen Farben und weichen Konturen betrachtete. Ich fühlte mich wie Pauline, berührt von der Geste, ein Bild geschenkt zu bekommen, das so viel Gefühl in sich barg. Ich konnte ihren Stolz und ihre Zuneigung nachempfinden, und zugleich Philipps Nervosität. Er hatte sein Inneres nach außen gekehrt und in einem Selbstporträt festgehalten, und nun wartete er auf ihre Antwort. Als wären meine Sinne von dieser Vorstellung geschärft, nahm ich auf einmal die angenehme Kühle des Ausstellungsraumes auf meiner Haut wahr, während mich das

Flüstern der anderen Besucher in wohltuender Ruhe wiegte. Ich fühlte den kräftigen Druck von Jonas' Hand in meiner. Meine Nase sog seinen Duft ein, als hätte ich Jonas noch nie zuvor gerochen.

»Und nun kommen wir zu den Werken von Philipp Otto Runge, einem bedeutenden Maler der Romantik, der neben Friedrich …«

Ich wusste nicht, wie lange wir so dagestanden hatten. Erschrocken sah ich Jonas an und riss meine Hand aus seiner.

Jonas sagte mit einem seligen Lächeln auf den Lippen: »Das ist meine Welt, Engelchen.« Dann mischte er sich unter unsere Klassenkameraden und ließ mich mit meiner Verwirrung alleine.

Ich sah erneut das Bild an, doch die verwunschene Stimmung von zuvor war dahin. Gedankenverloren trabte ich unserer Lehrerin hinterher, die Daten und Fakten zu den Kunstwerken abfeuerte, aber nicht den Hauch eines Gefühls zu vermitteln verstand.

Als ich wieder zu Hause war und mich auf den Schulball vorbereitete, rückten die Eindrücke vom Vormittag allmählich in den Hintergrund. Ich stand vor dem Spiegel im Flur und betrachtete meine hochhackigen Pumps und den kurzen Jeansrock, den zu tragen mir meine Eltern nur unter der Bedingung erlaubt hatten, ihn mit einer blickdichten schwarzen Strumpfhose zu kombinieren.

Auch wenn ich nicht die Taille hatte, die ich mir ersehnte, konnten sich meine schlanken Beine doch sehen lassen, und ich hatte fest vor, sie so in Szene zu setzen, dass sie Marc ins Auge fallen mussten. Vielleicht wäre Susi dann abgeschrieben, und er würde *mich* sehen … und damit meinte ich: *wirklich* sehen!

Jonas und ich fuhren gemeinsam zum Ball. In der Schulaula angekommen, verabschiedete er sich von mir, da er am DJ-Pult erwartet wurde. Ich ging ein paar Stände ab, kaufte mir eine Butterbrezel und eine Cola und stellte mich zu meinen Klassenkameraden, die aus kleinen Flachmännern Wodka in ihre Softdrinks schütteten, wenn die Aufsichtslehrer wegsahen.

Jonas nahm seine Position auf der Bühne hinter dem Mischpult ein, rief ab und an Sätze wie »Und auf geht's!« oder »Hopp, hopp, auf die Tanzfläche, ihr Garderobenständer!« ins Mikrofon und wechselte die CDs in Windeseile, damit keine allzu langen Tanzpausen entstanden.

»Hey«, warf mir Marc im Vorbeigehen zu und wandte sich dann gleich wieder an Susi.

Erneut fragte ich mich, warum ich seine Einladung nicht einfach angenommen hatte … Aber immerhin hatte er mich gefragt – das bedeutete doch was. Ich gewann meinen Kampfgeist zurück, straffte die Schultern und wollte gerade auf ihn zugehen, als ich feststellte, dass er bereits neben mir stand – alleine. Ich sah mich um und entdeckte, dass Susi bei den Erfrischungsgetränken anstand.

»Jetzt gibt man dem auch noch ein Mikrofon. Schlimm genug, dass der immer auflegt.« Marc klang vergnügt.

»Du weißt doch, wie viel er der Welt zu sagen hat.« Ich schüttelte liebevoll den Kopf.

Marc musterte mich für den Bruchteil einer Sekunde. »Gut siehst du aus«, bemerkte er bemüht beiläufig, doch seine Stimme brach verräterisch.

Innerlich platzte ich vor Freude. Mein Plan war aufgegangen. Ich deutete einen Hofknicks an und dankte ihm mit einem Lächeln für das Kompliment.

»Wollen wir tanzen?«

Noch bevor ich antworten konnte, gesellte sich Susi mit einem Pulk Mädels aus ihrer Klasse zu uns und umgarnte Marc mit spielerischen Tanzbewegungen. Meine Euphorie verging augenblicklich. Unsicher stellte ich mich ein wenig abseits und bewegte mich im Takt von *Return of the Mack*.

Als nächster Song ertönten die düsteren Synthesizertöne von *Insomnia*. Ich schloss die Augen und ließ mich in das Lied fallen, das Jonas und ich vor zwei Jahren hoch- und runtergehört hatten. Ich sah erst auf, als ich eine Hand auf meiner Hüfte spürte.

Jonas hatte sein DJ-Pult verlassen und tanzte neben mir. Augenblicklich hob sich meine Stimmung. Marc schüttelte seinen Fanclub ab und machte unser Trio komplett. Wir hoben unsere Hände in die Lüfte, bewegten uns im Rhythmus des Basses, der aus den Subwoofern wummerte, schrien »I can't get no sleep« und hüpften auf und ab, als das Lied an Schnelligkeit gewann.

Jonas und ich sahen uns in die Augen und sprachen den Text mit. Bis zu diesem Moment war mir nie aufgefallen, wie gut Jonas tanzen konnte. Er bediente sich nicht wie die anderen Jungs unseres Alters der gängigen Party-Moves. Nein, er hatte seine eigenen Jonas-Moves, die so lässig und natürlich aussahen, als wäre der Rhythmus auf seinen Körper übergegangen. Es scherte ihn augenscheinlich nicht, was andere dachten; er bewegte sich frei, wurde mit der Musik schneller, hob beim Finale die Arme in die Höhe, drehte sich und wiegte seinen Kopf beim Ausklingen des Liedes hin und her.

Als Nächstes erklang das Klavierintro von East 17s *It's Alright*, und ich begriff, dass Jonas die Playlist für mich zusammengestellt hatte. Er lehnte aus Prinzip alle Boybands ab, doch ich hatte ihm erst am Vortag das Eingeständnis abgerungen, dass dieser bereits etwas ältere Song gar nicht so übel sei. Schelmisch grinste er mich an, hüpfte beim Refrain mit mir über die Tanzfläche und sang die Strophen im Boyband-Style, indem er seine Hand theatralisch auf Höhe seines Herzens platzierte und mich übertrieben anschmachtete.

Marc lachte ihn zuerst aus, machte dann aber bei seiner Performance mit. Sie knieten mit einem Bein nieder, streckten die Hände zu mir hinauf und sangen mich inbrünstig an. Allmählich bildete sich ein Kreis um uns, und das Publikum aus Klassenkameraden jubelte uns zu.

Die Augen der anderen Mädchen waren entweder neidisch auf mich oder verträumt auf einen der Jungs gerichtet. Mir war die geballte Aufmerksamkeit peinlich, weshalb ich ein wenig an den Rand tanzte. Jonas bemerkte mein Unbehagen, beendete die Showeinlage und zog mich hinter sich her, zurück in die tanzende Menschenmenge.

Ich sah über die Schulter zu Marc, dessen Blick uns folgte. Die Tatsache, dass er uns nicht folgte, verwirrte mich, doch ich war nicht in der Lage, Marc zu lesen. Wie immer, wenn man eine Gefühlsregung von ihm erwartete, blickte man in eine versteinerte Miene. Ich wollte schon zurückzugehen und ihn zu uns zu holen, doch etwas in mir ließ mich zu Jonas aufblicken.

Im selben Moment zupfte eine Gitarre die ersten Töne von *I'll Be Missing You* – unserem persönlichen Sommerhit des Jahres. Ein Funkenregen aus Glück knisterte in meinem Bauch. Jonas griff nach meiner Hand, führte sie über meinen Kopf und ließ mich ein paar Mal um meine eigene Achse kreisen. Schwankend blieb ich vor ihm stehen, schwindelig von den gedrehten Kreisen und berauscht von der Musik. Das einsetzende Stroboskoplicht ließ das Geschehen im Zeitraffer ablaufen, und der ganze Saal sang lauthals den Refrain. Benommen folgte mein Blick den bunten Punkten, die von der Discokugel auf Jonas' Gesicht geworfen wurden, und ich bemerkte, dass seine Augen trotz der allgemein gelösten Stimmung ernst waren.

Plötzlich wirkte eine unerklärliche Kraft auf mich ein, die mich in Jonas' Richtung zog – am ehesten vergleichbar mit der Erdanziehung: Sie war da, ohne dass man sie wirklich spürte, und selbst wenn ich mich ihr hätte widersetzen wollen, hätte ich es nicht gekonnt. Ich ließ mich von ihrem Sog einfangen, ließ zu, dass der Abstand zwischen Jonas und mir immer kleiner wurde, bis kaum noch eine Hand zwischen uns passte.

Ich wagte nicht, den Blick zu heben und ihm ins Gesicht zu sehen, doch seine Hände, die sich um meine Taille legten und mich wie selbstverständlich zu ihm zogen, gaben mir Mut. Ich schlang meine Arme um seine Brust, verschränkte sie hinter seinem Rücken und legte meinen Kopf auf den weichen Sweatstoff seines Pullovers. So standen wir bewegungslos auf der Tanzfläche und hielten einander fest, als hätten wir Jahre aufzuholen …

Erst als die Playlist endete und die Stille im Raum vom lautstarken Murren und Grölen der Tanzwütigen ersetzt wurde, lösten wir uns voneinander. Jonas fasste nach meinen Händen und seine Finger verschränkten sich mit meinen, als er sich rückwärts in Richtung Bühne bewegte, mich dabei fest im Blick. Erst als er die Treppen zur Bühne hinaufstieg, lösten wir uns voneinander und unser Augenkontakt riss ab. In diesem Moment wusste ich, dass von nun an nichts mehr so sein würde, wie es einmal gewesen war. Ich war mit der Hoffnung in den Abend gestartet, dass Marc mich endlich sehen würde, doch nun hatte ich plötzlich Jonas gesehen – wirklich gesehen.

7

Ich war mit dem Auto auf dem Weg zu meiner Mutter nach Jork. Die Straße war glatt, der Winter bäumte sich in den letzten Tagen des Aprils noch einmal auf, bevor er, wenn man dem Wetterbericht Glauben schenkte, endgültig dem Frühling weichen würde. Im alten Land gab es nicht nur die vier Jahreszeiten wie in der Großstadt Hamburg, wo ich seit meinem Studienbeginn wohnte. Hier gab es viele Nuancen dazwischen, kleine Details, die den Übergang zwischen den Jahreszeiten zeigten: Der Asphalt auf der vor mir liegenden Straße entlang des Elbdeichs glitzerte silbern in der Sonne. Die zarten Knospen der in Reih und Glied gepflanzten Apfelbäume standen in den Startlöchern zur Blüte, während die Äste noch von weißem Raureif überzogen waren. An meinem Elternhaus angekommen, stieg ich aus und lauschte dem Gezwitscher der rastenden Zugvögel, das aus der Trauerweide im Vorgarten ertönte. Trotz der Kälte konnte ich den Frühling regelrecht spüren.

»Hallo, Mama!«

Meine Mutter, die in ihrem dicken Parka und mit Schal ein wenig wie das Michelin-Männchen aussah, fegte den Gehweg. Aus ihrer Mütze quollen blonde Locken hervor. Sie drehte sich sichtlich überrascht um. »Schätzchen, wie schön! Haben dich meine zahlreichen Nachrichten also doch erreicht«, begrüßte sie mich mit einem Lächeln voller Zärtlichkeit, das nur Müttern zu eigen ist.

»Du hast mir Waffeln in Aussicht gestellt.«

»Ich wusste es. Die ziehen immer.« Sie schloss mich in die Arme und drückte mich fest an sich. Die Federfüllung ihrer Jacke gab weich nach. Noch bevor ich das kleine Fachwerkhaus, in dem ich aufgewachsen war, betreten hatte, durchflutete mich ein wohltuendes Gefühl von Behaglichkeit.

»Schön, dass du da bist, Mäuschen.« Sie strich mir über den Kopf, wie sie es schon in meiner Kindheit getan hatte. Die zärtliche Geste hatte nie die Kraft verloren, mich zu trösten. Ich dankte meiner Mutter im Stillen, dass ihr kein Wort des Vorwurfs über die Lippen kam. Es tat mir unendlich leid, sie seit Jonas' Tod so selten besucht zu haben. Doch sie kannte mich besser als jeder andere Mensch und wusste, dass ich meine Trauer erst einmal mit mir selbst ausmachte.

Jetzt griff meine Mutter nach meiner Hand. »Komm erst einmal rein.«

Wir setzten uns gerade in Bewegung, als ich Barbaras nasale Stimme hörte, begleitet vom Klackern ihrer Pumps auf dem Granitpflaster ihrer Einfahrt. »Hallo, Rebecca.«

Widerwillig drehte ich mich um und sah zu ihr auf das Nachbargrundstück. »Hallo, Barbara. Hallo, Frank«, begrüßte ich Jonas' Eltern.

Frank verabschiedete sich mit einem Nicken, Barbara machte jedoch keine Anstalten zu gehen.

Wie immer war sie perfekt gekleidet. Der Kragen eines Kaschmirpullovers lugte aus ihrem schwarzen Wollmantel und ihre Lippen trugen den gleichen Beeren-Farbton wie ihre Schuhe. Sie stand vor ihrem nicht minder perfekt gepflegten Neubau auf der Einfahrt – einem Rondell, das Autos Platz zum Wenden bot. Warum ein Auto auf ihrem Grundstück drehen sollte, hatte ich noch nie verstanden, unsere Häuser lagen in einer stillen Einbahnstraße mit Wendekreis. Doch es sah nobel aus, und darauf kam es wohl an.

»Barbara«, grüßte auch meine Mutter zurückhaltend. Sie waren früher befreundet gewesen, hatten oft Skat miteinander gespielt, doch seit Jonas' Tod herrschte auch zwischen ihnen Funkstille.

»Maren.« Barbara verzog keine Miene.

Ich setzte erneut an, ins Haus zu gehen.

»Ach, Rebecca?«

Ich atmete tief durch, wandte mich erneut um und sah sie fragend an.

»Es gibt da übrigens ein paar Dinge aus Jonas' Hausstand, die ich bei Gelegenheit gerne hätte. Kann ich dir eine Liste zusenden, damit du sie mir bitte zurückgibst?«

»Warum nennst du sie mir nicht jetzt?« Ich merkte, dass ich unangemessen patzig reagierte, doch allein der Gedanke, Erinnerungsstücke teilen zu müssen, weckte meinen Kampfgeist.

»Na gut, wenn du dir das merken kannst: die Brockhaus-Enzyklopädie, die war das Hochzeitsgeschenk meiner Schwiegereltern.« Sie tippte sich ans Kinn, als würde sie überlegen. »Außerdem die Holztruhe meiner Mutter, die sollte im Familienbesitz bleiben. Und er hatte auch noch ihren Verlobungsring.«

Meine Mutter schnaubte leise, mir stockte der Atem. Ich steckte die linke Hand in die Jackentasche und rieb mit dem Daumen über meinen Ringfinger. Er hatte ihn mir gegeben. Er hatte um meine Hand angehalten. Ich konnte ihn nicht zurückgeben.

»Und, ach ja ... Carl bat mich erneut, dir seine Nummer zu geben.« Sie kramte in ihrem Geldbeutel und reichte mir über ihren schwarzen Eisenzaun hinweg eine Visitenkarte. »Wahrscheinlich wäre es sinnvoll, dass du jetzt mal mit ihm sprichst.«

Nun fiel mir nichts mehr ein. Carl Lambert, ein pensionierter Psychologe, war ein alter Freund von Frank. Auch Jonas war mit ihm befreundet gewesen, ich kannte ihn jedoch nur aus Erzählungen. Gemeinsame Nachmittage waren rar gesät, aber nach jedem Besuch bei Carl kam Jonas selig nach Hause. Barbara hatte seit jeher versucht, mich von einer Sitzung bei Carl zu überzeugen – wegen meiner »ständigen Unentschlossenheit«, wie sie zu sagen pflegte. Ich vermutete als wahren Grund, dass sie sich eine künftige Schwiegertochter wünschte, die ein wenig geradliniger war. Genau deswegen hatte ich nie Wert darauf gelegt, Jonas zu einem Treffen mit Carl zu begleiten.

»Was soll das, Barbara?«, platzte es aus meiner Mutter heraus.

»Was soll was? Ich möchte doch nur ein paar Erbstücke meiner Familie retten. Das wäre sonst zu schade.«

Meine Mutter zog die Augenbrauen zusammen. »Na dann. Was mir aber noch einfällt: Euer neuer Zaun ist nach der Hamburgischen Bauordnung vierzig Zentimeter zu hoch. Außerdem habe ich mir das mit dem Aufbau über eurer Garage nochmal überlegt. Den Bauantrag werde ich wohl doch nicht unterschreiben.«

»Jetzt sei nicht kindisch.«

»Ich möchte nur meine Aussicht auf den Zierkirschbaum hinter eurer Garage retten. Das wäre sonst zu schade«, äffte meine Mutter Barbaras versnobten Tonfall nach.

Barbara hatte recht. Meine Mutter benahm sich kindisch; so kannte ich sie gar nicht. Ich hätte sie am liebsten an Ort und Stelle umarmt.

»Na, ihr drei?« Gerti, Marcs Mutter, stieß zu uns. Sie wohnte in dem Haus auf der anderen Seite des Priller-Palasts, wie ich Barbaras Neubau insgeheim nannte.

Ihr Kurzhaardackel zog an der Leine, als wollte er schnellstmöglich nach Hause ins Warme. Als Gerti ihm ein mahnendes »Karlchen!« zurief, setze er sich widerwillig hin und blickte hechelnd zu seinem Frauchen hoch.

»Sag mal, hast du Barbaras Bauantrag schon unterschrieben?« Die Augen meiner Mutter funkelten angriffslustig.

»Noch nicht. Warum?«

»Nicht so wichtig. Willst du mit mir und Becca einen Kaffee trinken? Es gibt auch Waffeln.«

»Gern. Ich wollte euch eh etwas erzählen.«

Meine Mutter wandte sich Barbara zu und lächelte freundlich. »Dann wünsche ich dir noch einen wunderschönen Tag. Und, ach ja: Den Brockhaus kannst du haben.« Sie sah mich an. »Nicht wahr, Schätzchen?«

Ich beeilte mich zu nicken und folgte ihr. Im Haus stellte ich meine Fellboots auf die Fußmatte und trat in die trockene Kaminhitze des Wohnzimmers. Das Knistern des Feuers, der Geruch von Apfeltee und die Klänge von Andrea Berg, die im Hintergrund vom Paradies trällerte, hießen mich im wohligen Heim meiner Kindheit willkommen.

»Was wollte Barbara denn?«, fragte Gerti, während sie ihre orangenfarbene Steppjacke ablegte und ihre von der Mütze verwuschelten mausgrauen Haare glatt strich.

»Pah!«, stieß meine Mutter hervor. Dann erzählte sie von Barbaras Anliegen und erklärte, wie unsensibel es war, mich zu bitten, den Verlobungsring zurückzugeben.

Gerti sah mich erstaunt an. »Jonas hatte dir einen Heiratsantrag gemacht?« Sie stockte. »Sofern du es erzählen möchtest. Ich verstehe, wenn nicht.«

Ich dachte kurz nach, entschied aber, dass ich wollte. Die Erinnerung verblasste allmählich und an manchen Tagen zweifelte ich selbst daran, dass Jonas diesen Antrag wirklich gemacht hatte. Indem ich darüber sprach, wurde es vielleicht wieder real. Gerti und ich setzten uns an den Wohnzimmertisch, während meine Mutter in der Küche verschwand, um den Waffelteig anzurühren.

Mit leiser Stimme begann ich zu erzählen: »Es war unser erster Nachmittag in Bogotá. Wir wollten uns einen Überblick über die Stadt verschaffen. Also nahmen wir einen Bus zum Fuße des Hausbergs Monserrate und fuhren mit der Gondel zu dem Aussichtspunkt hinauf. Wir lagen auf einer Picknickdecke, genossen den atemberaubenden Blick über die Millionenstadt und beobachteten die Wattewolken, die über die Stadt zogen. Jonas konnte in jeder der Wolken ein Tier erkennen, du weißt ja, wie er ist. Und …« Meine Stimme versagte und ich blinzelte die aufsteigenden Tränen weg. »Wie er war«, korrigierte ich mich tonlos und versuchte, mich auf meine Erinnerungen zu konzentrieren. »Hinter uns spielte eine kolumbianische Band; Jonas summte gedankenverloren mit. Dann zog er dieses Foto von sich aus seiner Tasche und hielt es mir hin …« Ich schluckte. Nein, ich war noch nicht bereit, diese Geschichte zu teilen, genauso wenig, wie ich mir die Bilder ansehen konnte, die Jonas mir überreicht hatte. In ihren Passepartouts eingefasst lagen sie zu Hause auf dem Boden unserer

Truhe. »Dann hielt er mir das Schmuckkästchen vor die Nase«, kürzte ich meine Erzählung ab.

Gerti wischte sich eine Träne von der Wange. »Und nun möchte Barbara diesen Ring zurück.«

Ich nickte.

Meine Mutter kam zurück und setzte sich zu uns.

»Diese Schnepfe! Wir sollten ihre Marmortreppe mitsamt diesen grässlichen Rottweiler-Figuren heute Nacht mit Eiern bewerfen!«, stieß Gerti hervor, hielt sich dann aber die Hand vor den Mund, selbst überrascht von ihrer Direktheit.

»Das sind ja ganz neue Töne«, bemerkte ich. Sie hatte sich noch nie negativ über Barbara geäußert.

»Okay. Es muss raus!« Meine Mutter machte ein Gesicht, als würde sie uns gleich in die Geheimnisse des Universums einweihen. Flüsternd gestand sie uns: »Barbara ist eine total aufgeblasene Kuh. ›Mein Jonas kann dies, mein Jonas kann das.‹ Als wäre das Wort ›mein‹ sein erster Vorname: Mein-Jonas Priller. Versteh mich nicht falsch, Rebecca. Er war ein ganz besonderer Mensch, aber seine Mutter … Und dann dieser neumodische Klotz, den sie Haus nennen. Fürchterlich. Bauhausstil – dass ich nicht lache. Das passt doch gar nicht hierher! Und erst diese Angeberkarre: ein fetter Mercedes. Das Ding passt in keine Parklücke!«

Ich musste lachen. Meine Mutter und Gerti sahen mich erst irritiert an, dann fingen sie ebenfalls an zu kichern, und selbst Karlchen stimmte mit einem Kläffen in unseren Heiterkeitsausbruch ein. Die Tränen liefen mir die Wangen hinab und ich hielt mir den Bauch. Gerti holte Luft und stieß dabei seltsame Schweinchengeräusche aus, was meiner Mutter und mir den nächsten Lachanfall entlockte.

»Wusstest du deshalb, dass ihr Zaun vierzig Zentimeter zu hoch ist?«, hakte ich nach, als ich mich etwas beruhigt hatte.

»Nein, das war geblufft. Ich habe keine Ahnung, wie hoch so ein Ding sein darf.«

Ich war über meine Mutter, die normalerweise kein Wässerchen trüben konnte, ernsthaft erstaunt.

Gerti kicherte. »Und ich dachte, du magst sie und es herrscht zwischen euch gerade nur Funkstille, weil …« Sie stockte und sah mich an.

»Und ich dachte, *du* magst sie.«

Verblüfft von dieser Erkenntnis schauten sich die zwei Frauen kopfschüttelnd an.

Meine Mutter klatschte in die Hände. »Auf den Schreck brauchen wir erst einmal ein Likörchen.«

Die Standpendeluhr meiner Mutter läutete elf Mal, als wollte sie uns mahnen, dass es zu früh für Alkohol war.

Gerti sah uns skeptisch an, dann winkte sie ab. »Heute ist auch alles egal.«

Mir fiel Gertis Bemerkung von vorhin wieder ein. »Was wolltest du uns eigentlich erzählen?«

»Marc hat sich von Emily getrennt«, platzte es aus ihr heraus.

»Waaaas?«, fragten Mutter und ich unisono.

»Er meinte, dass sie kaum noch Zeit miteinander verbracht hätten, und das, obwohl sie in derselben Firma arbeiteten. Außerdem hätten sie sich auseinandergelebt, alles zwischen ihnen sei langweilig geworden. Er wollte Schwung in sein Leben bringen und ist immer öfter mit seinen Arbeitskollegen am Wochenende tanzen gegangen. Sie hatte nie Lust, ihn zu begleiten, ist immer zu Hause geblieben, und letztlich haben sie sich deswegen überworfen.«

»Warte mit weiteren Details auf mich.« Meine Mutter eilte in die Küche, um den Eierlikör aus der Glasvitrine zu holen. Als sie zurückkam, nahmen wir Marcs Erklärung auseinander und setzten sie in verschiedenen Varianten wieder zusammen. Meine Mutter und Gerti kamen zu dem Schluss, dass es ihm gutgetan hätte, zuerst mit einer Frau zusammen zu sein, mit der er mehr erlebt hätte. So hätte er sich ein paar Jahre austoben können, bevor er sich Emily angelte, mit der er dann eine solide Beziehung hätte eingehen können. So geradlinig wie Marc sei, hätten als Nächstes sicher Heirat und Kinder auf der Agenda gestanden, und da habe er wohl Torschlusspanik bekommen. Zufrieden mit ihrem Erklärungsmodell, stießen die zwei nochmals an und beschlossen, dass Marc und Emily zu einem späteren Zeitpunkt erneut zusammenkommen würden.

»Warum bist du denn so still?«, fragte mich meine Mutter.

»Ach, nichts.« Ich fand, dass Kurzschlusshandlungen so gar nicht zu Marc passten. Alles, was er machte, war wohlüberlegt. Vielleicht würde er mir den wahren Grund irgendwann verraten.

»Und, was macht die Uni?«, wechselte Gerti das Thema.

Verlegen rutschte ich von einer Pobacke auf die andere. »Ich weiß nicht«, gab ich zu.

»Du solltest wieder anfangen, dein Leben zu leben, Mäuschen.« Meine Mutter streichelte mir über den Rücken.

»Ich möchte nicht weiterstudieren. Ich denke, ich suche mir einen Job.«

»Ich hatte mir so gewünscht, dass du als Erste in der Familie Mahler ein Diplom in den Händen hältst.« Ihre Schultern sackten nach unten.

»Ich weiß nicht mehr, wofür ich noch studieren soll.«

»Vielleicht solltest du dich von jemandem beraten lassen«, schlug Gerti vor.

»Immer bist du am Zweifeln, mein Schatz. Und jetzt der Tod von Jonas. Ich kenne diesen Seelenschmerz, wenn man jemanden verliert – mehr als mir lieb ist –, und es bricht mir das Herz, dass du diese Erfahrung so jung machen musst. Aber du musst weiterleben. Jonas hätte das auch gewollt. Gerti hat recht, du solltest dir Hilfe holen«, schlug meine Mutter in dieselbe Kerbe, beeilte sich jedoch zu ergänzen: »Aber nicht bei diesem Psychologen von Barbara, schon aus Prinzip! Außerdem weiß man nie, was der Barbara alles erzählt. Er ist ja pensioniert, da ist er sicher nicht mehr an die Schweigepflicht gebunden.«

»War das nicht auch der Psychologe, der wegen irgendwelcher wilden Behauptungen bei seiner Universität in Ungnade gefallen ist?«, fragte Gerti.

Jonas hatte so etwas einmal erwähnt, aber im selben Atemzug betont, dass er komplett hinter Carl stünde.

»Stimmt. Jetzt, wo du es erwähnst …« Meine Mutter tippte sich nachdenklich ans Kinn. »Mich wollte Barbara auch überreden, ihn zu treffen, nachdem Norbert gestorben war … Dann ist es ja gut, dass ich das nie gemacht habe.«

Ich nickte abwesend und fühlte mich schuldig, dass ich bisher nicht die Parallele zu der Geschichte meiner Mutter gezogen hatte. Mein Vater war vor vier Jahren gestorben, doch Mama war ganz anders als ich, viel stärker. Sie hatte ihre Trauer bekämpft, indem sie einfach weitermachte. Jetzt, da ich nachempfinden konnte, wie sie sich gefühlt haben musste, ertrug ich den Gedanken kaum, damals nur mit mir beschäftigt gewesen zu sein. Ich hatte mich mit diversen Hobbys abgelenkt, die ich jeweils so schnell beendete, wie ich sie begonnen hatte. Alles war besser, als mich meinen Selbstvorwürfen zu stellen, die lauthals schrien, dass ich diese Australienreise hätte absagen müssen. Ich erinnerte mich noch genau daran: Kurz vor Jonas' und meinem Urlaub war ich in Jork gewesen und hatte sofort die gedrückte Stimmung im Haus meiner Eltern bemerkt. Nach mehrfachem Nachfragen hatte mein Vater mir berichtet, dass sein Arzt ihn für weitere Untersuchungen ins Krankenhaus eingewiesen hatte. Er erzählte mir in unaufgeregtem Ton, dass er seit Längerem unter Hustenanfällen und Schwindelgefühl litt, doch in seiner Stimme schwang eine unterdrückte Sorge mit, die mir nicht verborgen blieb. Im selben Atemzug nahm er mir jedoch das Versprechen ab, dass wir die Fernreise, auf die wir so lange gespart hatten, wie geplant antreten würden.

Ich kam seiner Bitte nach, doch bereits beim ersten Telefonat mit meiner Mutter verriet mir ihre brüchige Stimme, dass ich die falsche Entscheidung getroffen hatte. Mein Vater war Nichtraucher, hatte sein Leben lang gesund gelebt, viel Sport getrieben, und dennoch hatte er nun, mit fünfundsechzig Jahren, einen Tumor in der Lunge – und noch schlimmer: Der Krebs hatte gestreut, und die Ärzte nahmen uns mit dem schrecklichen Wort »Endstadium« jegliche Hoffnung auf eine mögliche Genesung.

Ich wollte es erst nicht glauben. Es gebe immer einen Weg, hatte ich zu meiner Mutter gesagt. Die Reise über Land zurück nach Sydney dauerte vier Tage. Von dort aus hatten Jonas und ich einen bezahlbaren Ersatzflug mit zweitägigem Zwischenstopp in Singapur bekommen.

Doch all das war umsonst gewesen: Noch bevor wir in Hamburg landeten, war mein Vater gestorben. Meine positive Lebenseinstellung hatte in diesem Moment einen ersten Riss bekommen, wobei ich nicht ahnte, dass dieser bald noch viel tiefer werden würde. Ich war nur zwei Stunden zu spät gewesen. *Zwei Stunden.* Noch Jahre später stellte ich mir vor, wie er auf seinem Weg in den Himmel kurz bei mir vorbeischaute: Während ich im Landeanflug war, spickte er durch die Fensterluke, hob seine Hand, zwinkerte mir noch einmal zu und winkte so lange, bis er nur noch ein kleiner Punkt am Horizont war, der vom Schleier der Wolken verschluckt wurde.

Das goldene Armkettchen mit einem tropfenförmigen Smaragd, das er mir vermacht hatte, hatte ich nie abgelegt, auch nicht in Kolumbien – ein Fehler, den ich mir nie verzeihen würde. Hätte der Dieb das Kettchen nicht an sich gerissen …

»Ach, Mäuschen.« Meine Mutter schloss mich fest in ihre Arme. Erst jetzt fiel mir auf, dass ich geweint hatte. Das alles war einfach zu viel.

»Denk zumindest darüber nach, dir Hilfe zu holen«, nahm sie das Gespräch wieder auf.

Ich beschloss, ihrem Rat zu folgen, zumindest in Teilen, denn wenn ich über Jonas reden würde, dann mit jemandem, der ihn kannte und dessen Vertrauen er genossen hatte. Ich fühlte in der Tasche meiner Jeans nach der Visitenkarte, die Barbara mir überreicht hatte.

8

Ich blieb den ganzen Tag in Jork und fuhr erst am frühen Abend nach Hause. Kurz bereute ich, nicht über Nacht geblieben zu sein, denn kaum hatte ich den Hauseingang passiert und den düsteren Flur meines Mietshauses betreten, kehrte meine Beklommenheit zurück. Müde kramte ich in meiner Handtasche nach dem Wohnungsschlüssel.

»Hi.«

Ich zuckte zusammen, drehte mich um und atmete erleichtert auf. Marc lehnte im Dunkel des Treppenhauses an der Wand. Eine Hand steckte in der Hosentasche, in der anderen hielt er eine Rotweinflasche.

»Hey«, begrüßte ich ihn.

»Darf ich reinkommen?«

Ich trat zur Seite und machte ihm den Weg in die Wohnung frei. »Aber erwarte nicht allzu viel von mir. Ich habe heute all meine Worte für diesen Monat aufgebraucht.« Ich folgte ihm, warf den Schlüssel auf die Anrichte und trat mit meiner Fußspitze gegen die Hacke des anderen Fußes, um meinen Turnschuh abzustreifen. Dann wiederholte ich das Kunststück mit dem anderen Fuß. »Woher wusstest du, wann ich heimkomme?«

»Ich wusste nicht, wann. So machst du übrigens deine Schuhe kaputt.«

»Und wenn schon. Aber du wusstest, dass ich unterwegs war.«

Wir grinsten uns an. Der Nachbarschaftsfunk, wie wir den Klatsch unserer Mütter immer nannten, funktionierte noch einwandfrei.

»Du bist wieder Single?«, foppte ich ihn.

»Und du gehst zum Psychiater?«, schoss Marc zurück.

»Dir war also langweilig mit Emily?«

»Und du willst ein weiteres Studium abbrechen?«

»Touché.« Ich nickte anerkennend. Es fühlte sich gut an, mal nicht mit Samthandschuhen angefasst zu werden.

Marc ging in die Küche und kam mit der Flasche, zwei Weingläsern und einem Flaschenöffner ins Wohnzimmer, wo ich mich auf das Sofa unter eine Decke gekuschelt hatte.

»Den brauche ich jetzt, auch wenn mein Flieger schon um sechs Uhr dreißig geht.«

»Dann hebt er eben ohne dich ab.«

»An dem Mandanten baggere ich schon seit Jahren rum. Bei dem darf ich mir keinen Patzer erlauben.«

»Deine Beziehung ist gerade in die Brüche gegangen, da darf dein Ehrgeiz wohl mal ein paar Tage pausieren.«

Marc legte die Stirn in Falten und verzog den Mund, als belächelte er ein Kleinkind, das immer wieder denselben Fehler beging. Ich hasste es, wenn er das tat. Dabei war er der Unverbesserliche von uns beiden, denn schon als Kind konnte er sich nie entspannen. Während Jonas und ich durch die Welt schlenderten, brauchte er immer ein klares Ziel. Selbst bei unserem Spiel »Rechts oder links« entschied er blitzschnell, während wir noch träumten. Bei jeder Kreuzung schlug er, ohne zu zögern, eine Richtung ein und rannte los. Damals dachte ich, Marc wäre so unerschrocken, weil er zwei Jahre älter war als Jonas und ich. Inzwischen wusste ich, dass Marc immer sein Ziel kannte. Er ging entschlossen voraus und schaute höchstens zurück, um zu sehen, wer ihm folgte – und obwohl er bei jeder Weggabelung rechts oder links ging, sah sein Leben, von oben betrachtet, geradlinig wie ein Lineal aus.

»Willst du gar nicht wissen, warum ich mich von Emily getrennt habe?«

Ich hatte gerade einmal an dem Sauvignon genippt, während er schon sein ganzes Glas geleert hatte und sich nachschenkte.

»Unsere Mütter haben da so ihre Theorien.«

»Aha?« Er studierte mein Gesicht, presste die Lippen aufeinander und sah weg. Nur ein kleiner Funke Traurigkeit blitzte durch seine dicke Fassade aus Gleichgültigkeit;

mehr Gefühlsregungen angesichts seiner Trennung waren nicht zu erwarten. Er konnte eben nicht aus seiner Haut.

»Ja. Sie sind einhellig zu dem Schluss gekommen, dass du mal lockerlassen solltest.«

»Was meinst du, was ich hier tue?« Er nahm ein paar kräftige Schlucke seines Weines, fast so, als trinke er Cola. Mit nachdenklicher Stimme fuhr er fort: »Ich glaube, die beiden haben recht. Ich brauche jemanden an meiner Seite, der ein bisschen mehr Leichtigkeit in mein Leben bringt.«

»Hört, hört.« Ich grinste.

»Ich habe schon seit einiger Zeit darüber nachgedacht, mich von Emily zu trennen, weißt du?«

»Möchtest du mir erzählen warum?«, fragte ich vorsichtig.

Marc schien darüber nachzudenken, schüttelte dann aber den Kopf. »Irgendwann werde ich das.«

Ich nickte.

»Lass uns tanzen gehen«, schlug er dann aus heiterem Himmel vor.

»Spinnst du?« Ich stupste mit dem Finger auf seinen Oberarm, den er daraufhin hob und um meine Schultern legte. Ich ließ mich in seine Umarmung fallen und genoss für einen Augenblick, mich anlehnen zu können.

»Es gab Zeiten, da hast du jedes Wochenende Party auf dem Kiez gemacht.«

»An einem Sonntagabend? Mumpitz!«

»Papperlapapp«, entgegnete er mit einem Schmunzeln.

»Schnickschnack«, pfefferte ich zurück.

»Humbug«, kam prompt die Antwort.

»Firlefanz.«

»Kokolores.«

Mir fiel kein Wort mehr ein, und nach ein paar Sekunden warf mir Marc ein triumphierendes »Hahaaaa« entgegen, was mich auflachen ließ. Ich hatte dieses Spielchen schon längst vergessen, und die Erinnerung daran machte Jonas für einen Moment wieder lebendig. Jonas hatte ein Faible für die deutsche Sprache gehabt. Jedes Mal, wenn wir als Kinder ein seiner Meinung nach komisch klingendes Wort benutzten, feuerte er einen Schwall an lustigen Ausdrücken hinterher und lachte sich dabei halb schlapp.

»Mit Worten konnte er umgehen.« Marc sah aus dem Fenster. »Erinnerst du dich noch an seine Rede auf eurem Abiball? Wie war das noch? Das allgemeine Abitur ist die Klimax unserer schulischen Laufbahn, es setzt den Akzent, bedeutet den Höhepunkt auf dreizehn Jahre unserer Bemühungen …«

»Ich habe nur die Hälfte verstanden. Von den Lehrern bekam er aber Standing Ovations.« Ich sah noch genau vor mir, wie er mit einem lauten »Yay« die Bühne heruntergehopst war, ohne die Treppe zu nehmen, was in starkem Kontrast zu der Ernsthaftigkeit seiner Rede stand.

»Dabei konnten die Lehrer ihn während der Schulzeit nur bedingt leiden. Gott, er hätte auf dieses dämliche Hochbegabteninternat gehört«, merkte Marc an.

»Ihm war es wichtiger, bei uns zu sein.«

»Wohl eher bei dir.« Marcs Grinsen wurde breiter. »Er hatte sicher Angst, dass ich dich ihm ausspanne, wenn er erst weg ist.«

Ich überging den Kommentar, denn ich wollte Marc nicht vor den Kopf stoßen. »Ich erinnere mich noch an Barbaras Gehabe – wie sie durch die Straße lief und jedem Nachbarn erzählte, ihr Jonas hätte vom Direktor eine Empfehlung für eine Eliteschule erhalten. Das hat ihr Weltbild zurechtgerückt; damit war Jonas kein schwieriges, sondern ein unterfordertes Kind.«

»Auf den Trichter hätte sie auch selbst kommen können. Obwohl Jonas unentwegt schwänzte und nicht lernte, bekam er eine Eins nach der anderen.« Marcs Blick war ins Leere gerichtet. »Ich sehe noch ihr wutentbranntes Gesicht vor mir, als sie von seiner erneuten Suspendierung vom Internat hörte. Aber wenn Jonas etwas nicht wollte, dann waren ihm alle Mittel recht. Und so hat er ja bekommen, was er wollte: Er konnte wieder mit dir in die Klasse gehen.« Nach einem gedankenverlorenen Seufzen fügte er hinzu: »Er fehlt mir so.«

Pompi hüpfte auf das Sofa und strich an Marcs Arm entlang, was ihre Art war, jemanden zum Streicheln aufzufordern.

»Ihr habt mir nie verraten, warum eine eurer Katzen nur drei Beine und die andere einen Stumpen als Schwanz hat«, sagte Marc, während er mit der Hand vorsichtig über ihren Rücken streichelte.

»Damit du uns nicht für bekloppt hältst … aber das ist jetzt auch egal. Wir sind ins Tierheim gegangen und haben nach Tieren mit den schlechtesten Vermittlungschancen gefragt.«

»Und warum?«

»Die beiden hätten sonst den Rest ihres Lebens im Heim verbringen müssen.«

»Du und Jonas, ihr wart echt füreinander geschaffen.« Marc schüttelte den Kopf, während er Pompis Köpfchen kraulte. Schnurrend rollte sie sich auf seinem Schoß zusammen.

»Ja, das waren wir.« Ich kniff die Lippen zusammen.

»Ihr wart mein Vorbild in Sachen Beziehung, weißt du das? Ich habe euch immer um das beneidet, was ihr hattet.«

Ich sah Marc irritiert an. Wenn jemand eine Vorzeigebeziehung geführt hatte, dann er und Emily. Sie sahen wie Models aus einer Hugo-Boss-Werbung aus, mit ebenmäßigen, zuweilen vielleicht etwas ernsten Gesichtern, aber unfassbar attraktiv in Anzug und Kostüm. Und obwohl sie beide Karrieremenschen waren, tischten sie zu Hause nie unter drei Gängen auf, liebten Gartenarbeit und lasen sich sonntags am Frühstückstisch gegenseitig aus der *Frankfurter Allgemeinen* vor.

»Auch wir hatten unsere Probleme«, relativierte ich Marcs Einschätzung, obwohl es sich nicht richtig anfühlte, die Beziehung zwischen mir und Jonas in irgendeiner Form negativ zu bewerten. Doch Marcs trauriger Blick gab mir das Gefühl, ihn trösten zu müssen. Er hatte sich von seiner langjährigen Partnerin getrennt; da brach ich mir keinen Zacken aus der Krone, wenn ich zugab, dass auch bei Jonas und mir nicht alles rosarot war.

»Probleme?« Marc sah mich überrascht an.

»Na ja, wir waren uns nicht gerade eine Stütze, wenn es darum ging, etwas zu Ende zu bringen. Wir beide brauchten mehrere Anläufe beim Studium. Gar nicht zu reden von all den Hobbys, die kamen und gingen. Der Restaurant-Blog, den wir mal begonnen haben. Die Spendenaktion für Eisbären. Das Buch, das wir über unsere Reisen schreiben wollten … Das Einzige, was Jonas durchgezogen hat, war seine Meditation, und dabei habe ich mich immer furchtbar gelangweilt.«

»Aber ihr wart glücklich.«

»Und chronisch pleite«, witzelte ich, was mich erneut daran erinnerte, dass sich unser Erspartes langsam dem Ende zuneigte.

»Kann ich dir … also … Kommst du zurecht?«, fragte Marc zögerlich, als hätte er meine Gedanken gelesen.

»Danke. Alles gut.« Ich wollte kein Geld von Marc, weshalb ich schnell das Thema wechselte. »Dafür, dass du Katzen nicht leiden kannst, schließt du aber schnell Freundschaft mit ihnen.« Ich zeigte auf Pompi, die ihr Köpfchen unter Marcs Streicheleinheiten hin- und herdrehte.

Marc ließ sich auf mein Ablenkungsmanöver ein. »Sag das bloß keinem, ich habe einen Ruf zu verlieren.«

»Selbstredend.« Ich setzte einen gespielt ernsten Gesichtsausdruck auf und nickte.

Die halbe Nacht tauschten wir Geschichten über Jonas aus, die der jeweils andere noch nicht kannte. Begierig sog ich Marcs Erzählungen von ihren Männerabenden auf. Etwas Neues über Jonas zu erfahren, fühlte sich an, als säße er zwischen uns und lachte über unsere Anekdoten.

Nach einer weiteren Flasche Sauvignon bestellte Marc sich ein Taxi. Ich glaubte zwar kaum, dass ihm zweieinhalb Stunden Schlaf zum Ausnüchtern reichen würden, aber wie ich ihn kannte, würde er dennoch pünktlich um sechs Uhr dreißig abheben, um in Brüssel seinen ach so wichtigen Deal an Land zu ziehen.

9

Das Morgengrauen malte bereits rosa und lila Streifen an den Himmel, als ich endlich ins Bett ging. Ich zog die blickdichten, schweren Vorhänge zu und vergrub mich unter der großen Bettdecke. Doch an Schlaf war nicht zu denken. Die bittersüßen Erinnerungen hatten mich derart aufgewühlt, dass meine Müdigkeit erst in den späten Morgenstunden die Oberhand gewann, und selbst dann wälzte ich mich von einer Seite auf die andere, gefangen in einer Zwischenwelt aus Traum und Realität, in der mir bewusst war, dass ich schlief, und ich dennoch nicht imstande war, vor den Bilderfluten zu flüchten, die an meinem inneren Auge vorbeizogen …

Ich stehe in unserer Schulaula und Jonas ist bei mir. Während wir tanzen, sehe ich zu Marc zurück. Warum kommt er nicht nach? Wir sind doch die drei Musketiere. Er sollte zu uns kommen. Ich tanze zu ihm hin und greife nach seiner Hand; als ich mich suchend nach Jonas umsehe, ist er weg. Wenige Sekunden darauf erblicke ich ihn hinter dem DJ-Pult auf der Bühne. Marc lenkt meine Aufmerksamkeit auf sich, indem er mich in seine Arme zieht und einen Discofox zu tanzen beginnt. Eins, zwei, tap. Eins, zwei, tap. Drehung. Noch eine Drehung. Mir wird schwummrig. I'll Be Missing You ertönt aus den Lautsprechern. Marcs Griff festigt sich, unser Tanz wird enger, unsere Bewegungen langsamer. Über Marcs Schulter hinweg begegnet mein Blick dem von Jonas. Er schenkt mir ein Lächeln, das zu sagen scheint, dass er sich für seine zwei besten Freunde freut. Ich versuche, seine Augen zu sehen, fragt mich, ob sie mitlachen. Doch er ist zu weit entfernt. Marcs Hand drückt meine und ich sehe ihn an. Er führt meinen Arm nach oben, schickt mich erneut in eine Drehung und zieht mich dann noch enger an sich. Ein Gefühl von Aufregung durchströmt meinen Körper. Ich bin ganz bei ihm, spüre seine Handinnenfläche wie magnetisch mit meinem Rücken verbunden, schwer ruht sie auf meinem Schulterblatt und dirigiert mich durch die Menge.

Dann taucht ein gepflegter Herr mit schlohweißen Haaren auf. Auf seinen Lippen blitzt ein verschmitztes Lächeln. Ein bisschen erinnert er mich an einen friesischen Schifffahrtskapitän. Er wirkt völlig deplatziert, wie er sich seinen Weg durch die tanzenden Teenager bahnt, doch keiner scheint von ihm Notiz zu nehmen. Als er vor mir steht, sagt er etwas, doch die Musik übertönt alles. Ich höre nur das sonore Brummen seiner Stimme, das sich unter den Bass mischt. Wie ein alter Bekannter stellt er sich neben mich, nimmt mich an der Hand und zieht mich durch die Menschenmenge aus der Aula hinaus.

Ich schreckte aus dem Schlaf. Schlaftrunken atmete ich tief durch und versuchte, das Gefühl abzuschütteln, das mich noch immer vereinnahmte: ein schwebender Zustand, glücklich, frisch verliebt. Doch das war nicht richtig. Nichts davon war richtig. Ich war damals nicht mit Marc zusammengekommen und so durfte ich nicht empfinden. Ich griff nach meinem Traumtagebuch, das auf dem Nachttisch lag, und begann zu schreiben.

»Ich bin auf dem Schulball. Ich tanze zu Marc hinüber, um ihn zu uns zu holen, anstatt zu Jonas zu gehen. Dann ist Jonas weg. Ich komme mit Marc zusammen. Dann wieder dieser ältere Herr.«

Während ich versuchte, mir einen Reim darauf zu machen, streifte mein Blick den vorletzten Eintrag und blieb an einer Passage hängen:

Ich möchte nach Kolumbien, Marc nicht. Er findet es nicht sicher.

Auf einmal war ich von einer Idee wie elektrisiert. Vielleicht hatte Charly recht. Vielleicht waren diese Träume doch versteckte Hinweise meines Unterbewusstseins … Vielleicht wollte es mir sagen, dass ich mich hätte für Marc entscheiden sollen – dann wären wir alle drei noch am Leben. Und damit hätte es recht! Marc war der vernünftigste Mensch, den ich kannte. Er wäre niemals mit mir in dieses Land gereist … und wenn doch, dann wäre er dem Taschendieb ganz bestimmt nicht hinterhergerannt.

Ich schüttelte die Vorstellung ab. All diese Was-wäre-wenn-Szenarien brachten mich nicht weiter, denn ich konnte meine Entscheidung nicht revidieren und einfach zwei Jahrzehnte ausradieren, indem ich auf die »Löschen«-Taste drückte und den Roman meines Lebens neu schrieb. Doch mein Gehirn gehorchte dieser Logik nicht und ratterte einfach weiter. Hätte ich nur nicht auf Arte den Bericht über Kolumbien gesehen … Hätte ich diese Reise nur nicht vorgeschlagen … Hätte ich ihn bloß festgehalten … Hätte, hätte, hätte.

Ich wusste, dass ich das Wort »hätte« besser aus meinem Wortschatz streichen sollte. Diese Gedankengänge waren schon fast zwanghaft – ich musste etwas dagegen unternehmen. Ich suchte nach der Jeans, die ich am Vortag getragen hatte, und fand in der Hosentasche, was ich suchte. Die Visitenkarte in der linken, das Telefon in der rechten Hand, wählte ich die Nummer.

Als es in der Leitung zu tuten begann, wollte ich schon auf die rote Taste meines Telefons drücken. Vielleicht war der Anruf doch keine so gute Idee … Es klickte jedoch bereits, und ich hatte keine Rufnummernunterdrückung eingestellt.

»Carl Lambert.«

Aufregung durchströmte meinen Körper und setzte mich augenblicklich unter Hochspannung. *Diese Stimme*, dachte ich nur und sah ein Abbild des Mannes am anderen Ende der Leitung vor meinem geistigen Auge erscheinen. *Diese Stimme.* Begierig, sie erneut zu hören, setzte ich an, etwas zu sagen, doch ich brachte keinen Ton heraus.

»Mit wem habe ich denn das Vergnügen?«, hakte Carl Lambert nach und tat mir so den Gefallen.

Trotz des wilden Durcheinanders, das in mir wütete, brachte ich ein kurzes »Hallo« hervor.

»Ähm. Hallo.« Sein zögerlicher Unterton verriet, dass es ihm unangenehm zu sein schien, meine Stimme nicht zuordnen zu können. Doch das konnte er natürlich nicht. Wie auch?

»Rebecca Mahler hier.«

»Ach, Rebecca, wie schön, dass Sie anrufen.« Seine Stimme klang freudig, wie die eines alten Freundes, und ich fragte mich, ob ich ihn nicht doch irgendwo einmal getroffen hatte. Vielleicht, als er Jonas einmal abgeholt hatte. Froh, eine Erklärung für das seltsame Gefühl der Vertrautheit gefunden zu haben, entspannte ich mich ein wenig.

»Ich habe Ihre Nummer von Barbara und wollte fragen, ob wir uns irgendwann treffen könnten.«

»Aber natürlich. Dafür habe ich ihr meine Visitenkarte ja mitgegeben.«

Wir verabredeten uns für den nächsten Tag im *Petit Café* in Eppendorf. Ich legte das Handy beiseite und fragte mich, was da eben passiert war. Hatte ich mich wirklich mit einem Seelenklempner verabredet? Warum kam mir seine Stimme so bekannt vor? Am liebsten hätte ich das Telefon wieder in die Hand genommen und abgesagt, doch Carl war so freundlich zu mir gewesen. Nein, ich brauchte Hilfe. Und irgendetwas in mir sagte, dass Carl der Einzige war, der mir helfen konnte. Woher ich diese Sicherheit nahm, wusste ich nicht. Vielleicht würde ich es herausfinden, wenn ich mich mit ihm traf.

Mein liebes Traumtagebuch,

du warst mir in all den Jahren ein treuer Begleiter und doch folgt nun mein letzter Eintrag. Alt bin ich geworden, so viele Träume, so viele Traumdeutungen habe ich mit dir geteilt. Nun spüre ich, dass sich mein Leben dem Ende neigt. Doch ich habe keine Angst vor dem, was vor mir liegt, im Gegenteil: Ich bin erfüllt von der Hoffnung, die Fehler meines Lebens wiedergutmachen zu dürfen.

Man sollte meinen, in meinem Alter wäre man mit seinen Lebensentscheidungen im Reinen, doch auf mich trifft das nicht zu. Das Wort »hätte« begleitet mich bis heute. Hätte ich doch nur einen vernünftigen Beruf erlernt … Wäre ich damals nur für meinen geliebten Vater da gewesen … Hätte ich nur die Warnungen des Auswärtigen Amtes genauer gelesen und beachtet … Was mich zu meinem qualvollsten Bedauern führt: Hätte ich Jonas doch niemals diese Reise vorgeschlagen …

Ich habe mein Leben so lange nicht verstanden, wusste meine Träume nicht zu deuten, doch dank Carl lernte ich, die einzelnen Mosaiksteinchen zusammenzusetzen. Heute ergeben sie Sinn und mein Entschluss steht fest: Ich muss zurück zu diesem einen Moment, in dem Jonas und ich uns verliebten. Ich habe es wohl tausend Mal durchdacht und jedes einzelne Mal komme ich zu demselben Schluss. Jonas würde immer, immer wieder seine Koffer packen und sich mit mir in ein Abenteuer stürzen. Er hat mich über alles geliebt und würde alles für mich tun. Solange wir zusammen sind, bestünde die Gefahr, dass Jonas meinetwegen erneut sein Leben verliert. Somit gibt es nur einen Weg, ihn zu retten: Ich muss unsere Liebe aus meinem Herzen tilgen und Marc an seiner statt wählen.

Marc ist ein guter Ehemann, er liebt mich und tut mir gut, das weiß ich heute. Nach Jonas' Tod war er mir ein treuer Freund. Er gab mir den Halt und die nötige Struktur, die ich brauchte, um wieder ins Leben zu finden. Keiner war überraschter als ich, als sich ein Jahrzehnt, nachdem ich Jonas verloren hatte, meine Gefühle für Marc wandelten und aus unserer Freundschaft eine zaghafte Zuneigung erwuchs. Unsere Liebe war nie von einer solchen Leidenschaft erfüllt wie die zu Jonas, und doch gab sie mir einen Grund, wieder am Leben teilhaben zu wollen. Wir führten ein schönes Leben, in unserem wunderschönen, alten Reetdachhaus im alten Land, und als Marc um meine Hand bat, kam mein »Ja« von Herzen. Dennoch hatte ich oft ein schlechtes Gewissen – Marc gegenüber, weil ich ihn nie so lieben konnte, wie er es verdient hätte, und Jonas gegenüber, weil ich überhaupt Gefühle für ihn hegte. Es war eine in sich ruhende Liebe, sie war unaufgeregt und von gegenseitiger Wertschätzung geprägt.

Ich werde Marc glücklich machen, das weiß ich. Und er mich. Wir gleichen aus, was der jeweils andere nicht vermag, und das macht ihn zu der besseren Wahl. Er bremst mich, wenn ich zu unbedarft das Abenteuer suche – niemals würde er ein Risiko eingehen oder gar in ein gefährliches Land mit mir reisen.

Mein Entschluss ist gefällt, und nun bleibt mir nur zu hoffen, dass Jonas glücklich wird. Und das hoffe ich von ganzem Herzen.

Danke, liebes Traumtagebuch. Für jede weiße Seite und dass du jeden Traum wie ein Geheimnis gehütet hast.

Deine Rebecca

Mein drittes Leben ohne dich – mit dir

10

Ich trat durch die Balkontür aus der flirrenden Hitze der Großstadt in unsere weitläufige Dachgeschosswohnung und war zum ersten Mal dankbar, dass Marc noch im Frühjahr eine Klimaanlage hatte einbauen lassen. Erschöpft ließ ich mich auf die Ledercouch fallen, deren Bezug sich kühl an meine Haut schmiegte, und schaltete den Fernseher an – ein Zeitvertreib, der sich durch und durch sinnlos anfühlte, aber zu mehr fehlte mir in letzter Zeit die Kraft.

Manchmal fragte ich mich, wo die Energie geblieben war, die mich noch vor wenigen Jahren durch all die Kieznächte getragen hatte … von den Hobbys, denen ich neben dem Studium nachgegangen war, ganz zu schweigen. Seit ich das Referendariat begonnen hatte, sogen die aufmüpfigen Schüler und die Streitereien im Kollegium all meine Energie auf.

Ich zappte durch die Kanäle und blieb bei einer Reisedokumentation auf Arte hängen. Fasziniert folgte ich den Reportern an verschiedene Orte in Venezuela und Kolumbien und entspannte mich bei dieser virtuellen Reise allmählich. Mein einseitiger, ziehender Kopfschmerz trat in den Hintergrund und ich reiste dank der Bilder in die Ferne. Rauschende Wasserfälle, türkisfarbenes Wasser, weiße Strände und Kilometer um Kilometer Regenwald schwirrten auf dem Bildschirm an mir vorbei und zogen mich in eine mir fremde Welt.

Nach einer Stunde endete die Dokumentation und ließ mich im Hier und Jetzt zurück. Dennoch war ich merklich entspannter – entspannt genug, um Jonas' neuesten Artikel zu lesen. Ich bereitete mir mit dem Kaffeevollautomaten einen Cappuccino zu, zog das Hamburger Kulturmagazin *Kultheft* aus dem hinteren Fach meiner Lehrertasche, schlug die Seite mit den Rezensionen auf, suchte seinen Namen und lehnte mich genüsslich zurück.

Ihre Musik ist kein klassischer Jazz, kratzig und tief, mit einer Tendenz zum Melancholischen oder Abgedrehten. Nein, ihre weiche Stimme fließt über die Balladen wie Wasser durch ein glattes Flussbett und hüpft bei Liedern wie Cheek to Cheek *von Ton zu Ton, dass man anfangen möchte, fröhlich auf seinem Stuhl hin und her zu wippen. Sara Gazarek hebt den Feelgood-Jazz auf ein neues Level und lässt mich die letzten Zeilen ihres Abschlusssongs mit jeder Faser fühlen: »Everytime we say goodbye, I cry a little. Everytime we say goodbye, I die a little.«*
Begleitet von Triosence, den überaus begabten Musikern, die schon seit Jahren alle Jazzpreise absahnen, die Deutschland zu bieten hat, sang Sara Gazarek eigene Lieder, die sofort ins Ohr gingen, und ein Set aus dem Real Book, *so eingängig interpretiert, dass sie selbst eingefleischte Pop-Anhänger zum Jazz bekehren könnten.*
Eindeutig fünf von fünf Sternen für Sara Gazarek!

Ich atmete zufrieden durch und spürte zugleich die alte Wehmut in mir aufsteigen. Jonas verstand es, Begeisterung zu wecken. Genau wie damals in der Hamburger Kunsthalle, als er mich vor ein Porträt aus der Frühromantik gezerrt hatte. Von einem Moment auf den anderen war ich von diesem Bild vollkommen vereinnahmt gewesen, konnte trotz der dezenten Töne seine Farbgewalt fast körperlich spüren und sah einen tieferen Sinn in den Konturen und Schattierungen, an denen mein Blick entlangglitt. Es war aber nicht in erster Linie das Bild, das mir bis heute in Erinnerung geblieben war, sondern vielmehr die Faszination, die Jonas in mir hervorgerufen hatte. Ich wünschte mir oft, die Welt wieder durch seine Augen sehen zu dürfen. Ich hatte mir das Gemälde immer wieder im Internet angesehen, war sogar einige Male in die Kunsthalle gegangen, doch alleine konnte ich diesen wunderbaren Augenblick nicht erneut heraufbeschwören.

Jonas' Kolumne zu lesen, war wie ein kleiner Ausflug in die Vergangenheit. Ich liebte seine Artikel, und das nicht nur, weil ich ihn von früher kannte. Nein, er besaß das Talent, seinen Lesern mithilfe seiner Worte das Gefühl zu geben, einer Theateraufführung beizuwohnen, durch eine Ausstellung zu schlendern oder den nächsten Independent-Film gesehen zu haben.

Während unserer gemeinsamen Schulzeit hatte Jonas oftmals damit gehadert, was er werden sollte. Zu Beginn wollte er Musik studieren, dann Kunst und zuletzt Theaterwissenschaften. Er wollte Filmproduzent werden, Schriftsteller, Kurator oder Dirigent, und ich glaube, er wäre in jedem einzelnen dieser Jobs toll gewesen. Doch gerade aus dieser Unschlüssigkeit heraus hatte er mit dem Studium der Kulturwissenschaften die perfekte Wahl getroffen, denn jetzt durfte er ein Teil von alledem sein und das tun, was er am besten konnte: schreiben und damit anderen Menschen einen Bruchteil seiner Begeisterung für die Schönheit dieser Welt abgeben.

Als ich Marcs Schlüssel im Schloss hörte, stopfte ich das Heft schnell in meine Tasche zurück.

»Hey, Schatz«, begrüßte er mich mit einem Kuss auf die Wange und warf dann einen Blick auf die Automatikuhr an seinem Handgelenk. »Ich hatte dich noch nicht zu Hause erwartet.«

»Ich wollte so schnell wie möglich weg. Den Montag kann ich auch von hier aus vorbereiten.« Und das konnte bis Sonntag warten.

»So schlimm?«

»Du hast keine Vorstellung.«

»Ich muss in einer halben Stunde wieder los. Wir haben heute noch eine Abstimmung für den Kundentermin mit Hapag-Lloyd am Montag. Danach muss ich mit ein paar Kollegen und dem CIO der TEKAR-Bank zu Abend essen. Während der dreißig Minuten bin ich aber ganz Ohr, ich muss nur nebenher etwas suchen.«

»An einem Freitag?«

»Ja, leider. Ich hatte dir das doch am Dienstag gesagt. Ich muss kommende Woche übrigens vier Tage nach Köln. Emily benötigt Unterstützung bei einem Merger.«

»Ich frage mich manchmal, wer mehr Zeit mit dir verbringt, diese Emily oder ich.« Emily arbeitete schon lange in derselben Firma wie Marc, hatte aber vor wenigen Monaten in seine Abteilung gewechselt, und nun lernte er sie ein. Marc erzählte selten von seinen Kollegen, doch

Emilys Name war in letzter Zeit das ein oder andere Mal gefallen.

»Du, natürlich.« Marc wandte sich ab, öffnete den Wohnzimmerschrank, holte zwei graue Aktenordner hervor und blätterte darin herum.

»Wie ist sie eigentlich so?«

»Ganz anders als du. Du fändest sie langweilig. Erzähl, was ist bei der Arbeit los?«

»Dieser Hendrik macht mich noch wahnsinnig. Er stiftet alle zu Blödsinn an. Heute hat er während meiner Pausenaufsicht schon wieder eine Prügelei angezettelt …«

»Und wie lief der Unterricht?«, unterbrach mich Marc, während er zwei in Klarsichtfolie steckende Dokumente aus dem Ordner nahm und in seine Aktentasche schob.

»Das einzige Interesse der Schüler besteht darin, auf ihren Handys rumzutippen und zu klugscheißen. Ich wollte nie eine Lehrerin sein, die andauernd darauf aufmerksam macht, was die Kids alles nicht dürfen. Ich möchte sie begeistern, möchte, dass sie die Lehrinhalte so spannend finden, dass sie von ihren kleinen Displays ablassen und mir ernsthaft zuhören.«

»Die sind vierzehn, was erwartest du? Möchtest du auch einen Espresso?«

»Nein, danke. Und schön, dass du das ganz normal findest. Ich hatte nicht mit so viel Gleichgültigkeit gerechnet.«

Marc ging in die Küche und rief ins Wohnzimmer: »Erinnere dich doch mal an Jonas! Der hat die Lehrer auch zur Weißglut getrieben.«

Jonas. Es war Jahre her, dass Marc seinen Namen in den Mund genommen hatte, und auch ich vermied es tunlichst. Unsere Sicht auf ihn war einfach zu unterschiedlich.

Marc kam mit einer nach bitterem Espresso duftenden Tasse in der Hand zurück und setzte sich neben mich auf das Sofa.

»Wenn Jonas dem Unterricht beiwohnte, beteiligte er sich immer. Nur zog er es oft vor fernzubleiben. Seinem Notenspiegel hat das nie geschadet«, verteidigte ich ihn.

»Jonas, das Wunderkind. Ich glaube, deine Erinnerungen sind da etwas verklärt. Jonas war ein Rotzlöffel.«

»Nicht so schlimm wie Clemens. Der treibt mich zur Weißglut. Ich kann mich an keine Stunde erinnern, in der ich nicht sein Handy konfiszieren musste.«

»Diese Jungs gibt es in jeder Klasse. Das war bei deinem ersten Schulpraktikum nicht anders.«

Ich wusste, dass Marc mich mit seiner beschwichtigenden Stimme nur trösten wollte, und doch gab er mir so das Gefühl, ihn unnötig mit meinen kleinen Problemchen zu belästigen. Mir war klar, dass meine Probleme mit dem Referendariat im Gegensatz zu seinem Arbeitsalltag nur Kinkerlitzchen waren, doch ich kam eben erst im Job an – da war es normal, auch mal zu verzagen. Außer vielleicht bei Marc. Seit er nach seinem BWL-Studium bei der Unternehmensberatung E&P angefangen hatte, stellte er sich begeistert jeder Herausforderung, die das Berufsleben für ihn bereithielt. Je verzwickter das Projekt, desto mehr Elan hatte er an den Tag gelegt.

»Nach dem Praktikum wollte ich auch schon hinschmeißen. Das hätte ich mal tun sollen.« Damals hatte ich es meiner Unerfahrenheit zugeschrieben, dass ich die Schüler mit meinem Unterricht nicht hinterm Ofen hervorlocken konnte. Jetzt, da das Studium fast zu Ende war, fühlte ich mich schlechter vorbereitet denn je.

»Hätte, hätte, Fahrradkette. Du hast das Studium durchgezogen, und ich bin sehr stolz auf dich.« Marc zog mich in seine Arme und strich mit der Hand über meinen Rücken.

»Nicht in der Regelstudienzeit.« Die Tatsache, dass ich mich längst zur Prüfung für das zweite Staatsexamen hätte anmelden müssen, ließ ich lieber unerwähnt. Erneut nahm ich mir vor, mich bald darum zu kümmern.

»Du wirst deine Schüler schon noch knacken. Du kannst gut mit Menschen umgehen. Kinder lieben dich, und du schaffst es, selbst in mir Begeisterung für Geografie zu wecken. Gib dir ein bisschen Zeit.«

Marcs Motivationsreden waren auch schon einmal ausführlicher gewesen, dennoch war ich dankbar für seinen Zuspruch. Ohne ihn hätte ich wahrscheinlich bereits mein drittes Studium abgebrochen, genau wie Charly – und wie ich mich kannte, würde ich selbst nach dem zehnten noch hadern. »Apropos Begeisterung für Geografie. Ich habe gerade auf Arte eine Doku über Südamerika gesehen. Sollten wir mal in diese Ecke reisen, dann nach Kolumbien.«

»Ich dachte, du wolltest nach Peru?«

»Peru ist toll mit seinen Inkastätten, aber in Kolumbien hat man zusätzlich zum Dschungel und den Anden auch noch Karibikstrände.«

»Und Drogen. Und Kartelle.«

»Das gehört doch längst der Vergangenheit an. Das Auswärtige Amt rät nur, bestimmte Gegenden zu meiden.«

»Ist das so?« Marc zückte sein Smartphone und öffnete im Browser eine Suchmaschine. Er tippte etwas in die Suchmaske und las nach einigen Momenten laut vor: »›Ordern Sie ausschließlich vertrauenswürdige Taxis. Sie erhalten einen Sicherheitscode, den Sie mit dem Fahrer abgleichen sollten.‹« Er scrollte ein wenig weiter. »Oder hier: ›Nehmen Sie keine Getränke von Fremden an, um nicht Opfer von K. o.-Tropfen zu werden.‹« Wieder strich er mit dem Finger über das Display. »Auch schön: ›Gehen Sie insbesondere in den Städten bei Dunkelheit nicht außer Haus.‹« Dann sah er mich an. »Ist das die Art von Urlaub, die du machen möchtest?«

»Man muss eben ein bisschen vorsichtig sein.«

»Im Urlaub möchte ich nicht vorsichtig sein. Könntest du dir nicht eine Arte-Doku über die Kanaren ansehen?«

»Siehst du, ich kann noch nicht einmal dich für Geografie begeistern.«

»Netter Versuch. Darauf falle ich aber nicht herein.« Marc kitzelte mich an der Taille.

»Feigling«, stichelte ich, wohl wissend, dass er sich von so etwas nicht beeindrucken ließ.

»Wir wollten dieses Jahr doch das Hausthema angehen. Da ist eine große Reise ohnehin nicht drin«, erinnerte er mich an unsere Prioritäten. Wobei das Wort »unsere« weit ausgelegt war. *Er* wollte dieses Jahr das Hausthema angehen, weil es seiner Meinung nach keine bessere Absicherung fürs Alter gab.

Allerdings war ich an dem Aufkommen der Idee auch nicht ganz unschuldig. Ich träumte seit Jahren von einem Fachwerkhäuschen im Alten Land. Ich sah alles regelrecht vor Augen: ein Reetdach, das bis auf den Boden reichte, weiße Sprossenfenster, eine großzügige Rasenfläche, deren Grün im Frühjahr einem violetten Meer aus Krokussen wich. Im Sommer würde man sich auf einer gusseisernen Bank neben den runden Buchsbäumen niederlassen und auf seine Gäste warten können. Im Winter würden die knarrenden Holzbohlen die Wärme des Kamins speichern und sich angenehm unter die nackten Füße schmiegen. Die Wohnküche würde von einem Kachelofen beheizt werden, und ein großer Eichentisch in der Mitte des Raumes böte genug Platz für unsere Familie. Marc hatte sich von der Idee, ein Haus im Alten Land zu bewohnen, schnell anstecken lassen und mich immer wieder gebeten, ihm alle Details zu schildern. Inzwischen fühlte es sich so an, als stammte diese Idee von uns beiden.

Ich jedoch schob diese Vorstellung als weit entfernte Zukunft vor mir her, in der Hoffnung, irgendwann würde der Tag kommen, an dem ich das quirlige Hamburg hinter mir lassen wollte, um aufs Land zu ziehen. Der Rest, so war ich überzeugt, würde sich fügen. Dass man früh einen Grundstein legen musste, damit sich das Leben auf ein Ziel wie dieses hinentwickeln konnte, war Marcs Weise zu denken, nicht meine. Tief in mir wusste ich aber, dass er recht hatte, und da ich mich sowieso bald an Schulen bewerben musste, konnte ich es auch gleich in Jork oder Buxtehude versuchen … und wenn ich später einmal eine große Familie haben wollte, würden in wenigen Jahren auch Kinder auf der Tagesordnung stehen, schließlich war ich schon dreißig.

All diese Überlegungen zur Lebensplanung konnte ich logisch nachvollziehen, dennoch lieferte sich mein Verstand ein Tauziehen mit meinem freiheitsliebenden Geist, der noch ganz viel erleben wollte und wie ein ins Bett geschicktes Kind bettelte: »Noch nicht. Bitte, bitte noch fünf Minuten.«

»Wenn wir im Alten Land wohnen, sehen wir uns ja überhaupt nicht mehr. Dann kannst du nicht zwischen zwei Meetings kurz reinhopsen, denn alleine die Fahrt dauert über eine Stunde«, versuchte ich, mich elegant aus der Affäre zu ziehen.

»Dann habe ich eben einen Grund, ein bisschen weniger zu arbeiten.« Marc schlang seine Arme von hinten um mich und gab mir einen Kuss in den Nacken.

»Haha.« Dieser Vorsatz würde sich niemals mit seinem Ehrgeiz vereinbaren lassen. Marc hatte es seit seinem Studienende ja nicht einmal geschafft, länger als zwei Wochen am Stück Urlaub zu machen.

»Okay, zugegeben«, stimmte er in mein Lachen ein und sagte wie zur Bestätigung: »Ich muss jetzt wieder los.«

»Natürlich musst du das«, entgegnete ich mit einem Schmunzeln und drückte ihm einen Kuss auf die Nase.

Kaum hatte er die Haustür hinter sich zugezogen, kehrte meine Unzufriedenheit zurück. Ich versuchte, die anstrengende Woche geistig in einer kleinen Kiste zu verpacken und auf dem Boden meiner Gedankenwelt zu versenken, doch sie trieb immer wieder nach oben. Zu groß war meine Sorge, die nächsten dreißig Jahre Tag für Tag in teilnahmslose Gesichter blicken zu müssen … und dabei hätte es so viele Alternativen gegeben: Ich hätte Archäologie studieren und an den entlegensten Ausgrabungsstätten arbeiten können, oder Touristik, um ein Leben vollgepackt mit reiselustigen Menschen aus aller Welt zu führen. Oder gleich etwas im Hotelwesen, dann könnte ich in irgendeinem exotischen Land arbeiten …

Doch all dieses »Hätte« war Humbug. Nichts davon wäre mit unserer Beziehung vereinbar gewesen. Wie immer schüttelte ich diese Spinnereien von mir ab und an die Stelle in meinem Herzen, an der sich meine Zweifel breitgemacht hatten, trat wieder die angenehme Gewissheit, dass mein Leben genau richtig war.

Zu welchen Möglichkeiten meine Träumereien mich auch immer trugen, es dauerte nie lange, bis ich wieder an diesen Punkt kam: Mein Leben an Marcs Seite erdete mich, und ich wusste, ich sollte nirgendwo anders sein. Woher ich diese Überzeugung nahm, wusste ich selbst nicht, aber ich spürte, dass ich auf sie vertrauen konnte.

11

Ich beschloss kurzerhand, den Freitagabend mit meiner Mutter zu verbringen und bei ihr zu übernachten. Als ich den kilometerlangen Pendlerstau im Elbtunnel und das graue Industriegebiet des Hafens hinter mir gelassen hatte und durch die Obstplantagen des Alten Landes fuhr, fiel der Stress der letzten Tage wie ein Bleimantel von mir ab und machte Platz für das Wochenende. Den Elbdeich zu meiner Rechten und endlose Reihen von Apfelbäumen zu meiner Linken, löste sich die Spannung in meinem Inneren wie eine Brausetablette auf.

Ich schlug die Autotür zu, nachdem ich den Wagen vor dem Haus meiner Mutter abgestellt hatte, und ein tiefes Seufzen brach aus mir hervor, so als hätte ich die ganze Woche über nicht richtig geatmet. An meinen Kotflügel gelehnt, streckte ich das Gesicht der frühabendlichen Sommersonne entgegen; meine Wangen speicherten die Wärme wie Solarzellen und reichten ihre Energie an meine Seele weiter. *Zu Hause!*

Hinter dem Haus fand ich Barbara, Gerti und meine Mutter um den Terrassentisch sitzend und Skat spielend, eine Thermoskanne Kaffee und ein Kännchen Kondensmilch in ihrer Mitte.

»Schätzchen, wie schön.« Meine Mutter sah kurz zu mir auf und richtete ihren Blick dann wieder auf das Blatt in ihrer Hand. Zögerlich griff sie nach der Pik Zehn und legte sie auf den Kartenstapel.

»Hah!« Gerti pfefferte einen Buben auf die Zehn und grinste breit. Dann wandte auch sie sich mir zu. »Hallo, meine liebste Schwiegertochter in spe.«

Ich umarmte meine Mutter von hinten, gab Gerti einen Schmatzer auf die Wange und nahm dann auf dem freien Stuhl neben Barbara Platz, der ich zur Begrüßung die Hand reichte.

»Wie war deine Woche, mein Liebling?«, erkundigte sich meine Mutter, ohne das Kartenspiel zu unterbrechen.

»Grauenhaft.« Ich berichtete von der Schule und gab mir Mühe, meine Erzählungen nicht wie eine Klage, sondern wie Anekdoten aus meinem komischen Arbeitsalltag klingen zu lassen.

Meine Mutter ließ sich jedoch nicht täuschen. »Ach, Schätzchen, du hast es so weit geschafft, zieh die letzten Monate auch noch durch.«

»Natürlich!«, tat ich entschlossen. Diese ständigen Anmerkungen, die mir Unstetigkeit unterstellten, gingen mir zunehmend auf die Nerven. Sollte sie mir nur eine Sache nennen, die ich in den letzten Jahren nicht durchgezogen hatte. Ich führte eine stabile Beziehung, studierte auf Lehramt, traf mich regelmäßig mit meinen langjährigen Freunden … und meine Anmeldung zum zweiten Staatsexamen würde ich kommende Woche angehen. Alles war bestens.

»Ruf doch mal Professor Lambert an. Meinem Jonas hat er helfen können, als der in einer schwierigen Phase war«, versuchte nun auch Barbara, mir ein Problem einzureden, das es nicht gab. Sie brachte das Gespräch bei jeder sich bietenden Gelegenheit auf ihre Bekanntschaft mit einem

Psychologie-Professor. Dabei gab sie stets vor, besorgt zu sein, aber eigentlich wollte sie sich nur aufspielen.

Ich hatte die Visitenkarte dieses Doktor Carl Lambert seit Jahren in der obersten Schublade meines Schreibtisches, versteckt unter der Kartonbox mit den Stiften. Ich hätte niemals zugegeben, dass ich sie nicht gleich weggeworfen hatte; man wusste ja nie, ob man nicht doch irgendwann einmal den Rat eines Experten brauchte. »Was gibt es Neues in Jork?«, lenkte ich das Gespräch von mir ab.

»Habt ihr schon mitbekommen, dass unser Pfarrer die Chorleitung aufgibt?«, antwortete Gerti dankenswerterweise. Sie hatte stets ein unerschöpfliches Repertoire an Klatsch und Tratsch im Gepäck.

»An dem Posten baggert die Wiegert von der Jugendmusikschule ja schon lange rum«, eröffnete Barbara das Gefecht.

»Nein!«, stießen Gerti und meine Mutter im Chor aus.

Gerti blickte auf ihre Karten und schüttelte den Kopf. »Ein bisschen Konzentration, bitte. Barbara hat noch das Ass.«

»Ob Frau Wiegert das Qualitätsniveau wird halten können? Die Carmina-Burana-Auszüge beim Weihnachtskonzert haben selbst mich richtiggehend begeistert«, warf Barbara ein.

»Na, wenn sie selbst *dich* begeistert haben …«, pflichtete meine Mutter ihr bei.

»Mein Jonas hätte bei der Musik bleiben sollen. Er war praktisch dazu berufen, Cellist zu werden.«

»Ganz bestimmt …«, stimmte Gerti zu, während sie die Karten in ihrer Hand umsortierte.

Während die drei Frauen weiter von Thema zu Thema hüpften, wanderten meine Gedanken zu Jonas. Ich hatte ihn schon seit Jahren nicht mehr gesehen. Barbara hatte ihn in der neunten Klasse in ein Hochbegabteninternat gesteckt, kurz nachdem ich mit Marc zusammengekommen war. Damals hatten Marc und ich anderes im Kopf, als ihm in Salem regelmäßig einen Besuch abzustatten.

Jonas' erste Wochenenden in Jork hatten wir noch gemeinsam verbracht, doch die Stimmung wurde immer komischer. Jonas war abwesender; zwar sah er mir in die Augen, wenn er mit mir sprach, doch war er mit den Gedanken offensichtlich irgendwo anders. Marc behauptete, er würde sich auf einmal für etwas Besseres halten – genau wie seine Mutter.

Ich hatte mich immer bemüht, Jonas das Gefühl zu nehmen, das fünfte Rad am Wagen zu sein, doch das hatte die ganze Sache nur noch schlimmer gemacht. Meine Verhalten Jonas gegenüber hatte dazu geführt, dass Marc mir vorwarf, ihn in Jonas' Gegenwart zu ignorieren. Unser letztes Treffen zu dritt war davon geprägt gewesen, dass Marc uns beobachtet hatte, Jonas seltsam verkrampft gewesen war und ich zwischen den Stühlen gesessen hatte. Im Anschluss hatte Marc mich darum gebeten, dass wir uns diese Treffen nicht mehr antäten.

Bis heute bedauerte ich, dass die Freundschaft von uns dreien nicht überlebt hatte. Zum Zeitpunkt von Marcs

Bitte hatte ich jedoch das Gefühl, dass er recht hätte und es so besser für uns alle wäre.

»Sehr schön«, unterbrach Barbara meine Gedanken, nachdem sie die Karten ausgezählt hatte. »Die Runde geht an mich.«

»Was gibt es Neues bei Jonas?«, fragte ich, bemüht beiläufig. Neben den Zeitungsartikeln war Barbara die einzige Verbindung, die ich noch zu ihm hatte, weshalb ich bei jedem Treffen die Gelegenheit nutzte, sie auszuhorchen.

»Ja, ähm, gut«, stammelte Barbara, ungewohnt salopp. Ich wartete auf ihre sonstigen Lobeshymnen, doch die ließen auf sich warten. Stattdessen nahm sie das neue Blatt auf, das Gerti ausgeteilt hatte, und studierte konzentriert die Karten.

Die zwei anderen Frauen warfen sich für den Bruchteil einer Sekunde einen Blick zu, den ich nicht deuten konnte.

»Erscheint von ihm demnächst mal wieder ein Artikel in der *ZEIT*?«, hakte ich nach.

»Ich muss mal kurz auf die Toilette«, entschuldigte sich Barbara, was mir entgegenkam.

»Erzählt«, forderte ich Gerti und meine Mutter auf, sobald Barbara im Inneren des Hauses verschwunden war.

»Es ist nur Hörensagen«, druckste Gerti herum.

»Na ja, Sabines Mutter hat es Gerti im Supermarkt erzählt«, hielt meine Mutter dagegen.

»Die erzählt viel, wenn der Tag lang ist.«

»Stimmt. Wäre ich Barbara, würde ich mit dieser Information auch nicht freudestrahlend hausieren gehen. Eine unmögliche Familie.«

»Ja, was denn nun?«, hakte ich erneut nach.

»Jonas hat sich verlobt«, erzählte Gerti mit einem Schmunzeln, das ich als Schadenfreude gedeutet hätte, wüsste ich es nicht besser.

»Mit Flittchen-Sabine?«, posaunte ich heraus.

»Rebecca!«, ermahnte mich meine Mutter.

»Ach, ihr kennt doch die Geschichten«, verteidigte ich mich. Ich war oft genug zugegen gewesen, wenn sie sich darüber ausgelassen hatten. Sabine war schon in jungen Jahren mit einer ordentlichen Oberweite ausgestattet gewesen, die sie auch allzu gerne präsentiert hatte. Meine Mutter meinte damals immer, sie verspüre das Bedürfnis, diesem Kind ein ausladendes Halstuch umzubinden, um ihre Blöße zu bedecken. Dank ihrer angemalten Lippen, ihrer Rehaugen, die aufgrund von Sabines Körpergröße stets nach oben klimperten, und ihrer hochhackigen Schuhe fanden die meisten Jungs sie schon zu Schulzeiten toll – auch Jonas. Doch ich vermutete, es war ihr Ruf, der ihn so lange hatte zögern lassen, sich mit ihr einzulassen.

Jedes Jahr hatte Sabine sich nach den Sommerferien einen neuen Freund zugelegt, den sie spätestens im darauffolgenden Sommer abservierte. Den Grund dafür kannten nur wenige: Sabine hatte in Spanien, wo ihre Eltern eine Ferienwohnung besaßen, eine Urlaubsliebe. Diego war sein Name. Das hatte Sabine mir bei einem ihrer unzähligen Einschleimversuche anvertraut. Ich wusste anfangs nicht, warum sie sich mir gegenüber so zugewandt verhielt, vermutete aber, sie wollte sich in unsere Dreierclique einschleichen, weil sie entweder hinter Marc oder hinter Jonas her war. Erst als Jonas aufs Internat ging und Sabine erstaunlich oft erzählte, dass sie ihn in Salem besucht hätte, wusste ich, wer ihr nächstes Opfer sein sollte. Gespannt wartete ich auf den kommenden Juni, doch Jonas durchbrach ihr Muster und begleitete sie im Sommer nach Málaga. *Armer Diego*, dachte ich damals nur. *Und armer Jonas.*

»Wie hat er um ihre Hand angehalten?«, horchte ich Gerti weiter aus. Jonas war, genau wie ich, nie sonderlich entscheidungsfreudig gewesen, somit musste dieser Schritt wirklich etwas bedeuten. Irgendwie war ich immer der festen Überzeugung gewesen, dass er nicht mit Sabine zusammenbleiben würde. Doch ich war schon so lange nicht mehr Teil seines Lebens. Damit hatte ich eigentlich jegliches Recht verspielt, angesichts seiner Verlobung irgendetwas anderes als Freude zu empfinden. Nur sah mein Herz das etwas anders. Am liebsten hätte ich zum Telefonhörer gegriffen und ihm ein »Echt jetzt?« um die Ohren gehauen, wie ich es zu Schulzeiten, als wir noch befreundet waren, zweifelsohne getan hätte.

Wie so oft, wenn ich an Jonas dachte, bohrten sich all die Versäumnisse der letzten Jahre wie giftige Pfeilspitzen in meinen Magen: Ich müsste Teil seines Lebens sein. Ich hätte zwischen ihm und Marc besser vermitteln müssen. Ich hätte Marc die Meinung sagen sollen, als er die Freundschaft mit Jonas aufgeben wollte. Ich hätte mich zumindest überwinden und hinter Sabines Fassade blicken sollen, denn wenn sie so lange an Jonas' Seite bestehen konnte, musste sie eine starke und intelligente Frau sein. Ich hätte mit ihm bei einer Flasche Wein beratschlagen sollen, wie er ihr einen Antrag machen könnte. Oder ich hätte ihm, wenn hinter ihrer Fassade doch nur ein Vakuum herrschen sollte, ins Gewissen reden müssen.

Ich hätte, ich hätte, ich hätte … Aller Konjunktiv dieser Welt änderte nichts an der Tatsache, dass uns unsere Lebenswege schon vor sehr vielen Jahren in unterschiedliche Richtungen geführt hatten. Und obwohl wir in benachbarten Bezirken Hamburgs wohnten, lag zwischen uns mittlerweile eine emotionale Entfernung, die nicht einfach durch einen Anruf überbrückt werden konnte. Dennoch verspürte ich jedes Mal, wenn ich mit Barbara sprach, das Bedürfnis, nach dem Telefonhörer zu greifen – bis ich mich an dieses zufällige Treffen vor einigen Jahren auf dem Jorker Kirschmarkt erinnerte.

Seine freche Schnauze und der Schalk in seinen Augen waren verschwunden und an ihre Stelle waren höfliche Reserviertheit und ein unbeteiligter Blick getreten. Ob es das Resultat jahrelanger Internatserziehung oder unserer Entfremdung war, wusste ich nicht zu sagen. Jonas hatte Marc mit einem Handschlag begrüßt und mir sein Beileid zum Tod meines Vaters ausgesprochen. Ich hatte ihm gedankt, woraufhin er meinte, dass wir mal wieder voneinander hören sollten. Dies zu bewerkstelligen, überließ er mir, indem er mir seine Visitenkarte in die Hand drückte.

Der Jonas, den ich von früher kannte, hätte etwas, das ihm wichtig war, niemals in anderer Leute Hände gelegt. Deswegen pflichtete ich ihm nur mit einem kurzen »Ja, klar« bei und starrte dann auf der verzweifelten Suche nach einem unverfänglichen Gesprächsthema in die Luft, doch mir fiel nichts ein, das uns noch verband.

Ich hatte seine Nummer in meinem Handy gespeichert, traute mich aber nie, Gebrauch von ihr zu machen. Die Erinnerung an unsere Kindheit war zu schön, als dass ich sie von dem schlechten Gefühl eines Abends überlagert wissen wollte, an dem wir uns nichts zu sagen gehabt hätten. Mal abgesehen davon, dass Marc alles andere als begeistert gewesen wäre, würde ich mich mit Jonas treffen. Sobald Jonas' Name auch nur erwähnt wurde, schien er schon verstimmt, was ich vollkommen überzogen fand. Dennoch begnügte ich mich lieber mit Barbaras Erzählungen und stellte mir vor, wie er selbst mir die Geschichten im lockeren Singsang seiner Stimme erzählte.

»Man munkelt …«, setzte meine Mutter an.

»Psssst«, ging Gerti dazwischen.

Unsere Blicke wanderten zur Terrassentür, durch deren Glasscheibe Barbara zu erkennen war. »So, dann fangen wir mal an zu reizen. Achtzehn!«, nahm sie das Skatspiel wieder auf, als hätte es nie eine Unterbrechung gegeben.

»Sind Sabine und Jonas eigentlich noch zusammen?«, fragte ich provokativ.

Meine Mutter gab mir unter dem Tisch einen unauffälligen Tritt gegen das Schienbein. Als Antwort grinste ich nur.

»Ja«, presste Barbara hervor.

Ich ertrug die Stille und sah sie erwartungsvoll an.

Barbaras Gesicht spiegelte den Unwillen wider, uns zu erzählen, was dem Anstand gebührend erzählt werden musste. Ihre Lippen waren fest zusammengekniffen, als wollten sie diese Neuigkeit um jeden Preis zurückhalten. Mit bitterer Miene gab sie sich dann aber doch einen Ruck. »Sie werden heiraten. Sie wird meine Schwiegertochter. Frank und ich sind untröstlich, aber die Würfel sind gefallen.« Sie nahm einen theatralischen Schluck aus ihrer Kaffeetasse, als wäre die mit Whiskey gefüllt, und schenkte uns ein wenig überzeugendes Lächeln. Sie hatte offensichtlich fest vor, Frieden mit dieser Situation zu schließen, doch die tiefe Furche zwischen ihren Augenbrauen verriet, dass es bis dahin noch ein weiter Weg war.

»Wie hat er denn um ihre Hand angehalten?«, legte ich den Finger erneut in die Wunde. Ich war einfach zu neugierig.

»Gar nicht.«

Irritiert sah ich Barbara an.

»Sabine hat ihn gefragt. Sie wusste wohl, dass sie so einen guten Fang nicht noch einmal machen würde, also machte sie Nägel mit Köpfen.«

Meine Mutter nahm Barbara tröstend in den Arm.

Ich fühlte mich ein wenig bestätigt. Jonas hätte Sabine sicher niemals von sich aus gefragt. Kaum zu Ende gedacht, schämte ich mich schon für diesen Gedanken. Die beiden waren fast so lange zusammen wie Marc und ich. Da war es ganz natürlich, den nächsten Schritt zu tun. Wieder dachte ich an die Unterhaltung vom Morgen und musste feststellen, dass für mich dieselben Regeln galten. Marc wollte ein Haus kaufen und sesshaft werden und es gab eigentlich keinen Grund, es nicht zu tun.

»Dann wirst du vielleicht bald Oma«, merkte meine Mutter an.

Ich meinte, ein verräterisches Zucken auf ihren Lippen gesehen zu haben. Amüsierte sie sich etwa?

»Gott bewahre, das hat Zeit. Ich bin viel zu jung, um Oma zu werden.«

»Wie mutig die Mädchen heutzutage sind«, versuchte Gerti, der Situation etwas Positives abzugewinnen.

»Würdest du um Marcs Hand anhalten?«, richtete sie ihre nächste Frage an mich.

Ich zog als Antwort nur die Augenbrauen nach oben.

Meine Mutter brachte es dafür auf den Punkt: »Erstens würde sich dein Sohn das niemals nehmen lassen und zweitens kennst du doch Rebecca: Sie ist so scharf auf die Ehe wie eine Katze aufs Baden.«

Alle lachten, wenn auch Barbara etwas gequält.

»Wir können schon froh sein, wenn sie überhaupt Ja sagt, wenn es so weit ist«, witzelte Gerti.

»Schön, dass ihr euch auf meine Kosten so gut amüsiert«, warf ich in der Hoffnung ein, so das Gespräch zu beenden.

»Wir sollten Marc den Tipp geben, sie in einem zu verriegelnden Raum zu fragen«, fuhr meine Mutter fort.

»Oder gleich in einer Achterbahn. Da ist sie festgeschnallt, und das Auf und Ab ihrer Gefühle kann sie auf die Loopings schieben.« Gerti gackerte vor sich hin, bevor sie noch einen draufsetzte: »Oder er teilt ihr einfach mit, dass sie zu heiraten hat. Eine Entscheidung weniger im Leben.«

»Oder …«

Ich unterbrach meine Mutter, indem ich auf meinen Rucksack zeigte und sagte: »Ich bringe meine Sachen mal hoch. Dann könnt ihr ungestört über mich lästern.«

Meine Mutter stand auf und zog mich in eine Umarmung. »Ach, Mäuschen. Bei Menschen, die uns am Herzen liegen, lästern wir ausschließlich in deren Gegenwart.«

»Ich weiß nicht, ob mir das zwingend lieber ist«, grummelte ich, bevor ich durch die Terrassentür in die Wohnküche trat.

Das Schlimme war, dass sie recht hatten. Würde Marc morgen um meine Hand anhalten, würde ich mit meiner Antwort zögern. Ich liebte ihn und wollte mit ihm zusammen sein. Doch irgendwie fühlte ich mich noch nicht bereit. Warum, wusste ich nicht. Glücklicherweise stand dieses Jahr der Hauskauf auf der Agenda, und Marc machte gerne eine Sache nach der anderen. Also musste ich in naher Zukunft mit keinem Antrag rechnen.

12

Den Rest des Abends verbrachte ich mit meiner Mutter. Wir kuschelten uns mit Decken auf die Gartenliegen, tranken eine Flasche Riesling und lauschten den zirpenden Grillen, dem Summen vorbeifliegender Bienen des benachbarten Imkers und dem fröhlichen Quietschen der

Nachbarskinder, die noch eine Runde toben durften, bevor es ins Bett ging. Dieser Klangteppich meiner Kindheit versetzte mich in eine nostalgische Stimmung, fast so als würden Marc und Jonas gleich klingeln, um mich zum Spielen abzuholen.

»Dass Jonas als Erster von euch heiratet, hätte ich nicht gedacht. Er war immer so ein Freigeist als Kind«, erinnerte sich meine Mutter.

»Mhm«, bestätigte ich schläfrig und nahm den letzten Schluck aus meinem Weinglas.

»Da war er dir so ähnlich.«

»Mhm.«

Das glühende Holz unter dem Schwenkgrill fiel in sich zusammen und eine Funkenwolke stieg wie ein Haufen Wunderkerzen über der Feuerstelle auf. Ich liebte solche Abende, und dennoch weckten sie eine bittere Wehmut in mir. Am letzten Wochenende mit meinem Vater hatten wir genau wie heute auf unseren Liegen gelegen. Er war in extradicke Federbetten eingemummelt, was seinen ausgemergelten Körper versteckte und mich für einen kurzen Moment vergessen ließ, wie krank er war. Andächtig hatten wir der Natur und dem Knacken des Feuers gelauscht, den Duft von Gegrilltem noch in der Nase. Nie zuvor war mir das Leben in all seinen Facetten so wertvoll vorgekommen.

»Du könntest Jonas zur Verlobung gratulieren, weißt du?«, holte meine Mutter mich aus meinen Gedanken.

»Papa hätte diesen Abend geliebt.« Ich sog die frische Abendluft in meine Lungen, schloss die Augen und spielte mit dem tropfenförmigen Smaragd des Armkettchens, das er mir vermacht hatte.

»Mhm«, imitierte mich meine Mutter, ganz in den Erinnerungen versunken.

»Habe ich dir jemals von meinem letzten Gespräch mit Papa erzählt?«, fragte ich, wohl wissend, dass ich das nicht getan hatte. Meine Mutter hatte so lange gelitten – wenn auch still und mit erhobenem Kopf –, dass ich ihre Seele damals nicht mit zusätzlichen Geschichten belasten wollte, wo sie doch so bemüht war, die Erinnerung an ihr gemeinsames Leben hinter sich zu lassen. Irgendwann hatte ich diese Unterhaltung mit meinem Vater dann vergessen, bis heute.

Sie schüttelte erwartungsgemäß den Kopf. Wir sprachen nicht viel über Papa, vielleicht weil es noch zu sehr schmerzte. Vielleicht würde es nie aufhören zu schmerzen.

»Marc musste über das Wochenende bei einem Projekt einspringen. Es war ein paar Tage, bevor der …« Ich stockte, denn es fiel mir bis heute schwer, das Wort Krebs in den Mund zu nehmen. »Die Luft war noch warm, obwohl die Sonne schon untergegangen war. Wir hatten gegrillt, Wein und Eistee getrunken … alles genau wie heute. In der Woche zuvor war Jonas' erster Artikel im Kulturteil der *ZEIT* erschienen; so kamen Papa und ich auf ihn zu sprechen, und genau wie du erwähnte er die Ähnlichkeit zwischen Jonas und mir.«

»Ja, wir vermuteten damals immer …« Meine Mutter beendete den Satz nicht.

»Also war das nicht nur seine Meinung?« Ich sah sie erstaunt an. Ich war der festen Überzeugung gewesen, meine Mutter und ich hätten ein so enges Verhältnis, dass wir immer aussprächen, was wir dachten.

»Manchmal sind es die Gegensätze, die sich anziehen, mein Schatz. Marc tut dir gut. Deswegen haben wir nie etwas gesagt«, rechtfertigte sie sich angesichts des unausgesprochenen Vorwurfs, den sie in meiner Miene lesen konnte.

Ich dachte über ihre Worte nach. Tat Marc mir gut? Die Seite in mir, die sich nach Ruhe sehnte, stimmte ihr zu. Die Geborgenheit, die er mir schenkte, war wie ein unsichtbarer Schutzschild, der alle Unwägbarkeiten des Lebens von mir fernhielt, und ich wusste, dass ich das brauchte. Wäre er nicht gewesen, ich weiß nicht, wie ich den Tod meines Vaters verkraftet hätte. Selbst meine Mutter hatte er unterstützt, hatte ihr Halt gegeben, als ich mit mir selbst zu beschäftigt gewesen war, um gemeinsam mit ihr zu trauern.

Das Leben mit Marc war stets positiv, schön, reibungslos. Wenn ich an ihn dachte, sah ich das dunkle Anthrazit seiner Augen, so rein und klar wie sein ganzes Wesen. Und Jonas? In seiner Iris waren wahllos türkisblaue Farbkleckse angeordnet, ein undurchsichtiges Wirrwarr, das sich auch in seinem Naturell zeigte. Wäre Jonas ein Bild, könnte ich es stundenlang bestaunen, ohne es jemals nur ansatzweise zu verstehen.

Was ich zu Schulzeiten aber sehr wohl verstand, waren seine Gefühle für mich. Ich hatte es meist als Witz abgetan, dennoch gab er lange nicht auf, sie mir immer wieder kundzutun. Erst als meine Gefühle für Marc auf dem Gymnasium zunahmen, ging Jonas' Zuneigung im gleichen Maße zurück. Wahrscheinlich hätte ich an seiner Seite ebenfalls ein glückliches Leben führen können, aber es war Marc gewesen, in den ich mich damals verliebt hatte.

Ich werde niemals diese Anziehungskraft vergessen, die auf der Schulparty jede Faser meines Körpers in Marcs Richtung zog. Ich wusste nicht, woher dieses Gefühl auf einmal gekommen war. Vielleicht war es durch meine Gelöstheit vom ausgelassenen Tanzen hervorgerufen worden, vielleicht war es aber auch das, was man allgemeinhin mit »sich von jemandem angezogen fühlen« umschreibt. Was zwischen uns passierte, war aber so magisch, dass ich unserer Beziehung immer eine ganz besondere Bedeutung beigemessen hatte: Von einem Moment auf den anderen schien etwas an mir zu ziehen, als wären unsichtbare Fäden an meinen Gliedmaßen befestigt, die mich wie eine Marionette in Marcs Richtung dirigierten. Ohne zu wissen, was ich tat oder wie mir geschah, ließ ich mich von dem Bedürfnis leiten, ihm nahe zu sein. Die Zurückhaltung, die ich Marc gegenüber in den letzten Wochen an den Tag gelegt hatte, war verschwunden. Ich sah ihm tief in die Augen, und jeder Zweifel war wie weggewischt. Er empfand dasselbe für mich wie ich für ihn. Ein tiefgehendes Glücksgefühl ergriff mich, erfüllte jeden noch so kleinen Winkel meines Körpers mit einem Kribbeln und verlieh mir zugleich eine innere Ruhe, wie ich sie noch nie verspürt hatte. Ich weiß nicht mehr, wie lange dieser Moment andauerte, doch als aus den Lautsprechern *I'll Be Missing You* ertönte, waren wir in der Umarmung eines Stehblues angekommen, meine Wange an Marcs Brust, seine Arme fest um mich geschlungen. Unsere Bewegungen wurden immer weniger, bis sie ganz zum Erliegen kamen und Marc mich zum ersten Mal küsste.

Dieser Augenblick war verzaubert gewesen, so als hätte eine höhere Macht beschlossen, dass nun der Zeitpunkt gekommen war, um zusammenzubringen, was zusammengehörte. Dann riss mich *Cotton Eye Joe* aus meiner Trance, ein Song, den Jonas und ich abgrundtief hassten. Berauscht und verwirrt zugleich, suchten meine Augen nach Jonas. Wie immer, wenn mir etwas Tolles widerfuhr, war mein erster Impuls, es mit meinem besten Freund zu teilen. Doch der stand hinter dem DJ-Pult und war voll und ganz damit beschäftigt, CDs in eine andere Reihenfolge zu bringen.

Ob es Zufall gewesen war, dass Jonas dieses Lied in diesem Moment aufgelegt hatte, oder ob er unserer Zweisamkeit damit ein Ende hatte bereiten wollen, würde ich wohl niemals herausfinden. Was ich jedoch mit absoluter Sicherheit wusste, war, dass dies der Startschuss für unsere Entfremdung gewesen war, die Weichenstellung für das Hier und Jetzt, in dem Jonas nicht mehr präsent war.

»Was denkst du gerade?«, riss mich meine Mutter aus meinen Gedanken.

»Dass du recht hast. Marc tut mir gut«, antwortete ich im Brustton der Überzeugung. Ich gähnte, stand von meiner Gartenliege auf und gab ihr einen Kuss auf die Wange. »Ich gehe ins Bett.«

»Gute Nacht, mein Liebling.«

13

Nach einer Katzenwäsche legte ich mich auf die viel zu weiche Matratze meines Jugendzimmers und betrachtete die alten Take-That-Poster, die meine Mutter aus nostalgischen Gründen hatte hängen lassen. Getragen von den Erinnerungen an mein erstes Konzert, auf das mich Jonas selbstlos begleitet hatte, ließ ich mich von der Schwere der Müdigkeit und der Leichtigkeit des Weißweins in einen tiefen Schlaf ziehen …

Es ist, als stünde ich neben mir und betrachtete mich selbst. Ich laufe neben einem adretten Herrn mit schlohweißem Haar auf dem Gehweg entlang eines Kanals. Unter meinen Augen liegen tiefe Schatten. Ich frage mich nach dem Grund für meine Erschöpfung. Dieser glasige Blick, der schlurfende Gang und die tief in den Jeanstaschen vergrabenen Hände sind mir sonst nicht zu eigen. Irgendetwas muss passiert sein.

»Lass uns über etwas Schöneres reden«, schlägt der Mann vor, streicht mir über die Schulter und lächelt mich ermutigend an.

Ich nicke, eine Träne löst sich aus meinem Augenwinkel und kullert über meine Wange.

Plötzlich drifte ich zurück in meinen Körper und finde mich im wilden Durcheinander eines Marktes wieder. Spanische Wortfetzen schwirren um mich herum, Touristen drängen sich durch die Passage, rechts und links stapeln sich geflochtene Körbe und Truhen. Auf Klapptischen liegen bunte, handgeknüpfte Tragetaschen, Körbe mit indigenen Mustern, farbenfrohe Armreifen aus Holz und selbst gemachte Torten. Auf dem Boden türmen sich Berge von Passionsfrüchten, Papayas und Stachelanemonen.

Ich erschrecke, als jemand von hinten nach meiner Hand greift, um mich am Weitergehen zu hindern. Ein Blick über die Schulter zeigt mir Jonas, der mit einem der Handtaschenverkäufer ein paar Brocken Spanisch austauscht, bevor er an mich gewandt sagt: »Die hier würde wunderbar zu deinem Kleid mit den Kirschen passen.«

Ich betrachte die Basttasche, auf der sich strohfarbene und leuchtend rote Zickzackstreifen abwechseln. Mein Lächeln ist Jonas Antwort genug. Er gibt der Verkäuferin drei zerknitterte Scheine und überreicht mir sein Geschenk. Ich schichte meine Einkäufe und den Inhalt meines Rucksacks in die Tasche um. Dann strecke ich die Hand nach einer rotgelben Holzschale aus. »Die ist auch sehr hübsch.«

»Du bist jetzt sicher zehnmal bei so einer Schale stehen geblieben. Kauf sie dir doch.«

Ich drehe die Schale in meiner Hand und seufze. »Sehr schade, aber die passt nicht mehr in mein Gepäck.«

»Bist du sicher?«, fragt Jonas, während er zu dem bewölkten Streifen Himmel zwischen den Häuserwänden aufsieht. »Die

Dämmerung setzt allmählich ein. Wir sollten wirklich los, also heißt es: jetzt oder nie.«

»Dann nie.«

Wir schlängeln uns durch die letzten Besucher und treten auf den Gehweg einer sechsspurigen Straße, die von heruntergekommenen, dreistöckigen Flachdachbauten aus Beton gesäumt wird. Im untersten Stock reiht sich ein Laden an den anderen, alle mit Neonreklame über den Eingängen und in den Schaufenstern.

Jonas sieht sich suchend um und kneift die Lippen zusammen. »Vielleicht sollten wir zurück auf den Markt und jemanden suchen, der uns ein vertrauenswürdiges Taxi bestellen kann.«

»Oder …« Ich lächele ihn an. »… wir gehen zu diesem tollen Restaurant, von dem ich dir erzählt habe. Da soll es die beste Ajiaco Santafereño *Bogotás geben. Das ist um die Ecke, keine zweihundert Meter von hier. Die bestellen uns sicher ein Taxi, nachdem wir gegessen haben.«*

Jonas sieht noch einmal zum Himmel hinauf, und ich folge seinem Blick. Die dunkle Wolkendecke wird von den Lichtern der Stadt orange erhellt. »Okay, bevor du mich wieder Angsthase nennst. Dann aber schnell.«

Ich hole meinen Stadtplan aus der Tasche, suche den Weg heraus und wir setzen uns in Bewegung. Hundert Meter weiter biegen wir in eine Seitenstraße ein und passieren einen grell erleuchteten Billigschuhladen, an dessen Pforte ein in Schwarz gekleideter Jugendlicher lehnt. Er tut gelangweilt, dennoch spüre ich seinen Blick im Rücken, nachdem wir ihn passiert haben. Jonas greift nach meiner Hand und beschleunigt seine Schritte.

»Wir sind gleich da«, sage ich mehr zu mir selbst als zu ihm und sehe besorgt auf die menschenleere Straße. Über die mit Graffiti beschmierten, ausgebleichten Farben der bunten Fassaden legt sich allmählich der Schatten der Nacht, und obwohl es nur noch wenige Meter bis zu unserem Ziel sein dürften, kann ich kein Restaurant erkennen.

Im nächsten Moment höre ich von hinten wildes Kindergeschrei. Zwei Jungs rennen aus dem Schuhgeschäft und an uns vorbei. Einer der beiden rempelt mich an. Ehe ich den Zug an den Henkeln meiner neuen Tasche wahrnehme, ist sie mir auch schon von der Schulter geglitten und der Kleinere der Jungs rennt mit ihr davon.

»Oh nein, mein Geld!« Dann wird mir heiß und kalt. Ich fasse an mein Handgelenk. »Mein Armkettchen … Nein, nein, nein! Sie haben die Kette von Papa! Jonas, mein Armkettchen …«

Jonas ruft »Bleib hier!« und sprintet den Kindern hinterher. Ich denke nicht daran und setze mich ebenfalls in Bewegung, habe jedoch Mühe, das Tempo aufrechtzuerhalten. An der nächsten Kreuzung drehe ich mich suchend im Kreis und erblicke Jonas am Ende einer der Seitengassen.

Das Geflecht aus Stromleitungen zwischen den nah beieinanderliegenden Häuserwänden wirkt wie ein bedrohliches Spinnennetz. Der Weg wird allmählich steiler, und ich verliere in dem Labyrinth aus Straßen, in dem die Taschendiebe uns abzuhängen versuchen, jegliches Gefühl für die Himmels-

richtungen. Die hohen Speerspitzen der schwarzen Metallzäune verwandeln die Wohnhäuser rechts und links in abgeschottete Festungen und machen deutlich, dass an diesem Ort ein anderer Maßstab für Sicherheit gilt.

Dann trennen sich die Diebe. Einer eilt die Straße hinauf und verschwindet in einer halb fertigen Wohnruine. Der andere, der meine Tasche fest im Griff hat, verschwindet im Hinterhof eines hohen Geschäftsgebäudes. Jonas folgt ihm ohne zu zögern, schlüpft ebenfalls unter einer Schranke hindurch und biegt um die Ecke des heruntergekommenen Betonklotzes.

Als ich Sekunden später hinter dem Gebäude ankomme, begreife ich nicht, was sich innerhalb weniger Augenblicke vor meinen Augen abspielt. Das Geschehen driftet wie im Zeitraffer an mir vorbei, einzelne Bilder blitzen vor meinem Auge auf …

Der Junge sucht Schutz hinter einer Gruppe Jugendlicher, die auf dem Bordstein sitzen und rauchen. Ein stämmiger junger Mann löst sich aus der Runde. Er geht auf Jonas zu, ein Messer in der Hand. Jonas stöhnt auf. Er geht zu Boden. Sein Gegner holt nochmals aus …

Wie aus weiter Ferne höre ich das kehlige Stöhnen einer Frau. Dann begreife ich, dass es meine Schreie sind, die ich vernehme. Die Jugendlichen schütteln den Kopf, als sei Jonas selbst schuld an seiner Lage. Sie schlendern davon, als verließen sie ein Café. Ich stürze zu Jonas, werfe mich auf den Boden, blicke in sein schmerzverzerrtes Gesicht. Ich schreie auf ihn ein, doch er antwortet nicht. Er sieht mich nur an …

Ich schreckte auf. Um mich herum war alles schwarz. *Oh, mein Gott, Jonas!* Mein Herz raste, meine Hände und mein Nacken waren klamm. Allmählich kehrte meine Orientierung zurück. Ich schlug die Decke zur Seite, um mich abzukühlen. Das Deckenlicht aus dem Flur bahnte sich seinen Weg durch den Türspalt und ließ die Konturen meines Jugendzimmers wie ein Schattenbild aussehen.

»Ein Traum. Nur ein Traum«, sprach ich mit mir selbst, doch der Schreck ließ sich nicht mit Worten beschwichtigen. Es war so real gewesen … Mein Puls pochte noch immer gegen meine Schläfe und meine Füße kribbelten, als wäre ich wirklich mit Ballerinas über harten Asphalt gerannt. Das Gefühl von Panik hallte in meiner Brust nach.

Vor meinem inneren Auge zeichnete sich jedes Detail ab; ich hätte ohne Probleme ein Phantombild von dem Jugendlichen mit dem Messer erstellen lassen können. Dichte, schwarze Augenbrauen, die über dem Nasenrücken zusammenliefen, eine runde, fast platte Visage, glänzend fettiges Haar, das zu einem schulterlangen Pferdeschwanz gebunden war. Die Gesichter der Passanten, an denen wir vorbeirannten, und Jonas' Blick, als …

Ein ungutes Gefühl breitete sich in mir aus. Vielleicht war das ein Omen – ein Zeichen, dass Jonas einen Unfall gehabt hatte oder bald haben würde. Ich knipste die pilzförmige Nachttischlampe an, ging zu meinem Rucksack und kramte mein Handy hervor. Ohne lange darüber nachzudenken, tippte ich eine SMS:

Hallo Jonas, geht es dir gut? Rebecca.

Kaum hatte ich auf »Senden« gedrückt, bereute ich meine Kurzschlussreaktion. Es war Viertel nach drei am Morgen. Jonas hatte mehrere Jahre nichts von mir gehört, und dann kam mitten in der Nacht so eine Nachricht … Er musste mich für verrückt halten. Doch allzu lange konnte ich mich nicht grämen, denn ein kurzes *Pling* ertönte und mein Display wurde hell.

DIE Rebecca?

Obwohl mein Kopf mir sagte, dass ich völlig überreagierte, spürte ich eine Last von mir abfallen und den dringenden Wunsch, ihm gegenüber eine Warnung auszusprechen.

Puh, es geht dir gut. Pass bitte auf dich auf.

Wieder musste ich keine zehn Sekunden auf Jonas' Reaktion warten.

Hattest du meine Visitenkarte verloren?

Ich konnte kaum in einer Textnachricht erklären, warum ich mich nie bei ihm gemeldet hatte. Deswegen beließ ich es bei einem kurzen *Ja* als Antwort.

Papperlapapp :-)

Woher weißt du das?

Dieses Mal musste ich länger auf das Display starren, bis eine Antwort eintraf.

Nur geraten. Hättest du sie verloren, wäre sicher eine Erklärung gefolgt, wo und wie du sie wiedergefunden hast. Außerdem scheinst du deine Eingangsfrage wirklich aus Sorge gestellt zu haben, sonst wäre kein »Puh, es geht dir gut« gefolgt. Aber die Visitenkarte wird kaum in dem Moment, in dem du dir Sorgen um mich gemacht hast, aufgetaucht sein. Und der Uhrzeit zufolge nehme ich an, du hattest einen Albtraum?

Ich las seine Nachricht zweimal. Ich hatte ihm noch nie etwas vormachen können – das zumindest schien gleich geblieben zu sein. Ich las sie ein drittes Mal. Wie immer traf er es auf den Punkt. Ich erinnerte mich daran, wie er einst von Frau Greising zu drei Stunden Nachsitzen verdammt worden war, weil er eine Klassenkameradin geärgert hatte, die unserer Lehrerin daraufhin heulend in die Arme gelaufen war. Obwohl es keine Zeugen der Unterhaltung gegeben hatte, fiel Jonas' Strafe verhältnismäßig hoch aus. Zur Begründung sagte Frau Greising: »Deine Zunge ist eine Waffe, Jonas Priller. Du musst lernen, sie zu beherrschen.« Noch Tage danach lachten Jonas und ich uns deswegen schlapp und malten uns Jonas' Wortgewandtheit in verschiedenen Geschichten als Zaubergabe aus, mit der er aus Versehen andere Kinder verhexte … Dank der Erinnerung entspannte ich mich zunehmend. Die Bilder meines Traums verblassten genauso schnell, wie sie mich in der Nacht überfallen hatten.

Du Fuchs. Du hast mich überführt :-)

Ich wäre lieber ein Wolf, der kann so schön den Mond anheulen. Das stelle ich mir irre romantisch vor. Auuuuuu. Aber lassen wir das. Es ist schön, von dir zu hören! Wie geht es dir?

Ich wunderte mich über Jonas' saloppen Tonfall. Wir hatten jahrelang nichts voneinander gehört, und doch fühlte es sich an, als würde ich meinem besten Freund von damals schreiben. Eine vertraute Wärme flutete mein Herz und breitete sich von dort in alle Gliedmaßen aus. Ich hatte das Bedürfnis, an unsere offenen Gespräche von früher anzuknüpfen, also schrieb ich:

Außer dem üblichen Hadern hinsichtlich meiner Berufswahl geht es mir bestens. Herzlichen Glückwunsch übrigens zur Verlobung.

Der Jorker Nachbarschaftsfunk ist intakt, wie ich sehe. Warum machst du nicht etwas anderes?

So eine Frage konnte auch nur Jonas stellen. So einfach war das nicht.

Weil ich bald fertig bin. Das wäre Blödsinn.
Na gut, aber es hindert dich ja keiner, danach etwas anderes zu machen.

Jonas hatte sich wirklich kein bisschen verändert – stets klar in seiner Meinung, welche er auch ohne Umschweife äußerte. Er hatte recht. Ich könnte nach meinem Studium auch einen anderen Beruf ergreifen. In einem anderen Punkt hatte er jedoch unrecht: Es gab sehr wohl Menschen, die mich davon abhalten würden, meinen Job hinzuschmeißen. Meine schweren Augenlider und meine vor Müdigkeit abdriftenden Gedanken verhinderten allerdings, dass ich meine getroffenen Lebensentscheidungen in diesem Moment aufs Neue hinterfragte.

Ich denke morgen darüber nach. Erst einmal sollten wir wieder schlafen gehen.

Warum »wieder«? ;-)

Schlaf gut, du Nachteule.

Du auch. Du darfst übrigens jederzeit wieder von mir träumen, muss ja nicht zwingend ein Albtraum sein.

Mit einem Schmunzeln tippte ich noch kurz *Danke für das Angebot* und verzog mich dann wieder in mein Bett. Kaum hatte ich das Handy auf den Nachttisch gelegt, war ich auch schon in einen tiefen, traumlosen Schlaf gesunken, aus dem ich erst in den späten Morgenstunden durch ein Rascheln gerissen wurde. Träge blinzelte ich gegen die Sonnenstrahlen an, die durch das Dachfenster auf mein Gesicht fielen. Als sich meine Augen an das Licht gewöhnt hatten, bemerkte ich den ausladenden Sommerstrauß aus orangenfarbenen Rosen und Löwenmäulchen neben mir.

»Guten Morgen.« Marc saß in dem Korbsessel unter der schrägen Holzdecke und blickte von seiner Zeitung auf. Er musterte mich mit einem seltsamen Blick, den ich nicht deuten konnte.

»Was machst du denn hier?«, fragte ich überrascht.

»Na, da hatte aber jemand Sehnsucht nach mir.« Er klang beleidigt.

Ich beschloss, das Gespräch von vorne zu beginnen.

»Guten Morgen. Danke für die Blumen. Womit habe ich die verdient?«

Marc versuchte, mein Lächeln zu erwidern, doch es wirkte steif und aufgesetzt. »Ich hatte ein schlechtes Gewissen, dass ich dich an einem Freitagabend allein lassen musste.«

»Aber du bist doch oft freitags bei Geschäftsessen.«

»Ich habe Brötchen mitgebracht«, überging er meinen Einwand.

»Unten ist bereits gedeckt, und meine Mutter ist auch eben gekommen. Wir warten also nur noch auf dich.« Seine Stimme war monoton und kühl, wie immer, wenn er sauer auf mich war.

Ich fragte mich, womit ich das verdient hatte.

Marc gab mir im Vorbeigehen einen Kuss auf die Wange. »Du hast eine Nachricht«, schob er mit einem Blick auf mein Handy hinterher.

Seine Bemerkung war so betont beiläufig, dass sie mich aufhorchen ließ. Ich konnte mir denken, von wem die

SMS war, und spürte Marcs Blick auf mir ruhen. »Ich habe Jonas zur Verlobung gratuliert«, erklärte ich auf nicht minder unbeteiligte Weise. Der Albtraum von letzter Nacht hatte solch ein Gefühlschaos in mir hinterlassen, dass es sich unpassend anfühlte, Marc davon zu erzählen. Außerdem konnte ich ihm kaum sagen, dass ich nachts von Jonas fantasierte.

Marc sah mich sichtlich überrascht an. »Schau an. Wer hätte gedacht, dass er vor uns heiraten würde? Flittchen-Sabine?« Auf einmal wirkte er deutlich entspannter.

»Flittchen-Sabine«, bestätigte ich, während ich meinen weißen Frotteebademantel überwarf und mich an Marc vorbeidrängelte, um zur Tür zu gelangen.

»Dienstag gehen wir von der Arbeit aus essen, um den Abschluss mit der TEKAR-Bank zu feiern. Hast du Lust mitzukommen?«

Erstaunt sah ich Marc an. Normalerweise trennte er Beruf und Privates strikt voneinander. Er meinte immer, all die Überstunden und Geschäftsessen raubten uns schon genügend Freizeit. »Klar«, beeilte ich mich zu sagen, denn ich war neugierig auf die Menschen, mit denen er so viel Zeit verbrachte. »Ich putze noch kurz meine Zähne und komme dann gleich nach.«

Marc nickte und stieg die Holztreppe hinab, die unter seinen Füßen quietschte und knarrte. Neugierig schlich ich, mit der Zahnbürste im Mund, zurück in mein Zimmer und nahm mein Handy in die Hand. Jonas hatte vor einer Stunde nochmals geschrieben.

Ich würde mich freuen, mal wieder von dir zu hören – auch ohne dass du von mir träumst. Ich habe dich nämlich schrecklich vermisst.
Xoxo Jonas

Ich las die SMS erneut, und Jonas' Worte hinterließen eine behagliche Wärme in meiner Brust. Hätte ich mich doch bloß schon früher bei ihm gemeldet, statt mich in die Sorge hineinzusteigern, dass wir uns nichts mehr zu sagen hätten! Aber es war ja noch nicht zu spät … Blieb nur noch die Frage, wie ich Marc von der Idee würde überzeugen können, die Freundschaft zu Jonas wieder aufleben zu lassen. »Ein Schritt nach dem anderen«, redete ich mir gut zu.

Du hast mir auch gefehlt, tippte ich schnell und hüpfte dann beschwingt hinunter zum Frühstück.

14

Am Dienstagabend war es so weit: Ich sollte Marcs Kollegen kennenlernen. Nervös zupfte ich an meinem schwarzen Wickelkleid herum und sah von der Balustrade hinab auf den in violettes Licht getauchten Saal des Hamburger Designhotels *East*. Das futuristische Ambiente der sicher zehn Meter hohen, geschwungenen Säulen und die Nischen, die wie Bienenwaben in die Wand eingelassen waren, gaben mir das Gefühl, Worte wie »exquisit« oder »vortrefflich« in meine Unterhaltungen einflechten zu müssen. Ich bevorzugte gemütliche, gutbürgerliche Restaurants, zumal ich mir solche Lokale auch leisten konnte.

Während ich mich unbeholfen und etwas fehl am Platz fühlte, bewegte Marc sich wie selbstverständlich zwischen den Tischen hindurch, als wäre dieses Lokal sein zweites Zuhause.

»Marc.« Eine blonde Frau in meinem Alter winkte uns von einem Tisch aus zu, woraufhin wir in ihre Richtung abbogen. Sie stand auf, was mir einen Blick auf ihre zierliche Figur erlaubte. Das eng geschnittene, pastellgelbe Etuikleid mit Spitzenabschluss am Saum passte in die männliche Geschäftswelt und strahlte dennoch Weiblichkeit aus. Kombiniert mit einer perfekt sitzenden Grace-Kelly-Frisur, hätte sich ihr Outfit allerdings auch in einem Sechzigerjahre-Waschmittelwerbespot gut gemacht. Für einen Moment bereute ich es, nicht das kirschrote Kleid angezogen zu haben, in dem ich mich wohler fühlte. Ich hatte mich für das kleine Schwarze entschieden, weil Marc es lieber mochte.

»Emily«, stellte sie sich mir freudestrahlend mit einem Handschlag vor, als wir vor ihr standen. Marc begrüßte sie mit einer herzlichen Umarmung, die ich unter Kollegen etwas ungewöhnlich fand. Dann wandte sie sich wieder mir zu. »Ich freue mich so, dich endlich kennenzulernen.« Ihre hohe Stimme, die sich vor Enthusiasmus fast überschlug, ließ keinen Zweifel daran, dass sie es ernst meinte.

»Ganz meinerseits«, bluffte ich.

Nach und nach trudelten die übrigen Kollegen ein: Dieter, Gunnar, Hardy – allesamt in perfekt sitzenden Anzügen und polierten Lederschuhen. Dennoch erfüllten sie nicht unbedingt das Klischee des aalglatten Beraters, sondern vielmehr das eines Hipsters aus Eppendorf: Hardy trug einen langen, akkurat gestutzten Vollbart, Gunnar eine markante Hornbrille und Dieter eine Undercut-Frisur, deren Tolle selbst Elvis Konkurrenz gemacht hätte. Marc entsprach in dieser Runde noch am ehesten dem Stereotyp eines klassischen Geschäftsmannes.

Gut gelaunt wegen des Deals, den sie am Nachmittag unterzeichnet hatten, quasselten alle wild durcheinander. Dieter bestellte lauthals eine Runde Champagner beim Kellner an der Bar.

»Habt ihr den Blick vom Ahrend gesehen, als der Geschäftsführer ihm ins Wort gefallen ist?« Gunnar lachte.

»Ich hoffe nur, er hat sich für das nächste RFP disqualifiziert. Ich würde dem echt ein Audit an den Hals wünschen«, entgegnete Marc. Ich war überrascht, wie anders seine Mimik hier unter Kollegen war – viel selbstsicherer, fast ein wenig überheblich.

»Für die DC-Transition müssen wir noch mal ziemlich nachlegen«, fachsimpelte Emily. Durch ihr zurückhaltendes Lächeln wirkte ihre Freude deutlich vornehmer. Dann legte sie ihre zarten Hände auf meinen Unterarm. »Ach, für dich muss das alles wie Kauderwelsch klingen.«

Bevor ich mich äußern konnte, nahm Gunnar das Geschäftsgeplauder wieder auf. »Wir haben bei der TEKAR jetzt einen Fuß in der Tür. Da spazieren wir durch.«

So plätscherte die Unterhaltung dahin und keiner nahm Notiz von mir. Ich nutzte die Gelegenheit, um Emily ausgiebig zu beobachten. Es fiel mir schwer, sie einzuschätzen. Wenn sie mit ihren Kollegen fachsimpelte, wurden ihre

Züge ernster, fast ein wenig hart, und ihre helle Stimme rutschte um ein paar Nuancen tiefer, als hätte sie über die Jahre gelernt, dass man als Frau in einer Männer-Domäne Biss brauchte, um zu bestehen. Doch irgendwie passte das nicht zu ihr. Sie wirkte weiblich, irgendwie zerbrechlich, so als würde sie die knallharte Businessfrau nur mimen.

Als der Kellner wenige Minuten später an den Tisch trat, bestellte Marc als Erster. »Ich hätte gerne das Rindertatar als Vorspeise und danach ein 300-Gramm-Chateaubriand mit Blattspinat. Meine Freundin startet mit dem Asia Beef Salad und als Hauptgang nimmt sie das vietnamesische Rinderragout.« Dann sah er mich an und fragte: »Okay?«

Als ich zufrieden nickte, wandte sich der Kellner Dieter zu. Emily hatte die Szene aufmerksam beobachtet. Als Marc ihrem Blick begegnete, kniff er für den Bruchteil einer Sekunde die Lippen zusammen. Auf einmal war mir unsere Tradition, dass Marc für mich das Essen aussuchte, peinlich. Für Außenstehende musste das aussehen, als wäre ich ein kleines Frauchen, das sich alles vorschreiben lässt. »Marc kennt meinen Geschmack nach fünfzehn Jahren Beziehung so gut, dass seine Bestellungen immer absolute Volltreffer sind«, kam ich der Frage, die Emily eindeutig auf der Zunge lag, zuvor.

»Wie zauberhaft«, antwortete sie, doch ihr Lächeln fiel verhalten aus.

Ich verzichtete darauf, ihr zu erklären, dass diese Tradition nichts mit Romantik zu tun hatte, sondern mit Marcs Ungeduld und meinen Schwierigkeiten, eine Wahl zu treffen. Außerdem kannte er sich mit High-Class-Küche besser aus als ich.

»Und wie läuft es in der Schule? Marc hat erwähnt, dass du dich dort nicht ganz wohlfühlst«, erkundigte Emily sich.

Ich fragte mich, warum er ihr von mir erzählt hatte, ich wiederum aber nichts von ihr wusste. »Es wird«, log ich, denn ich wollte meine Unzufriedenheit nicht vor ihr ausbreiten. Ich merkte, in welcher Schublade ich hier gelandet war, und das gefiel mir ganz und gar nicht.

Emily ignorierte meine Einsilbigkeit. »Das ist das Problem, wenn der Praxisteil im Studium so spät kommt. Das ist auch gemein.« Ihre Tonlage war hoch, die Vokale gedehnt, als spräche sie mit einem Kleinkind, das sich das Knie aufgeschürft hatte.

Es war mehr als offensichtlich, dass diese Frau mich bloßzustellen versuchte. Ich setzte gerade dazu an, ihr Paroli zu bieten, als mich Marc unterbrach.

»Nehmen wir wieder eine Flasche von dem Weißburgunder?«

Irritiert sah ich zwischen Marc und Emily hin und her. Warum verteidigte er mich nicht? Er musste Emilys herablassende Art doch auch spüren. Stattdessen lag seine Hand in meinem Nacken und spielte nervös mit einer Locke. Zumindest fühlte er sich zwischen seinen zwei Welten sichtlich unwohl. Vor diesem Abend war mir nicht bewusst gewesen, was für ein waghalsiges Experiment diese Zusammenführung für ihn sein musste.

»Aber nicht, dass du wie letzten Freitag hier wieder rauswankst«, scherzte Dieter.

»Dass du so wenig verträgst.« Gunnar klopfte Marc auf die Schulter. »Du solltest öfters mit uns losziehen, du alter Stubenhocker.«

»Es gibt Menschen, die ohne ständiges Feiern und Trinken glücklich sind«, verteidigte Emily ihn.

»Feiern und trinken, hört, hört«, äffte Dieter sie nach. »Außerdem warst du Freitag nicht minder angesäuselt, Fräulein Weiße-Weste.«

Ich versuchte mich zu erinnern, was letzten Freitag gewesen war. Irgendein Geschäftsessen mit einem wichtigen Typen von der TEKAR-Bank. Marc hatte am nächsten Tag gar nicht erzählt, dass es feuchtfröhlich zugegangen war. Er trank nie viel Alkohol, schon gar nicht in der Öffentlichkeit, denn er konnte es nicht leiden, die Kontrolle zu verlieren. Ich fragte mich allmählich, was hier los war. Warum hatte Marc mich ausgerechnet heute mitgenommen? Ein Blick auf mein Handy lenkte mich von meinen Grübeleien ab. Jonas hatte geschrieben.

Und, hast du inzwischen darüber nachgedacht?

Ich entschuldigte mich, schnappte meine mit Pailletten bestickte Abendhandtasche und ging zur Toilette. Ich fragte mich, was Jonas meinte, und scrollte durch die Nachrichten zurück. Richtig. Es ging um seinen Vorschlag, nach meinem Studium etwas anderes zu machen.

Nein, noch nicht.

Ich könnte dir bei einem Glas Wein beim Erörtern helfen.

Ich starrte das Handy an. Bevor ich zu einer Antwort ansetzen konnte, schob ich es lieber schnell zurück in die Tasche, ging auf die Toilette und stieg dann die Treppen in den Speisesaal hinunter.

Am Tisch war das Gespräch weiterhin mit so vielen Abkürzungen und Anglizismen gespickt, dass ich Schwierigkeiten hatte zu folgen. So machte ich mich über meinen Vorspeisensalat her und dachte über Jonas' Vorschlag nach. Einander SMS zu schreiben, fühlte sich in gewisser Weise surreal an, unverbindlich, so als wäre es gar nicht Jonas, mit dem ich da kommunizierte. Aber ein Treffen? Gemeinsam mit Marc würde das bestimmt verkrampft werden; andererseits wünschte ich mir sehnlichst, ihn wiederzusehen.

»Und? Bist du Sonntag beim Spiel auch dabei?«, riss mich Emily aus meinen Gedanken.

»Spiel?«, fragte ich.

»Ach, Marc hat dir gar nichts erzählt? Wir haben einen Kundentermin in unserer HSV-Firmenloge, und vielleicht geht es danach noch auf den Kiez«, erklärte sie.

»Seit wann willst du freiwillig auf den Kiez?«, platzte Gunnar dazwischen.

Emily tat die Frage mit einem Augenrollen ab.

Marc legte einen Arm auf meine Rückenlehne. »Klar, komm doch mit.«

»Hm«, antwortete ich nur. Ich interessierte mich nicht für Fußball. Außerdem war mir die Runde hier suspekt. Emilys aufgesetzt freundliche Art wirkte irgendwie, als wolle sie etwas überspielen, und wenn ich ihre bewundernden Blicke auf Marc richtig deutete, dann war es die Tatsache, dass sie ein Auge auf ihn geworfen hatte. Da kam ich als seine Freundin natürlich gänzlich ungelegen.

Plötzlich kam mir eine Idee. »Ach, Mist! An dem Abend wollte ich mich mit einem alten Freund treffen.« Ich sah Marc an. »Jonas hatte gefragt, ob wir uns mal wiedersehen wollen. Wäre es okay, wenn ich mich mit ihm treffe und du mit deinen Kollegen feiern gehst?«, fragte ich ihn mit Unschuldsmiene. Dabei ließ ich bewusst offen, ob Jonas mit »uns« nur mich oder unser altes Dreiergespann gemeint hatte. Ich wusste, Marc würde sich vor seinen Kollegen niemals die Blöße geben, mir ein Treffen zu untersagen.

»Klar«, antwortete er erwartungsgemäß. An seinem angespannten Kiefer merkte ich aber, wie sehr ihm das missfiel.

»Das nächste Mal klappt es bestimmt«, versicherte ich Emily und hoffte, dass Jonas am Sonntag überhaupt Zeit haben würde.

»Ich bin es ja gewohnt, die einzige Frau unter Männern zu sein«, kokettierte Emily mit der Situation, die sie eigentlich zu genießen schien.

Als Marc sich wieder seinen Kollegen zugewandt hatte, tippte ich, wie meine Schüler, unter dem Tisch eine SMS:

Wie sieht es Sonntagabend aus?

Ich musste nicht lange auf seine Antwort warten. Nachdem ich ein wenig von Marc abgerückt war, las ich die Nachricht mit bewusst gelangweiltem Gesichtsausdruck, so als checkte ich nur kurz meine Mails.

Ich gehe auf ein Konzert, könnte aber eine zweite Karte für dich organisieren. Zwanzig Uhr vor dem Nochtspeicher?

Ich schrieb *Gebongt* zurück und brachte mich, ein wenig besser gelaunt, in das Gespräch über die politische Lage im Nahen Osten ein, was Marc ein wenig zu entspannen schien.

Der Rest des Abends plätscherte dahin, und ich gelangte mehr und mehr zu der Überzeugung, dass ich es mit einer eingeschworenen Gruppe zu tun hatte, die viel mehr als ein Kollegenkreis war. Marc versuchte, Brücken zu schlagen, indem er den einen oder anderen Insider erklärte oder Fachausdrücke für mich übersetzte, doch ich wurde mit seinen Kollegen weiterhin nicht warm. Um halb zwölf brachen wir schließlich auf.

»Bleib sitzen. Ich hole unsere Jacken«, bot Marc an. Emily fragte er: »Soll ich deine mitbringen?«

Emily lächelte ihn dankbar an und überreichte ihm den Garderobenzettel.

Auf dem Weg nach Hause verloren wir weder ein Wort über Jonas noch über Emily. Ich hatte jedoch das unbehagliche Gefühl, dass dieses Gespräch nur aufgeschoben war.

15

Am nächsten Tag zog sich der Unterricht wie Kaugummi. In Situationen wie dieser fragte ich mich manchmal, was ich hier überhaupt machte, im wohlsituierten Hamburg-Wandsbek, in der die Kinder alles zu haben schienen, was sie brauchten. Nein, sie hatten sogar mehr als das. In den Pausen beschäftigten sie sich lieber mit ihren Mobilfunkgeräten statt mit ihren Klassenkameraden, und die scheinbar ernsthaftesten Probleme, die sie hatten, drehten sich um Computerspiele, die sie nicht knackten, oder um Hautunreinheiten, die von Make-up nicht ausreichend kaschiert werden konnten. Meine Hilfe brauchte keiner von ihnen. Im Gegenteil, ich war ein Störfaktor, der sie von den Dingen abhielt, die sie viel lieber machen wollten.

Nach der letzten Stunde legte ich gerade meine Tasche mit den Unterrichtsmaterialien des Tages auf den Beifahrersitz, um mich danach in mein Auto zu setzen, als ich auf der anderen Seite des vierspurigen Friedrich-Ebert-Damms eine der Schülerinnen aus der Integrationsklasse erblickte. Ich hätte sie nicht bemerkt, wäre sie nicht so hektisch, ja fast gehetzt gelaufen. Im nächsten Moment erkannte ich den Grund für ihre fluchtartige Bewegung: Hendrik, dessen Schlägereien bei fast jeder Lehrerkonferenz auf der Agenda standen, lief etwa fünfzig Meter hinter ihr. Sein Blick war fest auf sie geheftet, wie ein Jäger, der seine Beute im Visier hatte.

Von Sorge gepackt, schloss ich mein Auto wieder ab und folgte den beiden. Wegen des geschäftigen Verkehrs musste ich mich nicht verstecken; die Geräuschkulisse aus Motorbrummen und Hupen der sich über die Straße schiebenden Autoketten verschluckte jeden Hinweis auf meine Anwesenheit.

Als das Mädchen in eine Seitenstraße einbog, hatte Hendrik sie fast eingeholt. Ungeduldig wartete ich an einer Fußgängerampel, um die Hauptstraße zu überqueren. Weil es mir zu lange dauerte, ließ ich mich nicht von deren Rot abhalten, sondern bahnte mir einen Weg zwischen den sich stauenden Autos hindurch.

Im Stechschritt bog ich um die Ecke, die das Mädchen kurze Zeit vorher passiert hatte, und sah gerade noch, wie Hendrik es am Oberarm packte. Energisch zog es seinen Arm zurück und sah mit stolzem Blick zu ihm hoch. Die beiden wirkten wie David und Goliath: sie klein und zierlich, er von der Statur eines Bullen – breiter Nacken, kräftige Oberarme und ein Blick, als wedelte sie mit einem roten Tuch vor seiner Nase. Dennoch kam mir das Mädchen keineswegs eingeschüchtert vor. Mit entschlossenem Blick und in die Höhe gerecktem Kinn sprach es zu ihm. Es sah fast so aus, als würde es ihn tadeln. Hendrik interessierte das wenig; seine Hand griff erneut nach dem Oberarm des Mädchens und zog es näher.

»Hallo, Hendrik«, begrüßte ich ihn. Da ich inzwischen zu ihnen aufgeschlossen hatte, musste ich meine Stimme nicht einmal erheben. Hendrik sah hoch und begrüßte mich mit einem Knurrlaut, ließ das Mädchen aber augenblicklich los. »Hallo, ich bin Hendriks Lehrerin, Frau Mahler. Verrätst du mir deinen Namen?«, fragte ich das Mädchen, das sichtlich erleichtert war.

»Nesrin.«

Ich schätzte sie auf vierzehn oder fünfzehn Jahre. Ihr feines Gesicht wurde von einem zartrosa Kopftuch eingerahmt, ihre langen Wimpern zeigten ganz ohne Zutun von Mascara in einer Kurve nach oben und warfen einen Schatten auf ihre runden Wangen, die ihr Gesicht fast puppenhaft aussehen ließen.

»Wo wohnst du denn?«

Nesrin deutete auf einen roten Modulbau wenige Meter weiter. Es war eines der Gebäude, die auf vielen brachliegenden Gemeindeplätzen errichtet worden waren: ein rechteckiger Kasten auf einem planierten, mit grobem Kies bedeckten Grundstück, das von einem hohen Stacheldrahtzaun umgeben war, bei dem ich mich fragte, wen oder was er draußen halten sollte. Die Hendriks dieser Welt?

»Ich habe gesehen, wie du Nesrin festgehalten hast. Irgendeine Erklärung?«

»Nein. Kann ich mir auch nicht erklären, Frau Mahler.« Hendrik verhöhnte mich mit einer aufgesetzten Unschuldsmiene.

»Bitte gib mir die Telefonnummer deiner Eltern.«

»Wir sind nicht in der Schule. Warum sollte ich Ihnen unsere Nummer geben?«

»Schluss mit den Spielchen. Ich bekomme sie so oder so raus. Ich höre?« Ich zog mein Handy aus der Jeanstasche und tippte die Zahlen ein, die Hendrik gelangweilt aufsagte.

»Sonst noch was?« Er schob sich einen Kaugummi in den Mund und schmatzte mir ins Gesicht.

»Nein.«

Damit drehte er sich um, vergrub die Hände in den Hosentaschen und schlenderte davon.

Ich wandte mich wieder Nesrin zu. »Ich begleite dich nach Hause. Sind deine Eltern da? Vielleicht sollte ich mit ihnen besprechen, was wir wegen Hendrik unternehmen können.«

»Meine Eltern sind in Afghanistan. Ich bin alleine in Deutschland, wie alle in der Unterkunft.« Ihr Blick wanderte zu einer Gruppe Jugendlicher, die an einer Tischtennisplatte lehnten und rauchten.

»Hast du einen Betreuer?«

Nesrin nickte und ging mir voraus. Bereits im Flur kam uns eine drahtige Frau mit einem großen Pott Kaffee in der Hand entgegen. Sie war keine ein Meter sechzig groß, trug ausgetretene, verwaschene Turnschuhe, eine viel zu weite Jeans, die mit einem Ledergürtel auf den Hüften gehalten wurde, und einen erdfarbenen Strickpulli, der für diese Jahreszeit viel zu warm war.

»Hallo, Nesrin. Hast du eine Freundin mitgebracht?«, fragte sie. Ihr Blick war aufmerksam auf Nesrins Gesicht gerichtet. Ich konnte mir gut vorstellen, dass ihr in diesem Heim kein Detail entging.

»Frau Mahler ist Lehrerin an meiner Schule«, stellte Nesrin mich vor.

Die Augen der Betreuerin verengten sich, ihre Stirn legte sich in Falten.

»Ich habe mitbekommen, wie Nesrin vor dem Gebäude von einem Mitschüler belästigt wurde«, klärte ich die Situation schnell auf. »Ich habe mir die Kontaktdaten seiner Eltern geben lassen und wollte mit Nesrins Betreuer besprechen, was wir jetzt am besten machen.«

»Da sind Sie bei mir richtig. Silke Heidenreich«, antwortete sie mit kräftiger Stimme und seufzte sichtlich frustriert. Ihre Schützlinge brachten sicher täglich neue Probleme mit nach Hause. »Ich habe Kaffee aufgesetzt. Möchten Sie auch einen?« Ihre Stimme klang viel tiefer und rauer, als ich es bei einer so zierlichen Person erwartet hätte.

»Gerne.«

Wir gingen zu einer Küchenzeile in dem sonst steril gehaltenen Gang, und sie goss Filterkaffee in eine rote Porzellantasse, an der eine kleine Ecke abgesplittert war. Nesrin verabschiedete sich, um in ihr Zimmer zu gehen, und Frau Heidenreich bat mich in ein Büro, dessen Wände mit Fotos von Jugendlichen gepflastert waren.

Gemeinsam beschlossen wir, Hendriks Eltern anzurufen, und hatten Glück: Seine Mutter hob nach wenigen Sekunden ab. Als ich ihr das Verhalten ihres Sohnes schilderte, wirkte sie nicht überrascht. Ihre Stimme verriet eine Mischung aus Verzweiflung und Resignation, doch sie war sehr einsichtig. Schnell einigten wir uns darauf, dass es ein Gespräch mit Frau Heidenreich, Hendrik und seiner Mutter geben würde, um ihm mögliche Konsequenzen seines Handelns klarzumachen. Zufrieden legten wir auf.

»Vielen Dank für Ihre Hilfe«, sagte Frau Heidenreich.

»Das ist mein Job.«

»Es ist schon ein bisschen mehr als das – das bisschen Mehr, auf das es ankommt. Wir alle hier versuchen jeden Tag aufs Neue, diesen zusätzlichen Schritt zu gehen, um den Kids eine Zukunft zu geben. Ist aber nicht immer leicht. Unterrichten Sie eine Integrationsklasse?«

»Nein. Deutsch, Englisch und Geografie in den Regelklassen. Ich habe aber bald meinen letzten Tag an der Schule.«

»Wie schade. Kommen Sie doch zu unserem Sommerfest. Das ist nachmittags, am letzten Schultag.«

»Gerne«, antwortete ich und stellte verwundert fest, dass ich es auch so meinte.

Bevor ich heimging, besuchte ich Nesrin in ihrem Zimmer, in dem außer ihrem noch zwei weitere Betten standen. Instinktiv wusste ich, dass der Starschnitt von Justin Bieber an der Wand, das Make-up auf der Kommode und die umherliegenden Klamotten den anderen Mädchen gehörten.

Ich las den Einband ihres Buches: *Hallo, Mister Gott, hier spricht Anna.* »Das ist ein schönes Buch«, eröffnete ich das Gespräch.

Nesrin hob den Blick. »Alle Bücher helfen, Deutsch zu lernen.« Nach einer Pause fügte sie hinzu: »Und wenn ich lese, bin ich nicht hier.« Sie sah sich in dem beengten, unordentlichen Zimmer um.

Ich setzte mich an das Fußende ihres Bettes und wir unterhielten uns eine Weile über Bücher, die wir gelesen hatten. Schnell gelangte ich zu der Überzeugung, dass Nesrin sich super mit Jonas verstehen würde. Er liebte es auch, über Literatur zu fachsimpeln. Ich versprach, ihr einige meiner Lieblingsromane mitzubringen, wenn ich sie auf dem Sommerfest besuchte.

Als ich eine Stunde später das Heim verließ, hatte sich eine seltene Zufriedenheit in mir ausgebreitet, von der ich noch den ganzen Tag zehrte.

16

Auf dem Weg zu meiner Verabredung mit Jonas schob ich mir die Kopfhörer in die Ohren, stellte *Insomnia* auf Dauerschleife und steuerte im Takt der Musik die Reeperbahn an. Die Scheinwerfer der vorbeifahrenden Autos erhellten die Abenddämmerung, die Reifen zogen rauschende Wasserbahnen auf den Asphalt, doch das Grau in Grau konnte mir meine gute Laune nicht verderben. Ich spannte den Regenschirm auf und ging los. Die Musik versetzte mich in meine Teenagerzeit zurück, und wie von selbst verfiel ich in einen wippenden Gang, platschte mit meinen roten Pumps in die bunten Pfützen, in denen sich die Farben der Leuchtreklame spiegelten, und lief Slalom um die wenigen Besucher, die sich so früh auf den Kiez verirrt hatten.

Nachdem ich das *Schmidts Tivoli* passiert hatte, bog ich bei der Davidwache in eine Seitengasse ein. Der Beat in meinen Ohren war drängend, und so beschleunigte auch ich meinen Schritt. Ich wusste nicht, ob es mein Gehtempo oder meine Nervosität waren, die meinen Puls in die Höhe trieben. Die Selbstverständlichkeit einer Verabredung mit

Jonas lag lange zurück. Heute war ich richtig nervös. Doch als ich ihn aus der Ferne vor dem Eingang des *Nachtspeichers* erblickte, breitete sich eine vertraute Wärme in mir aus, die sich über die Jahre gerettet zu haben schien.

Jonas drehte seinen Kopf mit einem Lächeln in meine Richtung, als hätte er gespürt, dass ich in seinem Sichtfeld erschienen war. Ich nutzte die letzten Meter, um ihn zu mustern. Er war muskulöser geworden; seine Schultern waren breit, ohne bullig zu wirken. Während früher das wilde Durcheinander seiner Haare seine Persönlichkeit widergespiegelt hatte, waren sie jetzt mit Gel in einem angedeuteten Seitenscheitel gezähmt. Seinen Sneakers war er treu geblieben, nur sahen sie zu einem schwarzen Jackett eher lässig als sportlich aus. Alles an ihm war stylish, ohne geschniegelt zu wirken. Mein Herz fremdelte bei seinem Anblick. Er sah ganz und gar nicht mehr nach dem Wirrkopf von früher aus, der lieber gegen den Strom als mit ihm schwamm. Heute war er ein Typ, der in einer Bar eine Menge Frauenblicke auf sich ziehen würde. Eingeschüchtert fragte ich mich, was sich noch verändert hatte.

Als ich vor Jonas zum Stehen kam, zögerte ich. Ich hatte mir keine Gedanken darüber gemacht, wie ich ihn begrüßen würde. Früher hatten wir uns immer umarmt, aber vielleicht wäre ein Wangenkuss jetzt passender. Jonas löste dieses Problem, indem er mich in seine Arme zog und fest umarmte.

»Engelchen«, flüsterte er zärtlich, als hätte er es all die Jahre vermisst, seinen Kosenamen für mich auszusprechen.

Ich entspannte mich schlagartig. »›Engelchen‹ hat schon lange niemand mehr zu mir gesagt.«

»Erstaunlich. Mit diesen süßen Karamelllocken siehst du noch immer wie eines aus.« Er zog an einer meiner Strähnen und ließ sie dann wieder zurückspringen, bevor er mit größter Selbstverständlichkeit nach einem meiner Kopfhörer griff und ihn in sein Ohr schob. »Oha. Die olle Kamelle hab ich seit Ewigkeiten nicht mehr gehört.«

Seine tiefblauen Augen funkelten mich belustigt an. Wie hatte mir dieser Blick gefehlt!

»Der Song erinnert mich an unsere Schulpartys«, erklärte ich.

»Ja, da war was«, antwortete er mit einem Augenrollen, das ich nicht zu deuten wusste. »Aber weißt du was? Morgen hast du neue Mucke, die dich an mich erinnert.«

»Was hören wir uns denn an?«

»Maria Mena, eine Sängerin aus Norwegen. Sie wird von NDR2 in letzter Zeit ziemlich gepusht – zu Recht, wie ich finde. Wollte mir das Mädel seit Langem mal live ansehen und schauen, ob sie auch auf der Bühne überzeugt.«

Erleichtert schmunzelte ich. Jonas' Wortwahl war so salopp wie eh und je. Vielleicht war es doch nur sein Äußeres, das sich verändert hatte.

»Hey, Jonas«, begrüßte ihn die Frau an der Kasse und winkte uns durch, ohne unsere Tickets zu prüfen. Er schien hier ein und aus zu gehen. Ich hingegen war noch nie im *Nochtspeicher* gewesen. Die roten Klinkerwände und die Balken, die die hohe Holzdecke stützten, ließen den Saal wie einen üblichen Hamburger Speicher aussehen, doch die Lichttechnik an der Decke, die Scheinwerfer in den Ecken, die alles in ein blau-violettes Licht tauchten, und die Holztheke, die sich über eine komplette Seite erstreckte, verwandelten den Raum in eine moderne Partylocation.

Jonas ging an den Tresen und fragte: »Was möchtest du haben?«

»Such du was aus«, antwortete ich in gewohnter Manier, ärgerte mich im nächsten Moment aber über mich selbst.

Jonas' Blick glitt über die ausgeleuchteten Wandregale, in denen sich eine Glasflasche an die andere reihte. »Einen Gin Tonic?«, fragte er vorsichtig.

»Gute Wahl.« Ich grinste. Gin hatte ich schon immer gemocht.

Die Getränke in der rechten Hand haltend, schnappte Jonas meine linke und zog mich durch die locker verteilte Menschenmenge direkt vor die Bühne. Nachdem wir nebeneinander stehen geblieben waren, blickten wir uns etwas hilflos an.

»Ich lese jeden deiner Artikel«, begann ich etwas unbeholfen das Gespräch.

»Ah, dann habe ich neben meiner Mutter schon den zweiten treuen Leser.«

»Ach, komm schon. Jedes Mal, wenn du ein Konzert empfiehlst, ist es binnen Stunden ausverkauft. Du hast Heerscharen an Fans.«

Jonas zuckte verlegen mit den Schultern.

»Ich freue mich für dich, dass du einen Job gefunden hast, der dich glücklich macht.«

»Ich habe lange gehadert, aber ich hatte auf dem Internat klasse Berater. Glaub mir, wenn es nach meiner Mutter gegangen wäre, hätte ich Jura oder Medizin studiert. Aber ein Freund der Familie hat mir geholfen, sie zu überzeugen … oder, besser gesagt, zu beschwichtigen.« Nach einer Pause fügte er leise hinzu: »Ich wünschte, du wärst genauso glücklich.«

Ich fühlte mich bei seinen Worten leichter. Plötzlich musste ich an Silke Heidenreich denken, die zwar unter der Last ihrer Arbeit stöhnte, aber doch dieses Glänzen in den Augen hatte.

»Du weißt, es gibt tausend Möglichkeiten für einen Quereinstieg. Du hast doch Geografie und Englisch studiert und interessierst dich für andere Länder und Kulturen. Vielleicht gibt es einen Aufbaustudiengang für Tourismus oder irgendeine Kulturstätte für den Austausch mit anderen Ländern. Du weißt so viel über Hamburg und fremde Länder … zumindest war das früher so.«

Jonas' Ausführungen klangen so einfach.

»Und, kenne ich dich noch?« Sein Augenzwinkern verriet mir, dass er sich seiner Sache ziemlich sicher war. Dabei sah er genauso aus wie der kleine Lausbube von früher. Am liebsten hätte ich ihn in meine Arme gezogen, und die Nähe, die früher so selbstverständlich zwischen uns war, wieder aufleben lassen. Doch ich konnte mich gerade noch zurückhalten.

»Nein. Ich finde Tourismus inzwischen total langweilig«, foppte ich ihn.

»Das leidenschaftliche Mädchen, das in seiner Freizeit einen Reiseführer nach dem anderen verschlungen hat, steckt noch irgendwo in dir. Glaub mir.«

»Mumpitz«, antwortete ich lächelnd.

»Papperlapapp«, stieg er in unser früheres Spielchen ein.

»Schnickschnack.«

»Humbug.«

»Firlefanz.«

»Okay, ich gebe mich geschlagen.«

Sein glucksendes Lachen war Balsam für meine Seele. Ich hatte ihn so sehr vermisst. »Seit wann lässt du mich gewinnen?«, fragte ich in gespieltem Entsetzen. Jonas hatte dieses Spiel nie verloren, und ich wagte zu bezweifeln, dass sich sein Repertoire an lustigen Wörtern reduziert hatte.

»Ich muss bei unserem ersten Treffen ja nicht gleich den Klugscheißer rauskehren«, erklärte er.

»Als könntest du das vermeiden, Mister Ungefragter-Rat.«

»Touché«, gestand er, was ich mit einem triumphierenden Lächeln quittierte.

In diesem Moment betrat eine Sängerin Mitte zwanzig die Bühne. Tosender Applaus erfüllte den Saal, abgelöst vom dumpfen Stampfen der Bass Drum, die das erste Lied einläutete. Maria Mena trug ein weites Kleid mit dem Schnitt eines Männerhemdes, das in der Taille von einem Gürtel zusammengefasst wurde. Der Kragen war mit indigenen Mustern bestickt, und um ihren Hals hingen lange, bunte Perlenketten.

Jonas stellte unsere Gläser vor das Podium auf den Boden. »Der Song geht gleich steil«, kommentierte er, kurz bevor das bisher getragene Lied an Schnelligkeit gewann. Wie eine musikalische Explosion erhöhte das Schlagzeug das Tempo, der Bass wurde durchdringender und die klare Stimme von Maria Mena erfüllte den Raum.

Jonas hob seine Arme in die Luft und schwenkte sie hin und her. Sein ganzer Körper bewegte sich mit der Musik, als wäre sie auf ihn übergegangen. Er lachte die Sängerin an, die bei der Textzeile »He's afraid of me« auf ihn zeigte, seinen Move nachahmte und ihn angrinste. Jonas rief »Wohooo«, was sie mit einem Jauchzen ins Mikrofon beantwortete.

Sein Feixen mit der Sängerin war so verrückt und gleichzeitig vollkommen normal für Jonas. Ich hatte fast vergessen, wie ich mich fühlte, wenn ich mit ihm zusammen war: wie eine unbeschwerte Version meiner selbst. Dabei machte ich gar nichts anders.

Jonas griff nach meinen Händen und hob sie über unsere Köpfe, wobei er mir so nahe kam, dass sich unsere Nasenspitzen fast berührten. Er löste eine Hand, legte sie auf meine Hüfte, schubste mich in eine Drehung und fing mich wieder ein. Wir bewegten unsere Schultern im Takt vor und zurück und unsere Körper ordneten sich in einen improvisierten Paartanz ein, als hätten wir nie etwas anderes gemacht.

Ich ließ mich von Jonas' Bewegungen dirigieren, folgte seinen rhythmischen Akzenten, wurde ruhiger, wenn die Musiker Tempo rausnahmen, und ausgelassener, wenn der

Refrain ertönte. Mich durchflutete ein Hochgefühl. Ich vergaß mich selbst, ließ mich in die Musik fallen, lachte mit der Band, sah in Jonas' Augen und fühlte mich berauscht.

Das fühlte sich nicht wie das Echo einer vergangenen Freundschaft an. Nein, es war, als hätten wir die letzten Jahre täglich miteinander getanzt. Die Lieder flogen an mir vorbei, mein Atem ging schwer, Schweißperlen standen auf meiner Stirn. Ich hatte mich schon lange nicht mehr so lebendig gefühlt. Dann stimmte der Keyboarder eine Ballade an. Um uns herum nahmen sich die Paare in die Arme. Jonas wollte nach mir greifen, hielt sich dann aber zurück. Verlegen sahen wir uns an.

»Ich hatte ganz vergessen, wie gut du tanzt«, schrie ich ihm zu.

»Das könnte daran liegen, dass du nie mit mir getanzt hast.« Jonas schob seine Hand nun selbstbewusster um meine Taille und zog mich an sich – gerade so nahe, dass es noch als freundschaftlich durchging.

Seine Berührung zog ein sanftes Kribbeln nach sich, das ich noch Sekunden später auf meiner Haut spürte. Irritiert von dieser Empfindung, suchte ich nach einer möglichst sachlichen Antwort. »Stimmt, du hast ja immer die Musik aufgelegt.«

»Ich habe *unsere* Musik aufgelegt«, berichtigte er mich. Sein Blick fing meinen fest ein und ließ ihn nicht mehr los.

Verunsichert drehte ich meinen Kopf zur Bühne, spürte aber, dass er mich weiterhin ansah. Ich dachte über seine Worte nach. Es stimmte: Mit Jonas als DJ war jede Feier eine Aneinanderreihung unserer Lieblingslieder gewesen. Vielleicht weil wir so oft auf dem Pausenhof gesessen und uns über Musikkünstler ausgetauscht hatten.

Jonas hatte es schon damals verstanden, mir neue Musikrichtungen näherzubringen. Er verriet mir, warum sie ihn faszinierten, erzählte mir eine spannende Hintergrundstory oder schwärmte in so blumiger Sprache, dass ich gar nicht anders konnte, als aufmerksam zuzuhören. Doch Jonas ließ sich auch von meinen Lieblingsliedern überzeugen – was er vor Dritten allerdings niemals zugegeben hätte, da ich zu der Zeit Anhängerin verschiedener Boybands war, die er kategorisch ablehnte.

»Ich kann mich an mindestens einen Tanz erinnern«, widersprach ich ihm.

»Ach ja?«, entgegnete Jonas und wandte sich wieder der Bühne zu.

Ja, antwortete ich im Stillen. Es war der letzte Schulball gewesen, bei dem er aufgelegt hatte, bevor er aufs Internat gewechselt war. Am selben Abend war ich mit Marc zusammengekommen. Vor meinem geistigen Auge sah ich Jonas, der sein DJ-Pult verließ und sich durch die Menge zu mir durchtanzte. Das berauschende Gefühl von damals ähnelte meiner heutigen Stimmung. Wir waren umhergehüpft, unsere Hände auf den Schultern des jeweils anderen, hatten uns bei den Textpassagen in die Augen gesehen und unisono mitgesprochen.

In diesem Moment hatte es nur ihn und mich gegeben – bis Marc zu uns gestoßen war. Da war das Klavierintro von *It's Alright* erklungen, und Jonas und ich hatten uns angesichts der Liedauswahl angegrinst. Marc, der unseren Insider hinsichtlich Boybands nicht kannte, hatte mich nicht minder euphorisch angestrahlt, was mein Herz wild hatte hüpfen lassen. In diesem Augenblick hatte mich seine Anziehungskraft gefangen genommen, und ich hatte Jonas vergessen – bis zu dem Moment, als mein Blick nach ihm gesucht hatte, weil dieser grässliche Song aus den Boxen tönte.

Ich beugte mich zu Jonas hinüber und schrie, um die Musik zu übertönen: »Warum hast du damals *Cotton Eye Joe* aufgelegt?« Kaum ausgesprochen, wollte ich die Frage auch schon zurücknehmen. Er konnte sich sicher nicht einmal mehr daran erinnern, und wenn doch, was würde seine Antwort ändern?

»Wow. Wo kommt das jetzt her?« Jonas trat einen Schritt zurück und sah mich irritiert an.

»Ach, vergiss es«, wiegelte ich ab.

Jonas gewann sein freches Grinsen zurück und rief: »Wenn du die Frage schon stellst, kennst du die Antwort.«

Ich bereute es, das Thema aufgeworfen zu haben, denn nun war mein Interesse vollends geweckt. Als hätte ich in ein Bienennest gestochen, surrten nun tausende von Fragen durch meinen Kopf und ließen sich nicht mehr verscheuchen. Doch ich konnte keine von ihnen stellen, wollte ich Jonas nicht in die Enge treiben.

Jonas schien zu spüren, dass ich mich bloß höflich zurückhielt. Er nahm meine Hand und führte mich weg von den Boxen, etwas an den Rand des Raumes. »Stell dir das doch mal umgekehrt vor. Was hättest du getan?«, fragte er, meine Hand noch immer fest im Griff.

»Du meinst, wenn Marc und du auf der Tanzfläche Stehblues getanzt hättet?«, witzelte ich, um unserem Gespräch etwas mehr Leichtigkeit zu verleihen.

Es funktionierte. Jonas dachte kurz nach und grinste dann. »Genau den Fall meine ich. Du wärst unsterblich in mich verliebt gewesen, ich hätte aber nichts anderes zu tun gehabt, als meine Hände auf Marcs strammen Sportlerhintern zu legen.«

Die Worte »unsterblich in mich verliebt gewesen« verursachten eine Gänsehaut auf meinen Unterarmen. Dieses versteckte Geständnis fühlte sich seltsam aufregend an, und obwohl ich nichts Verbotenes tat, reichte diese Empfindung für ein schlechtes Gewissen. »Ich hätte dir bei deinem Outing geholfen«, wich ich aus und lächelte dabei eindeutig zu kokett. *Hör auf!*, schalt ich mich stumm.

»Sehr nobel.« Jonas kniff die Lippen zusammen. Dann sah er mich direkt an. Es war einer dieser Blicke, die einem einen Einblick in die Seele gewähren. Die Verbitterung, die mir durch seine Augen entgegenschlug, ließ mich schlucken. Meine gelöste Stimmung war augenblicklich verpufft. Nach einer gefühlten Ewigkeit sagte Jonas mit fester Stimme, aus der ein Funken des trotzigen Jungen von damals sprach: »Ich habe *Cotton Eye Joe* aufgelegt, weil ich eifersüchtig war … und sauer auf mich selbst.«

»Warum das?«

»Na, ich Vollochse habe euch die perfekte musikalische Kulisse für diese romantische Szene geliefert.«

Einen Moment lang war ich sprachlos. Ich wollte ihm widersprechen, doch das konnte ich nicht. Zu oft hatte ich mich gefragt, was mich damals geritten hatte, den ersten Schritt zu machen. Sonst war ich eher schüchtern. Die einzige logische Erklärung war tatsächlich, dass das Tanzen zu all meinen Lieblingsliedern mich entspannt und mein Selbstbewusstsein gestärkt hatte.

»Siehst du?«, nahm Jonas mein Schweigen als Bestätigung.

»Warum hast du nie etwas gesagt?«

»Du hattest dich entschieden. Außerdem warst nicht nur du meine beste Freundin, sondern auch Marc mein bester Freund.«

Dass Jonas so offen darüber sprach, was ihn damals bewegt hatte, sah ihm ähnlich. Er hatte nie einen Hehl aus seinen Gefühlen gemacht, weswegen ich auch zu dem Schluss gekommen war, dass er nichts mehr für mich empfunden hatte. Jonas' Liebesbekundungen hatten aufgehört, und somit war die Sache für mich erledigt gewesen. Aber wie es schien, war seine Zuneigung nicht abgeflaut, sondern vielmehr von Zurückhaltung überlagert worden. Das zu wissen, fühlte sich seltsam tröstlich an, obgleich ich nicht das geringste Recht hatte, so zu empfinden. Ich war seit fünfzehn Jahren mit Marc zusammen, Jonas seit vierzehn mit Sabine. Wir hätten dieses Thema totschweigen sollen, denn nun hing die Frage zwischen uns, wie es heute um seine Gefühle bestellt war … Meine Gedanken drehten sich wie ein ins Taumeln geratener Kreisel. Er wollte heiraten. Ich liebte Marc. Wir hätten uns nicht treffen sollen. Tief in mir formte sich ein nachdrückliches »Nein«, das in mir nachschwang, bis es sich in jeden Winkel meines Körpers ausgebreitet hatte. Die Freude, Jonas wiedergefunden zu haben, wurde von dem Wissen erstickt, dass ich ihn gleich wieder würde gehen lassen müssen.

Die Band, die unter tosendem Applaus die Bühne verließ, läutete den Moment des Abschieds ein. Doch noch ging das Licht nicht an, und die Menge schrie im Chor: »Zugabe!« Ich wollte auch eine Zugabe … von diesem Abend. Am liebsten gleich morgen. Doch im Gegensatz zu Maria Mena, die mit ungekünstelter Rührung wieder auf die Bühne trat, um dem Wunsch ihrer Zuhörer nachzukommen, würde mein Wunsch nicht in Erfüllung gehen. Das, was dieser Abend in mir ausgelöst hatte, war richtig und falsch zugleich, aber vor allem war es Marc gegenüber nicht fair. Also hatte ich nur noch einen Song, um es zu genießen.

Leises Glockenspiel und sanfte Klaviertöne kündigten das letzte Lied an. Das Publikum jubelte begeistert, als es den Song erkannte. Die gefühlvolle Stimme von Maria Mena erklang, und die Menge verdichtete sich, drückte uns weiter nach vorne und näher aneinander. Jonas stand schräg hinter mir, seine Brust streifte meine Schulter. Er hätte nur den Kopf senken müssen, um sein Kinn in meiner Halsbeuge abzulegen.

Ich war mir seiner Nähe schmerzlich bewusst. Ich konnte nicht anders, als mich auf das Auf und Ab seines Brustkorbes zu konzentrieren, auf seinen Atem in meinem Nacken, seine Hand, die nur wenige Zentimeter von meiner entfernt war und nach der ich dennoch nicht griff. Ich inhalierte sein Aftershave, das so dezent aufgetragen war, dass es mir zuvor nicht aufgefallen war.

Jonas stand indes wie ein Stein hinter mir, und genau dieser Mangel an Bewegung verriet mir, dass er ebenfalls ganz bei mir war und nicht bei der Musik. Die Berührung unserer Körper, die eigentlich kaum eine war, beherrschte all meine Sinne, und beinahe hätte ich mich zurückgelehnt. Als sich dieser Drang verstärkte, brach ich den Bann, indem ich einen Schritt nach vorne machte – gerade so weit, wie der Platz bis zu meinem Vordermann es zuließ.

Dieser Schritt von Jonas fort kostete mich alle Überwindung, doch aus dem engen Radius seiner Anziehungskraft entflohen, reduzierte sich sein Magnetismus und ich konnte mich wieder der Musik widmen. Ich kannte das Lied nicht, doch der eingängige Refrain, der sich über zwei Oktaven spann, traf mich mitten ins Herz: »I feel homeless«. Auch ich fühlte mich auf einmal entwurzelt. Meine Welt war durch diesen Abend ins Wanken geraten, durch einen Tanz, einen Blick, unsere Hände, die sich wie zufällig gestreift hatten.

Als spürte Jonas, wie es um mich stand, verhakte er seinen Daumen mit meinem kleinen Finger. Ich hielt die Luft an, zeitgleich mit einer Liedpause, die von einem sanften Trommelwirbel auf dem Becken beendet wurde. Genau wie meine Gefühlswelt gewann das Lied an Intensität. Der Geigenchor, der bis eben ein Klangteppich im Hintergrund gewesen war, wurde lauter und steuerte den Song auf den Höhepunkt zu.

Meine Augen suchten die von Jonas, und wo sonst der Schalk blitzte, war eine unergründliche Ruhe eingekehrt, mit der er meinen Blick festhielt. Erschrocken über das, was Jonas in mir ausgelöst hatte, wandte ich mich ruckartig wieder der Bühne zu. Doch statt Teil einer anonymen Masse zu sein, musste ich feststellen, dass die Sängerin uns direkt ansah. Sie legte eine Hand auf ihr Herz und lächelte uns gerührt an, als hielte sie Jonas und mich für ein frisch verliebtes Paar.

Ich sah zu Jonas, der Maria Mena zuzwinkerte, was sie erwiderte. Sie zeigte mit einem Finger auf uns und sang, immer lauter werdend, ein und dieselbe Textzeile, in die sie die ganze Kraft ihrer Stimme zu legen schien. Ich hörte genauer hin und übersetzte die Worte in meinem Kopf. Kaum streifte deren Bedeutung mein Bewusstsein, breitete sich eine Gänsehaut auf meinen Unterarmen aus. »Ich erinnere mich wieder an uns. Irgendwo auf dem Weg hatte ich vergessen, wie wir uns anfühlten.« Ich schloss die Augen, holte tief Luft, sog den Augenblick in mich auf, als wäre es mein letzter Atemzug. Dann war das Lied zu Ende und grelles Deckenlicht flutete den Raum.

»Und los.« Ich griff nach Jacke und Schirm, die wir auf einer Seitenbank abgelegt hatten, und ging vor. Ich versuchte, Jonas' traurigem Blick keine Beachtung zu schenken, doch es gelang mir nicht. Immer wieder schielte ich zu ihm hinüber. Der Boden unter meinen Füßen fühlte sich plötzlich härter an, die frische Luft, die uns entgegenschlug, kälter. Die Menschenmassen, die sich durch das Nadelöhr des Ausgangs drängten, dirigierten mich ins

Freie, wo ich mich, ob ich wollte oder nicht, von Jonas würde verabschieden müssen. Dicke Regentropfen platschten auf mein Gesicht und rannen wie Tränen meine Wangen hinab. »Na dann«, läutete ich mit einer Plattitüde unseren Abschied ein. Ich wusste nicht, was ich sonst sagen sollte. Meine Hände spielten mit den Kopfhörern, die ich aus meiner Hosentasche gezogen hatte.

»Hast du *Insomnia* gehört, weil wir dazu das letzte Mal miteinander getanzt haben?«, fragte Jonas geradeheraus.

»Du kannst dich also doch daran erinnern?« Ich stupste ihm in die Seite und suchte in mir alles nach einer Antwort ab. Dieses Lied war nur eines von vielen, das uns verband. Unsere gemeinsame Zeit war von so viel Musik begleitet gewesen, dass man hätte meinen können, unser Leben wäre ein Blockbuster, dessen Soundtrack tausende CDs füllt. Zu jedem tollen Moment meiner Jugend fiel mir mindestens ein Song ein. Mit neun Jahren hatten wir für eine CD der Simple Minds zusammengelegt und auf Jonas' Discman *Belfast Child* hoch und runter gehört. Zu Queen hatten wir uns im Schullandheim das erste Mal betrunken und waren von den Lehrern erwischt worden, als wir zu *Bohemian Rhapsody* eine Operneinlage aus dem Fenster schmetterten. Als Jonas zu Weihnachten eine Stereoanlage bekommen hatte, ließen wir das Haus fast unter den Bässen von The Prodigy zusammenbrechen. Jonas war mit mir auf mein erstes Take-That-Konzert gegangen, was ich ihm bis heute sehr hoch anrechnete. Ich hätte diese Aufzählung unendlich weiterführen können. Dennoch hatte ich mich für dieses eine Lied von Faithless entschieden, und irgendetwas sagte mir, dass das kein Zufall war. »Ich denke, mein

Unterbewusstsein wollte das Gefühl von diesem Tanz wieder heraufbeschwören.«

»Und das wäre wie?«

Ich suchte nach dem richtigen Wort. »Berauschend.«

Jonas nickte, zufrieden mit meiner Antwort. »Jonas Priller, die Partydroge.«

»Es war ein schöner Abend, danke.« Ich lächelte ihn an.

»Es war mir ein Vergnügen, Sie wiederzusehen, Frau Mahler.« Jonas verbeugte sich spielerisch vor mir. Er erwiderte mein Lächeln, doch die Wehmut in seinen Augen zeigte mir, dass er meinen Gesichtsausdruck richtig deutete. Ehe ich mich versah, zog er mich in eine feste Umarmung. »Ach, Engelchen«, flüsterte er mir zu und strich tröstend über meine allmählich nassen Haare.

Ich merkte, wie sich eine einzelne Träne aus meinem Augenwinkel stahl, wischte sie aber nicht weg. Der Regen würde sie erfolgreich kaschieren. Seine Umarmung fühlte sich gut an. Jonas lockerte seinen Griff, und ich nutzte die Gelegenheit, um auf Abstand zu ihm zu gehen.

Es folgte eine gedehnte Pause. Wir wollten wohl beide unserem gemeinsamen Abend noch ein paar Augenblicke abtrotzen, doch wir konnten nicht länger aufschieben, was unvermeidlich war: Unsere Wege würden sich jetzt wieder trennen. Dennoch standen wir weiterhin schweigend voreinander. Um uns herum strömten gut gelaunte Besucher ins Freie, umspülten uns wie die Brandung einen Fels. Der Regen schwächte sich ab, und ein feiner Niesel bestäubte mein Gesicht. Ein Fahrrad klingelte sich den Weg durch die Menschenmenge frei.

»Ich möchte dich wieder in meinem Leben haben.« Jonas' Stimme war rau, aber bestimmt. »Und bevor du antwortest: Das Nein kannst du dir sparen, ich würde es nicht akzeptieren.«

Ich wünschte mir so sehr, an früher anknüpfen zu können, doch ich wusste, dass Marc nicht mitspielen würde. »Bis bald«, versprach ich dennoch.

Jonas antwortete mir mit einem Lächeln, das warm und bedrückt zugleich war.

Ich drehte mich um und ging schnellen Schrittes davon. Meinen Schirm öffnete ich nicht. Mir war danach, den Regen auf meinem Gesicht zu spüren. An diesem Abend hatte es nur Jonas und mich gegeben. Wir hatten seine bevorstehende Hochzeit, Sabine und Marc aus all unseren Gesprächen ausgeklammert. Jetzt kehrten wir zu ihnen zurück und würden unser Leben weiterführen, als hätte es diesen Abend nicht gegeben. Dennoch flüsterte eine Stimme in mir, dass dieser Abend etwas in mir unwiderruflich verändert hatte. Doch dieselbe Stimme warnte mich auch: *Das ist nicht gut. Das ist überhaupt nicht gut.*

17

Als ich nach Hause kam, stellte ich erleichtert fest, dass Marc noch unterwegs war. Ich brauchte ein wenig Zeit für mich, um all die Gefühle, die der Abend in mir ausgelöst hatte, zu sortieren. Unruhig wälzte ich mich im Bett hin und her, spürte noch das Hochgefühl in meinem Bauch kribbeln und die Traurigkeit des Abschieds in mir nachhallen. Irgendwann rückten meine Gedanken in die Ferne und ich fiel in einen unruhigen Schlaf.

Ich sehe mich mit einem älteren Herrn das Alsterufer entlangschlendern. Meine nassen Haare sind zu einem Pferdeschwanz gebunden, meine Bluse steckt nur halb in meiner Jeans. Das Wasser wird von der untergehenden Sonne in ein funkelndes Rot getaucht und spiegelt die Konturen der Trauerweiden wider.

Die Schönheit dieses Abends scheint mich nicht zu interessieren. Mein Blick ist starr auf den Schotterweg vor mir gerichtet, die Arme um meinen Oberkörper geschlungen.

»Ach, Rebecca.« Der Herr greift mit einem freundlichen Lächeln nach meiner Hand und führt mich über die Straße zu der roten Haustür des gegenüberliegenden Altbaus, dessen Fenster von Fassadenstuck umrahmt sind.

Plötzlich schwebe ich nicht mehr neben mir, sondern bin wieder in meinem Körper. Ich trete über die Schwelle und der Mann zieht die Tür hinter mir zu. Ich bin allein.

Als ich meinen Blick nach vorne richte, stehe ich, anders als erwartet, nicht in einem Flur, sondern mitten in Jonas' Kinderzimmer, das eigentlich über fünfunddreißig Kilometer entfernt in Jork liegt und noch nicht einmal mehr existiert, weil seine Eltern das alte Haus haben abreißen lassen. Ich sehe seine Plattensammlung, die zwei Wände des Raumes einnimmt, sein Cello, das in der Ecke steht, und das breite Bett, das mit himmelblauer Bettwäsche bezogen ist. Ich gehe zu dem Plattenspieler, der sich knackend dreht, und lege die Nadel auf die äußerste Rille der darauf befindlichen Platte. Statt der tosenden Gitarrenklänge, die ich erwartet habe, fließen die sanften Klavierläufe eines Chopin-Walzers aus dem antiken Lautsprecher, der wie ein Trichter aus Kupfer in den Raum zeigt. Jonas ist immer für eine Überraschung wie diese gut.

»Obwohl eine CD qualitativ viel klarer ist, geht doch nichts über kratziges Vinyl«, höre ich Jonas' jugendliche Stimme hinter mir.

Ich will mich gerade umdrehen, da spüre ich einen Kuss in meiner Halsbeuge und zwei Hände, die von meiner Hüfte abwärts wandern. Meine Anspannung löst sich mit einem Kribbeln auf, das wie Tausende von Sektperlen in meinem Körper aufsteigt, und obwohl mich seine Berührungen aufwühlen, macht sich eine seltsame Ruhe in mir breit.

»Engelchen«, flüstert er mir zu. An seiner Stimmlage erkenne ich, dass ihm der Schalk im Nacken sitzt.

»Ja?«, frage ich mit einem Lächeln.

»Weißt du, worauf ich jetzt so richtig Lust hätte?« Seine Hände bahnen sich ihren Weg unter mein Shirt, verweilen auf meinem Bauch und ziehen meinen Hintern an sein Becken.

»Nein«, stelle ich mich dumm.

Jonas macht eine bedeutungsvolle Pause, schiebt meine Locken zur Seite und knabbert an meinem Ohr. »Auf eine richtig leckere Pizza.« Sein glucksendes Lachen steckt mich an. Er kitzelt mich durch und zieht mich aufs Bett.

»Dann solltest du eine bestellen.« Ich kann dem Drang nicht widerstehen, meine Hände in seinem verstrubbelten, dichten Haar zu vergraben. Es ist weicher als erwartet. Ich streiche eine störrische Strähne glatt und lasse meine Hand auf seinem Hinterkopf liegen.

»Ich kann mich aber nicht entscheiden, ob ich eine mit Schinken und Ananas oder mit Salami und Pilzen haben möchte.« Er zieht mir mein T-Shirt über den Kopf, beugt sich über mich und küsst meinen Bauchnabel. Eine angenehme Hitze breitet sich von dort in meinem ganzen Körper aus.

»Dann musst du wohl beide nehmen und mit mir teilen.«

Jonas wandert mit seinen Liebkosungen höher, bis er über meinem Gesicht innehält. »Und was, wenn ich auch noch Lust auf Spaghetti Bolognese hätte?«

Sein Mund ist nur wenige Millimeter von meinem entfernt. »Zwei Pizzen und Spaghetti? Das wäre unvernünftig, aber man lebt nur einmal.« Ich fahre mir mit der Zunge über die Lippen und lächele ihn an.

Jonas versteht die Aufforderung. Sein zarter Kuss schickt eine Woge des Verlangens durch meinen Körper. Genüsslich recke ich mich ihm entgegen. »Hmmmm … oder Spaghetti Carbonara«, flüstert er, während sein Handrücken über die Rundung meiner Brust streicht.

»Allmählich wirst du dich entscheiden müssen.« Ich lege meine Hände auf seinen Rücken und ziehe ihn näher.

»In diesem Augenblick möchte ich alles haben.«

»Nimm dir so viel Zeit, wie du brauchst.« Meine Stimme ist nicht mehr als ein leises Krächzen.

»Das werde ich.« Jonas schiebt seine Hand unter meinen Hintern, sein Mund zieht eine Linie aus Küssen mein Dekolleté hinab.

Ich lasse mich fallen, schließe die Augen und spüre seiner Berührung nach. »Jonas …«, stöhne ich.

Mit einem wohligen Seufzen wachte ich auf und erschrak. Etwas zu hektisch drehte ich meinen Kopf zu Marc, dessen Brust sich an meinen Rücken schmiegte. Wie in Schockstarre versteifte ich mich. Marc holte tief Luft, als wäre er erwacht, dann verfiel sein Atem wieder in den langsamen, gleichmäßigen Rhythmus eines Schlafenden.

Noch immer nicht ganz wach, versuchte ich, einen klaren Gedanken zu fassen. Ich spürte Jonas' Haut noch auf meiner und das Gefühl der Erregung hallte noch in mir nach. Doch je mehr ich in der Realität ankam, desto mehr flaute das Kribbeln in meinem Magen ab und machte Platz für ein schlechtes Gewissen. Noch einmal lief der Vorabend vor meinem geistigen Auge ab, und die bedrückende Stimmung unseres Abschieds gesellte sich zu meinem Gefühlschaos dazu.

Ich schlängelte mich vorsichtig aus Marcs Umarmung, was ihm ein genervtes Brummen entlockte. Er zog die Decke weiter über seine Schultern und wandte mir den Rücken zu. Ich wunderte mich, denn sonst schlief er wie ein Stein und bewegte sich kaum. Ich warf einen Blick auf die Uhr. In einer halben Stunde würde der Wecker die neue Woche einläuten.

Vorsichtig schlüpfte ich aus dem Bett und ging unter die Dusche. Das Wasser rauschte über meine Ohren, schnitt mich von der Außenwelt ab und ließ mich alleine mit meinen Gedanken. Wie konnte ich nur? Dieser Traum! Die bloße Erinnerung daran erhöhte den Takt meines Herzens, und auch wenn die Bilder schleichend verblassten, so blieb das Gefühl bestehen, das ich in Jonas' Armen empfunden hatte: Blindes Vertrauen, gepaart mit einem Verlangen, das ich so noch nie erlebt hatte. Um Fassung bemüht, atmete ich tief durch, seifte mich ein und schrubbte meine Haut, als könnte ich so meine Schuldgefühle wegwaschen. Mit jeder Minute wurde ich etwas ruhiger, und das Gefühl der Verbundenheit mit Marc, das meine Zweifel stets zum Erliegen brachte, kehrte zurück. Ich liebte ihn. So sprunghaft ich in meinem Leben auch war, es gab immer diese eine Konstante. Er war der Anker, der dafür sorgte, dass die Gezeiten mich nicht aufs offene Meer hinauszogen. Dieses Wissen war wie ein Naturgesetz und ließ keinen Raum für verworrene Gefühle.

»Guten Morgen.«

Ich schreckte aus meinen Gedanken, als ich Marcs Stimme vernahm, und versuchte, mir nichts anmerken zu lassen.

Seine raue Stimme ließ darauf schließen, dass die letzte Nacht feucht-fröhlich verlaufen war. Ich hatte nicht mitbekommen, wie er ins Bett geschlüpft war. Marc stellte das

Fenster auf Kipp und die Dampfwolke flüchtete durch den Spalt ins Freie.

Ich beobachtete ihn durch das beschlagene Glas der Duschwand. Bildete ich es mir nur ein oder mied er meinen Blick?

»Guten Morgen«, grüßte ich zögerlich zurück und stieg auf die flauschige Badematte. Ich fragte mich, wann wir aufgehört hatten, uns nach dem Aufstehen mit einem Kuss zu begrüßen. Es war mir bis eben nicht aufgefallen, dass sich diese Geste aus unserem Leben geschlichen hatte, doch ich wusste auf einmal mit Sicherheit, dass sie schon eine ganze Weile nicht mehr da war.

Marc griff nach dem Rasierschaum, trat vor den Spiegelschrank und verteilte den Schaum auf Wangen und Hals. Seine versteinerte Miene war wie ein Schutzschild. Ich hatte Jahre gebraucht, um seine Stimmung deuten zu können, doch gerade tappte ich im Dunkeln.

»Du warst früh wach. Dein Unterricht beginnt doch erst um zehn«, stellte er nüchtern fest, während er mit dem Rasierer vorsichtig neben seinem Adamsapfel entlang fuhr.

»Mir graut es vor der Woche.« Das war nicht der alleinige Grund, aber es war trotzdem wahr.

Marcs langsames Durchatmen sagte: *Nicht schon wieder.*

»Vielleicht kann ich mit meinem Studium auch etwas anderes anfangen.« Diese Idee ließ mich seit gestern nicht mehr los.

»Denk an die sechs Wochen Sommerferien. Und an die Herbstferien. Und an die Winterferien.« Sein Schmunzeln verriet, dass er das als Witz meinte. Überhaupt reagierte er auf mein Hadern in letzter Zeit zunehmend mit Humor.

»Stimmt, all die Ferien hab ich doch glatt vergessen.« Ich schlug mir mit der flachen Hand vor die Stirn. »Außerdem ist das ja nur ein Halbtagsjob, nicht wahr? Das bisschen Vor- und Nachbereitung …« Ich machte mir im Gegensatz zu ihm erst gar nicht die Mühe, meinen Frust zu verbergen.

»Na gut, dann schieß los. Was möchtest du lieber machen?«, fragte er mit beherrschter Stimme, die eindeutig verriet, dass er seinen Missmut mühsam im Zaum hielt. Dabei fuhr er mit dem Rasierer von seinem Kotelettenansatz hinab über die Wange, klopfte den Schaum am Waschbeckenrand ab und setzte den Rasierer erneut an.

»So genau weiß ich das noch nicht. Jonas meinte, vielleicht …«

»Aaahhhh. Herr Priller hat dazu eine Meinung. Wir nähern uns dem Kern«, fiel er mir ins Wort.

»Er nimmt mich ernst«, murmelte ich, legte mein Handtuch zur Seite und begann, mich anzuziehen.

Marc wandte sich wieder dem Spiegel zu. »Was sagt Jonas denn?«

»Zum Beispiel, dass ich versuchen könnte, als Quereinsteigerin in der Touristikbranche Fuß zu fassen.«

Marc schüttelte den Kopf. »Na dann …«

»Möchtest du eigentlich, dass ich glücklich bin?« Ich trat neben ihn, um ihn aus der Reserve zu locken.

Marc erwiderte meinen Blick. »Daran zweifelst du also?«

»Manchmal tue ich das, ja.«

»Weißt du was? Es ist noch nicht zu spät, um alles hinzuschmeißen. Ein paar Tage bis zum Ende deines Studiums hast du noch. Die solltest du nutzen.«

Zumindest wusste ich jetzt, woran ich war. Wenn Marc ernsthaft verärgert war – was selten vorkam –, schlug er mit Sarkasmus um sich.

»Ich habe nicht gesagt, dass ich abbreche. Ich sage nur, dass ich nicht als Lehrerin arbeiten möchte. Was wäre denn so schlimm daran?«, versuchte ich, ihn zu beschwichtigen.

»Die Sache ist die: Du schwärmst jahrelang von Peru, dann siehst du eine Doku auf Arte und möchtest stattdessen unbedingt nach Kolumbien. Wir gehen ins Kino, und kurz vor dem Kassenschalter schlägst du vor, doch einen anderen Film zu sehen. Du möchtest Geologie studieren, dann Tourismus und kurz vor knapp entscheidest du dich um und studierst auf Lehramt, bist aber weiter am Hadern. Du willst eine Jungkatze, dann willst du auf einmal eine alte, kranke Katze aus dem Tierheim retten, dann vergisst du das wieder, und am nächsten Tag kommst du mit der Idee an, einen Hund zu kaufen. Du kannst ja noch nicht einmal ein Gericht im Restaurant auswählen, ohne dich zehnmal umzuentscheiden. So bist du. So warst du schon immer. Kaum hast du dich auf etwas festgelegt, wirfst du es wieder über den Haufen und lässt deinen Blick auf der Suche nach anderen Optionen schweifen.«

»Du hast mich durchschaut. Bravo.«

»Wir sind seit fünfzehn Jahren zusammen. Gottverdammt, ja, ich kenne dich.« Er presste sich die Faust vor den Mund, als wollte er schlimmere Worte zurückhalten.

Die geladene Stimmung einer Auseinandersetzung entsprach nicht seinem Naturell. Die erhobenen Stimmen; die im Affekt ausgesprochenen Vorwürfe, die später nur schwer zurückzunehmen waren; die fehlende Zeit, um zu durchdenken, was einen bewegte … all das war ihm zuwider.

»Gott sei Dank hast du mein Leben so gut im Griff. Was würde ich ohne dich nur tun«, beendete ich unseren Streit.

Marc sah mich erschrocken an, und auch mir stockte der Atem. Ich konnte nicht glauben, dass ich ihm nun genau das zum Vorwurf gemacht hatte, was ich seit Jahren so an ihm schätzte.

»Glaube mir, das ist alles andere als einfach für mich«, antwortete Marc resigniert. Er nahm mit einem Handtuch den restlichen Rasierschaum ab, setzte sich auf den Badewannenrand und stützte seinen Kopf auf die Hände. Er sah erschöpft aus, fast so als wäre mit diesem Geständnis alle Energie aus ihm entwichen.

Ich erschrak, denn so niedergeschlagen kannte ich ihn nicht. Marc und ich hatten oft Meinungsverschiedenheiten gehabt – das blieb nicht aus, wenn so unterschiedliche Menschen eine Beziehung führten. Diese Unterhaltung war in regelmäßigem Abstand auf Wiedervorlage: Marc beschwerte sich über meine Unstetigkeit und ich entschuldigte mich, wobei ich jeweils anmerkte, was wir denn für eine Partnerschaft führen würden, wenn ich meine Zweifel nicht aussprechen dürfte. Dann gab er mir recht, und wir machten weiter wie zuvor. Doch bei alledem waren wir nie zu der eigentlichen Frage vorgedrungen: Warum nur taten wir einander das an?

»Warum tust du es dann?«, flüsterte ich.

Marc antwortete nicht. Seine von der Rasur nassen Finger fuhren durch seine Haare und verweilten im Nacken. Seinen Kopf ließ er hängen, als hätte er nicht mehr die Kraft, ihn aufrecht zu halten.

»Weißt du das denn nicht?«, fragte Marc in die Stille hinein. Er richtete sich auf und sein Blick traf meinen.

»Doch«, knickte ich ein. Weil er mich liebte. Weil er das Gefühl hatte, dass er mir damit half.

Marc stand auf und drückte mich so fest an sich, als liefe ich Gefahr zurückzuweichen, und ich lehnte mich an seine Schulter. Ich weiß nicht, wie lange wir so dastanden, doch irgendwann lockerte er seinen Griff und sah mir in die Augen.

»Dann lass uns Nägel mit Köpfen machen.« Seine Stimme war wieder fest, und in seinem Blick flackerte eine Entschlossenheit auf, die ich sonst nur von ihm kannte, wenn er von der Arbeit sprach. Eine leise Vorahnung kroch meinen Rücken hinauf. »Wir sollten uns allmählich das Haus im Alten Land kaufen.«

Erleichtert, dass er nicht von Heirat gesprochen hatte, und überrumpelt zugleich, suchte ich nach Worten. »Toll!« Ich setzte ein Lächeln auf, von dem ich hoffte, dass es echt wirkte.

»Das war doch immer unser Traum … oder hast du dir inzwischen einen neuen überlegt?« Er zwinkerte mir zu.

Dennoch merkte ich, wie sein Panzer sich wieder verhärtete.

»Nein. Doch. Das wäre super«, plapperte ich vor mich hin.

»Gut.« Damit war das Gespräch für Marc beendet. Das war seine Art, mit unseren gegensätzlichen Wesenszügen umzugehen: Er hatte eine Lösung, ein Pflaster, das er auf die Symptome klebte, und damit gab er sich zufrieden. Diese Meinungsverschiedenheiten waren für ihn nur ein kleiner Schlenker auf dem geradlinigen Weg, den wir gemeinsam beschritten.

Während Marc sich im Schlafzimmer anzog und danach seine Unterlagen für die Arbeit zusammensuchte, ratterte mein Kopf weiter. Nie zuvor hatte Marc mir gezeigt, wie kräftezehrend unsere Beziehung für ihn war. Doch er hatte mir diesen kurzen Einblick gewährt, und wie ein Kind, das durch einen Türspalt linste, konnte ich das Bild nicht aus meinem Gedächtnis streichen, wie er da auf dem Badewannenrand gesessen und völlig erschöpft ausgesehen hatte.

Waren wir gut füreinander? Was war es, das mich davon abhielt, meinen eigenen Weg zu gehen? Woher rührte die Überzeugung, Marc wüsste besser als ich, was gut für mich wäre?

Plötzlich fiel mir wieder ein, was meine Mutter gesagt hatte: »Marc tut dir gut.« Auch sie schien der Ansicht zu sein, dass Marcs stetiges Gegensteuern meinem Leben die richtige Richtung gab, und vielleicht hatte sie recht. Vielleicht hatten sie beide recht. Dennoch fühlte es sich für mich an, als wäre ich in eine Einbahnstraße eingebogen, die mich immer weiter nach Westen führte, obwohl ich eigentlich von der Morgensonne im Osten angezogen wurde ... Wie gerne würde ich darüber mit jemandem reden, der kein eigenes Interesse am Verlauf meines Lebens hatte, der mir sagen konnte, ob mit mir etwas nicht stimmte, weil ich mich so schwer mit Entscheidungen tat. Selbst Charly konnte mir hier nicht weiterhelfen, denn sie hatte dasselbe Problem.

Marc war inzwischen fertig und lägst wieder zur Tagesordnung übergegangen. Er gab mir einen Kuss auf die Wange, nahm seine Aktentasche und machte sich auf den Weg zur Arbeit. Kaum hatte er die Wohnungstür hinter sich zugezogen, setzte ich mich an meinen Schreibtisch, öffnete die oberste Schublade und zog die Visitenkarte von Carl Lambert unter der Stiftebox hervor. Gedankenverloren spielte ich mit ihr, bog sie erst in die eine, dann in die andere Richtung, während ich die geradlinige Schrift anstarrte.

Aus Sorge, eine Übersprunghandlung zu begehen, legte ich sie schnell wieder weg und wandte mich stattdessen der Korrektur von Klassenarbeiten zu. Doch so sehr ich mich auch bemühte, es wollte mir nicht gelingen, mich zu konzentrieren. Ich öffnete erneut die Schublade und zog das Stückchen Papier wieder hervor. Entschlossen nahm ich mein Handy und wählte die auf der Visitenkarte angegebene Telefonnummer, bevor ich es mir wieder anders überlegte. Doch mit jedem zermürbenden Klingelton wuchsen meine Zweifel: Ich wusste gar nicht, was ich sagen sollte. Er kannte mich nicht. Es war Ewigkeiten her, dass

Barbara mir die Karte gegeben hatte. Außerdem war es viel zu früh … Herr Lambert war pensioniert und schlief sicher noch.

Schnell legte ich auf, versteckte die Visitenkarte wieder und machte mich aufs Neue an die Arbeit. Als ich den roten Stift gerade ansetzen wollte, klingelte mein Handy. Ich hob nicht ab, sondern richtete meinen Blick starr auf die Blätter vor mir. Doch obwohl die Lautstärke auf ein Minimum gestellt war, hatte ich das Gefühl, dass der Ton mit jedem Mal ein bisschen lauter, ja sogar vorwurfsvoller wurde. Mit jedem Klingeln wuchs mein schlechtes Gewissen, bis ich doch noch nach meinem Handy griff. »Rebecca Mahler«, meldete ich mich.

»Oh, wie schön, Rebecca. Dann hat Barbara Ihnen meine Karte gegeben.« Irritiert, dass er mich wie eine alte Bekannte begrüßte, blieb ich stumm. »Ich darf Sie doch beim Vornamen nennen?«

»J-ja, na-natürlich«, stotterte ich. Panisch überlegte ich, wie ich in das Gespräch einsteigen könnte.

»Jonas erzählt so viel von Ihnen. Ich würde mich sehr freuen, Sie persönlich kennenzulernen«, füllte er die Stille und nahm mein Anliegen vorweg.

Erleichtert, mich nicht erklären oder um ein Treffen bitten zu müssen, entspannte ich mich. Was mich allerdings wunderte, war, dass Jonas ihm von mir erzählt hatte. »Wann hätten Sie denn Zeit?«, fragte ich zögernd. Was tat ich hier überhaupt?

»Nächsten Donnerstagnachmittag im *Petit Café* in Eppendorf?«

»Da habe ich Nachmittagsunterricht. Ich könnte ab sechzehn Uhr.«

»Wunderbar. Ich bin der adrette Herr mit dem weißen Bart.« In seiner Stimme schwang eine unbedarfte Fröhlichkeit mit, die ihn sympathisch machte.

»Okay«, antwortete ich, irritiert, da ich ein förmlicheres Gespräch erwartet hatte.

»Ich freue mich auf einen Schnack mit Ihnen«, verabschiedete er sich.

Ich mochte seine Stimme, tief und klar, und seine Art zu sprechen, die Vokale gedehnt, wie es sich für einen eingefleischten Hamburger gehörte. Ein Bild schlich sich in meinen Kopf: silbernes Haar, freundliche, ebenmäßige Gesichtszüge und intelligente, marineblaue Augen.

»Ich mich auch«, erwiderte ich. Interessanterweise tat ich das wirklich.

Als ich auflegte, hatte ich nicht den Eindruck, mich mit einem Psychologen verabredet zu haben … und noch mehr beschlich mich das Gefühl, dass er alles andere als ein typischer Seelenklempner war.

18

Mittwochabend war ich mit Charly auf dem Hamburger Sommerdom verabredet. Jahrmarktbesuche hatten bei uns seit Jahren Tradition. Wir beide liebten den Trubel, das Meer aus bunten Lichtern, die Losverkäufer, die wie Marktschreier ihren Hauptgewinn anpriesen, und die unendliche Auswahl an Süßigkeiten, die uns den Magen verklebten. Wie Adrenalin-Junkies ließen wir uns von unzähligen Fahrgeschäften umherwirbeln, schrien über den Dächern der Stadt in die Lüfte und taumelten wieder auf den Asphalt, der unter unseren Füßen wankte.

»Maiskolben?«, fragte Charly.

»Ja, lass uns zum Schlemmen übergehen«, antwortete ich und reihte mich in die Schlange ein.

»Und warum ist die Freundschaft zu diesem Jonas zerbrochen?«, nahm sie unser Gespräch wieder auf.

»Marc und er konnten am Ende nicht mehr viel miteinander anfangen.«

Wir nahmen unsere Maiskolben entgegen, zahlten und reihten uns wieder in den Menschenstrom ein, der sich im Schlendertempo durch die Reihen schob.

»Dann waren beide scharf auf dich«, schlussfolgerte Charly und begutachtete den Riesendrachen der Geisterbahn, der über uns sein Maul aufriss und weißen Rauch ausspie.

»Jonas war da nicht so festgelegt.«

»Das heißt, er war scharf auf dich *und* auf Marc? Die Story wird ja immer heißer.«

»I wo. Aber er schwärmte auch mal für die Bibliothekarin. Und da gab es später auch Sabine, seine Zukünftige.«

»Oh, ich will Schmalzgebäck.« Noch den Maiskolben in der Hand, steuerte Charly den nächsten Essensstand an. »Und wie ist das Lehrerdasein?«, erkundigte sie sich.

»Die Schüler sind kleine Klugscheißer, aber abgeklärter als die Welt erlaubt, und machen Telekommunikationsfirmen reich. Ich schaffe es einfach nicht, sie zu begeistern.

Heute haben Hendrik und Julian unter ihrem Tisch irgendeinen Ego-Shooter auf so einer kleinen Spielekonsole gespielt. Das macht so keinen Spaß.«

»Was für ein Mist, und dabei hast du noch nicht mal wirklich im Job angefangen.« Sie legte ihren Arm um meine Schultern und knuffte mich.

Ich war dankbar, dass Charly mir nicht wie alle anderen die »Bald ist es geschafft«-Floskel um die Ohren haute. Sie hatte mir im Laufe des Studiums oft gesagt, wie sehr sie mich bewunderte, dass ich es trotz meiner Zweifel durchzog. Je näher ich dem Ende kam, desto seltener sprach sie mir jedoch gut zu. Ich vermutete, dass ich sie insgeheim in ihrem eigenen unbeständigen Weg bestätigte. Sie hatte viel ausprobiert, nach dem Studium auf Lehramt noch Philosophie und BWL studiert, und letztlich beim Kellnern festgestellt, dass sie sich in der Gastronomie zu Hause fühlte. Ihr Weg war alles andere als geradlinig, aber jetzt war sie glücklich.

»Weißt du was?« Charlys Stimme klang plötzlich viel fröhlicher. In ihren Augen blitzte der Schalk, was mich ahnen ließ, dass sie wieder einmal irgendwelche Flausen im Kopf hatte. Ihr Blick schweifte zu dem Wagen neben dem Stand mit dem Schmalzgebäck: Er sah aus wie ein auf der Seite liegendes Holzfass auf Rädern.

Ich las die rot-goldenen Lettern: »Wahrsagen, Kartenlesen, Handlesen – Wissen ist Macht«. Daneben verriet ein Namensschild, dass eine Frau namens »Estrella« diese Künste anpries.

Bevor ich intervenieren konnte, klopfte Charly schon an die niedrige Rundbogentür. »Dann sehen wir mal, was Madame Estrella zu deiner Misere zu sagen hat.«

Die Tür schwang auf und eine stark geschminkte Frau krächzte: »Treten Sie ein.«

Ich schüttelte amüsiert den Kopf und folgte Charly, die mit eingezogenem Haupt durch den Perlenvorhang der Eingangstür trat. Während der Kontrast zwischen dem noch taghellen Abend und dem fensterlosen Raum meine Sicht für einige Sekunden in ein dunkles Nichts verwandelte, blitzte das Bild vom Inneren eines Wohnwagens vor meinem geistigen Auge auf. Als ich mich an die Dunkelheit gewöhnt hatte, starrte ich auf die Einrichtung: mit Tüll umschlungene Plastikstühle, ein roter Samtvorhang, der den Wagen von der Fahrerkabine trennte, eine runde, indigofarbene Tischdecke mit persischen Ornamenten und überall Kronleuchter mit langstieligen Kerzen. Das war doch nicht möglich … Ich war mir ganz sicher, genau dieses Bild vor Augen gehabt zu haben, noch bevor ich die Möblierung erkennen konnte. Doch genauso sicher war ich mir, noch nie hier gewesen zu sein.

»Setzen Sie sich. Ich werde aus Ihrer Hand lesen«, forderte Estrella uns auf.

Ich folgte ihrer Anweisung und sah mich genauer um. Es war, als hätte ich eine entfernte Erinnerung an den jeweils nächsten Augenblick.

Ohne dass Charly oder ich gesagt hätten, für wen von uns beiden die Sitzung gedacht war, griff Estrella nach meiner Hand.

Natürlich griff sie danach! Das hatte ich gewusst. Das Klimpern ihrer Armreifen, das ertönte, während sie meine Hand hin- und herdrehte, war wie ein Glöckchen, das eine Kette von Déjà-vus auslöste: das lose Seidentuch auf ihrem Kopf, das sie zurechtrückte; die ausgestellten Ärmel ihres blutroten Samtkleides, die meine Arme streiften; die Blechbox, aus der sie eine Brille hervorkramte. Meine Gedanken waren wie auf der Jagd, und ich wusste nicht mehr, was als Erstes da war: Das Bild, das sich in meinem Inneren formte, oder die Realität, die ich mit eigenen Augen sah.

»Wirklich ungewöhnlich«, merkte Estrella an und starrte eine Weile auf meine Handinnenfläche. Ich fühlte mich bei ihrer Andeutung seltsam bestätigt. Dann räusperte sie sich. »Fangen wir mit dem Offensichtlichen an. Sie sind ein sehr leidenschaftlicher Mensch.«

Mein Hang zum Logischen wollte sie verhöhnen, ihr erklären, dass bei so einer allgemeinen Aussage kaum einer widersprechen würde. Doch all die unerklärlichen Eindrücke, die auf mich einprasselten, seit wir den Wagen betreten hatten, ließen meinen Geist wie durch einen Nebel spazieren und selbst das Absurdeste möglich erscheinen.

Estrella fuhr mit dem Finger über die Hautfalte, die unterhalb des Mittelfingers startete und sich bis zur Handwurzel zog. »Sie sind eine starke Frau, und doch nehmen Sie Ihr Leben nicht in die eigene Hand. Bis zum Tag Ihres Todes müssen Sie glücklich werden, sonst können Sie den Kreislauf nicht durchbrechen.«

Ich verstand kein Wort. Umgeben von dem Rauschen meiner Gedanken war ich aber nicht imstande, nachzufragen.

Charly nickte, damit die Wahrsagerin fortfuhr.

»Die Liebeslinie zeigt, dass es zwei Männer in Ihrem Leben gibt.«

»Soso.« Charly zog schmunzelnd eine Augenbraue hoch. »Können Sie auch die Anfangsbuchstaben der Vornamen der beiden aus der Hand rauskitzeln? Ich habe da so einen Verdacht, den ich gerne bestätigt wüsste.«

Estrella überging Charlys Frage. Wie in Trance murmelte sie: »Beide Männer sind würdige Partner, doch das Schicksal kennt nur eine wahre Liebe.«

»Das darf ich nicht …«, entwichen die Worte wie von selbst meinem Mund.

»Das ist nicht Ihre Verantwortung. Sie können nur Ihr eigenes Leben beeinflussen. Lieben Sie, solange es noch geht.«

»Was soll das alles heißen? Ich verstehe nur Bahnhof«, hakte Charly nach.

Estrella beugte sich zu mir und verstärkte den Griff um meine Hand. Mit fester Stimme fuhr sie fort: »Ich habe schon davon gehört, es jedoch noch nie mit eigenen Augen gesehen. Sehen Sie diese Linie an Ihrem Ringfinger? Sie steht für eine ganz besondere Gabe. Und diese drei langen Schicksalslinien.« Sie fuhr gedankenverloren über die Handlinien und legte eine bedeutungsvolle Pause ein, bevor sie sagte: »Es gibt Seher, die glauben, das stünde für die Anzahl der Lebensiterationen.«

Lebensiterationen. Das Wort hallte in mir nach – wie das Echo einer Stimme, die tief in mir zu stecken schien. Woher kannte ich dieses Wort? Warum löste es das Gefühl in mir aus, ich hätte mein ganzes Leben lang etwas übersehen?

»Und was ist das, eine Lebensiteration?«, forschte Charly nach.

Estrella antwortete auf Charlys Frage, sah jedoch mich an. »Eine Iteration ist ein möglicher Lebensweg unter vielen. Nur eine einzige Entscheidung kann ihn ändern. Sie sind in Ihrer dritten Iteration. Man kann mit Hypnose mehr herausfinden. Wenn Sie wollen, kann ich Ihnen eine Sitzung anbieten.«

»Schon die dritte?«, platzte es aus Charly heraus, und dieser Ausbruch zog mich endlich aus meinem teilnahmslosen Zustand, in dem ich alle Eindrücke an mir vorbeiziehen ließ. Von einem Augenblick auf den anderen brachen die Impulse, die meinem Gehirn Erinnerungen vorgaukelten, wo keine waren, ab. Mein Gedankenkarussell stoppte und die Realität umgab mich in einer Klarheit, die mich auf die vergangenen zehn Minuten wie eine Ausgenüchterte auf die letzte Nacht blicken ließ. Was um Himmels willen machten wir hier? Was war das eben gewesen? Eine weitere Sitzung? Die wollte doch nur Geld machen.

»Ich glaube, wir haben fürs Erste genug gehört. Vielen Dank. Wie viel schulden wir Ihnen?« Entschlossen stand ich auf.

»Nichts. Es war mir ein Vergnügen«, entgegnete Estrella, was mir den Wind aus den Segeln nahm.

»Ähm … ja. Danke«, stammelte ich und schlüpfte durch die Tür ins Freie. Ich sog den Duft von gebrannten Mandeln und klebrig süßer Zuckerwatte ein, als könnte mich die frische Luft von der Erinnerung an das eben Erlebte befreien.

Charly hopste hinter mir her. »Ich hatte noch ein paar Fragen! Oder hast du das mit den verschiedenen Leben genau verstanden? Stell dir doch mal vor …«

»Das ist doch alles Humbug«, unterbrach ich sie.

»Dafür warst du aber ziemlich bei der Sache. Ein paar Sekunden lang hast du sie angesehen wie der hypnotisierte Mogli die Schlange.«

Ich zuckte mit den Schultern. »Ich möchte eine Schokobanane«, lenkte ich sie ab. Ich war zu verwirrt, um über das Geschehene zu reden. Déjà-vus waren mir nicht fremd, doch eine solche Aneinanderreihung von falschen Erinnerungen kannte ich bisher nicht. Es hatte sich angefühlt, als wäre ein Dominostein umgekippt, der weitere Steinchen zum Umkippen gebracht hatte.

»Schokobanane klingt gut. Davor brauche ich aber erst eine Thüringer Bratwurst, sonst wird mir von dem ganzen Zucker noch schlecht.«

»Du wolltest doch Schmalzgebäck«, rief ich ihr ins Gedächtnis.

»Das kommt nach der Schokobanane.«

Während ich den Süßwarenstand ansteuerte, ging Charly zu dem Schwenkgrill nebenan. Ich stellte mich in die

Schlange und versuchte zu begreifen, was da eben passiert war. Nachdenklich beäugte ich nochmals den runden Holzwagen und überlegte hin und her, wo ich das alles zuvor schon einmal gesehen haben könnte. Das war definitiv mein erster Besuch bei einer Wahrsagerin gewesen. Vielleicht hatte der Lokalsender über Estrella berichtet und ich erinnerte mich nur schwach, weil ich den Bericht kurz vor dem Einschlafen gesehen hatte? So musste es gewesen sein. Sie benutzte bestimmt immer dieselbe Masche, weshalb mir ihre Worte bekannt vorgekommen waren. Zufrieden, eine Erklärung gefunden zu haben, bestellte ich zwei Schokobananen und folgte dann Charly zum Grillstand.

19

Donnerstagnachmittag betrat ich das helle Café mit dem Schnitt einer Dreizimmerwohnung, deren Räume mittels großen Durchbruchs miteinander verbunden waren, und atmete den Duft von warmen Butterstreuseln ein. Die mit elfenbeinfarbenem Leinen bedeckten Holztische waren durcheinandergewürfelt, als hätte der Besitzer einen Antikmarkt geplündert. Die dick aufgepolsterten Biedermeier-Stühle reihten sich dicht an dicht in den verwinkelten Ecken, in denen ich mich suchend umblickte.

Vor dem Fenster zum Innenhof saß ein älterer Herr an einem ovalen Zweiertisch auf einer Bank. Ich wusste instinktiv, dass es Carl Lambert sein musste. Mit überkreuzten, ausgestreckten Beinen und kerzengeradem Oberkörper studierte er das *Hamburger Abendblatt*, von dem er erst aufsah, als ich vor ihm stand.

Irritiert blickte ich in sein Gesicht, das mir seltsam vertraut war. Ohne Zweifel, ich kannte diesen Mann, dessen cremefarbener Rollkragenpulli mit marineblauem Jackett zu Jeans einen gepflegten und für sein Alter modischen Eindruck erweckte. Die Kontur seines weißen Vollbarts zog sich geradlinig über seine Wangen, und seine Lederschnürschuhe glänzten frisch poliert. Ich war mir sicher, ihn irgendwo schon einmal gesehen zu haben. Eine Ähnlichkeit zu einer anderen Person konnte ich ausschließen. »Doktor Lambert?«

»Moin, Rebecca.« Er sprang von der Bank auf und umschloss meine Rechte zur Begrüßung mit beiden Händen. Dann rückte er den Stuhl links von sich nach hinten und deutete darauf. »Bitte nennen Sie mich doch Carl, dann werde ich nicht unentwegt an mein Alter erinnert.«

Während ich Platz nahm, faltete er seine Zeitung sorgsam zusammen und verstaute sie in einer braunen Lederaktentasche. Wie schon bei der Wahrsagerin überkam mich auch jetzt plötzlich das Gefühl, als hätte ich diesen Moment schon einmal erlebt. Blitzartig flackerten Bilder in meinem Bewusstsein auf, erloschen jedoch, ehe ich sie wirklich greifen konnte. »Ich glaube, wir kennen uns schon«, forschte ich nach.

Carl studierte mein Gesicht für einige Sekunden. »Nein. So eine hübsche junge Dame hätte ich mit Sicherheit nicht vergessen.«

»Ich könnte schwören …« Ich schüttelte den Kopf in der Hoffnung, mich auf diese Weise von meinen Spinnereien zu befreien.

»Haben Sie das öfter?« Er sah mich interessiert an.

Ich suchte nach einer geeigneten Antwort, denn wenn ich ihm von meinen jüngsten Déjà-vus erzählte, würde er mich sicher direkt in die nächste Klapse schicken.

Carl deutete mein Zögern richtig. »Keine Sorge, das war keine Fangfrage. Die hebe ich mir für später auf.« Seine Mundwinkel zuckten. Bei seinem spitzbübischen Grinsen schien der gut aussehende junge Mann durch, der er einst gewesen sein musste. Sicherlich hatte er damals wie heute eine Menge Verehrerinnen. »Ich würde vorschlagen, wir essen erst einmal ein Stückchen Blaubeerkuchen, der hilft in allen Lebenslagen. Sie finden keinen besseren in Hamburg, das verspreche ich Ihnen. Was kann ich Ihnen zu trinken bestellen?«

»Einen Milchkaffee. Nein, eine Apfelsaftschorle.« Ich hatte heute nicht genug getrunken. Allerdings konnte ich auch ein wenig Koffein gebrauchen. »Doch einen Milchkaffee, bitte.«

Er nickte, stand auf und verschwand im vorderen Bereich des Cafés, wo sich die Bestelltheke befand.

Meine Gedanken wirbelten wild durcheinander. Was war nur mit mir los? Die Überzeugung, Carl zu kennen, war tief in mir verankert, doch er schien vom Gegenteil überzeugt zu sein. Ich versuchte, mir eine logische Erklärung zusammenzureimen: Vielleicht war er auf einer der vielen Gartenpartys der Familie Priller gewesen … oder ich war ihm bereits im *Petit Café* begegnet – ich hatte mich mit Charly ab und an hier getroffen, und vielleicht war Carl öfter hier. Das Seltsame war jedoch, dass er mir nicht wie ein Fremder vorkam, den ich irgendwo schon einmal gesehen hatte. Nein, bei seinem Anblick machte sich Wärme in meinem Herzen breit, als träfe ich zufällig einen alten Freund und stellte fest, wie sehr ich ihn vermisst hatte.

»Ein Kuchen direkt aus dem Himmel.« Carl schob ein viereckiges Stück Blechkuchen vor mich hin. Der Duft von heißen Blaubeeren und zuckersüßen Streuseln ließ das Wasser in meinem Mund zusammenlaufen. »Bevor Sie sich weiter den Kopf zerbrechen, kann ich Sie beruhigen: Es passiert mir unentwegt, dass Menschen felsenfest davon überzeugt sind, mich zu kennen. Das ist nicht ungewöhnlich.«

Bevor ich etwas darauf entgegnen konnte, unterbrach die Kellnerin unser Gespräch und stellte ein silbernes Kännchen vor Carl ab. Mir brachte sie eine Apfelsaftschorle und einen Milchkaffee.

»Schnacken wir über Sie. Was machen Sie beruflich?«, fragte er, als die Kellnerin verschwunden war. Er schenkte nach Karamell duftenden Schwarztee in eine mit goldenem Rand verzierte, dünnwandige Porzellantasse und versenkte zwei Kandisstücke darin.

Ich fragte mich, ob es Zufall war, dass er mit dieser Frage direkt ins Schwarze getroffen hatte, oder ob er berufsbedingt an meiner Nasenspitze ablesen konnte, was mich beschäftigte. Ich berichtete ihm von dem Referendariat und davon, wie unglücklich es mich machte. Angesichts meiner anfänglichen Wortkargheit gab ich mir Mühe, alles ausführlich zu schildern und meine Erzählungen mit witzigen Anekdoten auszuschmücken.

Er hörte aufmerksam zu, hakte zwischendurch nach und lachte herzlich. Er war ein angenehmer Zuhörer. Seine wachen Augen und seine Mimik, die während meiner Erzählung zwischen mitfühlend, belustigt und interessiert wechselte, gaben mir das Gefühl, dass er ganz bei mir war. »Warum haben Sie das Studium nicht abgebrochen?«, fragte er gerade heraus, als ich fertig war.

Ich musste angesichts seiner Direktheit schlucken. Andererseits waren wir ja genau deswegen hier. Das war kein gewöhnliches Kaffeekränzchen. Auf der Suche nach den richtigen Worten entstand eine längere Pause, in der Carl an seinem Schwarztee nippte und mich über den Tassenrand hinweg ansah.

»Weil mir Menschen, die ich liebe, immer wieder sagen, ich solle dabeibleiben«, flüsterte ich. »Marc, meine Mutter …«

»Und denken Sie, dass sie recht haben?« Sein Blick war auf mich geheftet, während er mit dem Löffel Kreise in seiner Tasse zog.

Wieder zögerte ich. »Ja«, antwortete ich dann schlicht.

»Was, denken Sie, würde passieren, wenn Sie sich umentscheiden?«

Carls Fragen waren mir allmählich unangenehm. Sie vermittelten mir das Gefühl, etwas Offensichtliches zu übersehen, so als türmten sich die Lösungen für meine

Probleme direkt vor mir auf, und alles, was ich tat, war, darüber zu stolpern.

Da ich nicht antwortete, hakte er weiter nach: »Wagen wir eine kleine Spinnerei. Schließen Sie die Augen und stellen Sie sich vor, Sie brechen ab und gehen Ihrem Herzenswunsch nach. Hören Sie mal in sich rein. Wie würde sich das anfühlen?«

Ich kam seiner Aufforderung nach, schloss die Augen und stellte mir vor, einen anderen Job anzunehmen. Auf einmal fühlte ich mich schwer, wie von einer unangenehmen Vorahnung vereinnahmt. Ein dicker Kloß bildete sich in meinem Hals und mein Atem beschleunigte sich. »Als würde etwas Ungutes passieren«, sprudelte es aus mir hervor, bevor ich darüber nachdenken konnte. Ich versuchte, meine eigenen Worte zu begreifen, obwohl ich wusste, dass sie alles andere als rational erklärbar waren. Diese Angst fühlte sich wirklich an, sie kam tief aus meinem Inneren … mehr konnte ich nicht sagen.

»Sind Sie sich da sicher, oder ist das ein vages Bauchgefühl?«

Ich hörte erneut in mich hinein. Meine Antwort war spontan gewesen, doch auch nach längerer Betrachtung fühlte sie sich wahr an. »Es ist wie eine Überzeugung, die tief in mir verankert ist. Als hätte ich das alles bereits gemacht und wüsste, dass es zum Scheitern verurteilt ist«, versuchte ich es zu erklären, ohne mich selbst zu verstehen.

Carl seufzte, fast als zöge er aus meinem Geständnis Schlüsse, die ihm nicht gefielen.

Seine Reaktion schürte in mir das Bedürfnis, mich näher zu erklären. »Ich möchte meinen Freund nicht verletzen, und genauso wenig möchte ich meine Mutter enttäuschen.«

»Das klingt nach einem nachvollziehbaren, aber dennoch schlechten Tauschgeschäft«, antwortete er mit nachdenklicher Stimme. Fragend blickte ich ihn an. »Na ja, Ihr Glück gegen das der Menschen, die Sie lieben.« Carls klare Worte kamen einer kalten Dusche gleich. »Lassen Sie mich raten: Sie haben oft das Gefühl, dass Sie besser nicht entscheiden, als sich falsch zu entscheiden?«

Ich nickte zögerlich, verwundert, dass er mich so gut zu lesen verstand. Wir kannten uns kaum eine halbe Stunde, und dennoch war er in der Lage, meine Gefühlswelt in einem Satz zusammenzufassen, wie ich es selbst nie vermocht hätte.

»Sie sollten sich mehr zutrauen, Rebecca. Sie wissen besser als jeder andere, was Sie glücklich macht.«

»Und wenn dieses Gefühl recht behält? Was wenn Marcs Weg der bessere ist und ich das tief in meinem Inneren eigentlich schon weiß?« Denn genau so fühlte es sich an.

Carl bedachte mich mit einem zärtlichen, fast väterlichen Lächeln. »Es gab Zeiten, da glaubte ich auch daran, dass fehlende Entscheidungsfreude einen tiefergehenden Grund hätte. So als versuche unser Unterbewusstsein, uns davor zu bewahren, einen schlimmen Fehler zu begehen. Also entscheidet man besser nichts«, brachte er meine Gefühlslage erneut auf den Punkt.

»Und heute?«, fragte ich gespannt.

»Heute glaube ich, dass das Humbug ist. Lösen Sie sich von der Vorstellung, jemand anderes wüsste besser als Sie, was Sie brauchen. Ihr Lebensglück liegt nur in Ihrer Hand, Rebecca. Entscheiden Sie für sich!«

»Der Rat klingt so einfach.«

»Sie müssen nicht gleich alles in Ihrem Leben anpacken. Machen Sie einen Schritt nach dem anderen. Nehmen Sie sich etwas Zeit, hören Sie in sich hinein, was die erste Sache ist, die Sie ändern wollen.«

»Und dann ändere ich diese Sache einfach?«, fragte ich. Ich konnte noch immer nicht richtig greifen, was es war, das mich bisher zurückgehalten hatte, doch Carls Worte machten mir Mut. Ich hatte auf einmal das Gefühl, dass es wirklich so einfach war, wie er sagte.

»Ganz genau.« Carl nickte mit einem Schmunzeln.

Ich erwiderte sein Lächeln und spürte erneut dieses Gefühl von warmer Vertrautheit in mir aufkeimen. Ich war mir sicher, ihm vertrauen zu können. Nein, es war mehr als das: Ich hatte das eigenartige Gefühl, dass er mich kannte. »Und wir sind uns wirklich noch nicht begegnet?«, fragte ich ein weiteres Mal.

»Wer weiß das schon«, antwortete er mit nachdenklicher Miene, und für den Bruchteil einer Sekunde huschte ein Lächeln über seine Lippen. »Wie schmeckt Ihnen der Kuchen?«

»Köstlich«, antwortete ich wahrheitsgemäß.

»Es tut meiner Linie überhaupt nicht gut, so häufig hierherzukommen. Da muss ich morgen früh wohl eine Extrarunde rudern.«

Den Rest des Nachmittags unterhielten wir uns über seinen Ruderclub, die schönsten Kanäle sowie das jährliche Highlight der Stadt, wenn die Hamburger Schwäne unter dem Geleit von Ruderern ihr Winterquartier verließen. Erst als sich das Café leerte, merkte ich, wie die Zeit vergangen war. Ich fühlte mich so leicht, wie schon lange nicht mehr.

»Mir hat unser Treffen sehr viel Freude bereitet. Ich hoffe, das wiederholen wir?«

»Sehr gerne«, erwiderte ich. »Und danke für Ihren Rat«, fügte ich hinzu.

»Nicht dafür.« Carls offener Blick wirkte wie das Eingangstor zu seinem freundlichen Wesen.

»Der nächste Kaffee geht auf mich«, schlug ich vor.

»So weit kommt es noch.«

Ich lächelte dankend, da ich merkte, dass ihn jegliche Widerworte beleidigt hätten.

Wir standen auf und Carl ließ mir mit einer Handbewegung den Vortritt.

»Nächste Woche, gleiche Zeit, gleicher Ort?«, fragte Carl.

»Sehr gerne«, antwortete ich und meinte es auch so.

»Und … Rebecca?«

Ich drehte mich noch einmal zu ihm um.

»Hören Sie in sich hinein und seien Sie mutig.«

Ich nickte ihm mit einem Lächeln zu und wandte mich dann seltsam beschwingt ab. Meine Körperhaltung erschien mir aufrechter, meine Schritte energischer, der Schwung meiner Arme ausladender. Doch nicht nur mein

Körper bewegte sich zielsicherer, auch mein Geist war fokussierter. Ohne zu zögern, folgte ich Carls Rat und erstellte in meinem Kopf eine Liste an Dingen, die ich ändern wollte. Und ohne mein bewusstes Zutun stand auf einmal ein Name ganz oben auf der Liste: Jonas.

Ich brauchte ihn in meinem Leben. Insgeheim hatte ich das all die Jahre gewusst, und doch hätte ich ihn ohne den Anstoß dieses Albtraumes nicht wieder in mein Leben geholt. Ich durfte das nicht noch einmal vermasseln. Wenn ich mit ihm zusammen war, wirkten alle Farben kräftiger, alle Töne klarer. Jeder Augenblick war dann so intensiv, als würde man mir mit aller Macht zu verstehen geben wollen, dass es ihn nur ein einziges Mal gab. Ich lächelte in mich hinein. Davon wollte ich mehr. Ich zog mein Handy hervor und schrieb Jonas eine Nachricht, in der ich ihn um ein Treffen bat.

20

»Nehme ich den Flying Cangaroo, den Lemondori oder einen Moscow Mule?«, überlegte Charly, während sie die Cocktailkarte des *Christiansen's* durchblätterte.

Marc musste auch an diesem Freitag länger arbeiten, und ich hatte mich deshalb mit Charly verabredet.

»Und deine ganze Sippschaft kommt auch?«, fragte Charly, während sie weiter in der Karte hin und her blätterte.

»Ja, Barbara hat irgendetwas zu feiern.«

Meine Mutter hatte am Nachmittag angerufen und gefragt, ob ich am Abend Zeit hätte. Als ich ihr erzählte, dass ich mit Charly in einer Cocktailbar verabredet war, hatte sie sich und ihre Mädels spontan mit eingeladen.

»Was Barbara wohl zu feiern hat?«, überlegte Charly laut.

»Vielleicht ist der neue Chorleiter ein Mittfünfziger und obendrein ein Sahneschnittchen«, mutmaßte ich.

»Oder Barbara lässt sich für den Gemeinderat aufstellen, um in Jork vollends die Macht zu übernehmen.«

»Ich nehme einen London Buck«, beschloss ich und klappte die Karte zu.

»Was ist denn mit dir los?« Charly starrte mich angesichts meiner Entscheidungsfreudigkeit an, als wäre ich eine Außerirdische.

»Auf dem Konzert mit Jonas hatte ich einen Gin, und der war sehr lecker.« Die Erwähnung von Jonas erinnerte mich daran, dass er noch nicht auf meine SMS reagiert hatte. Natürlich war ein Tag im Vergleich zu all den Jahren ein Fingerschnipsen, aber dennoch hatte ich irgendwie gehofft, schneller eine Antwort zu erhalten. Hatte ich ihn bei unserem Abschied möglicherweise vor den Kopf gestoßen?

»Hallo, ihr zwei Schätzchen.« Meine Mutter gab mir einen Kuss auf die Wange und wuschelte dann durch Charlys Haarkrause. »Barbara und Gerti suchen noch einen Parkplatz … Ist nicht einfach mit diesem Schlachtschiff mitten in Hamburg.« Als sie unsere erwartungsvollen Blicke bemerkte, erklärte sie: »Ich habe keine Ahnung. Barbara meinte nur, der Abend ginge auf sie.«

»Okay. Dann nehme ich einen Flying Cangaroo, danach einen Lemondori und zum Abschluss einen Moscow Mule.« Charly grinste breit, schlug die Karte zu und pfefferte sie auf meine.

Meine Mutter schob sich auf den viel zu hohen Barhocker neben mir und inspizierte mit zu Schlitzen geformten Augen das *Christiansen's*. Dabei wirkte sie so deplatziert wie eine Opernsängerin bei einem Punk-Konzert. Wahrscheinlich fragte sie sich, warum die hier kein anständiges Licht anmachten, wieso hinter unserem Tisch ein riesiges Aquarium aufgestellt war und ob der vollbärtige, tätowierte Kellner im Holzfällerhemd sie bedienen oder ausrauben wollte.

»Hallo, die Damen«, flötete Barbara, die in diesem Moment mit Gerti zu uns stieß. Sie wedelte mit ihrem Lederetui die Bedienung herbei und rief: »Ladys, es gibt Champagner!«

»Du machst es aber spannend.« Gerti zog die Stirn kraus.

»Wir müssen einen Schlachtplan schmieden«, erklärte Barbara in bedeutungsschwangerem Ton.

Als der Kellner wenig später die Champagnergläser vor uns abstellte, erkundigte er sich, was es denn zu feiern gäbe.

Barbara erhob das Glas. »Jonas …« Sie wandte sich an den Kellner und fügte hinzu: »Mein Sohn.« Dann strahlte sie wieder uns an. »… hat sich entlobt.«

Mir stockte der Atem.

»Ach, Gott!«, kommentierte Gerti.

»Du meine Güte!«, stöhnte auch meine Mutter.

Ich brachte kein Wort über die Lippen. Wann war das passiert? Warum hatte er nichts erzählt? Hatte er seine Hochzeit nicht erwähnt, weil sie abgeblasen war? Oder war das nach unserem Treffen passiert? Hatte er sich vielleicht deswegen nicht mehr gemeldet?

Der Kellner wirkte belustigt. »Das muss ja eine grauenhafte Schwiegertochter gewesen sein.«

»Sie wird erst gar nicht meine Schwiegertochter. Das ist ja der Clou!« Barbara gluckste vor Freude, wie es ihr Sohn oft tat. Dieses Geräusch hatte ich noch nie von ihr gehört. Allerdings hatte ich sie auch noch nie so gelöst erlebt.

»Wann warst du doch gleich mit Jonas aus?« Charly neigte ihren Kopf in meine Richtung und fixierte mich mit ihren Augen.

Ich gab ihr unter dem Tisch einen Tritt und sah mich in der Runde um. Niemand hatte ihre Frage gehört. Meine Mutter und Gerti waren zu beschäftigt damit, Barbara zu lauschen, die bereits eine Liste geeigneter Nachfolgerinnen durchging: »… oder die Tochter vom Bürgermeister, Sarah. Sie ist zwei Jahre jünger als Jonas und hat bereits eine Position als Richterin in Lüneburg inne. Sie wohnt in Buxtehude. Vielleicht zieht Jonas dann wieder ins Alte Land. Oder Cassandra, eine Freundin meiner Nichte. Sie ist Balletttänzerin im John-Neumeier-Ensemble. Wie grazil sich dieses Mädchen bewegt, entzückend. Und sie kommt aus einer ganz ehrbaren Familie. Sie würde wunderbar an Jonas' Seite passen, jetzt da er so sportlich geworden ist. Und die beiden würden die Liebe zur Kunst teilen, das ist doch eine schöne Basis. Oder die Pastorin von

Jork … diese langen Wimpern. Ihre letzte Sonntagspredigt über die Christenpflicht war so inspirierend. Oder …«

»Meinst du nicht, du solltest ihm ein wenig Zeit lassen? Ein junger Mann muss sich auch mal austoben dürfen. Sie sind schließlich sehr früh zusammengekommen«, gab Gerti zu bedenken.

»Damit er bei dem nächsten Flittchen hängenbleibt, weil er zu faul ist, eine Frau mit Klasse zu umwerben, die ihm eindeutig zusteht? Nein, nein, nein. Ich kenne meinen Sohn.«

»Vielleicht hat er dieses Flittchen ja auch schon kennengelernt und sich wegen ihr getrennt«, warf Charly mit einem süffisanten Grinsen ein.

Barbara sah sie schockiert an. Der Ausspruch »Gott bewahre« stand ihr dick und fett auf die Stirn geschrieben.

»Oder er hat einfach erkannt, dass Sabine nicht die Richtige für ihn ist«, beschwichtigte ich sie.

»Oder er hat eine Jugendliebe wiedergetroffen«, stichelte Charly weiter. Ihren verräterisch zuckenden Mundwinkeln entnahm ich, dass sie sich bestens amüsierte.

»Nein, das glaube ich nicht. Sabine war seine erste wirkliche Freundin.« Dann wandte Barbara sich abrupt an mich: »Oder gab es ein Mädchen, von dem ich nichts weiß?«

Ich schüttelte den Kopf.

»Gut, also wird es an der Front keine Überraschung geben.« Barbara atmete sichtlich erleichtert aus.

Meine Mutter zog die Stirn kraus.

»Wann hat er sich überhaupt getrennt?«, fragte ich Barbara. Ich musste es wissen.

»Er ist gestern Abend mit einem Koffer bei uns aufgetaucht. Mehr weiß ich nicht.«

»Und wie geht es ihm?«, fragte meine Mutter mit besorgter Miene.

»Er sah mitgenommen aus, wollte aber nicht reden. Er wird schnell darüber hinwegkommen.«

In meinem Kopf drehte sich alles. Charlys Andeutungen, seine Trennung habe etwas mit mir zu tun, fühlten sich anmaßend an, doch der zeitliche Zusammenhang war nicht zu leugnen. Hatte ich ihm Hoffnung gemacht? Ich hätte beim Tanzen mehr auf Abstand gehen sollen – oder mich doch mit Marc und ihm gemeinsam treffen. Meine Gefühle wirbelten wie ein Tornado im Kreis, doch im Auge dieses tosenden Strudels formte sich ein Gedanke: Ich hatte es gewusst … Sabine war nicht die Richtige für ihn. Kaum hatte ich den Gedanken zu Ende gedacht, schämte ich mich bereits dafür. Jonas hatte sich nach vierzehn Jahren Beziehung getrennt, das war bestimmt ein schwerer Schritt gewesen.

»Wie soll ich vorgehen – was meint ihr?«, kam Barbara auf ihren Schlachtplan zurück.

Ich entschuldigte mich, bestellte an der Bar einen Cocktail, den ich dringend nötig hatte, und ging auf die Toilette. Dort angekommen, zog ich mein Handy aus der Handtasche und wollte Jonas schreiben, doch der war mir zuvorgekommen.

Ich habe mich über deine SMS gefreut. Was machst du heute Abend?

Ich bin mit unseren Müttern in einer Cocktailbar.

Auf Jonas' Antwort musste ich nur wenige Sekunden warten.

Oha. Lass mich raten, meine werte Frau Mama spielt bereits Herzblatt?

Gib mir mal einen Tipp! Wer soll es werden? Die Nummer eins, eine Pastorin mit wunderschönen Wimpern, die Nummer zwei, eine grazile Balletttänzerin, oder die Nummer drei, eine Richterin aus dem Alten Land, die gleichzeitig die Tochter des Bürgermeisters ist? Dann kann ich das Gespräch in deinem Interesse lenken.

Das ist jetzt der Einstieg in einen Witz, oder? Treffen sich eine Pastorin, eine Richterin und eine Tänzerin. Sagt die Richterin …

Leider nein. Wie geht es dir? Kann ich etwas für dich tun?
Geht so. Und nein. Ich verstehe, warum Sabine sich getrennt hat. Nach vierzehn Jahren Beziehung hat sich viel Mist auf dem Dachboden angesammelt. Muss erst einmal entrümpeln.

Ich las seine Nachricht zweimal. Sabine hatte Schluss gemacht? Damit hatte ich nicht gerechnet. Plötzlich fühlte ich mich wie eine Vollidiotin. Die Trennung hatte also wirklich nichts mit mir zu tun. Dass Sabine sich getrennt hatte, passte allerdings so gar nicht in das Bild, das Barbara von ihr zeichnete. Sie war der Meinung, dass Sabine Jonas um jeden Preis in den Hafen der Ehe lenken wollte. Entweder schätzte Barbara Sabine falsch ein, oder irgendetwas hatte diesen Preis derart in die Höhe getrieben, dass sie nicht mehr bereit war, ihn zu bezahlen … Vielleicht würde Jonas es mir irgendwann erzählen.

Wenn du jemanden zum Schleppen brauchst, sag Bescheid.

Das war im übertragenen Sinne gemeint.

Mein Angebot auch.

Touché und danke.
Dafür sind Freunde da.

Ich weiß … Wann treffen wir uns?

Marc würde kommende Woche wieder auf Dienstreise sein, also schlug ich vor:

Montag? Siebzehn Uhr am Hauptbahnhof am U2-Ausgang?

Gebongt!

Ich ging zurück in die Bar, wo die vier Ladys bereits vom Champagner zu Cocktails übergegangen waren. »Ich finde, es sollte die Pastorin werden«, sagte ich.

Barbara tippte sich aufs Kinn.

»Ja, das meinte Frank auch. Gut. Morgen um vierzehn Uhr treffen Gerti und ich uns bei deiner Mutter, und ich bitte die Pastorin dazu. Rebecca, dich brauchen wir, damit Jonas ein wenig bleibt. Wenn du ihn bittest, sich dazuzusetzen, wird er nicht Nein sagen. Er mochte dich schon immer, und ihr habt euch ja Ewigkeiten nicht mehr gesehen.«

Mein Blick schnellte zu Charly und ich warnte sie mit strenger Miene, ja kein Wort zu sagen. Sie nickte stumm. »Okay«, willigte ich ein. Ich hatte zwar überhaupt keine Lust auf diese Scharade, doch auf der anderen Seite war es eine Möglichkeit, Jonas bereits am Wochenende zu sehen und trösten zu können.

Meine Mutter schaltete sich mit hochgezogenen Augenbrauen in das Gespräch ein. »Ich weiß nicht, ob das so eine gute Idee ist.« In ihrer Stimme schwang Sorge mit, was mich wunderte. Sonst war sie für jedes Komplott zu haben.

»Das wird funktionieren. Du wirst schon sehen«, ließ sich Barbara nicht beirren und hielt ihr Cocktailglas zum Toast in die Luft. »Auf eine würdige Schwiegertochter.«

Ich prostete mit meinem London Buck zurück und leerte das Glas zur Hälfte. Augenblicklich jagte der Alkohol eine Hitzewelle durch meinen Körper und ließ meine Gedanken taumeln. Träge vom Gin und meinem unermüdlichen

Gedankenkarussell ließ ich Barbaras Lobeshymnen über die Pastorin über mich ergehen. Doch viel bekam ich von dem Gespräch ohnehin nicht mit. In Gedanken war ich bei Jonas, der wahrscheinlich gerade verloren in seiner alten Wohnung stand, um das Nötigste aus seinem Leben zusammenzuklauben. Es musste unglaublich schwer sein, nach so langer Zeit getrennte Wege zu gehen.

21

»It's showtime«, begrüßte Charly meine Mutter.

Ich hätte um ein Haar abgesagt, doch Charly war ganz versessen darauf, Jonas kennenzulernen, und hatte keine Ausrede gelten lassen.

»Warum haben wir uns nur auf dieses Kasperletheater eingelassen?«, stöhnte meine Mutter, wischte sich die Hände an ihrer rot-weiß karierten Schürze ab und umarmte Charly und mich nacheinander. Dann schaute sie zur Haustür. »Wollte Marc nicht auch kommen?«

»Der musste noch mal kurz ins Büro. Er kommt nach.« Mir war das recht gewesen, denn so konnte ich Jonas vielleicht noch alleine abpassen.

»Dann seid ihr die Letzten, bis auf Jonas natürlich. Der Arme, wenn der wüsste.«

»Gut, dass du so etwas mit mir nicht machst«, merkte ich an und hängte meine Strickjacke an die Garderobe.

»An Marc gibt es ja auch nichts auszusetzen. Er ist der perfekte Schwiegersohn in spe. Hättest du dich für einen Hallodri entschieden, wäre ich vielleicht auch verzweifelt.«

Schnell fügte sie hinzu: »Damit wollte ich nur sagen, dass ich Barbara verstehen kann, nicht dass sie verzweifelt wäre.«

»Och doch. Genau das ist sie«, kommentierte Charly und folgte uns in die Wohnküche, wo meine Mutter mit ihrem Abwasch fortfuhr. Dass sie nicht im Esszimmer aufgedeckt hatte, zeigte, wie wenig sie von der Aktion hielt. Ihre Hausarbeit jetzt zu erledigen, war die größtmögliche Rebellion, die mit ihrer Höflichkeit vereinbar war. Auf dem mit Macken überzogenen Ahorntisch lag nicht einmal eine Tischdecke, geschweige denn das gute Porzellan. Der Besuch trank aus unterschiedlichen Tassen der Kollektion »Werbegeschenke und Urlaubssouvenirs«, die sich im Laufe der Jahre im Küchenschrank angesammelt hatten.

»Hallo, ich bin Anke«, begrüßte mich die Pastorin mit einem strahlenden Lächeln, das mich komplett vereinnahmte. Ich nickte und bestaunte ihre vollen Lippen, die selbst im ungeschminkten Zustand rosarot glänzten. Auch bezüglich der langen Wimpern hatte Barbara nicht zu viel versprochen. Ich weiß nicht, was ich erwartet hatte, aber mit Sicherheit keine so attraktive Frau.

Barbara überbrückte die Zeit bis zu Jonas' Eintreffen, indem sie der Pastorin von diversen Problemen berichtete, die eigentlich keine waren: den Bienen des benachbarten Imkers, derentwegen sie nie ungestört auf der Terrasse Limonade trinken konnte; den unhöflichen Kunden ihres Mannes; dem dreisten Maler, der ihre Küchenwand im falschen Farbton gestrichen hatte. Den Unterschied zwischen Anthrazit und Dunkelgrau sehe doch wohl jeder, zeterte sie.

Ich war mir sicher, Anke hatte in ihrem Beruf für gewöhnlich mit den wirklichen Problemen des Lebens zu tun; dennoch hörte sie geduldig zu.

Meine Mutter lehnte derweil an der Küchenanrichte und lauschte Barbaras Monolog mit einem Augenrollen. Das Weinglas in ihrer Hand polierte sie bereits seit fünf Minuten.

»Möchtest du noch etwas trinken?«, bot Barbara Anke an.

»Danke. Ich denke aber, ich sollte allmählich gehen. Ich muss noch die Abendmesse vorbereiten.«

Hilfesuchend sah Barbara zu meiner Mutter, die jedoch nur mit den Schultern zuckte, das nächste Glas zur Hand nahm und weiter polierte.

In diesem Moment klopfte Jonas an die Terrassentür. Meine Mutter winkte ihn herein. Er sah ausgelaugt aus, hatte dunkle Schatten unter den Augen und einen blassen Teint, seine Haare waren ungeordnet, als wäre er eben erst aus dem Bett aufgestanden. Die Trennung von Sabine schien ihn ziemlich mitzunehmen. Es brach mir das Herz, ihn so zu sehen.

»Hallo, die Damen.« Er klimperte mit einem Schlüsselbund und fragte Barbara: »Hast du vielleicht meinen eingesteckt?« Seine Stimme klang gewohnt charmant, sein Mundwinkel zog sich zur Andeutung eines Lächelns hoch, doch sein Blick streifte müde und abwesend durch den

Raum – bis er, augenscheinlich überrascht, an mir hängen blieb.

Für einige Sekunden schien die Welt stillzustehen. Barbaras Geschnatter war nicht mehr als ein entferntes Hintergrundrauschen. Für die Dauer dieses Augenblicks gab es nur uns zwei. Ich schenkte ihm ein Lächeln, von dem ich hoffte, dass es Worte überflüssig machte. Es sollte ihm vermitteln, dass ich für ihn da war. Dass ich ihn gerne in den Arm genommen hätte. Dass ich seinetwegen hier war. Er antwortete mit einem kaum merklichen Nicken.

»Schau, Jonas, Rebecca ist auch hier.« Barbaras Darbietung war bühnenreif. Als wäre sie sich keiner Schuld bewusst, kramte sie in ihrer Handtasche und überreichte ihm mit entschuldigendem Lächeln seine Schlüssel. Es folgte ein Blinzeln in meine Richtung, als Zeichen für meinen Einsatz, ihn zum Bleiben zu überreden.

»Darf ich auch einen Kaffee haben?«, fragte er meine Mutter, was meine Aufgabe überflüssig machte.

»Und Kuchen«, beeilte Gerti sich zu sagen, machte den Platz neben Anke frei und schnitt ein Stück des Apfelkuchens ab.

»Ich muss mal um die Ecke«, verabschiedete ich mich, denn ich hatte keine Lust, der Kuppelaktion beizuwohnen. Ich verließ die Küche und stieg die Treppen hinauf zum Badezimmer. Dort schindete ich Zeit, indem ich das Schmuckkästchen meiner Mutter auf der Suche nach neuen Errungenschaften durchstöberte, ihr neues Chanel-Parfum ausprobierte und mir anschließend den Mund mit einem Lippenstift namens »Cherry Blossom« anmalte, um ihn postwendend mit einem Kosmetiktuch wieder abzuwischen. Als ich nichts Spannendes mehr fand, ging ich auf die Toilette und trat in den Flur.

»Hey«, begrüßte mich Jonas, der, die Beine überkreuzt, an der Raufasertapete lehnte. »Ich dachte schon, du kommst da nie mehr raus.«

Mit einem verschwörerischen Lächeln murmelte ich etwas von Bauchschmerzen.

»Weiß ja jeder, dass roter Lippenstift und Duftwolken gegen Magenverstimmung helfen.« Er trat auf mich zu und wischte mit dem Daumen neben meinem Mundwinkel entlang.

Ich spürte seine Berührung noch auf der Haut, als er seine Hand schon längst weggezogen hatte. »Das ist kein Rot. Wir sind im Alten Land, da heißt die Farbe natürlich ›Kirschblüte‹«, korrigierte ich Jonas. »Was sagt Barbara dazu, dass du vor der Toilette Schlange stehst und nicht unten bei Anke bist?«

»Gerti hat ihr eben ein zweites Stück Kuchen aufgeschwatzt, also ist sie noch ein wenig da. Und wenn die Natur ruft … Zumindest habe ich das behauptet.«

»Tja, dann …« Die Hände tief in meinen Hosentaschen vergraben, sah ich Jonas an, unschlüssig, was ich tun sollte.

»Es tut gut, dich zu sehen«, flüsterte er.

Ich hob meine rechte Hand und strich über seinen Oberarm – eine Geste, die der Innigkeit unserer Freundschaft nicht gerecht wurde. Ohne darüber nachzudenken, zog ich ihn in eine Umarmung. Jonas erwiderte den Druck meiner Arme, und ich nahm wahr, wie die Anspannung von ihm wich, sein Körper nachgab und er sich fallen ließ. Ich wollte mich von ihm lösen, doch eine Anziehungskraft, die an Stärke gewann, je näher wir uns kamen, zog mich noch tiefer in unsere Umarmung.

Hatte ich ihn anfangs noch trösten wollen, so war die Nähe zwischen uns mittlerweile zum Selbstzweck geworden, und ich war nicht imstande, die Verbindung zu kappen. Verwirrt spürte ich dem Gefühl nach. Ich versuchte, mir einen Reim darauf zu machen, doch es fiel mir zunehmend schwerer, einen klaren Gedanken zu fassen, während meine Arme um Jonas' Taille lagen, meine Wange an seiner Brust, seine Hände auf meinem Rücken. Ich vergrub mein Gesicht in seiner Halsbeuge, atmete ein, schloss die Augen …

»Schatz, wo bleibst du?«, holte mich Marcs Stimme, die vom Fuß der Treppe zu kommen schien, abrupt in die Gegenwart zurück.

Erschrocken machte ich einen Satz von Jonas weg. Der plötzliche Abstand zwischen uns schien größer zu sein als der tatsächliche Meter. Und obwohl ich wusste, dass ich es war, die sich von ihm gelöst hatte, fühlte es sich an, als hätte es zwei Schwergewichtler benötigt, um uns auseinanderzureißen.

»Ich komme gleich«, antwortete ich, doch ich hörte bereits Marcs federnde Schritte auf der Holztreppe. Er hielt auf der obersten Stufe inne und sah mit fragendem Blick von Jonas zu mir. Ich versuchte erst gar nicht, meine Verwirrung zu verbergen, war ich doch seit jeher ein offenes Buch für ihn.

Jonas rettete die Situation, indem er sagte: »Marc, altes Haus.« Er ging auf ihn zu und schlug seine Faust gegen die von Marc, wie er es früher immer getan hatte. »Dann gehe ich mal zu meiner Pastorin.«

Marc sah Jonas schweigend hinterher, bis er am Fuße der Treppe aus unserem Blickfeld verschwand und wir das Fensterglas in der Küchentür scheppern hörten.

»Pastorin?«, fragte er.

»Barbara versucht, ihn zu verkuppeln«, erklärte ich und bemerkte im selben Moment meinen Fehler. Ich hatte bisher noch keine Gelegenheit gehabt, ihm von Jonas' Trennung zu erzählen.

»Aha.« Marcs Miene versteinerte sich. Er nickte abwesend, gab mir einen mechanischen Kuss auf die Wange und drehte mir dann den Rücken zu, ohne ein Wort zu sagen – das musste er auch nicht. Ich atmete tief durch und folgte ihm in die Küche, wo Anke ihren Kuchen fast aufgegessen hatte, meine Mutter sich mit Gerti über ihr neu angelegtes Hortensienbeet unterhielt und Charly Jonas über seinen Job aushorchte.

»Und du bekommst die Tickets für die Konzerte umsonst?«, hakte Charly nach. Jonas nickte. »Und darfst du eine Begleitung mitnehmen? Ach, was frage ich … Letzte Woche war ja Rebecca dabei.«

Barbara wurde hellhörig. »Ihr habt ein Konzert besucht?«

»Ja, das haben sie«, bestätigte Marc, der bis eben noch auf seinem Handy herumgetippt hatte, wie aus dem Nichts.

Barbara kniff die Augen zu schmalen Schlitzen zusammen und starrte ihren Sohn an, als könnte sie so mehr Informationen aus ihm heraussaugen.

»Marc hatte an dem Abend keine Zeit«, versuchte ich, die Umstände aufzuklären. »Demnächst wollen wir mal wieder zu dritt ausgehen.«

Gerti klatschte in die Hände. »Wie schön, dass ihr eure Freundschaft aufleben lasst! Als Kinder wart ihr drei wie Pech und Schwefel.«

»Wie sieht es heute Abend aus? Meine Geschäftskollegen wollen auf den Kiez. Seid ihr dabei?«, fragte Marc in die Runde, seinen Blick auf Jonas geheftet.

»Klar. Ich bin bis zehn Uhr auf einer Vernissage, danach stoße ich gerne dazu«, antwortete der, ohne zu zögern.

Für eine Außenstehende wie Anke klang dieser Austausch sicherlich nach einer Unterhaltung zwischen alten Bekannten, doch gerade die fehlenden Zwischentöne machten die Musik des Gespräches aus. Ich kannte beide gut genug, um hinter der Fassade von Marcs stoischer Ruhe und Jonas' unbedarfter Leichtigkeit den unausgesprochenen Schlagabtausch zu erkennen.

»Was ist mit euch?«, fragte Jonas Anke und Charly.

Charly nickte begeistert, Anke lehnte dankend ab.

»Dann um zehn im *Molly Malone*«, sagte Marc.

Ich suchte nach einer Ausrede, um mich der Verabredung zu entziehen, doch alles, was ich jetzt sagte, würde mich bei Barbara und Marc nur noch verdächtiger machen. Marc sah bereits wieder hinab auf sein Handy und Jonas war wieder in sein Gespräch mit Charly vertieft. Ich fühlte mich an früher erinnert – zwischen den Fronten zweier Jungs, die nach außen vorgaben, noch miteinander befreundet zu sein, obwohl es schon nichts mehr gab, was sie noch verband.

Heute hatte ich ihnen einen Grund für ihre Feindseligkeit geliefert. Mir blieb nur zu hoffen, dass der Abend einigermaßen glimpflich verlaufen würde.

22

Ich legte die Wimperntusche zurück in den Spiegelschrank. Für gewöhnlich trug ich kein Make-up, doch heute hatte ich Mascara, ein wenig Rouge und Lipgloss aufgetragen. Unsicher, ob das Ergebnis gut aussah, wollte ich mich gerade abschminken, da betrat Marc das Badezimmer. Ich bemerkte, dass auch er sich für mich herausgeputzt hatte, denn entgegen seiner sonstigen Präferenz trug er kein Hemd, sondern den dunkelgrauen Kapuzenpulli, den ich so gerne an ihm mochte. Der Pullover hatte dieselbe Farbe wie seine Augen, und der Schnitt war für einen sportlichen Pulli recht klassisch, was Marc lässiger aussehen ließ, ohne ihn zu verkleiden.

Marc hob meine Locken an und küsste mich auf den Nacken. »Du siehst wunderschön aus.« Über meine Schulter hinweg betrachtete er mein Spiegelbild.

Verlegen strich ich über den fließenden Stoff meines ockerfarbenen, figurbetonten Jerseykleides und zog den Saum glatt. Es war lange her, dass Marc mich eines so ausgiebigen Blickes gewürdigt hatte. Er schob den rechten

Spaghettiträger von meiner Schulter und senkte seine Lippen darauf, während seine Hände über meine Hüften wanderten und meinen Rücken an seinen Bauch drückten.

Ich drehte mich um und küsste ihn. Seine fordernde Zunge läutete ein Spiel ein, dessen Regeln wir beide gut kannten: Hände, die um die Vorlieben des anderen wussten, die gedankenverloren und doch gezielt ihre Reise über unsere Körper antraten; Berührungen, die nichts Neues verhießen, in deren Geborgenheit und Ruhe ich mich jedoch verlieren konnte …

Doch heute wollte sich dieses Gefühl nicht einstellen. Meine Gedanken wanderten immer wieder zu dem Abend, der uns bevorstand. »Wir müssen gleich los«, brachte ich zögerlich hervor. Wir hatten nur noch eine halbe Stunde.

»Die können warten.«

»Und das aus deinem Mund, Mister Überpünktlich«, scherzte ich.

»Es ist nie zu spät für schlechte Angewohnheiten.« Marc legte seine Lippen wieder auf meine.

Ich erwiderte den Kuss, löste mich dann aber ungeschickt aus Marcs Umarmung, als seine Zunge erneut forscher wurde. »Wir sollten wirklich los.«

Marc sah auf seine silberne Armbanduhr. »Natürlich.« Etwas zu abrupt ließ er von mir ab, ging in den Flur und schlüpfte in seine Lederschuhe.

Um zehn Uhr betraten wir das Irish Pub, in dem sich die Gäste bereits vor der Bühne tummelten und der Frontsänger, ein hochgewachsener Mann mit dunklen Augen und kinnlangen Rastalocken, seine Gitarre stimmte.

»Hallo, Rebecca! Hallo, Marc!«, rief uns eine überschwängliche Emily entgegen. Sie trug einen weit ausgestellten, roten Tellerrock mit ebenso roten Ballerinas und ein schwarzes, eng anliegendes Top. Sie nahm Marc in den Arm und begrüßte mich mit zwei Wangenküsschen.

Ich sah mich nach Jonas um, doch ich konnte ihn nirgendwo erblicken. Stattdessen entdeckte ich Dieter, der uns mit ausholenden Bewegungen zu sich an die Bar winkte.

»Vier Guinness«, bestellte er bei der wasserstoffblonden Bedienung im Holzfällerhemd und drehte sich danach zu mir um. »Was möchtest du?«

»Eine Cola?», fragte Marc, um mir die Wahl zu erleichtern.

Ich überlegte kurz. Wir waren in einem Irish Pub. »Ein Cider«, bestellte ich das erste Getränk, das mir in den Sinn kam.

Marc sah mich irritiert an, ich reagierte aber nicht darauf und tat, als wäre es das Normalste der Welt, in einem Pub ein Getränk zu wählen. Genau genommen war es das ja auch.

Kurz darauf reichte Dieter mir das Glas, an dem ich zufrieden nippte. Ich sah, wie Jonas draußen an den Fenstern vorbeiging. Vorfreude machte sich in mir breit, gepaart mit der Sorge, der Abend würde mächtig in die Hose gehen.

»Kommst du?«, fragte Marc.

»Geh gerne schon vor«, antwortete ich.

Marc sah sich um und entdeckte Jonas, der gerade den Laden betrat. Da er jedoch zwei Bier für seine Kollegen in den Händen hielt, konnte er nicht neben mir stehen bleiben.

»Ich bringe die nur kurz weg.« Damit drehte er sich um und ging zu seinen Kollegen.

»Engelchen«, übertönte Jonas' Stimme die Kulisse aus Stimmengewirr und Rockmusik. Ich drehte mich zu ihm um und lächelte. Der liebevolle Blick, mit dem er mich begrüßte, zog direkt in mein Herz ein und hinterließ eine Wärme, die sich in meinem Inneren ausbreitete.

Unentschlossen stand ich vor ihm. Zu gerne hätte ich ihn in meine Arme gezogen, doch ich spürte Marcs Blick in meinem Rücken und hielt mich zurück. Jonas sah hinter mich, hob die Hand zu einem Gruß und blieb zögernd vor mir stehen. Dann trat er einen Schritt auf mich zu und zog mich in seine Arme. »So kommst du mir nicht davon, Engelchen.«

Für einen Moment scherte ich mich nicht darum, was Marc dachte, und erwiderte den Druck seiner Arme.

»Na, ihr Süßen.« Charly hopste zu uns, nahm erst mich und dann Jonas in den Arm und winkte Marc zu, der sich mit Dieter unterhielt.

Jonas und Charly reihten sich in die dicht gedrängte Menschenmenge vor der Bar ein. Wenig später schlossen wir mit unseren Getränken zu Marcs inzwischen vollständiger Kollegen-Gang auf, die vor der Bühne stand.

»Jonas«, begrüßte Marc ihn mit einem Handschlag, legte seine Hand um meine Taille und zog mich zu sich.

»Marc«, imitierte Jonas seinen nüchternen Tonfall, begleitet von einem spitzbübischen Schmunzeln.

Die Band stimmte ihren ersten Song an und die Menschenmenge verdichtete sich, was mir Bewegungsfreiheit und die Luft zum Atmen nahm – zumal Marc seinen Griff nicht gelockert hatte. Mit den Händen an meiner Taille versuchte er, mich von den Gästen abzuschotten, die sich rücksichtslos ihren Weg zur Theke bahnten.

Jonas wurde von einer Horde als Häftlinge verkleideter Junggesellen an uns herangedrängt und war nur noch eine Handbreit von mir entfernt.

»Ich war gerade auf einer guten Vernissage«, suchte Jonas etwas unbeholfen das Gespräch mit Marc.

»Eine gute Vernissage, soso«, wiederholte Marc in nüchternem Ton.

Jonas sah für einen Moment verdutzt aus, fing sich aber schnell wieder. »Ein impressionistischer Traum, in der Tat«, antwortete er mit gespielt affektierter Stimme und schenkte Marc ein entwaffnendes Grinsen.

Das fing ja gut an.

»Dein Leben muss ein Feuerwerk an Impressionen sein, wenn man Rebecca so reden hört.« An Marcs kühlem Blick erkannte ich, dass seine Ironie kurz davor war, in Sarkasmus umzuschlagen. Dabei hatte Jonas ihm nichts getan! Überhaupt fragte ich mich, worauf er sich bezog. Über meinen Konzertabend mit Jonas hatten wir kein Wort verloren und ich vermied es, von Jonas' Artikeln zu berichten, die ich regelmäßig las.

Jonas' Gesichtsausdruck verriet, dass der Kindskopf in ihm gerne zum Gegenangriff übergegangen wäre, er sich aber mit aller Mühe zurückhielt. »Ja, mein Leben ist in der Tat ein Träumchen. Wenn man mal von meiner geplatzten Verlobung absieht«, antwortete er, entwaffnend ehrlich.

»Irgendwann wirst auch du jemanden finden, mit dem du so glücklich bist wie wir.« Erneut drückte Marc mich an sich.

Jonas schüttelte den Kopf. Mit zusammengepressten Lippen sah er weg, um sich kurz darauf wieder Marc zuzuwenden. »Da ist noch Luft nach oben«, antwortete er schlicht.

Beide Männer fixierten erst einander, dann sahen sie mich erwartungsvoll an. Im Schwitzkasten ihrer Blicke suchte ich nach einer Antwort, die keinen der beiden vor den Kopf stoßen würde, doch mir wollte nichts einfallen.

»Entschuldigung?« Ein blondes Mädchen im Minirock erlöste mich. Sie deutete zuerst auf ihre Spiegelreflexkamera und dann auf uns drei. Sie war eine der Fotografinnen, deren Partybilder man am nächsten Tag von einer Webseite herunterladen konnte.

Marc und Jonas antworteten gleichzeitig – Jonas mit einem »Ja, klar«, Marc mit einem »Nein, danke«.

»Dann ihr zwei?«, schlug sie als Kompromiss mit Blick auf mich und Jonas vor.

»Nein, schon okay«, lenkte Marc ein und stellte sich neben uns, mich in der Mitte.

»Spitze.« Die junge Fotografin überreichte uns nach dem Knipsen eine Visitenkarte von der Webseite und sah sich auf der Suche nach ihren nächsten Opfern um.

»Noch einen Drink?«, schrie Jonas, während der Gitarrist bereits die ersten Töne der Coverversion eines Liedes der Red Hot Chili Peppers schrammte. Er hatte sein Bier erstaunlich schnell getrunken.

Ich hob als Antwort mein noch fast volles Glas in die Höhe, woraufhin er nickte und verschwand. Allmählich machte sich eine Ahnung in mir breit, dass ich all die Jahre etwas übersehen hatte. Das war kein Gespräch zweier Menschen, die sich einfach nur entfremdet hatten oder nicht mehr mochten. Ihre Anfeindungen gingen viel tiefer als eine kleine Eifersüchtelei, die eben erst entstanden war.

Ich wandte mich Marc zu. »Ich verstehe nicht, warum du Jonas so blöd behandelst«, warf ich ihm vor, wohl wissend, dass er es hasste, in der Öffentlichkeit zu streiten. Doch nur mithilfe eines unerwarteten Vorwurfs hatte ich das Überraschungsmoment auf meiner Seite, das mir mit etwas Glück einen kurzen Einblick in seine wahre Gefühlswelt gewähren würde.

»Jonas weiß ganz genau warum«, stieß Marc hervor und presste den Kiefer aufeinander.

»Und lässt du mich daran teilhaben?«

»Nein.« Er nippte an seinem Guinness und ließ seinen Blick über die Köpfe der Pub-Besucher schweifen. Seine Schotten waren wieder dicht, doch mehr Bestätigung brauchte es nicht.

Auf der Suche nach Charly drehte ich mich um die eigene Achse. Wenige Meter neben mir tanzte und alberte sie mit Jonas herum, der seinen Getränkenachschub vergessen zu haben schien. Mit zuckenden Schultern lachte er über etwas. Die beiden gaben ein vertrautes Bild ab, so als würden sie sich bereits Jahre kennen. Vielleicht sollte Barbara Charly auf die Liste potenzieller Schwiegertöchter setzen. Kaum hatte ich diesen Gedanken zu Ende gedacht, überschwemmte mich wie aus dem Nichts der Wunsch, dass Jonas nicht gleich wieder eine Beziehung eingehen würde – weder mit Charly noch mit dieser Pastorin. Er sollte einfach für eine Weile Single bleiben. Wir hatten uns gerade erst wiedergefunden und so viel nachzuholen. Rational betrachtet war das natürlich völliger Humbug. Sabine war nicht der Grund für unsere Funkstille gewesen. Außerdem war Charly meine beste Freundin; wenn jemand Jonas verdiente, dann sie. Dennoch wollte ich ihn erst einmal ganz für mich haben. Beschämt von meinen selbstsüchtigen Besitzansprüchen schob ich den Gedanken beiseite und bahnte mir einen Weg zu den beiden.

Charly begrüßte mich mit einem Stirnrunzeln. »Was ist Marc denn heute für eine Laus über die Leber gelaufen?«

»Die Laus steht dir gegenüber«, antwortete ich wahrheitsgetreu und blickte Jonas auffordernd an. Der dachte aber ebenso wenig daran, mich aufzuklären, wie Marc.

»Der Abend ist viel zu schön zum Reden. Lass uns tanzen«, schlug er vor.

Zu gerne hätte ich mich mit ihm in der Musik fallen lassen, doch alleine die Vorstellung, Marc könnte uns beobachten, hemmte mich. Ich sah mich nach ihm um, konnte ihn aber nicht mehr sehen, was mich wunderte, ragte er doch für gewöhnlich aus jeder Menschenmenge hervor.

Jonas zog meine Aufmerksamkeit wieder auf sich, indem er seine Finger mit meinen verschränkte, einen Schritt auf mich zukam und mich antanzte. »Da hat heute aber jemand steife Glieder.«

»Mir ist gerade nicht nach tanzen.«

»Engelchen, ich möchte, dass das hier funktioniert. Es gibt nichts, was ich mir mehr wünsche. Aber mit Marc …« Er verstummte. Enttäuschung und Wut schimmerten deutlich in seinen Augen. Nein, Jonas konnte seine Gefühlswelt nicht vor mir verbergen – wie unterschiedlich die beiden Männer doch waren.

»Vielleicht braucht das ein bisschen Zeit«, warf ich ein, ohne selbst daran zu glauben.

»Er steht übrigens da hinten an der Bar. Und nein, er hat kein einziges Mal herübergesehen.« Jonas deutete mit dem Kinn hinter mich. Ich folgte seinem Blick und sah, wie Marc sich mit Emily unterhielt. Jonas klopfte mir auf den Rücken – eine verlegene Geste, die überhaupt nicht zu ihm passte. Wahrscheinlich hielt er sich zurück, weil er meine Anspannung spürte.

Ich erwiderte nichts, wandte mich der Band zu und bewegte mich ein wenig zur Musik.

Irgendwann tippte Jonas mir auf die Schulter. »Wir sehen uns Montag.«

»Du gehst schon?«, fragte ich, enttäuscht, dass der Abend mit ihm so plötzlich endete, aber auch erleichtert, dieser verkrampften Situation zu entkommen. Dieser Abend hatte nichts von der Leichtigkeit, die ich sonst in Jonas' Gegenwart empfand.

»Ich nutze die Zeit lieber, um mich auf unser Treffen zu zweit zu freuen, als hier nur einen Teil von dir zu haben.« Jonas küsste seinen Zeigefinger, drückte ihn auf meine Nase und wandte sich dann Charly zu, der er ein Küsschen auf die Wange gab.

Traurig blickte ich ihm nach, bis er von der Menschenmenge verschluckt wurde. Dann sah ich zurück zur Theke.

»Wollen wir Emily zeigen, wo der Hammer hängt?«, fragte Charly, die meinem Blick gefolgt war.

Ich schüttelte den Kopf. Mir war eher danach, mich unter meiner Bettdecke zu verkriechen und darüber nachzudenken, wie ich Marc beibringen konnte, dass Jonas keine vorübergehende Erscheinung in unserem Leben sein würde. »Lass uns lieber tanzen«, entgegnete ich stattdessen.

Der Rest des Abends verlief unspektakulär. Marc und seine Arbeitskollegen stießen wenig später zu uns und wir blieben bis zum Ende des zweiten Sets der Band. Marc gab sich alle Mühe, so zu tun, als wäre nichts gewesen, doch alleine die Tatsache, dass er sich nicht einmal erkundigte, warum Jonas so früh gegangen war, sprach Bände. Um zwei Uhr morgens traten wir schweigend den Heimweg an.

23

Punkt fünf Uhr nachmittags stand ich am verabredeten Treffpunkt am Hauptbahnhof und beobachtete, wie die in schwarze Anzüge gekleideten Arbeitsbienen in den Untergrund stoben. Die entgegengesetzte Strömung bildeten die mit Sonnenbrillen und einem Lächeln ausgestatteten Kaufwütigen, die ebenso schnellen Schrittes Hamburgs größte Einkaufsmeile ansteuerten.

Ich hatte viel darüber nachgedacht, ob es nicht besser wäre, meine Verabredung mit Jonas abzusagen. Mein Verstand fand jedoch unzählige, vollkommen schlüssige Argumente, warum es in Ordnung war, ihn zu treffen. Eine leise Stimme in meinem Kopf sandte mir jedoch deutlich ambivalentere Nachrichten. Sie flüsterte mir zu, dass ich eine unsichtbare Grenze überschreiten würde, wenn wir uns erneut alleine träfen. Dieses ungute Gefühl hatte mich mehrfach zum Handy greifen lassen. Doch jedes Mal, wenn ich zu tippen begann, sträubte sich mein ganzer Körper dagegen und ich fühlte mich wie gelähmt, so als würde mich all das Vermissen, das ich über die Jahre ignoriert hatte, auf einen Schlag einholen. Letztlich gewann ein Argument, das ich wie ein Mantra immer und immer wieder hervorzog, um mein Verhalten zu rechtfertigen: Marc hielt es nicht für nötig, mit mir über Jonas zu sprechen, und wenn ich etwas darüber herausbekommen wollte, was zwischen den beiden vorgefallen war, dann bestand die einzige Möglichkeit dazu in einer Verabredung mit Jonas.

»Engelchen«, flüsterte mir Jonas, der sich von hinten angeschlichen hatte, ins Ohr.

Aus meinen Gedanken gerissen, drehte ich mich um. Schlagartig verdrängte gute Laune mein schlechtes Gewissen. »Was machen wir?«, fragte ich zur Begrüßung.

»Darfst du dir aussuchen. Da vorne rechts ist ein Vietnamese, oder links, da ist …« Er dachte kurz nach. »… bestimmt auch was Nettes.« Grübelnd sah er in Richtung der Deichtorhallen.

»Dann nach links.«

Jonas kniff verschwörerisch die Augen zusammen.

»Rechts oder links«, sagten wir unisono und grinsten wie zwei Kinder, die an eine Nachbarstür schlichen, um Klingelstreiche zu spielen.

»Das Problem ist, dass ich mich in der Innenstadt auskenne. Da kann ich nicht unvoreingenommen mitspielen«, gab ich zu bedenken.

»Wetten doch?« Jonas zückte sein Handy und erhob seine Stimme: »Nennen Sie mir eine lange, willkürlich gewählte Reihe von ›rechts‹ und ›links‹, ich notiere.«

Ich kam seiner Aufforderung nach, und dann setzten wir uns in Bewegung, passierten die Deichtorhallen, überquerten die Oberbaumbrücke, vorbei am *Spiegel*-Verlag und steuerten direkt auf den Oberhafen zu. Wir ließen die spiegelverglasten Bauten der Moderne hinter uns und tauchten in den industriellen Hafencharme ein, der mit seinen von Unkraut übersäten, freien Bauflächen und den mit Graffiti überzogenen, brachliegenden Lagerrampen nie vorgab, hip zu sein, und genau deswegen dazu wurde.

Dabei unterhielten wir uns über Jonas' Arbeit, darüber, was ich noch alles von der Welt sehen wollte, und über die Musik, die wir gerade hörten. Es war wie früher.

Jonas zeigte auf ein Gebäude vor uns. »Da vorne am alten Güterbahnhof gibt es ein paar coole Start-ups und Galerien. Ich liebe diese Ecke; der Ort ist so abgewrackt, dass er mit jedem Farbklecks einfach nur gewinnt. Ich habe über dieses Projekt der Stadt Hamburg vor vielen Jahren mal berichtet.«

»… das Flair von Industrie und Zerfall bietet die perfekte Kulisse für Kunst«, flüsterte ich vor mich hin. Ich sah verlegen zur Seite und hoffte, Jonas war nicht aufgefallen, dass ich einen uralten Artikel von ihm wortwörtlich zitieren konnte.

»Sie haben ein ziemlich gutes Gedächtnis, Frau Mahler.«

Mist. »Ach, was. Den Artikel fand ich ausnahmsweise mal spannend«, spielte ich das wörtliche Zitat herunter. Ich kletterte auf ein kniehohes Klinkermäuerchen und balancierte oberhalb des gepflasterten Gehsteigs entlang.

Seit ich den Artikel gelesen hatte, wollte ich hierherkommen, hatte es aber nie gemacht, weil … Ich wusste es nicht. Wahrscheinlich wäre ich sowieso nur umhergestreift, hätte mich deplatziert gefühlt und mich unentwegt gefragt, was Jonas zu diesem oder jenem sagen würde. Letztlich wäre ich mit dem erbärmlichen Gefühl nach Hause gefahren, von alledem nichts zu verstehen und zu allem Überfluss auch noch den Freund verloren zu haben, der meiner Unwissenheit ein Ende hätte bereiten können. Dass ich nun ausgerechnet mit Jonas hier gelandet war, kam mir nicht wie ein Zufall, sondern wie ein Streich meines Unterbewusstseins vor.

»Du hättest mich anrufen können. Dann hätte ich dir hier alles gezeigt.«

Erstaunt sah ich Jonas an und fragte mich, ob ich meine Gedanken aus Versehen laut ausgesprochen hatte. »Ich hab's nicht so mit Galerien. Weißt du doch«, antwortete ich, wohl wissend, dass es Jonas' größte Leidenschaft war, ahnungslosen Menschen den Reiz von Kunst begreiflich zu machen. Ich sah ihn an und wartete auf eine ausufernde Rede über die Begabung der hier ansässigen Künstler, mitsamt detaillierter Beschreibung ihrer besten Werke.

Jonas verdrehte die Augen und griff nach meiner Hand, um mir über einen Poller zu helfen, der die Mauer unterbrach.

Ein Kribbeln wanderte von den Fingern meinen Arm hinauf und vereinnahmte meinen ganzen Körper. Ich wollte gerade meine Hand wegziehen, da schubste Jonas mich auf die andere Seite der Mauer ins hohe Gras des brachliegenden Grundstücks. »Hey!« Das Gestrüpp kratzte an meinen Waden. »Was soll das denn?«

»Das hast du verdient.«

Ich hüpfte wieder auf das Mäuerchen und sprang auf den Gehweg, dessen Pflaster vom Wurzelwerk einer Linde aufgebrochen worden war. Ohne lange zu zögern, schubste ich Jonas, brachte ihn jedoch kaum aus der Balance. »Doofmann«, schob ich hinterher. Ich hatte einen Heidenspaß.

»Na, ist doch wahr! Dieser Artikel war ›ausnahmsweise mal spannend‹? Was für ein Blödsinn! Du hast alle meine

Beiträge verschlungen, das kann ich dir an deiner Nasenspitze ansehen. Und danach hast du dich nach mir verzehrt und in den Schlaf geheult. Außerdem: Was soll der Mist mit ›Ich hab es nicht so mit Galerien‹? Ich lass mich von Ihnen doch nicht für dumm verkaufen, Frau Priller.« Seine Augen funkelten angriffslustig, doch der Schalk, der ihm im Gesicht stand, ließ ihn wie früher aussehen, wenn er etwas ausheckte.

Erst jetzt fiel mir auf, dass er mich wieder »Frau Priller« genannt hatte.

Unsere Blicke trafen sich. Wie hatte ich diesen Gesichtsausdruck vermisst: fest entschlossen, allem zu trotzen, selbst wenn sich die Welt gegen uns verschwören würde. Traurig blickte ich auf den Boden. Wir hätten das besser gekonnt. Wir hätten an unserer Freundschaft festhalten müssen, doch sie war uns durch die Hände geronnen, und wir hatten es zugelassen.

»Hey, jetzt haben wir uns ja wieder«, reagierte Jonas auf meine unausgesprochenen Selbstvorwürfe.

»Kann man mir meine Gedanken so deutlich ansehen?«

»Ich weiß nicht, ob ›man‹ das kann. Ich ja.« Dann zückte er sein Handy und sah auf seine Notizen. »Als nächstes links.«

Am Ende der Straße, in die wir einbogen, erblickte ich einen von Beton eingefassten Seitenkanal der Elbe.

»Da hinten ist das Meer«, witzelte ich.

Jonas verstand sofort. »Dann können wir ja eine Sandburg bauen und schwimmen gehen.«

»Und ein Wassereis essen.«

»Und unter dem Sonnenschirm Auto-Quartett spielen.«

»Und Quallen fangen und durch die Gegend werfen.«

»Igitt, machst du das etwa immer noch gerne?« Jonas rümpfte die Nase.

»Keine Ahnung. Ich habe es seit meiner Kindheit nicht mehr probiert.«

Er legte seinen Arm auf meine Schultern und seufzte. »Ach, Engelchen, was habe ich dich vermisst.« Dann zückte er sein Handy und sagte: »Genau hier sollten wir rechts.« Damit stiegen wir eine Metalltreppe auf die Rampe des alten Güterbahnhofs hinauf und standen vor einer Blechtür, neben der ein menschengroßes Pappmascheemonster stand.

»Steht da denn auch rechts?« Ich tippte auf das Display seines Smartphones.

»Vielleicht, vielleicht aber auch nicht.«

Ich betrachtete das Ungetüm aus Pappe und wunderte mich, ob das ernsthaft Kunst sein sollte. Für mich passte es eher an die Fassade einer Geisterbahn als in eine Galerie. Dahinter erblickte ich einen mannshohen Tyrannosaurus Rex aus Gummi und darüber einen mit Plastikblumen geschmückten Kronleuchter.

»Und was will uns der Künstler sagen?«, fragte ich Jonas, ohne den abschätzigen Ton in meiner Stimme verbergen zu können.

Er folgte meinem Blick und legte seinen Kopf schief, erst auf die eine, dann auf die andere Seite, bevor er erklärte: »Ein Künstler der Moderne, wie mir scheint. Ich denke, er wollte einen Schockmoment hervorrufen, wachrütteln angesichts der Grausamkeiten der Welt. Siehst du dieses Zähnefletschen und den gequälten Ausdruck im Gesicht des Dinosauriers? Als sähe er ins Angesicht der Apokalypse. Der Kronleuchter ist hingegen ein Gegenstand der heutigen Zeit; solche kontrastreichen Kombinationen haben meist eine eigenständige Aussage. In dem Fall ist das wahrscheinlich eine Warnung, dass uns genau dasselbe Ende bevorsteht wie unserem Kumpel hier.« Er klopfte dem Dino auf den Rücken. »Und die Blumen auf dem Leuchter zeigen auch warum: Wir sollten mehr auf unsere Umwelt Acht geben.« Jonas trat näher und inspizierte die Details. »Ja, eine äußerst gelungene Installation. Wenige Objekte mit viel Aussagekraft, einzig und allein durch ihr Arrangement.«

Während Jonas seine Reden schwang, fragte ich mich, ob ich diese Erklärung klug, vollkommen abgefahren oder einfach nur idiotisch finden sollte. Ich entschied mich für Letzteres. »Du verscheißerst mich doch.«

Jonas lachte. »Willkommen in Hamburgs größter Kuriositätensammlung, der Hanseatischen Materialverwaltung.«

Ich sah ihn verwirrt an.

»Hier werden Bühnenbilder und Requisiten aus Theater und Film gesammelt.« Jonas griff nach meiner Hand. »Komm mit.«

Wir spazierten in einen sich über zwei Ebenen erstreckenden Lagerraum, der bis unter die Decke vollgestopft war. Mein Blick wanderte über eine kniehohe rote Katze, Ledertruhen mit Reiseaufklebern, Biedermeiersofas, griechisch anmutende Büsten, Berge von Kissen und eine Ecke mit Schiffsrequisiten. Jonas schob auf einem Kleiderständer Kostüme hin und her, zog einen braunen Trenchcoat hervor, schlüpfte hinein und nuschelte: »Was haben Sie am Abend des 20. Septembers gemacht?«

Ich hielt einen roten Kimono auf dem Bügel vor mich und flehte mit hoher Stimme: »Ich habe nichts gemacht … Ich habe nichts gemacht, Mister, so glauben Sie mir doch.«

Jonas tauschte den Trenchcoat gegen das grüne Jackett eines Zollbeamten und setzte sich die dazugehörige Schirmmütze auf: »Ich habe Sie im Depot unserer beschlagnahmten Waren gesehen. Wollten da wohl rumschnüffeln, was?«

Ich zog einen blauen Putzkittel an und stellte mich breitbeinig hin, einen Wischmopp wie eine Waffe auf Jonas gerichtet. »Sie ist eine von uns. Wir sind die hiesige Putzkolonne und haben alles Recht der Welt, diese Lagerräume zu betreten, Mister.« Das letzte Wort stieß ich wie eine Beleidigung hervor.

»Ich muss schon sagen: filmreif, Frau Mahler«, kommentierte Jonas.

Ich zog den Kittel wieder aus, klemmte einen Zigarettenhalter zwischen Zeige- und Mittelfinger und setzte einen roten Filzhut im Stil der Zwanzigerjahre auf. Verführerisch lugte ich unter der Krempe hervor und tat, als würde ich langsam Rauch durch meine Lippen ausstoßen. Dann fragte ich mit möglichst rauchiger Stimme: »Wer ist Frau Mahler? Und wer sind Sie überhaupt?«

Jonas schlüpfte wieder in den Trenchcoat und damit in seine erste Rolle. »Hauptkommissar Priller. Zu Ihren Diensten, Madam.«

»Miss«, kokettierte ich mit einem Lächeln und unsere Blicke blieben aneinander hängen.

Das spielerische Lächeln auf Jonas' Lippen erlosch und er starrte mich an. »Du bist einfach großartig.«

»Danke«, antwortete ich etwas verlegen, legte meine Verkleidung ab und schlenderte weiter. Ich stellte mich vor eine Lehrtafel, die, in eine hölzerne Posterleiste eingeschraubt, an einem Metallgestell hing. »Anbaugebiete der wichtigsten Ölfrüchte«, las ich vor.

»Spannendes Thema.« Jonas studierte die kleinen Palmen auf dem Plakat. »Erstaunlich viele in Zentralafrika.« Dann nahm er meine Hand und zog mich weiter, über eine steile Metalltreppe in den zweiten Stock, und setzte sich auf eine braune Ledergarnitur. »Krass. Diesen Sessel dort drüben neben dem Röhrenfernseher und der Sternenleuchte kenne ich aus einem Theaterstück. Welches war das doch gleich?«

Während Jonas überlegte, ließ ich mich auf einen riesigen Kissenberg plumpsen, der auf dem Boden aufgetürmt war, und legte eine Hand auf meinen knurrenden Magen.

»So viel Humbug macht Hunger«, sagte Jonas. Er reichte mir die Hände und half mir auf die Beine. »Da weiß ich Abhilfe.«

Plötzlich standen wir so nah voreinander, dass kaum noch eine Hand zwischen uns gepasst hätte. Ich hob meinen Blick und sah in Jonas' stahlblaue Augen. Ein zaghaftes Kribbeln machte sich in meinem Bauch breit.

Ich weiß nicht, wie lange wir so dastanden. Es hätten Sekunden oder eine Ewigkeit sein können. Doch auf einmal wusste ich um seine Gefühle. Ich hatte sie bisher vielleicht nicht wahrhaben wollen, doch sie waren die ganze Zeit da gewesen. Mit dieser Gewissheit brachen die widersprüchlichsten Emotionen wie ein plötzlicher Regenschauer über mich herein: Ich fühlte mich federleicht, Jonas' Nähe war mir seltsam vertraut, als hätten wir schon tausende Male so voreinander gestanden, die Hände ineinander verschränkt, unsere Münder nur wenige Zentimeter voneinander entfernt, wie kurz vor einem Kuss. Es fühlte sich ganz natürlich an, folgerichtig, was gleich passieren würde, ja, sogar musste. Gleichzeitig zog mich etwas bleiern gen Boden und legte sich wie die tiefste Trauer, die ich je empfunden hatte, über meine Seele. Alles in mir schrie, dass ich genau hier richtig war, und doch fühlte ich mich, als sollte das nicht sein.

Ich räusperte mich, riss meine Hände aus seinen und taumelte einen Schritt von Jonas weg. Mit der körperlichen Distanz klärte sich mein Verstand und ich wusste mit aller Deutlichkeit: Das durfte nicht sein. Ich war mit Marc zusammen! Ich hatte mich für ihn entschieden und konnte ihm das nicht antun. »Dann los.« Meine Stimme war nicht mehr als ein heiseres Flüstern.

»Dann los«, echote Jonas mit rauer Stimme. Er schnappte erneut nach meiner Hand und zog mich die Treppe hinunter in Richtung Ausgang.

24

Gemeinsam verließen wir die Materialverwaltung und schlenderten an der mit Graffiti beschmierten Lagerrampe entlang. Die frische Luft holte mich schlagartig zurück in die Realität. Ich fühlte mich wie ausgenüchtert – von unserem kleinen Flirt, der Ausgelassenheit, dem unerlaubten Kribbeln in meinem Bauch.

Jonas zeigte auf ein schief stehendes Klinkerhäuschen, das neben den Hochgleisen der Fernbahn stand. »Die letzte überlebende Hafenkantine und Kaffeeklappe. Das Essen ist wirklich gut.«

Das Gebäude sah aus wie ein zu klein geratener Bahnhof, mit dunkelroter Steinfassade, dreieckig zulaufenden Fenstern und Türen und einem zweistufigen Flachdach. »Oberhafen-Kantine« stand in weißen, geschwungenen Lettern über dem Eingang.

Wir setzten uns an einen Tisch neben dem Kanal und studierten das Menü. Genau genommen vergrub ich mich hinter der Karte und überflog die Gerichte, konnte mir aber kein einziges merken.

»So schweigsam, Engelchen?«

Ich kniff als Antwort die Lippen zusammen.

Jonas griff nach meiner Hand und drehte mit der anderen das Goldkettchen um mein Handgelenk, so lange, bis der Smaragd daran zum Vorschein kam. »Ist das die Kette von deiner Oma, die du immer so schön fandest?«

»Das weißt du noch?«

Jonas nickte gedankenverloren.

»Papa wusste, wie sehr ich dieses Schmuckstück liebe. Er hat es mir vermacht.«

»Vermisst du ihn sehr?«

Ich nickte. »Am meisten, wenn ich in Jork bin.«

»Als ich von seiner Krankheit hörte, wollte ich dich anrufen. Ich konnte an nichts anderes mehr denken, als … Ich wäre so gerne für dich da gewesen.« Jonas drehte den tropfenförmigen Edelstein zwischen seinen Fingern.

Ich wollte fragen, warum er es nicht getan hatte, doch die Angst, seine Antwort würde diese unsichtbare Mauer zwischen uns einreißen, hielt mich zurück. In mir war alles verkrampft. Ob das daran lag, dass ich mich gegen meine Gefühle stellte oder sie vor Jonas zu verstecken versuchte, wusste ich nicht. Langsam zog ich meine Hand aus seiner.

Jonas überging meine Einsilbigkeit, indem er die Karte laut vorlas: »Knusperfladen mit Ziegenkäse, Birne und Walnüssen. Matjes mit Neuen Kartoffeln. Kabeljau mit Kartoffel-Sellerie-Salat.«

Ich war für den Themenwechsel dankbar. »Das klingt sehr lecker. Ich könnte alles davon essen.«

»Zwei Gerichte schaffe ich. Und da ich ein netter Mensch bin, würde ich dich probieren lassen.«

»Ich schaffe eines.« Ich blickte in die Karte. Alle Gerichte klangen interessant. »Wir müssen uns also für drei entscheiden.«

Ein stämmiger Kellner mit Vollbart, Tattoos an den Unterarmen und freundlichen Augen stellte sich neben uns.

»Sagen Sie, können wir auch ein bisschen von allem haben?«, fragte Jonas.

»Ich frach ma den Koch. Getränke?«, antwortete er im breiten Hamburger Schnack.

»Eine Apfelschorle. Oder doch Weißwein?« Jonas sah mich fragend an.

»Ich nehme beides«, antwortete ich.

»Welcher Wein darf es sein?«

»Der beste«, antwortete Jonas.

»Jo, ich bringe euch den Silvaner«, sagte der Kellner gedehnt, schrieb die Bestellung auf seinen Block und wandte sich ab.

»Auch eine Art, sich vor der Entscheidung zu drücken: einfach alles oder nur das Beste«, bemerkte ich.

»Du würdest erstaunt sein. In vielen Restaurants kann man eine Platte mit den Spezialitäten bestellen, auch wenn es nicht auf der Karte steht.«

Auf die Idee wäre ich nie gekommen.

Ich gab mir Mühe, unser Gespräch wieder in Gang zu bringen, und entspannte mich zunehmend. Wir unterhielten uns über den Hafen und die Stadtentwicklung.

Nach einer halben Stunde stellte der Kellner tatsächlich ein Tablett mit vielen kleinen Schälchen auf unseren Tisch. Hungrig machte ich mich über die Leckereien her.

Während Jonas mir von seiner Arbeit erzählte, schob ich einen Löffel Labskaus in meinen Mund und biss in die saure Gurke. Es schmeckte gar nicht so schlecht, wie ich es in Erinnerung hatte. Dennoch musste ich unbewusst das

Gesicht verzogen haben, denn Jonas stellte sogleich fest: »Du magst immer noch keinen Labskaus.«

»Ich weiß es noch nicht. Ich habe das Gericht nie wieder bestellt.« Oder, besser gesagt, Marc hatte es nie wieder bestellt, weil er von meiner Abneigung wusste.

»Manchmal lohnt es sich, seinen Geschmackssinn auf die Probe zu stellen.« Jonas schob das komplette Schüsselchen zu mir herüber.

Ich stimmte ihm mit einem Nicken zu. Das hieß, ich würde entweder Jonas' Rat an Marc weitergeben oder in Zukunft von unserer alten Gewohnheit Abstand nehmen müssen. Es war wohl an der Zeit für Letzteres.

Als hätte Jonas Marcs Anwesenheit in meinen Gedanken gespürt, fragte er: »Und was denkt Marc, was du heute machst?«

Jonas' Frage kam wie belangloser Small Talk daher, doch ich spürte einen inneren Unwillen, über Marc zu sprechen – besonders, weil Jonas ins Schwarze getroffen hatte: Marc war geschäftlich unterwegs und dachte, dass ich den Abend zu Hause verbrachte.

»Vermutlich sitzt er gerade in einem Nobelrestaurant in Brüssel und lässt den Arbeitsalltag Revue passieren.«

»Mit dieser Emily?«

»Und mit Gunnar«, antwortete ich, gespielt ungerührt.

»Ist Marc mit Emily gut befreundet?« Jonas' gehobene Augenbraue schien zu sagen, dass er das an meiner Stelle ganz und gar nicht gutheißen würde.

Ich wusste nicht, was er mit seiner Frage bezwecken wollte. Allmählich hatte ich es satt, der Spielball zweier

Männer zu sein, die nicht in der Lage waren, ihre Streitigkeiten direkt zu klären. »Du sagst mir jetzt bitte, was zwischen dir und Marc vorgefallen ist.«

Jonas senkte den Kopf und massierte sich die Stirn. »Oh Mann.«

»Oder ihr haltet mich da ein für alle Mal raus«, setzte ich nach.

»Das wird schwer.« Jonas sah mich zerknirscht an.

Ich warf ihm einen Blick zu, in den ich alle Strenge legte, die ich besaß.

»Vielleicht habe ich damals was Blödes gesagt. Und vielleicht konnte ich es danach nicht zurücknehmen, weil es die Wahrheit war.«

»Aha.«

»Du wirst mich nicht wiedersehen wollen.«

»Quatsch«, winkte ich ab. »So schlimm wird es schon nicht sein.«

Jonas seufzte. »Nicht schlimm, das stimmt, aber nach meiner Beichte wirst du beschließen, dass du nicht mehr mit mir befreundet sein kannst.«

Ich konnte mir das beim besten Willen nicht vorstellen, doch Jonas' traurige Augen ließen mir das Herz schwer werden, und ich wusste plötzlich nicht mehr, ob ich den Grund noch hören wollte. Doch mein Gedankenkarussell begann sich bereits zu drehen und ratterte fast ohne mein Zutun vor sich hin, im Versuch eine Erklärung zu finden. Nein, es war zu spät. Wir mussten das jetzt klären, sonst würden mir Hirngespinste und Spekulationen nächtelang den Schlaf rauben.

»Ich möchte dich nicht verlieren.« Das war das einzige Versprechen, das ich ihm geben konnte – eine Bekundung dessen, was ich in diesem Moment fühlte. In meiner verräterisch zitternden Stimme schwang jedoch die Angst mit, dass ich nach seiner Beichte anders empfinden könnte.

»Ich dich auch nicht. Deswegen eiere ich hier ja so rum.« Jonas lachte gekünstelt. »Okay.« Er atmete tief durch und richtete den Blick auf die Maserung des Holztisches, die er wie zur Beruhigung mit dem Zeigefinger abfuhr. »Ich bin … Ich war …« Er hob den Blick und sah mir direkt in die Augen. »Ich habe ihm gesagt, dass du an meine Seite gehörst.« Nach einigen Momenten der Stille fuhr er fort: »Ich weiß das einfach. Und auch wenn es verrückt klingt, aber für mich ist das nicht nur meine persönliche Meinung oder mein Herzenswunsch, sondern eher ein unumstößliches physikalisches Gesetz. Du verdienst einen Partner, der dich so liebt, wie du bist, der dich in deinen Leidenschaften bestärkt, der dir Aufwind gibt, damit du abheben und fliegen kannst.«

Ich versuchte, mein flatterndes Herz durch einen tiefen Atemzug zu beruhigen. Ich wusste nicht, was mich mehr aus der Fassung brachte: Jonas' Geständnis oder die Tatsache, dass es weit mehr in mir auslöste, als angebracht gewesen wäre. »Und das hast du Marc gesagt?«, fragte ich ungläubig.

»Das und ein paar andere Sachen.«

»Und die wären?«, fragte ich mit zitternder Stimme. So sehr ich seine Antwort auch hören wollte, so besorgt war ich, dass sie zu viel zerstören könnte.

»Dass du eines Tages erkennen würdest, dass wir zwei füreinander bestimmt sind, und ihn für mich verlassen wirst. Und vielleicht sind auch Worte gefallen, die besagten, er habe dich nicht verdient.«

Nun wurde mir so einiges klar. Das Bauchgefühl, das mich begleitete, seit Jonas und Marc wieder aufeinandergetroffen waren, hatte mich also nicht betrogen. Wir hatten uns nicht einfach nur auseinandergelebt. Das hatte Marc mir all die Jahre weiszumachen versucht, aber eigentlich hatte er mich von Jonas fernhalten wollen. Und ich konnte es ihm noch nicht einmal verdenken, wenn ich die Worte bedachte, die Jonas ihm um die Ohren gehauen hatte.

Ich stöhnte auf. »Warum hast du das getan?« Kaum ausgesprochen, beantwortete ich mir die Frage selbst: Jonas war in Gefühlsdingen noch nie zurückhaltend gewesen.

»Weil ich ein romantischer, durchgeknallter Jugendlicher war, der sauer auf sich, auf die Welt und insbesondere auf dich und Marc war. Außerdem war ich sowieso auf dem Weg ins Internat, was mir recht war, denn so musste ich euch beide nicht jeden Tag als Paar erleben. Mir war alles egal, auch Marcs Freundschaft.«

»Und Sabine?«, fragte ich mit bemüht gefasster Stimme.

»Ihre Liebe reichte lange für uns beide. Sie hatte meine angezogene emotionale Handbremse zwar die ganze Zeit über gespürt, wollte den Grund aber nie genau wissen – so dachte ich zumindest. Als du mitten in der Nacht mit einer SMS wieder in mein Leben getreten bist, sprach sie mich in den folgenden Tagen immer wieder auf meine ausnehmend gute Laune an, doch ich behielt den Grund lieber für mich und antwortete mit Belanglosigkeiten. Erst als sie mich wie aus dem Nichts mit der Frage konfrontierte, ob ich wieder Kontakt zu dir hätte, wurde mir klar, dass sie es all die Jahre gewusst hatte. Ich redete mir ein, dass ich unseren gemeinsamen Konzertabend aus Rücksicht auf ihre Gefühle für mich behalten hatte, aber auch das hat sie mir am nächsten Morgen an der Nasenspitze angesehen. Ich versicherte ihr, dass nichts passiert wäre, doch sie wollte mir den Kontakt zu dir verbieten – sonst würde sie mich verlassen. Sie meinte, sie könne es nicht länger ertragen, dass sie nicht die einzige Frau in meinem Herzen war. Ich bat sie, mich nicht vor die Wahl zu stellen. In dem Moment wussten wir beide, wie ich mich entscheiden würde. Ich habe sie geliebt, aber nie genug. Es tut mir unendlich leid, sie so verletzt zu haben, und es ist erschreckend, dass ich nach all den Jahren keinerlei Worte finden konnte, um ihren Schmerz zu lindern. Das treibt mich in den Wahnsinn.«

Auf der Suche nach einer Antwort sah ich Jonas einfach nur an. Seit unserer Jugend hatte er diese Gefühle für mich mit sich herumgetragen?

»Sag doch bitte etwas.«

Ich schüttelte den Kopf, denn ich wusste nicht, was ich sagen sollte, was ich sagen durfte. Die Grenze zwischen Freundschaft und dem, was mein verräterisches Herz bis zum Hals klopfen ließ, verschwamm. Es gab nur eines, das ich mit Sicherheit wusste: Ich durfte Marc nicht betrügen. So war ich nicht. So wollte ich nicht sein.

Wenn ich ehrlich mit mir war, hatte ich bei all unseren Treffen gespürt, dass Jonas etwas für mich empfand. Ja, ich hatte es sogar genossen. Doch nun hatte er seine Gefühle ausgesprochen, und damit war unwiderruflich wahr, was zuvor vage zwischen uns gehangen hatte: Wir waren nicht nur Freunde, das zwischen uns war so viel mehr. Nun konnte ich unsere Freundschaft nicht länger als Grund vorschieben, um weiterhin Kontakt zu Jonas zu suchen, weder Marc gegenüber, noch um mich selbst zu belügen.

Jonas' Gesicht war verzerrt vor Sorge – einer Sorge, die ich nicht entkräften konnte.

»Ich muss nachdenken.«

»Rebecca ...« Jonas wollte nach meiner Hand greifen. Ich hätte sie so gerne gehalten, und doch ich zog sie weg.

»Ich sollte jetzt gehen«, hörte ich mich sagen. Ich nahm meine Handtasche und zog meinen Schlüsselbund hervor, packte ihn aber sogleich wieder weg, denn ich war ja mit der Bahn gekommen. Dann fiel mir ein, dass ich eigentlich meinen Geldbeutel hatte zücken wollen.

»Ich lade dich ein«, kam Jonas mir zuvor.

»Danke.« Ich mied es, ihm in die Augen zu sehen, während ich aufstand. Die Metallfüße meines Stuhls quietschten auf dem Asphalt, was einen unangenehmen Schauer über meine Unterarme schickte.

»Engelchen?«

Ich hob den Blick. Die Enttäuschung in Jonas' Gesicht schnürte mir die Kehle zu. »Ich …«, stammelte ich, »… ich will dich nach wie vor nicht verlieren. Bitte glaube mir. Aber …« Ich stockte, denn es gab viele Abers, von denen mir allerdings gerade keines einfallen wollte.

»… aber zwischen Wollen und Können liegen manchmal Welten«, beendete Jonas meinen Satz.

»Nein, nein, ich weiß nur nicht …« Ich wusste gar nichts mehr, außer dass ich schnell von hier wegmusste.

»Es tut mir leid«, war Jonas' Abschiedsgruß, den ich wie aus weiter Ferne wahrnahm. Ehe ich mich versah, war er aufgestanden und zog mich in seine Arme.

Eine Mischung aus Vertrautheit und Unsicherheit durchströmte mich. »Das sollte es nicht.«

Ich krallte mich an ihn, als könnte ich ihn so in meinem Leben halten. Doch mit jeder Sekunde, die verging, strebten wir dem Ende unserer Umarmung zu und läuteten letztlich einen Abschied ein, den ich nicht mit einem »Auf Wiedersehen« abschwächen konnte. Ich wollte mich von ihm lösen, sandte den Befehl an meine Arme, doch sie gehorchten mir nicht.

»Engelchen«, hauchte er mir ins Ohr und küsste mich auf die Haare. Seine Hände wanderten über meine Schulterblätter bis zu meiner Taille, wo sie verweilten und einen Schauer durch meinen ganzen Körper schickten. Mir war heiß und kalt zugleich, mein Atem beschleunigte sich, mein Herz schlug laut gegen meine Brust. Überrumpelt – mehr von der Reaktion meines Körpers als von seinem Vorstoß – ließ ich von ihm ab.

»Es ist besser, wenn ich jetzt gehe.«

»Bis bald, Engelchen.«

Ich spürte Jonas' Blicke in meinem Rücken, bis ich in die Seitenstraße einbog, aus der wir gekommen waren. Bei dem Versuch, die wirren Gedanken zu verdrängen, die mir durch den Kopf schossen, beschleunigte sich mein Schritt, doch sie hefteten sich an meine Fersen. Fast panisch eilte ich zum Hauptbahnhof – und meine Gedanken folgten mir: Jonas liebte mich seit unserer Jugend. Er hatte nie aufgehört, mich zu lieben. Wie mein Leben wohl verlaufen wäre, hätte ich mich damals in Jonas verliebt?

Es war schon komisch. Jonas war viel präsenter in meinem Alltag gewesen als Marc. Mit ihm hatte ich jeden Tag und manch durchgequatschte Nacht verbracht; unzählige Male hatte sich einer von uns in das Zimmer des anderen geschlichen. Er hatte mich besser gekannt als irgendwer sonst, Marc eingeschlossen.

Vor meinem inneren Auge entstanden Bilder von mir und Jonas, die wie frisch geschossene Polaroids allmählich an Farbe gewannen: Wir schlenderten über exotische Märkte und Galerien, standen in Abendgarderobe wartend im Eingangsbereich eines Konzertsaals, kuschelten uns auf einem Sofa unter einer Decke aneinander, eine Katze auf dem Schoß …

Ich rief mich zur Ordnung und schüttelte den Kopf über meine blühende Fantasie, die für ein paar Sekunden mit mir durchgegangen war. Marc sagte immer »Hätte, hätte, Fahrradkette«, und damit hatte er recht. Die Frage, wie mein Leben an Jonas' Seite verlaufen wäre, war müßig, denn ich verbrachte mein Leben nun einmal mit Marc. Er war es gewesen, der mich in nur einem Moment mit überwältigender Anziehungskraft an sich gebunden hatte. Er war wunderbar. Er hatte mich immer unterstützt, mir beigestanden, als mein Vater gestorben war, mit stoischer Ruhe meine Unstetigkeit ertragen und mein Leben immer wieder in die richtigen Bahnen gelenkt. Er hatte so viel für mich getan … und vor allem liebte er mich. Ich durfte ihn nicht so verletzen. Jonas hinter seinem Rücken zu treffen, war unverzeihlich, und ich hatte nicht die geringste Ahnung, was ich jetzt tun sollte. Mit Marc über all das reden? Jonas aus meinem Leben streichen? Beides konnte ich nicht. Beides wollte ich nicht.

Am besten, ich schlief erst einmal eine Nacht darüber. Mit ein wenig Abstand würde ich die Situation sicher etwas klarer sehen.

25

Auch Tage nach dem Treffen mit Jonas ging es mir nicht besser. Ich geisterte durch mein Leben und war ausnahmsweise froh, dass Marc auf Dienstreise war und somit nicht nachfragen konnte, was mit mir los war. Mit jedem Tag, den Marcs Heimkehr näher rückte, wurde ich ratloser. Mein einziger Lichtblick war das Treffen mit Carl, von dem ich mir einen Rat erhoffte.

Am Donnerstag hastete ich von der Arbeit nach Eppendorf, um pünktlich zu meiner Verabredung zu kommen. Als ich in die Hegestraße bog, erblickte ich Carl bereits vor dem Eingang des Cafés. Mit einer Tageszeitung unter dem Arm und den Händen in den Taschen seiner Anzughose machte er Platz für einen Kinderwagen und nickte der Mutter freundlich zu, die sich ihren Weg durch die vollbesetzten Außentische zum Café-Eingang bahnte. Als er mich erblickte, huschte ein vertrautes, fast väterliches Lächeln über seine Lippen.

»Hallo, Carl.«

»Hallo, Rebecca. Wie schön, Sie zu sehen.« Er umschloss meine Rechte mit seinen Händen.

Ich suchte nach einem freien Tisch, doch alle waren besetzt. Da ich keine Lust hatte, mich bei so schönem Wetter reinzusetzen, schlug ich vor: »Wollen wir nicht spazieren gehen?«

»Sehr gerne. Das wollte ich auch vorschlagen.«

Wir bogen in die Allee entlang des Isebekkanals ein, schlenderten vorbei an den in Pastelltönen gestrichenen Altbauten, die einen in eine Zeit von vor hundert Jahren zurückzuversetzen schienen.

»Und? Haben Sie ein paar Entscheidungen gefällt?«

»Ich habe entgegen Marcs Rat einen Cider bestellt, und der war sehr lecker«, führte ich eine Lappalie an.

»Ein erster Schritt.« In Carls Stimme schwang Belustigung mit.

Ich lachte, fühlte mich aber schlecht. Ich hatte Carl gebeten, mir zu helfen, und das konnte er nicht, solange ich meine Probleme nicht offen ansprach. »Eigentlich ...« Ich zögerte.

Carl sah mich aufmerksam an, ließ mir aber Zeit, mich zu sammeln. Wir gingen eine Weile schweigend nebeneinander her und machten auf der Isebrücke Halt, wo wir uns an den rauen Sandstein der Brüstung lehnten und auf den von Algen moosgrün gefärbten Kanal hinabschauten.

»Eigentlich habe ich eine Entscheidung gefällt, die mich in einen ziemlichen Schlamassel befördert hat«, gab ich zu.

»Welche Entscheidung wollten Sie nach unserem letzten Gespräch denn am dringendsten treffen?«

»Dass ich Jonas wieder in meinem Leben haben möchte.«

Carl stieß ein leises »Mhm« aus, als hätte ich ihm nichts Neues erzählt, sondern nur eine Annahme bestätigt. »Und jetzt holen Sie die Konsequenzen dieser Entscheidung ein?«

»Genauso ist es.«

»Ui, ui, ui«, flüsterte Carl vor sich hin. Sein ausgestreckter Zeigefinger lenkte meinen Blick auf zwei wackelnde Boote, die kaum breiter als die Hüften ihrer Insassen waren. »Die Skiffs da vorne kollidieren gleich.« Die rückwärts sitzenden Ruderer merkten nicht, dass sie geradewegs aufeinander zusteuerten. Mit wackeligen Zügen hielten sie ihr Tempo.

»Warschau!«, rief Carl zu ihnen hinunter.

Beide Ruderer sahen sich um, registrierten die anstehende Gefahr und änderten ihren Kurs.

»Warschau?«, fragte ich.

»Warnung. Schauen«, erklärte Carl. Dann folgte sein Blick einem der beiden Wassersportler, der am Steg anzulegen versuchte.

»Oh je«, kommentierte Carl dessen Vorhaben, und in der nächsten Sekunde war es auch schon passiert: Das Boot kippte um und der junge Mann landete im Wasser. Carls leises Lachen klang nicht nach Schadenfreude, sondern so als fühle er sich an seine ersten Ruderversuche erinnert. Dann wandte er sich wieder mir zu. »Sagen Sie, wie kam es überhaupt, dass Sie nach all den Jahren mit Jonas wieder Kontakt aufnahmen?«

Ich erzählte ihm von dem Albtraum, den ich nur noch in Bruchstücken wiedergeben konnte, unseren SMS-Nachrichten und dem ersten Treffen.

Carl streute hier und da ein kurzes »Ach« oder »Hm« ein, nickte wissend und kniff schließlich die Lippen zusammen, als meine Erzählung zum Ende kam. »Haben Sie diese intensiven, realitätsnahen Träume des Öfteren? Vornehmlich, wenn zu viel Alkohol geflossen ist?«

Ich versuchte, mich zu erinnern. Das eine Mal hatte ich zuvor mit meiner Mutter eine Flasche Rotwein getrunken, das zweite Mal mit Jonas zwei Gin Tonic. »Nur zwei Mal, aber beide Male hatte ich Alkohol getrunken.«

»Sagen Sie, hatten Sie in letzter Zeit auch Déjà-vus?«, fragte Carl weiter.

Ich nickte. Die Tatsache, dass er ins Schwarze getroffen hatte, besorgte mich.

»Ach, herrjemine.« Er schnalzte mit der Zunge, als rückte diese Erkenntnis ein letztes Puzzleteil an seinen rechten Platz.

»Fehlt mir etwas?«

»Nein, nein!«, beeilte er sich zu sagen, sichtlich erschrocken, dass ich zu solch einem Schluss gekommen war. »Sie sind genau richtig, so wie Sie sind.«

»Danke«, nuschelte ich.

»Wollen Sie mir von Ihren Déjà-vus erzählen?«

Ich berichtete ihm von meinem Erlebnis auf dem Jahrmarkt, von dem Traum, in dem Jonas gestorben war, und erzählte von dem Gefühl des Wiedererkennens, das ich bei unserem ersten Treffen empfunden hatte. Die nächtlichen Fantasien von Jonas und mir ließ ich außen vor.

Carl stöhnte kurz auf, ließ aber keine Zeit für Rückfragen. »Und diese Wahrsagerin sagte, dass es zwei Männer in Ihrem Leben gibt«, wiederholte er. Sein Blick war nachdenklich ins Leere gerichtet, als versuche er, sich einen Reim aus meinen Erinnerungsfetzen zu machen. »Das ist wirklich spannend. Sagen Sie, war Jonas in beiden Träumen Ihr Partner?«

Dieses Detail hatte ich bewusst ausgespart. Zögerlich weihte ich ihn mit einem Nicken ein.

»Gab es einen Moment in Ihrer Jugend, in der Sie zwischen Marc und Jonas wählen mussten?«, fragte er weiter.

»Darüber habe ich die letzten Tage auch nachgedacht. Ich denke, es gab nicht den einen Punkt, eher unzählige Möglichkeiten, die ich allesamt übersehen oder ignoriert habe.«

»Aber gab es einen markanten Punkt, an dem Sie sich für Marc entschieden haben?«

Ich erzählte ihm von dem Abend auf der Schulparty, und je länger ich berichtete, desto mehr steckte Carl mich mit seiner Neugierde an, die sich in seinem aufmerksamen, fast gefesselten Blick bemerkbar machte.

Wie ein Kommissar, der eine heiße Spur verfolgte, stellte er Fragen zu der Anziehungskraft, die ich damals empfunden hatte, und zu Jonas' und Marcs Verhalten. An keiner Stelle wirkte er überrascht. Im Gegenteil. Der konzentrierte Ausdruck in seinem Gesicht wurde zwischendurch von einem bestätigenden, ja fast zufriedenen Lächeln abgelöst.

Seine Rückfragen kamen immer schneller, die kurze Stille seiner Denkpausen ließ keinen Raum für Gegenfragen. Mehr und mehr fühlte ich mich wie ein Kronzeuge im Prozess um mein eigenes Leben, inmitten des Kreuzverhörs eines Staatsanwalts, der zielgerichtet auf eine ganz bestimmte Aussage meinerseits zusteuerte. Zu unser beider Bedauern konnte ich mich aber nur noch in groben Zügen an die Träume erinnern. Mehr als dass Jonas in dem einen Traum überfallen wurde und ich in dem anderen mit einem viel jüngeren Jonas zusammen war, fiel mir nicht mehr ein. Die nach dem Aufwachen so präsenten Bilder waren allesamt erloschen.

»Vielleicht besorgen Sie sich ein Traumtagebuch, was meinen Sie?«

»Wenn diese Details wichtig sind …«

Carl nickte. »Falls Ihnen noch einfällt, wie Jonas in Ihrem Traum gestorben ist, könnten Sie mir das mitteilen?«

Verunsichert fragte ich mich, warum diese Information für ihn so relevant war. Das war doch nur ein Traum gewesen, und ich konnte mir kaum vorstellen, dass die Art und Weise, wie mein Unterbewusstsein Jonas in der Nacht meuchelte, etwas über mich aussagte. Zumindest hoffte ich das, denn was für ein Mensch war ich sonst?

Carl bemerkte mein Unbehagen und schüttelte den Kopf, als wolle er sich aus dem Sog seiner Neugierde befreien. »Entschuldigen Sie, da sind wohl die Pferde mit mir durchgegangen.«

»Darf ich an Ihrer Theorie teilhaben?«, fragte ich zögerlich.

Nun war es an Carl, eine verlegene Miene aufzusetzen. »Hat Ihnen Barbara erzählt, warum mir meine Professur entzogen wurde?«

Erstaunt sah ich ihn an. »Ich dachte, Sie seien in Rente.«

»Ja, das war kurz vor meiner Rente. Ich habe mich noch ein Jahr lang in einer Klinik in Lüneburg engagiert und dann zur Ruhe gesetzt … Aber wie dem auch sei: Ich war etwas forsch mit ein paar Aussagen gegenüber Studenten, die ich wissenschaftlich nicht belegen konnte. Das war sowohl für meinen Berufsstand als auch für einen Lehrstuhl an der Universität unangemessen. Deswegen verzeihen Sie mir, wenn ich heute nicht allzu deutlich werde. Ich würde mich gerne weiter mit Ihnen treffen und dieser Sache auf den Grund gehen. Was ich Ihnen jedoch sagen kann: Ich vermute, Sie verarbeiten in Ihren Träumen und Erinnerungstäuschungen eine Entscheidung, die Sie einst in Ihrem Leben gefällt haben.«

»Die Entscheidung zwischen Jonas und Marc?«, schlussfolgerte ich.

»Das könnte sein«, räumte Carl ein.

Ich versuchte erneut, mich zu erinnern, ob ich diese Entscheidung zu irgendeinem Zeitpunkt bewusst getroffen hatte … Ich wusste es nicht. Dennoch nistete sich die Vorstellung, dass ich ebenso Jonas hätte wählen können, in meinem Herzen ein und fühlte sich dort zu Hause, als gehörte sie dorthin. Dabei war ein Leben an seiner Seite bis vor wenigen Tagen für mich nicht im Mindesten greifbar gewesen: Ich war mit Marc zusammen, also waren solche Fantasien fehl am Platz. Die Geschehnisse der letzten Tage und Carls Interpretationen hatten jedoch etwas in Gang gesetzt, ein tief vergrabenes Sehnen, das an die Oberfläche durchgebrochen war und in mir die Frage aufwarf, warum ich es so lange übersehen hatte …

Meine Gedanken ratterten im Sekundentakt weiter, und je mehr Zeit verstrich, desto mehr beschlich mich eine Ahnung: Was, wenn ich es selbst gewesen war, die Jonas auf Abstand gehalten hatte, um diese Entscheidung nicht treffen zu müssen? Vielleicht hatte mein Unterbewusstsein um diese Möglichkeit gewusst und es vermieden, sich mit ihr auseinanderzusetzen. All meine Gliedmaßen kribbelten wie in Aufbruchsstimmung vor einer großen Reise.

»Ich sehe, in Ihnen arbeitet es bereits kräftig.«

»Habe ich etwa fünfzehn Jahre meines Lebens weggeworfen?«

»Nicht doch, so dürfen Sie das keineswegs sehen. Zermartern Sie sich nicht den Kopf wegen einer Entscheidung aus Ihrer Vergangenheit. In dem Augenblick, in dem Sie die Entscheidung getroffen haben, war sie richtig. Leben Sie im Heute und halten Sie lieber ab und an inne, um sich zu fragen, ob Sie gerade noch das Richtige tun. Und wenn nicht, ändern Sie Ihren Kurs.«

»Wie ein ›Warschau‹?«

Carl grinste angesichts meines Vergleichs bis über beide Ohren. »Ganz genau.«

Ich schluckte. Die Entscheidung zwischen Jonas und Marc lag weit zurück in meiner Jugend, war abgeschlossen und ließ sich drehen wie einen Würfel, den man von allen Seiten betrachten konnte. Mit nur einem Satz hatte Carl diese Entscheidung erneut ins Hier und Jetzt befördert, und mir vergegenwärtigt, dass ich nun wieder vor der Wahl stand oder, besser gesagt, dass sie immer da gewesen war. Damit wurde aus der unlösbaren Aufgabe, wie ich Jonas in meinem Leben behalten konnte, ohne Marc zu verletzen, die Frage, was ich eigentlich wollte: vom Leben, von der Liebe.

Alleine die Vorstellung, Marc nicht mehr an meiner Seite zu haben, jagte mir eine Heidenangst ein. Er war mein Kompass, der mir die Richtung zeigte. Jonas, der mich wie ein Magnet anzog, hatte ihn durcheinandergebracht, und nun musste ich selbst entscheiden, in welche Himmelsrichtung ich gehen wollte.

Carl legte mir eine Hand auf die Schulter. Wahrscheinlich stand mir die Panik ins Gesicht geschrieben. »Das müssen Sie nicht heute entscheiden.«

Ich merkte, wie ich mich wieder beruhigte. Wir schlenderten schweigend den Leinpfad entlang und beobachteten das bunte Treiben von Ruderern, Stand-up-Paddlern und Tretbootfahrern auf dem Alsterkanal.

Kurz vor dem Winterhuder Fährhaus fragte Carl: »Darf ich Sie noch auf ein Getränk einladen? Oder auf zwei?«

»Gerne. Ich habe Lust auf eine Apfelsaftschorle und auf einen Milchkaffee.«

Wir grinsten uns angesichts unseres Insiderwitzes an, setzten uns an einen der Außentische und unterhielten uns über das aktuelle Tagesgeschehen. Kurz nach acht verabschiedeten wir uns an der U-Bahn-Station Hudtwalckerstraße und verabredeten uns erneut für die Folgewoche – gleiche Zeit, gleicher Ort.

26

Am Freitag fuhr ich nach der letzten Unterrichtsstunde ins Alte Land. Meine Mutter hatte mich gebeten, ihr beim Umsetzen einiger Büsche zur Hand zu gehen. Der Garten meines Elternhauses war seit jeher von einer Kette aus Sträuchern und Stauden eingezäunt, deren Blütezeit sich den Staffelstab zu übergeben schien. Jedes Jahr aufs Neue wanderte eine Farbenpracht um das Haus, angefangen bei den Forsythien, die mit ihrem leuchtenden Gelb den Frühling einläuteten. Danach standen die Rhododendren in voller Blüte, abgelöst von den Bauernhortensien und Rosen. Im Herbst färbte der wilde Wein die Zaunpaneele zu Prillers Grundstück in ein herbstliches Rostrot. Meine Mutter hielt die unzähligen Beete mit großer Sorgfalt in Schuss, und obwohl ich sah, wie viel Arbeit in dem Garten steckte, träumte ich davon, eines Tages auch von so einem Paradies umgeben zu sein.

Meine Mutter bat selten um Hilfe, weswegen ich ohne Zögern zugesagt hatte. Kaum war ich jedoch von der A7 abgefahren, hörte ich eine Nachricht von ihr auf dem Anrufbeantworter meines Handys ab, in der sie mich bat, sie vorher bei einer Freundin abzuholen. Ich hielt bei der nächsten Gelegenheit an, gab die von ihr genannte Adresse in mein Navigationsgerät ein und änderte den Kurs in Richtung Buxtehude.

Eine halbe Stunde später parkte ich vor einem Reetdachhaus, auf dessen Giebel in geschwungenen Lettern das Baujahr 1864 stand. An der Fassade rankten Kletterrosen bis unters Dach hinauf. Der Kiesweg zur Haustür war rechts und links von Staudenbeeten gesäumt, in denen Lavendel und Astern für violette Farbtupfer sorgten. Ich bewunderte das Häuschen, das mit seinen tiefsitzenden Sprossenfenstern und der niedrigen, blaugrauen Bogentür aussah, als würde es eine Zwergenfamilie beherbergen.

Ich drückte auf die Klingel des Messingschildes. »Weigert« stand dort. Ich kannte die Freundin meiner Mutter nicht, war mir aber sicher, schon einmal hier gewesen zu sein. Vielleicht war mir das Haus aber auch im Vorbeifahren aufgefallen, denn es entsprach genau der Vorstellung des Zuhauses, das Marc und ich uns so oft erträumt hatten. Ich konnte vor meinem geistigen Auge regelrecht sehen, wie es von innen aussah: ein mit Backsteinen eingefasster, offener Kamin, ein von Kratzern überzogener Dielenboden und Gebrauchsspuren von all den Generationen, die das Haus bewohnt hatten. In der Küche stand in meiner Fantasie ein blauer Kachelofen, und die Wände zierte ein friesischer Fliesenspiegel mit blauweißen, maritimen Motiven. Meine lebhafte Vorstellungskraft hatte ein so detailgetreues Heim gezeichnet, dass es eher einer vagen Erinnerung als einer Fantasie glich.

Nach einigen Sekunden schwang die Tür auf, doch es war nicht meine Mutter oder ihre Freundin, die mich in Empfang nahm, sondern Marc, den ich eigentlich noch in Brüssel wähnte. »Hey, Süße«, begrüßte er mich mit einer Selbstverständlichkeit, die mich daran zweifeln ließ, dass ich die Nachricht meiner Mutter richtig verstanden hatte. Sein Kuss fühlte sich eigenartig fremd an, so als wären meine Lippen taub vor Kälte.

Marc trat zur Seite und bat mich mit einer einladenden Handbewegung herein. Die Natürlichkeit dieser Geste gab mir das Gefühl, er würde mich in sein eigenes Reich bitten. Plötzlich versteifte ich mich. Das war wohl tatsächlich die naheliegendste Erklärung für diese Überraschung.

»So sprachlos? Dann scheint es mit der Überraschung ja geklappt zu haben.« Marc lachte vor sich hin.

Ich zog den Kopf ein, schlüpfte ins Innere des Hauses und folgte ihm den Flur entlang. Die abgehenden Türen waren geschlossen, doch wusste ich instinktiv, dass zu meiner Rechten der Eingang zur Wohnküche lag und zu meiner Linken die Gästetoilette und ein Hauswirtschaftsraum. Geradeaus musste das Wohnzimmer sein. Ich stellte es mir geräumig vor, mit freiliegenden Holzbalken an der Decke und einer Fensterfront, die den Blick auf den angrenzenden Kanal freigab.

Woher ich dieses Wissen nahm, wusste ich nicht, aber es war fest in mir verankert. Als wir die Wohnstube betraten, wurde die Ahnung zur Gewissheit. Ich musste wirklich schon einmal hier gewesen sein. Mein Blick schweifte durch das Zimmer und ließ unsere Träume mit der Realität verschmelzen: ein offener Kamin mit Ziegelsteinen, ein Dielenboden, der knarzend unter meinen Füßen nachgab, und Balken an der Decke.

Was mich aber noch mehr verwirrte als diese Übereinstimmungen, war meine detailgetreue Fantasie, die den Raum bereits mit unseren Möbeln bestückte. Ich sah alles genau vor mir: Unser Mobiliar, das maßgeblich Marcs Handschrift trug, bildete einen harten Kontrast zu dem rustikalen Flair des Hauses. Neben der Terrassentür stand unser weißes Klavier, auf dem keiner von uns beiden spielen konnte, vor dem Fenster stand die anthrazitfarbene Ottomane, gegenüber unsere Ledercouch, und an der Wand zum Nachbarzimmer hing der viel zu große Flachbildschirm. Dort, wo jetzt ein Rundbogen zur Küche führte, grenzte nur noch eine Theke mit glänzender Granitplatte die beiden Räume voneinander ab.

Charly hatte einmal zu mir gesagt, dass man das perfekte Heim für sich gefunden hatte, wenn man eintrat und in Gedanken begann, es einzurichten. Vielleicht hatte sie recht. Doch irgendwie fühlte es sich nicht so an, als würde ich voller Vorfreude und Aufregung das richtige Plätzchen für jedes Möbelstück suchen – vielmehr schien alles bereits seinen festen Platz zu haben.

Wieder und wieder sah ich mich im Wohnzimmer um, doch die wie Blitzlichter aufflackernden Bilder büßten nichts an Intensität ein. Ein Erklärungsversuch jagte den anderen, bis sich alles so schnell drehte, dass ich das Gefühl hatte zu taumeln. Ich sah mich nach einem Stuhl um und fing dabei Marcs Blick auf. Er hatte sich im Hintergrund gehalten, beobachtete mich aber ganz genau.

»Und?«, fragte er, während ich mich auf dem Kaminsims niederließ. Sein Ton war vorsichtig; er hatte sichtlich Schwierigkeiten, meine Reaktion zu deuten. Wie sollte er auch?

»Der Wahnsinn«, bemühte ich mich, ihn zu beruhigen, und es war noch nicht einmal gelogen. Dieses Haus war ein einziger Traum … Nur die Verpflichtung, die damit einhergehen würde, legte sich wie eine kräftige Hand um meine Kehle und drohte, mir jeden Moment die Luft abzudrücken.

Marc drehte sich mit ausgestreckten Armen um die eigene Achse. »Alles ist genauso, wie wir es uns ausgemalt hatten. Es ist wirklich verrückt. Sogar der blaue Kachelofen ist da. Ich konnte nicht anders, als zuzuschlagen. Und wir können direkt einziehen. Einen Interessenten für unsere Wohnung hätte ich auch schon. Allerdings würde ich vor unserem Einzug noch ein paar Modernisierungsmaßnahmen vornehmen. Was hältst du davon, einen Durchbruch zur Küche zu machen? Ich weiß, du liebst Wohnküchen, und so hätten wir beides. Das wäre doch der perfekte Kompromiss.«

»Eine Theke?«, unterbrach ich ihn. Allmählich wurde mir die Situation unheimlich. Nur am Rande nahm ich die Information wahr, dass Marc das Haus bereits gekauft zu haben schien.

»Ja, um die Räume abzugrenzen. So hätten wir eine Wohnküche für dich und eine offene Küche für mich. Komm, ich zeige dir die anderen Zimmer.« Marc griff nach meiner Hand und zog mich wieder auf die Beine.

Der Rest der Führung rauschte an mir vorbei. Meine Blicke, die seinem Zeigefinger folgten, waren verzögert, seine Stimme, mit der er die Vorzüge eines jeden Raumes hervorhob, hallte wie durch Wattebäusche gedämpft in meinen Ohren. Alles war überschattet von dem Versuch, wie ein Seekranker auf stürmischem Meer die aufsteigende Übelkeit zu unterdrücken.

Dieses Haus war perfekt, doch genau das nahm mir die Luft zum Atmen, denn es gab keine Angriffsfläche, keinen Raum für Ausreden. Seit Kurzem stellte ich mir die Frage, ob Marc und ich zusammengehörten. Und nun standen wir hier, und unser vermeintlich wahr gewordener Traum prallte auf die Unsicherheit, die in mir keimte, ob Marc und ich überhaupt eine Zukunft miteinander hatten.

Marc lief mit unübersehbarer Begeisterung durch die Räume, freute sich über das Quietschen jeder Türklinke, das Knarzen der Treppe, öffnete alle Fenster, beugte sich hinaus und lobte die nicht einsehbare Lage des Hauses. Bei all seiner Freude darüber, in unserer Beziehung den nächsten Schritt zu gehen, wurde mir ganz schwindelig. Ich brauchte Zeit … Ich musste nachdenken …

Doch noch etwas anderes fing in meinem Magen an zu rumoren: Er konnte nicht einfach eine Immobilie kaufen, ohne mit mir darüber zu sprechen. Es war zwar sein Geld, und er konnte damit machen, was er wollte, da er aber plante, mit mir gemeinsam einzuziehen, ging mich der Hauskauf sehr wohl etwas an. Und was war mit der Reise, die wir vorher noch hatten machen wollen? »Ich brauche etwas zu trinken.«

Marc, der sich gerade streckte und die Falttreppe zum Dachboden aus einer Klappe zog, wandte sich mir zu. Das euphorische Strahlen in seinen Augen erlosch, und sein ausweichender Blick verriet mir, dass er meine Gedankengänge zumindest im Ansatz ahnte. »Natürlich.« Er drehte mir den Rücken zu und stampfte die Treppe hinab.

Ich folgte ihm in die Küche und hörte gedankenverloren dem Plätschern des Wasserhahns zu.

Marc überreichte mir ein mit Leitungswasser gefülltes, dickbäuchiges Weinglas. »Ein anderes Glas habe ich nicht gefunden. Ich habe es aber gründlich abgewaschen.«

»Das ist völlig in Ordnung.« Das Geräusch meiner Schlucke war in der Stille überdeutlich zu hören. Ich hatte mich immer noch nicht entschieden, ob ich rebellieren oder den Hauskauf vorerst hinnehmen sollte, um noch etwas Zeit zu schinden, doch Marcs forschender Blick ließ mir nicht allzu viel Bedenkzeit.

»Puh, was für eine Überraschung«, hörte ich mich sagen und fragte mich, kaum dass die Worte ausgesprochen waren, ob Marc mich mit Absicht vor vollendete Tatsachen gestellt hatte.

»Ja, es musste schnell gehen. Wir waren nicht die einzigen Interessenten.«

Wir. Das Wort legte sich wie ein Gewicht auf meine Seele. Es war der letzte Tropfen, der das Fass zum Überlaufen brachte.

»Marc, ich kann hier nicht mit einziehen«, brachte ich mühsam hervor, doch ich musste das loswerden, ehe mich mein übliches Verhaltensmuster wieder einfing.

»Wir müssen sowieso erst renovieren, das wird ein paar Monate brauchen. Außerdem weiß ich doch, dass du dein Studium vorher abschließen möchtest. Aber du könntest dich dann gleich hier in der Gegend um eine Stelle bewerben. So lange behalten wir die Wohnung in Hamburg natürlich noch.« Das tat Marc immer: Er interpretierte meine Antwort so, wie er sie verstehen wollte, und bot mir im selben Atemzug ein Schlupfloch für einen Rückzieher, das ich dann für gewöhnlich gerne nutzte.

Ich versuchte, mich klarer auszudrücken, um ihm und mir keinen Raum für Ausflüchte zu bieten: »Ich werde mich nicht um eine Stelle als Lehrerin bemühen. Stattdessen werde ich versuchen, einen anderen Job zu finden.« Bis eben hatte ich nur vage darüber nachgedacht, doch jetzt, wo ich es ausgesprochen hatte, fühlte es sich gut an.

»Ach, und das sagst du mir hier zwischen Tür und Angel?«

»Exakt. Zwischen jener Tür und jener Angel, die du ohne Rücksprache mit mir gekauft hast.« Für einen Moment zuckte ich vor meiner eigenen Courage zurück – erstaunt, diese Worte nicht nur gedacht zu haben.

»Bis du dich entschieden hättest, wäre das Haus längst weg gewesen.« Er brachte seinen Vorwurf nicht wie sonst mit einem Grinsen vor, um seiner Aussage die Härte zu nehmen, und schob auch keinen abmildernden Satz hinterher wie: »Ach, komm schon. Du kennst dich doch auch.« Nein, dieses Mal ließ er die Kritik im Raum stehen, seine Gesichtszüge nicht verschlossen, sondern erfüllt von Angriffslust.

»Ich habe oft genug versucht, dir zu sagen, dass ich mit dem Hauskauf noch warten möchte.«

»Ach, versucht? Und was ist dir dazwischengekommen?« Ich hatte Marc selten so wütend erlebt. Auf seiner Schläfe trat eine blaue Ader hervor, wie ein Riss in seiner sonst so akribisch gepflegten Fassade der Gleichgültigkeit. Während er für gewöhnlich den Kiefer aufeinanderpresste, um seinen Ärger zurückzuhalten, knirschte er jetzt mit den Zähnen, den Blick unnachgiebig auf mich geheftet. Erschrocken über die Bedrohlichkeit in seiner Mimik, blieb ich ihm eine Antwort schuldig.

»Ich habe da so eine Idee, wer dir diesen Schwachsinn eingetrichtert hat«, fuhr Marc fort.

»Ach, und an wen denkst du da?« Da ich ihm nichts von Carl erzählt hatte, konnte er nur Jonas meinen.

»Du weißt, wie ich es hasse, wenn du dich doof stellst.«

»Jonas hat damit nichts zu tun.«

»Jonas!« Er spuckte den Namen nahezu vor meine Füße.

Es folgte eine Stille, die sich wie ein unsichtbarer Nebel zwischen uns ausbreitete, in jeden Winkel des Raumes schlüpfte und mir fast den Atem raubte. Eingeschüchtert wartete ich darauf, dass Marc fortfuhr, denn ich hatte bereits alles gesagt.

»Jonas«, wiederholte er irgendwann tonlos. Dieses Mal klang der Name wie ein Seufzer.

Marc setzte sich auf die Eckbank an den großen Eichentisch, den die Vorbesitzer zurückgelassen hatten, und wischte sich erschöpft über die Stirn. In seinem Blick lag nicht die sonstige Abwehr, wenn das Gespräch auf Jonas kam, sondern eine Wehmut, deren Intensität mich stocken ließ. Als hätte seine Wut etwas freigelegt, eine tiefere Schicht, die mir bisher verborgen geblieben war, kauerte er mit krummem Rücken auf der Sitzbank, den Kopf mit einer Hand abgestützt, und offenbarte mir seine Verletzlichkeit.

»Jonas hat mir erzählt, was er damals zu dir gesagt hat«, wagte ich einen Vorstoß und nahm ebenfalls Platz. Ich schenkte ihm ein mildes Lächeln, das er nicht erwiderte. Gedankenverloren starrte er ins Leere. Ich ließ ihm Zeit für seine Antwort, in der Hoffnung, er würde das Fenster seiner Zugänglichkeit nicht sofort wieder verschließen. Meine Finger, die sich mit seinen verwoben, gaben ihm zu verstehen, dass ich für ihn da war.

»Manchmal frage ich mich, ob ich dich durch mein Verhalten erst in Jonas' Arme treibe.« Marc klang müde, als hätte diese Sorge ihn in den letzten Wochen ausgelaugt. »In der Nacht, bevor du mir erzählt hast, dass Jonas heiraten wird, bin ich immer und immer wieder aufgewacht. Ich konnte meine Ruhelosigkeit damals nicht deuten, doch aus irgendeinem Impuls heraus bin ich ins

Alte Land gefahren. Ich musste dich sehen. Als ich ankam, hast du noch geschlafen, aber dein Handydisplay wurde hell, als ich die Blumen auf deinem Nachttisch abstellte. Ich konnte nicht anders, als Jonas' Nachricht zu lesen, der ich entnahm, dass du von ihm geträumt hast. Dieses Wissen zog mir den Boden unter den Füßen weg. Nur die Neuigkeit, dass er sich verlobt hatte, beschwichtigte mich ein wenig. Doch dieser Morgen hat etwas in mir losgetreten. Von da an schlief ich schlecht, war rastlos. Ich konnte mich kaum auf die Arbeit konzentrieren.«

Marc krallte sich mit seiner freien Hand an das Tischbein, während er sprach, als wäre dieser massive Gegenstand sein letzter Anker. Ich starrte Marc an, vollkommen überwältigt von seiner Offenheit. »Und dann war da euer Treffen. Du hast am nächsten Morgen seinen Namen gesagt, im Schlaf.« Ich hielt den Atem an. Das war mein zweiter Traum von Jonas gewesen. »Und dann noch dieser Artikel. Ich wollte ihn nicht lesen, aber ich war zu neugierig. Da wurde mir klar, wie es um Jonas stand.«

»Der Artikel?«, frage ich irritiert.

»Über das Konzert, das ihr besucht habt.«

Ich hatte nicht gewusst, dass Jonas einen Artikel über diesen Abend geschrieben hatte, aber eigentlich war das ja logisch. Ich traute mich aber nicht, Marc nach dem Inhalt zu fragen, denn offensichtlich hatte er ihn aufgewühlt.

Marcs Geständnis und die Verzweiflung in seiner Stimme hatten mich milder gestimmt, auch wenn ich nicht in der Lage war, all die Informationen zu verarbeiten. Seit ich dieses Haus betreten hatte, jagte ein Gefühlschaos das nächste, und ich fand, es reichte allmählich. Ich wollte diesen Ort bloß noch verlassen.

Marc sah mich mit unergründlicher Miene an. Nach einem angespannten Moment der Stille flüsterte er: »Heirate mich.«

Ich dachte zuerst, er würde scherzen, doch seine Miene verriet nichts als Anspannung. Dann ging er in den Flur, griff in die Tasche seines schwarzen Mantels, der auf der Treppe lag, und kam mit einem Kästchen in der Hand zurück.

Mit zitternden Händen nahm ich es entgegen und klappte es auf. Ein goldgelber, filigraner Ring mit einem Diamanten, dessen Fassung wie ein Krönchen aussah, funkelte mir entgegen. Er war wunderschön. Doch das Wissen, dass dieser Ring nicht nur ein Schmuckstück, sondern ein Versprechen an die Zukunft war, hielt mich davon ab, ihn anzustecken. Eine Woge aus Angst, was ein Nein für unser beider Leben bedeuten würde, überrollte mich. Schnell schloss ich das Kästchen, das wie eine schnappende Muschel zuschnellte.

»Bitte, Marc, wir sollten nichts überstürzen.«

Kaum hatte ich die Worte ausgesprochen, merkte ich, wie blöd dieses Argument nach fünfzehn Jahren Beziehung klingen musste.

Marc atmete stoßartig aus und schüttelte den Kopf. »Ich hatte gehofft, diese eine Entscheidung würde dir ausnahmsweise mal leichtfallen. Ziemlich naiv von mir. Aber Emily hatte wohl recht.« Seine Stimme war eiskalt.

»Vielleicht sollten wir gemeinsam verreisen. Ein wenig Zeit für uns beide, das würde uns guttun«, versuchte ich, ihn zu beschwichtigen, während sein letzter Satz allmählich bei mir ankam. Womit hatte Emily recht? Worüber hatte er mit ihr gesprochen?

»Du brauchst eine Reise, um zu wissen, ob du mich heiraten möchtest?«, fragte Marc. Sein Tonfall erinnerte mich an eines seiner Geschäftstelefonate. Unbewegt hatte er seine Position vertreten und sich von keinem Argument erweichen lassen. Er hatte mir im Anschluss erklärt, dass man einen unsicheren Kunden überzeugen könne, indem man resolut auftrete. Das wäre wie bei einem Pokerspiel, man müsse dem anderen das Gefühl geben, das bessere Blatt zu haben, selbst wenn man bluffte.

»Es ist wohl besser, ich übernachte dieses Wochenende bei meiner Mutter.« Ich zog meine Hand aus seiner und drehte mich um. Ein stechender Kopfschmerz zog durch meinen Kopf. Ich massierte mir die Schläfen, während ich zur Eingangstür ging.

Marc folgte mir. Zur Verabschiedung wurden seine Züge weicher, unbeholfen strich er mir über den Rücken. »Du hast recht. Es ist wohl das Beste, wenn wir beide uns erst einmal beruhigen.« Da war er wieder, der alte Marc. Er griff nach dem Kästchen, in dem der Ring lag, legte es mir in die Hand und schloss meine Finger darum.

Als ich nach dem Türknauf griff, drehte er mich sanft zu sich herum, sodass ich gezwungen war, ihm ins Gesicht zu sehen.

»Ich brauche Klarheit, Rebecca, verstehst du? Das Leben auf einem Drahtseil ist nicht für mich gemacht. Ich brauche festen Boden unter den Füßen, einen sicheren Stand. Die ständige Sorge zu fallen, zermürbt mich.«

Das hatte sein Antrag also zu bedeuten. Er brauchte Gewissheit, wollte mich einfangen wie ein Vögelchen, das ihm zu weit weg geflogen war. Nicht sonderlich romantisch, aber nachvollziehbar. »Lass mir bitte ein wenig Zeit, um darüber nachzudenken.«

»Natürlich.« Für den Bruchteil einer Sekunde offenbarten seine Augen wieder seine Verletzlichkeit, doch er wandte sich schnell ab.

Ich sah mich nochmals im Flur um. Meine Zweifel, die Déjà-vus, Marcs Antrag, all diese Eindrücke vermengten sich zu einem dicken, undefinierbaren Brei, der meine Gedanken verklebte. Ohne Marc erneut anzusehen, eilte ich zu meinem Wagen, wohl wissend, dass ich in diesem Zustand eigentlich nicht fahren sollte. Doch ich musste weg – von dem Haus, von Marc, von dem Gefühl, verrückt zu werden.

Im Schneckentempo fuhr ich um die Ecke, parkte am Wegesrand und rief meine Mutter an, um ihr zu sagen, dass ich auf dem Weg zu ihr wäre und erst einmal bei ihr bleiben würde. Sie fragte nicht nach. Da sie Marc beim Einfädeln seiner Überraschung geholfen hatte und mich besser als jeder andere Mensch kannte, brauchte sie nur eins und eins zusammenzuzählen.

Ich wartete eine Viertelstunde, trank etwas von der warmen, abgestandenen Cola, die ich in der Beifahrertür abgestellt hatte, und drängte all die wirren Eindrücke aus meinem Kopf. Dann fuhr ich nach Jork.

27

Als ich am frühen Abend bei meiner Mutter einkehrte, stellte sie keine Fragen. Sie drückte mich fest an sich, nahm meine Hand und führte mich auf die Terrasse, wo auf dem kleinen Beistelltisch zwischen den Liegen Kristallgläser, Orangenkekse und eine Karaffe mit selbst gemachtem Pfirsich-Eistee standen. Es sah aus, als erwartete sie eine Freundin auf einen Plausch, nur unterhielten wir uns nicht. Wir genossen die Stille, die vom Rauschen der Blätter, dem schwachen Klimpern des Windspiels und dem entfernten Brummen eines Mähdreschers begleitet wurde.

Ich merkte, wie sich mein Atem verlangsamte und sich meine stechenden Kopfschmerzen allmählich lösten. Zum ersten Mal seit Tagen saß mir keine Entscheidung im Nacken: wie ich Marc beibringen sollte, mit Jonas befreundet sein zu wollen; wen ich eigentlich wollte, Jonas oder Marc; die Entscheidung, wie es beruflich bei mir weitergehen sollte; die Entscheidung über das Haus und über Marcs Antrag … All das konnte warten, beschloss ich. Ich hatte innerhalb einer Woche zwei Männer stehen lassen, war beiden Antworten schuldig geblieben und vor dem Erwartungsdruck geflüchtet, ihnen das zu sagen, was sie hören wollten. Ohne diesen Zugzwang floss der Strom meiner Gedanken wieder ungehindert, und ich war erstmals in der Lage, mich zu sortieren und Carls Ratschlag nachzukommen, innezuhalten und in mich hineinzulauschen.

Was war es, das Marc und mich verband? Das behagliche Gefühl von Sicherheit, das er mir gab, und die Geborgenheit einer langjährigen Beziehung betteten mich weich. Doch da war noch mehr: Es war wie eine Gewissheit, dass mit ihm an meiner Seite alles gut werden würde. Ich hatte mich viel zu lange von Marc durch mein Leben führen lassen, das wollte ich nicht mehr, und dennoch war da dieses Gefühl, diese Ohnmacht, dass es so besser war. Was war nur los mit mir? Wie konnte das sein? Warum konnte selbst die Tatsache, dass ich für Jonas etwas empfand, nicht an dieser Überzeugung rütteln?

»Warst du dir deiner Gefühle für Papa immer sicher?«, fragte ich meine Mutter.

»Das war ich, ja.« Sie sah gedankenverloren in den von Kondensstreifen durchzogenen Himmel.

»Es muss schwer sein für dich … ich meine, ohne ihn.«

»Er ist immer bei mir. Hier drin.« Sie tippte an ihre linke Brust.

»Wir reden aber nie über ihn, seit er …« Ich stockte.

Sie rieb sich kurz die Augen, um ihren glasigen Blick zu verbergen, und die verträumte Sanftmut in ihrer Miene wich dem kraftvollen Ausdruck von Entschlossenheit. So war sie immer: eine Seele von Mensch, die jederzeit ein offenes Ohr hatte, wenn es um die Probleme anderer ging. Ihre eigenen Kämpfe trug sie im Stillen aus, nach außen stets um Stärke bemüht. »Ich hasse es, in der Vergangenheitsform von ihm zu sprechen«, erklärte sie.

»Dann ist es ein bisschen weniger wahr, dass er uns verlassen hat …«, flüsterte ich vor mich hin.

Sie studierte nachdenklich mein Gesicht. »Und warum hast du so viele Jahre kaum über Jonas gesprochen?«

Ich brauchte einige Sekunden, um über ihre Frage nachdenken zu können. Nach einer Weile antwortete ich: »Ich dachte lange, der Kontakt wäre abgebrochen, weil Jonas und Marc sich auseinandergelebt hatten.«

»Und was denkst du heute?«

»Ich hatte Angst davor, was es mit meinem Leben machen würde, wenn er ein Teil davon wäre. Es war einfacher, nicht entscheiden zu müssen.«

»Du kannst die Vergangenheit nicht ändern, aber du hast die Chance, aus ihr zu lernen.« Meine Mutter sah mich eindringlich an, als wollte sie mir zu verstehen geben, dass sie nicht noch deutlicher werden würde.

»Ist Marc denn nicht dein Traumschwiegersohn? So schön, wie er mich auf Spur hält.« Ich überspielte die Verbitterung in meinen Worten mit einem Lachen, das sich selbst in meinen Ohren gequält anhörte.

»Du bist deinem Vater so unglaublich ähnlich.« Sie sah in den Himmel. »In unserer Ehe war ich es, die ihn, wie du sagst, ›auf Spur hielt‹.«

Irritiert sah ich sie an. Ich hatte meinen Vater immer als einen Mann wahrgenommen, der sein Leben im Griff hatte, und meine Mutter hatte alles andere als ein bestimmendes Wesen.

»Wilhelm hat sich gerne angepasst. Er fand, das mache es für ihn leichter. Wir haben uns oft gefragt, wer von den zwei Jungs dein Herz erobern würde, und insgeheim waren wir wohl erleichtert, dass es Marc geworden ist.«

»Und jetzt hast du deine Meinung geändert?«

»Ich sehe, wie zerrissen du bist. Du und Marc, ihr habt so unterschiedliche Vorstellungen vom Leben. Das hat mich über meine eigene Ehe nachdenken lassen. Vielleicht ging das mit unserer Gegensätzlichkeit nur gut, weil wir beide nach dem Gleichen strebten. Das hoffe ich heute zumindest, denn ich kann ihn nicht mehr fragen.« Meine Mutter lachte bitter.

Ich erinnerte mich an eines der letzten Gespräche mit meinem Vater. Wir waren ihm im Hospiz nicht von der Seite gewichen. Still hatten wir an seinem Bett gesessen und seine Hand gehalten. Dies war kein Ort, um Gedanken auszutauschen; wir verspürten keinen Drang mehr, bisher unausgesprochene Dinge noch auszusprechen. Alles, was bisher nicht gesagt worden war, würde ungesagt bleiben. Wir nutzten die Zeit vielmehr, um uns immer und immer wieder unsere Liebe zu bekunden. Es war ein Abschied, in dem man die Gegenwart des anderen in sich aufsog, so lange man noch durfte. Umso klarer konnte ich mich an die wenigen Worte erinnern, mit denen mein Vater ein Resümee über sein Leben gezogen hatte.

»Ein paar Stunden, bevor er …« Ich blinzelte und sprach dann, den Blick in den Garten gerichtet, weiter. »Er sagte zu mir, dass er traurig sei, sein Leben nicht fortsetzen zu dürfen, als dein Ehemann und mein Vater. Doch wenn er noch mal von vorne anfangen dürfte, würde er rein gar nichts anders machen. Wir zwei seien das Beste, was ihm passiert sei, und deswegen gehe er als ein glücklicher Mann.«

»Das hat er gesagt?« Meiner Mutter lief eine Träne aus dem Augenwinkel. Ich sah sie selten weinen, und auch jetzt wischte sie sich sofort mit der flachen Hand über die Wange und rieb sie dann an ihrer Jeans trocken. Nach einer Weile flüsterte sie: »Du weißt nicht, wie viel mir das bedeutet.«

Ich wunderte mich. »Papa hat uns über alles geliebt, und das hat er uns doch oft genug gesagt.«

»Das weiß ich. Aber hätte er sich gegen mich entschieden, würde er vielleicht noch leben. Maren hätte die Zeichen viel früher erkannt …«

Ich sah sie fragend an. Papa hatte Krebs gehabt, dagegen waren wir alle machtlos gewesen. Und wer war Maren?

Zögerlich setzte sie zu einer Erklärung an. »Als ich deinen Vater kennenlernte, war er in einer Beziehung. Maren und er waren seit ihrer Jugend zusammen gewesen. Sie studierte zu der Zeit Medizin, er Bauingenieurwesen, wie du weißt. Ich war mit einer Freundin auf der Tanzveranstaltung seines Schwimmvereins. Maren musste an dem Abend lernen und war nicht dabei. Ich verliebte mich sofort in deinen Vater, und auch er war wie vom Blitz getroffen, wie er es immer nannte. Na ja, von dort an kennst du die Geschichte ja.«

»Nicht ganz«, korrigierte ich sie. »Hat es lange gedauert, bis er sich von ihr trennte?«

»Nach so vielen Jahren ist es nicht leicht, sich zu trennen, das weißt du ja selbst. Zumal dein Vater genau wie du nicht der entscheidungsfreudigste Mensch war. Es gingen einige Monate ins Land, bis er mit ihr sprach. Ich würde gerne sagen, dass wir so lange nur befreundet blieben, aber dem war nicht so.«

»Du warst Papas Affäre?«, platzten die Worte aus mir heraus, bevor ich sie zurückhalten konnte.

»Wenn du es so nennen willst. Ich bin nicht stolz darauf, das kannst du mir glauben.«

»Und was hat das alles mit Papas Tod zu tun?«

»Wir sind Maren noch einmal begegnet, in der Elbe-Klinik, kurz nach seiner Diagnose. Sie ist dort Ärztin in der Inneren Medizin, was ich nicht wusste. Es war ein seltsames Aufeinandertreffen. In ihrem Blick sah ich nach wie vor diese Mischung aus Hass, wenn sie mich ansah, und Traurigkeit, wenn sie sich mit Wilhelm unterhielt. Sie nahm zwar Anteil an dem Schicksal deines Vaters, dennoch war sie eiskalt zu ihm, was ihn in seiner damaligen Situation sehr verletzte.« Meine Mutter sah ins Leere, als durchlebte sie diese Szene gerade aufs Neue. »Ich denke, Maren hätte die Warnsignale, die der Körper deines Vaters sandte, früher entschlüsselt. Wir dachten, die Schwindelanfälle kämen von seiner vielen Arbeit, die Hustenanfälle von einer verschleppten Erkältung, das Unwohlsein daher, weil er weiterarbeitete. Sie hätte ihm rechtzeitig helfen können. Nach dem Treffen mit Maren war dein Vater sehr schweigsam, und ich kannte ihn gut genug, um zu wissen, dass er genau dasselbe dachte.«

»Aber er würde sich wieder für dich entscheiden«, entgegnete ich.

»Das weiß ich nun.« Sie griff über den Tisch nach meiner Hand und drückte sie. »Danke.« Sie nippte nachdenklich an ihrem Eistee.

Nach einem längeren Moment des Schweigens beschloss ich, dass jetzt der richtige Zeitpunkt war, um offen mit ihr zu sprechen. »Ich werde mich nicht um eine Stelle als Lehrerin bewerben. Genau genommen lasse ich auch mein zweites Staatsexamen sausen. Ich brauche es nicht.«

»Das ist gut.«

Verwirrt sah ich sie an. Ich hatte mit einer Standpauke oder zumindest mit einem Versuch, mich umzustimmen, gerechnet.

»Ich möchte, dass du glücklich bist. Du sollst nicht irgendwann zurückblicken und deine Entscheidungen bereuen.«

Nun war ich es, die nach der Hand meiner Mutter griff und sie drückte. »Danke, Mama.«

»Und was machst du mit Marc? Oder soll ich fragen, mit Jonas?«

»Ich weiß es nicht.«

»Die Antwort wird sich finden, mein Schatz.«

Mein Blick wanderte zu dem kubischen Nachbarhaus. Ich war bei meinen Eltern bereits ausgezogen, als das baufällige Landhaus durch diesen Neubau ersetzt wurde, den wir innerhalb der Familie »Priller-Palast« getauft hatten. Ich fragte mich, in welchem der Zimmer Jonas jetzt wohl wohnte, und wünschte mir erneut, seine Eltern hätten sich für eine Renovierung entschieden. Als damals die Abrissbirne angerückt war, hatte es sich angefühlt, als reiße sie auch all meine Kindheitserinnerungen nieder, die an dem

Haus hingen. Vor meinem geistigen Auge sah ich die vergilbte Rattan-Kissentruhe auf der Terrasse, die ich als Trittbrett benutzt hatte, um auf das flache, mit Kies bedeckte Garagendach unter Jonas' Fenster zu klettern.

Der Neubau, ein mit viel Glas ausgestatteter Kasten, sah futuristisch aus. In einer Wohngegend, die von »Hamburger Kaffeemühlen«, Fachwerk- und alten Reetdachhäusern dominiert wurde, wirkte es wie ein Ufo, das inmitten eines Folklorefestes gelandet war.

Ob Jonas zu Hause war? Wahrscheinlich war er auf einem Konzert oder irgendeiner wahnsinnig hippen Vernissage. Vielleicht würde ich heute Nacht ja von ihm träumen, so nahe, wie wir uns waren. Dann fiel mir etwas ein, das Carl gesagt hatte: »Haben Sie diese intensiven, realitätsnahen Träume des Öfteren? Vornehmlich, wenn zu viel Alkohol geflossen ist?« Wie es schien, hatte mir Carl den Auslöser für meine nächtlichen Fantasien verraten. »Der Pfirsich-Eistee schmeckt sicher auch mit Wodka, oder?«

»Sorgen sollte man nicht im Alkohol ertränken.« Meine Mutter legte die Stirn in Falten.

»Ein Cocktail für die gute Laune hat noch niemandem geschadet.«

Sie rollte mit den Augen, lächelte aber liebevoll. »In der Tiefkühltruhe liegt noch eine angebrochene Flasche Korn.«

»Jetzt sprechen wir dieselbe Sprache«, feixte ich und stand auf.

28

Bei einem Drink blieb es nicht. Zwei Stunden später verteilte ich die letzten Reste des Eistees auf unsere Gläser und ließ ein paar frische Eiswürfel hineinplumpsen. Als ich die Flasche Korn ansetzen wollte, hielt meine Mutter die Hand über ihr Glas.

»Zeit zu schlafen«, sagte sie in einem Tonfall, als wäre ich vier Jahre alt und hätte mir gerade im Fernsehen das Sandmännchen angesehen.

Ich stand auf und krallte mich an der Stange des Sonnenschirms fest. Die Welt schwankte in sanften Wellenbewegungen unter meinen nackten Füßen.

»Das ist wie früher, als ihr zu später Stunde mit Freunden in die Disco gegangen seid. Wie nanntet ihr das doch gleich? Aufwärmen?«

»Ich glaube, du meinst Vorglühen. Gute Nacht, Mama.« Ich beugte mich zu ihr hinab, um ihr einen Kuss auf die Wange zu geben, kippte aber beinahe vorne über.

»Tschulligung«, nuschelte ich.

»Wirst du alleine ins Bett kommen?«

»'türlich.« Als ich zur Terrassentür stolperte, warf ich einen letzten Blick zum Nachbarhaus, und tatsächlich erblickte ich Jonas in einem der taghell erleuchteten Räume. Er stand mit dem Rücken an den Fensterrahmen gelehnt, das Telefon am Ohr. Ich stierte ihn an, in der Überzeugung, die nur Betrunkenen zu eigen ist, dass ich ihn mittels telepathischer Kräfte auf mich aufmerksam machen könnte. Doch von meinen übernatürlichen Fähigkeiten gänzlich unbeeindruckt, telefonierte er weiter, ohne sich mir zuzuwenden.

Als meine Mutter sich mit fragendem Blick umsah, gab ich auf und ging nach oben, wo ich nur meine Hose und meine Bluse abstreifte, ein T-Shirt anzog und mich rückwärts auf meine Matratze plumpsen ließ, die sich herrlich weich an meinen Körper schmiegte. Binnen Sekunden zog mich die bleierne Schwere der Müdigkeit in einen tiefen Schlaf …

Ich laufe neben Carl an den Eppendorfer Feinkostläden und Nobelboutiquen vorbei. Er fragt mich, wie es mir geht. Diese Frage alleine reicht aus, um ein Meer von Tränen auszulösen, die mir über die Wangen laufen. Es ist, als sähe ich die Welt durch einen grauen Schleier. Trotz der Sonne am wolkenlosen Himmel erscheint mir die Welt triste und grau.

»Ach, Rebecca …« Er seufzt.

»Komm jetzt nicht mit dem Mist, ich müsse meine Erinnerungen zulassen, um nach vorne schauen zu können«, höre ich mich sagen.

»Hatte ich nicht vor. Aber wo du es erwähnst …« Carl grinst und streichelt über mein Schulterblatt. Als ich nicht reagiere, fährt er fort: »Er fehlt mir doch auch, aber sieh dich um.« Er deutet auf die Geschäfte, an denen wir vorbeischlendern.

Ich hebe meinen Blick und beobachte junge Eltern, die mit einem lockigen Engel aus einem Laden für Kinderausstattung heraustreten. Das Kind reißt sich los und rennt zum Schaufenster des benachbarten Chocolatiers, wo es sich die Nase an der Scheibe platt drückt. Die Ladentür öffnet sich mit einem Klingeln und eine Frau mittleren Alters tritt heraus. Mit der einen Hand balanciert sie eine pastellgelbe Tortenschachtel, mit der anderen hält sie ein Handy an ihr Ohr. Sie stöckelt über den Bordstein zu ihrem Mini Cooper und lacht affektiert ins Telefon.

»Was soll ich hier sehen?«, frage ich.

Carl schmunzelt. »Das Leben. Es geht weiter.«

»Haha.« Ich schüttele den Kopf.

»Er würde wollen, dass du wieder glücklich wirst.«

»Das wird nicht passieren.«

»Komm schon. Erzähl mir von Kolumbien, irgendetwas Schönes.«

Ich habe das Gefühl, als stiege eine grausame Erinnerung aus meinem Inneren empor, doch ich dränge sie zurück an einen Ort tief in mir. Stattdessen rufe ich mir einen anderen Moment ins Gedächtnis. »Da war dieser Tag am Meer …«

»Na, also.« Carl steigt die Stufen zu der hohen Eingangstür eines Altbaus hinauf, zückt einen Schlüssel und tritt zur Seite, um mir den Vortritt zu lassen.

Ich trete ein. Plötzlich stehe ich an einem Strand. Die Brandung umspült meine Schienbeine, meine Füße werden mit jeder Welle ein wenig tiefer in den Sand gezogen, der samtweich unter meinen Sohlen kitzelt. Das türkisfarbene Meer glitzert, wie mit Millionen Diamanten gespickt, unter der Sonne, Palmen recken sich wie in einer Werbebroschüre über das Wasser. Am Ende der Bucht ragt ein granitfarbener Fels empor, der die Form eines Throns hat.

Gerade will ich vorschlagen, zu dem Fels zu schwimmen und hinaufzuklettern, da trifft mich ein Schwall kühles Nass im Rücken. Ich drehe mich um und erblicke Jonas, der mit beiden Händen Wasser in meine Richtung spritzt. Ich sprinte auf ihn zu. »Na, warte!«

Er rennt weiter ins Meer. Schnell laufe ich hinterher und werfe mich in seine Arme. Ich nutze den kurzen Moment, in dem er seine Balance wiederherzustellen versucht, um ihn zum Stolpern zu bringen und seinen Kopf unter Wasser zu drücken. Wohl wissend, dass er sich rächen wird, tauche ich danach freiwillig ab.

Als ich Luft holen will, zieht er mich wieder unter Wasser. Ich schubse ihn spielerisch von mir weg. Prustend grinsen wir uns an. »Blödmann«, sage ich, kann mir aber ein Schmunzeln nicht verkneifen.

»Selber.« Jonas zieht mich wie schwerelos in seine Arme und gibt mir einen langen, salzigen Kuss. Seine Hände wandern meinen Rücken hinunter und hinterlassen eine Spur aus prickelnder Gänsehaut. Mit einem gekonnten Griff öffnet er das Oberteil meines Bikinis.

Ich sehe mich um.

»Keiner da«, sagt er.

Wir ziehen unsere Badekleidung aus, schmeißen sie zu unseren Handtüchern und schwimmen ins offene Meer hinaus. Irgendwann wird das Wasser seichter. Kurz unter der Wasseroberfläche ist eine Sandbank, auf der wir uns auf den Rücken legen.

»Ich finde, die Ostsee sollte auch so sein.« Jonas verschränkt die Arme im Nacken.

»Wir könnten eine Petition starten«, schlage ich vor.

»Gute Idee. Wie viele Unterschriften bräuchten wir? Fünfzigtausend?«

»Oh je. Da stehen wir aber ne ganze Weile mit dem Klemmbrett unterm Arm in den Einkaufsstraßen.«

»Dann müssen wir doch auswandern.« Jonas schnippt mit den Fingern Wasser in mein Gesicht.

»Soll ich mir nach dem Studium einen Job im Ausland suchen?«, frage ich.

»Gute Idee. Wie wäre es mit Key West? Oder gleich Kolumbien?«

»Ich dachte, hier ist es dir zu gefährlich?«

»Bisher hat uns noch kein Bär angefallen.«

»Die wohnen in Kanada, nicht in Kolumbien.«

»Richtig.« Jonas schmunzelt. »Ich weiß, ich war skeptisch, aber das hier …«, er sah sich um, »… das ist der Hammer.«

»Skeptisch? Du warst ein Angsthase«, foppe ich ihn. Ich rücke näher an seine Seite und umarme ihn. »Danke, dass du all meinen Blödsinn mitmachst.«

»Ich *habe zu danken. Du verwandelst mein Leben in ein einziges Abenteuer.«*

»Aber bevor wir auswandern, musst du erst einmal dein Kunststudium zu Ende bringen.«

»Ich werde eh nie fertig, und wenn doch, was soll ich damit anfangen? Ich habe nicht einmal genug Talent, um ein mittelloser Künstler zu werden.«

»Du könntest Führungen in Galerien geben. Du hast die Gabe, Menschen näherzubringen, was der Maler sich gedacht hat.«

»Jo, schnacken kann ich.«

»Du kannst viel mehr als das.«

»Vielleicht hätte ich doch beim Musikstudium bleiben sollen. Das hat mir bisher am meisten Spaß gemacht. Hey, weißt du was? Ich werde einfach Straßenmusiker vor dem Hotel, das du dann leitest. Dafür reicht es allemal. Ist das ein Plan?«

»Ich würde dir jeden Morgen ein paar Münzen in den Hut werfen.«

»Deal!« Jonas setzt sich in den Schneidersitz und spielt auf einer imaginären Gitarre in seinem Schoß. Dann legt er sich zurück, taucht mit den Ohren unter Wasser und stößt sich von der Sandbank ab, sodass er auf der Wasseroberfläche davontreibt.

Das Meer hat mich angenehm erfrischt, dennoch merke ich die Hitze der Sonne auf meiner Haut. Ein Blick auf meine Schultern verrät mir, dass ich in den Schatten wechseln sollte, wenn ich die nächsten Tage nicht unter einem Sonnenbrand leiden will. »Ich schwimm mal zurück.«

Jonas hebt seine Hand aus dem Wasser und zeigt mit dem Daumen nach oben.

Am Strand angekommen, hüpfe ich schnell zu unseren Handtüchern und schlinge eines um meinen Oberkörper. Dann verziehe ich mich mit einer unserer Strohmatten in den Schatten einer Palme und gleite in einen seichten Mittagsschlaf.

Als ich erwachte, war es dunkel und kühl. Ich fasste mir an die Schultern, doch sie waren nicht nackt, sondern von einem dünnen T-Shirt-Stoff bedeckt. Desorientiert sah ich mich in der Dunkelheit um. Mein Blick blieb an den orange leuchtenden Ziffern eines Digitalweckers hängen, was mir zweierlei verriet: Ich war im Haus meiner Mutter und es war halb vier Uhr morgens.

Dann fiel mir alles wieder ein: das Haus in Jork; der Heiratsantrag; der Streit; der Alkohol, mit dem ich es darauf angelegt hatte, einen Traum mit Jonas heraufzubeschwören. Es irritierte mich, dass es tatsächlich funktioniert hatte. Dennoch war mein Plan alles andere als aufgegangen. Ich hatte diesen Traum in der Hoffnung auf Klarheit herbeigesehnt, doch nun ließ er mich verwirrter denn je zurück. Ich hatte ihn geküsst – nicht den Jonas meiner Jugend, sondern den Jonas von heute. Und es hatte sich gut angefühlt. Zu gut. Außerdem war ich mit Carl spazieren gegangen, wobei er ein wenig wie ein Schifffahrtskapitän ausgesehen hatte.

Hatte Carl auch in den anderen Träumen eine Rolle gespielt? War er mir deswegen so bekannt vorgekommen? Sofort verwarf ich diesen blödsinnigen Einfall wieder. Wie hätte ich von Carl träumen können, bevor ich ihm überhaupt begegnet war?

Der Traum hatte mich derart aufgewühlt, dass an Schlafen nicht mehr zu denken war. Ich stand auf und schlüpfte, ohne das Licht anzuknipsen, in meine Hose. Da ich mein Oberteil vom Vortag nicht noch einmal anziehen wollte und durch meinen Spontanbesuch keinen frischen Pullover dabei hatte, zog ich wahllos einen von Mamas Pullis, die sie in meinem Jugendzimmer immer zum Trocknen aufhängte, vom Kleiderständer. Dann packte ich noch mein Handy ein, schlich die Treppe hinab und trat auf die Terrasse hinaus. Die angenehm frische Luft der Sommernacht empfing mich und klärte meinen Kopf.

Da fiel mir Carls Vorschlag mit dem Traumtagebuch wieder ein. Ich hatte noch kein Heft besorgt, öffnete aber die Notizfunktion meines Handys und tippte: »Carl am Anfang, sieht aus wie Captain Iglo, fragt mich nach Erlebnis, führt mich zu Traumstrand, Palmen, Fels am Ende der Bucht, wie Thron, türkisblaues Meer, seichte Sandbank im Meer, Jonas und ich so alt wie heute, Wasserschlacht.«

Ich versuchte, mich an weitere Details zu erinnern, doch jedes Mal, wenn ein Bild vor meinem inneren Auge aufflackerte, entglitt es mir wieder und verabschiedete sich in die Tiefen meines Unterbewusstseins, wo es wahrscheinlich für immer vor mir verborgen bleiben würde. Ich starrte eine gefühlte Ewigkeit auf die niedergeschriebenen Worte, doch allmählich riefen die Notizen keine weiteren Erinnerungen mehr hervor. Sie verloren von Sekunde zu Sekunde an Bedeutung, bis nichts übrig blieb als eine Ansammlung von Stichworten. Ich ärgerte mich, nicht gleich nach dem Erwachen daran gedacht zu haben, das Geträumte aufzuschreiben; wahrscheinlich hätte ich dann noch mehr gewusst. Enttäuscht steckte ich mein Handy wieder weg.

Mein Blick wanderte zu Jonas' Zimmerfenster. Es war dunkel. Ich wollte mit ihm reden, wollte ihn anrufen, doch die Kindheitserinnerungen des vorangegangenen Abends brachten mich auf eine andere Idee. Ich quetschte mich zwischen zwei Hortensien hindurch, deren Blätter vom

Tau ganz nass waren. Entschlossen stieg ich auf den schwarzen Metallzaun der Prillers, und obwohl ich mehrfach von den Querstreben abrutschte, schaffte ich es schließlich, ein Bein drüber zu wuchten. Als ich das andere nachgezogen hatte, verfing sich meine Jeans an den Zierspitzen des Zauns und riss am Hintern ein. Leise fluchend ließ ich mich in den Kies des Steingartens plumpsen, der verräterisch unter meinen Füßen knirschte. Vielleicht hätte ich doch zum Telefon greifen sollen. Nostalgie hin oder her, ich war zu alt, um in der Nacht bei den Nachbarn einzubrechen. Doch nun gab es kein Zurück mehr. Ich bückte mich, nahm einen Kieselstein, trat näher ans Haus und warf ihn an das Fenster, hinter dem ich Jonas am Abend gesehen hatte. Keine Reaktion. Ich versuchte es erneut.

Gerade als ich aufgeben und auf das Grundstück meiner Mutter zurückkehren wollte, öffnete sich das Fenster und Jonas steckte seinen Kopf heraus. »Rebecca?«

Ich konnte ihn in der gerade beginnenden Morgendämmerung nur schemenhaft erkennen, doch aus seiner Stimme klang eine Mischung aus Überraschung und Belustigung. »Kommst du runter?«, fragte ich halb rufend, halb flüsternd.

Er antwortete nicht, doch kurz darauf entriegelte jemand die große Schiebetür zur Terrasse und zog sie auf.

»Hey.« Auf seinem Gesicht zeichnete sich das euphorische Jonas-Grinsen ab, das ich all die Jahre so vermisst hatte. Er trug nur eine graue Jogginghose, seine Füße und sein Oberkörper waren nackt.

Mein Blick glitt über seine muskulöse Brust, die ganz und gar nicht mehr an den Jungen von damals erinnerte. »Hey.« Ich hatte genau bis hierhin geplant; was ich jetzt sagen sollte, wusste ich nicht.

»Komm rein. Wir schleichen uns hoch.«

Ich nickte und trat auf die Hacken meiner Schuhe, um sie abzustreifen. Auf Zehenspitzen folgte ich ihm die glatte Holztreppe hinauf. Ich war noch nie in seinem neuen Elternhaus gewesen. Wie zu erwarten, setzte sich die spartanische Kälte des Hauses auch in der Einrichtung fort.

Jonas' Zimmertür scharrte über den hohen Veloursteppich.

»Schschsch«, mahnte ich im Spaß.

Er stupste mich in die Taille, schlüpfte in sein Zimmer und lehnte sich an das Fensterbrett, wie er es auch am Vorabend mit dem Telefon am Ohr getan hatte. Seine Beine und Arme überkreuzt, beobachtete er mich, wie ich mich um meine Achse drehte und alles ausgiebig begutachtete.

Ich ließ meinen Blick unnötig lange an jedem Detail hängen, um Jonas nicht anzustarren. Ich wünschte, er würde sich ein T-Shirt überziehen. Die Nachttischlampe, die provisorisch neben einem aufgeschlagenen Buch auf dem Boden stand, hüllte den Raum in ein warmes Licht, und die einzigen Möbelstücke waren ein gusseisernes Doppelbett in der Mitte des Zimmers und eine wunderschöne Holztruhe, deren geöffneter Deckel von zwei feinmaschigen Stahlketten an der Seite gehalten wurde.

Ein Impuls des Wiedererkennens flatterte durch mein Gedächtnis und verschwand sogleich wieder. Ich meinte, die Truhe aus dem Wohnzimmer des alten Priller-Hauses zu kennen, ein Erbstück, soweit ich mich erinnerte. Heute schien die Kiste Jonas als Wäschekorb zu dienen, denn sie war bis oben hin gefüllt mit zerknitterten Kleidungsstücken. An der Wand stapelten sich die Umzugskartons bis unter die Zimmerdecke.

»Die Möbelpacker haben mich verflucht. Die meisten Kisten sind bis zum Rand voll mit alten Schinken.«

»Du hast anscheinend nicht vor, es dir hier gemütlich zu machen.«

»Lohnt nicht. Ich werde mir eine kleine Auszeit nehmen, vielleicht ein wenig reisen, keine Ahnung. Wenn ich wiederkomme, kann ich bereits in meine neue Wohnung in Ottensen einziehen. Dafür werde ich aber wohl eine andere Spedition finden müssen. Oder ich mache es selbst.«

»Wow. Ottensen. Das ging ja fix. Ich helfe dir natürlich beim Umzug.«

»Manchmal ist es von Vorteil, in Hamburg bekannt wie ein bunter Hund zu sein.« Jonas zuckte mit den Schultern, dann deutete er auf meine zerrissene Hose. »Ich sehe, du hast einiges auf dich genommen, um zu mir zu kommen.«

Erst jetzt bemerkte ich, dass durch den Riss mein grüner Slip mit Erdbeeraufdruck zu sehen war. Außerdem hatte ich auf dem Kleidungsständer den Kapuzenpullover meiner Mutter erwischt, den sie immer anzog, wenn sie etwas streichen musste. Der hellblaue Stoff war überzogen von Farbklecksen in Bordeauxrot, mit dem sie vor einigen Jahren eine Wand im Wohnzimmer gestrichen hatte. Hier und da fanden sich auch noch ein paar Streifen in dem

Eierschalengelb des Flurs. »In unserer Jugend trugen wir weitaus schlimmere Outfits«, verteidigte ich mich.

»Oh ja. Ich erinnere mich an den Rock, den du in deinem Nähkurs gemacht hast. Dieses Neongelb mit einem erdigen Orange, das war eine gewagte Farbkombination. Mal abgesehen davon, dass der hinten deutlich kürzer war als vorne.«

»Blödsinn, war er nicht.«

»Oh doch. Aber Marc und ich haben nichts gesagt, weil der Anblick so appetitlich war.«

»Das ist ja die Höhe.« Ich stemmte die Hände in die Hüften. »Viel beknackter war deine Rasta-Phase. Wobei man diese vereinzelten Würmchen, die von deinem Kopf abstanden, wohl kaum Rastas nennen konnte.« Ich lachte.

»Du hast keine Ahnung von Reggae. Das gehörte dazu.«

»Würmchen. Ein paar mickrige, dünne Würmchen, die aus deinem Kopf wuchsen.«

Ohne Vorwarnung trat Jonas auf mich zu, nahm mich in den Schwitzkasten und rubbelte mir mit der Hand über den Kopf.

Ich versuchte, mich aus der Umklammerung zu lösen, und zog an seinen Armen, doch sie bewegten sich keinen Millimeter. »Uah, lass das«, quiekte ich. Dann fiel mir ein, dass wir leise sein sollten, und ich flüsterte: »Na, warte …« Ich kniff ihn so lange in den Oberarm, bis wir das Gleichgewicht verloren und unsanft auf der Bettkante landeten.

»Alles klar?« Jonas gab mich frei und rieb sein Steißbein.

»Mhm.« Ich spürte nur am Rande einen dumpfen Schmerz am Oberschenkel. Alles wurde überlagert von den

Gefühlen, die seine plötzliche Nähe in mir auslöste. Ich räusperte mich und rückte einige Zentimeter von ihm ab. »Du bist stärker geworden«, stellte ich fest. Früher waren wir gleichauf, wenn wir miteinander tobten.

»Ja, ich brauchte ein Ventil, um mich abzureagieren. Sport war gegenüber Alkohol und Drogen die bessere Wahl.«

»Dich abreagieren? Seit wann neigt Mister ›Ich spreche alles aus, was mir gerade in den Sinn kommt‹ dazu, etwas aufzustauen?«

»Seit ich nicht mehr alles aussprechen konnte, sofern ich nicht ganz alleine dastehen wollte.«

Betreten sah ich zu Boden. Jonas' Herz hatte all die Jahre für Sabine und für mich geschlagen, und er hatte mit niemandem darüber sprechen können. Aber auch Sabine tat mir leid. Wenn sie wirklich gewusst hatte, dass nur ein Teil von Jonas ihr gehörte, dann musste das unendlich schwer für sie gewesen sein.

Jonas riss mich aus meinen Gedanken, indem er fragte: »Was führt dich mitten in der Nacht zu mir, Engelchen? War ich mal wieder der Protagonist deiner Träume?«

Ich fühlte mich ertappt. »Vielleicht.«

»Und war das Ende dieses Mal ein wenig erbaulicher?«

Ich merkte, wie mir die Röte in die Wangen schoss, was Jonas nicht entging. »Oha. Ich hoffe, ich habe eine gute Figur gemacht.« Seine Augenbrauen schnellten einige Male anzüglich nach oben.

»Blödmann.«

»Träumst du eigentlich immer von mir, wenn du hier bist?«

»Das hättest du wohl gerne.«

»Selbstredend – außer ich muss zum Schluss sterben.«

»Das musstest du bisher nur einmal. Und nein, ich träume nur von dir, wenn ich betrunken bin.«

»Oh Mann.« Jonas verschränkte die Hände im Nacken und sah an die Zimmerdecke. »Manchmal bin ich echt geneigt, Carls Theorien Glauben zu schenken.« Ich sah ihn fragend an, doch er wechselte das Thema. »Und warum hast du dir gestern die Kante gegeben? Hattest du etwas zu feiern?«

»Eher nicht.« Ich erzählte Jonas von meinem Nachmittag, dem Haus und dem Antrag. Meine Déjà-vus behielt ich lieber für mich, aus Angst, er würde mich für verrückt erklären.

Als ich fertig war, grinste Jonas breit. »Du hast nicht ›Ja‹ gesagt.«

»Richtig. Das habe ich nicht.«

Er studierte mein Gesicht, als versuchte er, den Grund zu finden, warum ich den Antrag nicht angenommen hatte. Unsere Blicke trafen sich und hielten einander fest, bis mich die Intimität dieses Augenblickes fast überwältigte. Feige sah ich zu Boden.

»Ich hätte Marc für schlauer gehalten.« Jonas strich eine Locke hinter mein Ohr. »Wenn er dich festhalten möchte, sollte er dir keine Ketten anlegen.«

»Ich will noch so viel erleben. Ich möchte noch die ganze Welt sehen.«

»Ich weiß.« Jonas biss sich auf die Lippe. Dann schüttelte er den Kopf, den Blick an die Zimmerdecke gerichtet. »Gott, ich würde dich so unendlich gerne küssen.«

»Ich ... Jonas ...« Ich stand auf und trat ans Fenster, teils aus Sorge, er könnte in meinem Blick lesen, wie sehr ich mir dasselbe wünschte, teils um mich vor Dummheiten zu schützen.

Nach einer Weile nickte Jonas entschlossen, als bestärke er sich innerlich in einem Entschluss. »Ich wollte dir das neulich bereits sagen. Nicht nur du träumst von uns.« Verdutzt sah ich ihn an. »Mir geht das schon seit vielen Jahren so, immer und immer wieder. Anfangs nur, wenn ich Alkohol getrunken hatte, später auch ohne. Ich wache schweißgebadet auf, für einige Sekunden in der Gewissheit, dich neben mir liegend zu finden. Erst der Blick auf die andere Betthälfte holt mich in die Realität zurück. Sabine konnte ich an einem solchen Morgen kaum in die Augen sehen. Ich habe mein Leben lang gehofft, dass diese Parallelwelt, die ich in meinen Träumen ersonnen habe, doch endlich verschwinden würde. Und genauso hoffte ich, dass die Träume niemals enden würden, denn sie waren meine einzige Verbindung zu dir. Aber seit wir wieder Kontakt haben, machen sie mich nicht mehr so fertig. Im Gegenteil, ich schöpfe Hoffnung daraus.«

Ungläubig starrte ich ihn an.

Sein Gesicht nahm einen entschlossenen Ausdruck an. »Du musst nichts sagen. Ich wollte nur nicht denselben Fehler zweimal begehen, indem ich im entscheidenden Moment die Klappe halte. Du hast vor vielen Jahren beschlossen, dein Leben mit Marc zu verbringen. Ich möchte dir nur signalisieren, dass du dich noch umentscheiden kannst.« Jonas trat neben mich und nahm meine Hand.

»Danke« war alles, was mir in diesem Augenblick einfiel. Ich verwob meine Finger mit seinen und erwiderte den Druck seiner Hand. Nie zuvor hatte ich ein derartiges Verlangen verspürt, jemandem nahe zu sein. Es war ein nahezu körperlicher Schmerz, der sich noch intensivierte, als ich mit aller Kraft meine Hand aus seiner löste und einen Schritt von ihm wegtrat.

Ich war völlig überrumpelt von dem Gefühl der Vertrautheit, das mich durchflutete. Gerne hätte ich meine Hand gehoben, um ihm damit durch die Haare zu streichen. Der Wunsch alleine reichte aus, um das zarte Kitzeln seiner störrischen Haare zwischen meinen Fingern zu spüren – so als hätte ich diese Geste schon Tausende Male vollführt. Mein Kopf wollte sich an seine Brust schmiegen, und ich wusste instinktiv, dass meine Wange an der Stelle liegen würde, wo seine Schulter in seinen Hals überging. Ich konnte sein Schlüsselbein regelrecht an meinem Kinn spüren. Ich konnte ihn riechen, diesen Duft, der niemand anderem als Jonas gehörte …

All diese Eindrücke wirbelten binnen weniger Augenblicke durch meinen Kopf, während ich regungslos vor ihm stand und nicht zu atmen wagte.

»Es ist wohl besser, wenn ich jetzt gehe«, hörte ich mich wie aus weiter Ferne sagen, obwohl sich alles in mir dagegen sträubte.

»Das sehe ich anders«, antwortete Jonas; keiner von uns bewegte sich. Ich sah, wie sein Brustkorb sich schneller als sonst hob und senkte, während sein Blick starr auf mich gerichtet war. »Sag mir, dass du das auch spürst. Dieses …« Seine raue Stimme versagte und er räusperte sich. »… dieses Gefühl …« Er sprach nicht weiter, doch das musste er auch nicht.

»Jonas …« Ich verstummte. Ich durfte ihm nicht gestehen, dass es mir genauso ging. Mit diesen Gefühlen betrog ich Marc bereits, sie auch noch zuzugeben, wäre unverzeihlich gewesen – zumal meine Angst zu groß war, dass dieses Geständnis die letzte Hürde zwischen uns beiden niederreißen würde. Ich konnte das nicht. Ich durfte das nicht.

»Ich bringe dich noch nach unten.«

In diesem Moment war ich unendlich dankbar, dass Jonas zu keiner Zeit seine Gefühle vor mir versteckte. Ich las zwar die Enttäuschung in seinen Augen, doch sein sanfter Tonfall war vornehmlich geprägt von Verständnis. Er lief vor mir die Treppe hinab, holte meine Schuhe von der Terrasse und ließ mich durch die Haustür hinaus. Während der ganzen Zeit wagte ich es nicht, ihn direkt anzusehen.

»Bis bald.« Ehe ich mich versah, stahl Jonas einen kurzen Kuss von meinen Lippen. Ein schelmisches Grinsen huschte über seinen Mund, doch ehe ich reagieren konnte, wünschte er mir eine gute Nacht und zog die Tür hinter sich zu.

Ich blieb noch einige Sekunden auf der obersten Stufe stehen. Meine Finger strichen über meine Lippen, auf denen Jonas' Berührung in Form eines angenehmen Kribbelns nachklang. Dann rannte ich fast fluchtartig zu meinem Elternhaus hinüber.

Zurück in meinem Zimmer schmiss ich mich aufs Bett und starrte an die Decke. Was war nur los? Vor Kurzem war noch alles in meinem Leben klar gewesen: Ich wusste, an wessen Seite ich gehörte, mein Weg verlief in geordneten Bahnen, meine Zukunft war vorhersehbar und klar. Und plötzlich war alles offen; das Regelwerk meines Lebens galt nicht mehr, es gab noch nicht einmal grobe Richtlinien, an denen ich mich orientieren konnte …

Entgegen meinem ersten Impuls, deswegen in Panik zu verfallen, begann ich, an dem Gedanken Gefallen zu finden. Es war keine Euphorie, die sich einstellte, sondern vielmehr eine winzige Regung in meinem Bauch, die einem Anflug von Erleichterung gleichkam. Ja, vielleicht war alles offen, doch damit fühlte ich mich freier denn je. In diesem Moment wusste ich mit aller Klarheit die Antwort auf Marcs Heiratsantrag.

29

Meine Freizeit war in den kommenden Tagen davon bestimmt, von Jork aus zu meiner Schule in Hamburg-Wandsbek zu pendeln. Danach korrigierte ich Klassenarbeiten, bereitete den Unterricht vor und ging früh zu Bett, da mein Wecker am nächsten Morgen um fünf Uhr klingeln würde. Ich fühlte mich wie ein Roboter, der sein tägliches Programm abspulte.

Am Donnerstag fuhr ich nach der letzten Unterrichtsstunde nach Eppendorf zu meiner Verabredung mit Carl.

»Wollen wir wieder spazieren gehen?«, schlug ich erneut vor.

Carl nickte. Schweigend schlenderten wir die Isestraße zwischen den Stahlpfeilern der Hochbahn entlang. Carl begann leise vor sich hin zu pfeifen und blinzelte mit einem Lächeln gegen die Sonnenstrahlen an.

An den Gemüseständen des Isemarkts wurden Kisten in Lieferwagen verstaut, manche Verkäufer fegten bereits hinter sich zusammen. Carl blieb an einem silbernen Verkaufswagen stehen und überredete die Verkäuferin, die gerade begonnen hatte, die Kaffeemaschine zu reinigen, uns noch einen Tee und einen Milchkaffee zu servieren.

»Wie geht es Ihnen?«, eröffnete er das Gespräch und drückte mir den geriffelten Pappbecher in die Hand.

Ich nahm einen Schluck und wischte den Milchschaum von meiner Oberlippe, während ich überlegte, wo ich beginnen sollte. Eine Floskel wie »gut« kam mir bei Carl nicht über die Lippen, doch ließ sich das Gefühlschaos der letzten Woche auch nicht in wenige Worte packen.

Seit Tagen dachte ich darüber nach, wie ich Marc sagen konnte, dass ich ihn nicht heiraten würde. Es wäre besser gewesen, das Gespräch gleich nach meinem nächtlichen Treffen mit Jonas zu führen, denn die Gewissheit, die mich nach unserem Treffen elektrisiert hatte, entlud sich allmählich wieder und ließ mich erneut kraftlos und wankend zurück. Da kam es mir gerade recht, dass Marc auf Geschäftsreise war.

Carl pustete vorsichtig in seinen heißen Tee und studierte über den Becherrand hinweg mein Gesicht. »Doch so schlimm?«

Ich stöhnte. »Marc hat mir einen Heiratsantrag gemacht. Und er hat ein Haus für uns gekauft.« Ich wusste, dass Carl die Schlussfolgerung, was das mit mir machte, alleine hinbekommen würde.

Carl pfiff durch die Zähne. »Alle Achtung. Ich gehe aber richtig in der Annahme, dass Sie ihm die Antwort schuldig geblieben sind?«

Ich nickte. Der Ring, der im vorderen Fach meiner Handtasche lag, schien an Gewicht zu gewinnen und meine Schulter zu Boden zu ziehen.

»Übrigens hatten Sie recht«, wechselte ich das Thema, denn es gab eine Sache, die ich gerne verstehen wollte, und dieses Mal würde ich mich nicht abspeisen lassen.

»Das ist immer gut. Womit denn?«

»Meine Träume kommen tatsächlich, wenn ich betrunken bin.«

Carl seufzte und schnalzte missbilligend mit der Zunge, was ich nicht einordnen konnte. Dann schmunzelte er. »Was gab es denn Leckeres?«

»Ein Gemisch aus hausgemachtem Eistee und Korn.«

»Du meine Güte.« Carl verzog das Gesicht, als hätte er in eine Zitrone gebissen. Wahrscheinlich trank er lieber Grog oder ein Herrengedeck.

Ich erzählte ihm von meinem Traum, kramte mein Handy hervor und las die Stichworte ab.

Carl lachte laut auf. »Das heißt, ich übernehme sozusagen die Anmoderation Ihres Traums? Und was soll das mit Captain Iglo heißen?«

Ich merkte, wie ich errötete. Ich wies mit einer Geste auf sein Outfit. »Na ja, weißer, gepflegter Bart, blauer Zweireiher mit goldenen Knöpfen, cremefarbener Rollkragenpulli.«

»Aber eine Kapitänsmütze hatte ich nicht auf, oder?«

Ich dachte nach. »Ich weiß nicht. Ich glaube nicht.«

Carl lachte herzhaft.

»Woher wussten Sie das mit dem Alkohol?«, wagte ich einen Vorstoß.

»Erfahrungswerte.«

»Also gibt es andere Menschen, die dasselbe haben?«

Carl nickte.

»Ich habe das Gefühl, Sie wissen mehr, wollen es mir aber nicht verraten. Warum?«

»Trotz jahrelanger Praxis habe ich nicht mehr als ein paar Theorien.«

»Die reichen fürs Erste.«

Carl seufzte und lächelte mich nachsichtig an. »Okay. Am besten, ich fange von vorne an.« Er rieb sich die Augen.

Ich schwieg aus Sorge, etwas zu sagen, das seine Bereitschaft schmälern würde. An seinen Lippen hängend, nickte ich.

»Während meines Psychologie-Studiums arbeitete ich in einer Klinik, die sich auf Schizophrenie spezialisiert hatte.

Eines der Grundsymptome dieser Krankheit ist die sogenannte Abulie, umgangssprachlich könnte man auch Willensschwäche oder Unentschlossenheit sagen. Da ich mit einer wenig entscheidungsfreudigen Frau verheiratet war, betraf mich dieses Gebiet persönlich. Deswegen beschäftigte mich mehr als meine Kollegen die Frage, warum einige Menschen Entscheidungen mit einem Fingerschnipsen treffen konnten und andere dafür tagelang mit sich haderten. Ich fing an, mich damit auseinanderzusetzen, und widmete auch meine Doktorarbeit dem Thema. Ehe ich mich versah, war ich zu einer Art Fachmann auf dem Gebiet geworden. Und obwohl ich noch immer das Gefühl hatte, im Dunklen zu tappen, schien ich meinen Job nicht schlecht zu machen. Mein Ruf hatte sich herumgesprochen und mein Wartezimmer füllte sich mit entscheidungsschwachen Charakteren, denn es gab in Deutschland kaum Experten auf diesem Gebiet.«

Carl machte eine Pause, trank seinen Tee aus und schmiss den leeren Becher in einen Mülleimer. Dann setzte er sich auf eine Parkbank im Schatten einer Trauerweide, klopfte auf den freien Platz neben sich und sah dann in Richtung Isekanal.

»Als der erste Patient sich nicht von der Überzeugung abbringen ließ, mich zu kennen, glaubte ich noch an eine Verwechslung. Erst nachdem im Laufe der Jahre weitere Patienten darauf beharrt oder mir erzählt hatten, dass sie von mir träumten, fing ich an, nach sonstigen Analogien in ihrem Krankheitsbild zu suchen, und ich wurde fündig. Eigentlich ist Abulie nur das Symptom einer anderen

Krankheit, zum Beispiel einer Depression oder Schizophrenie, nicht aber bei diesen Patienten. Bei ihnen stand das Merkmal weitgehend alleine; bis auf die Entscheidungsschwäche, die begleitenden Déjà-vus und intensiven Träume ging es diesen Patienten gut. Aber nicht nur das: Ich entdeckte immer mehr Parallelen. Meist drehten sich die Déjà-vus und Träume um eine bestimmte Entscheidung, die es in den ersten Sitzungen herauszuarbeiten galt. Mit der Zeit lernte ich, dass die Träume durch Alkohol intensiviert wurden, doch ich konnte meinen Patienten kaum raten, sich zu betrinken, damit wir uns der Entscheidung, um die es ging, nähern konnten.« Carl sah mich an. »Es lag nicht in meiner Absicht, Sie auf dieses Mittel zu stoßen.« Dann blickte er wieder aufs Wasser. »Irgendwann kam ich darauf, dass Hypnose ebenso funktionierte.«

»Und wie läuft das ab?«, fragte ich.

»Wir schickten meine Patienten zurück an diesen einen Punkt, an dem alles begann. Manche erinnerten sich aber auch von alleine, so wie Sie. Und dann kam das Unglaubliche: Alle, aber wirklich alle Patienten verspürten in dem Moment, der die Weichen für ihren Entschluss gestellt hatte, eine unerklärliche Anziehungskraft, gefolgt von einem Hochgefühl.«

»Wie die Anziehungskraft zwischen Marc und mir auf dem Ball?«

»Exakt. Patienten beschrieben es mit ähnlichen Worten wie Sie: Fremdsteuerung, Magie, Zugkraft, Schwere …«

»Und können Sie all diese Phänomene erklären?«

»Nicht wirklich. Ich beschäftigte mich mit den unterschiedlichsten wissenschaftlichen Ansätzen, aber alleine zu der Frage, wie das Gefühl von Déjà-vus entsteht, gibt es mehr Hypothesen als Sand am Meer. Auch in der Schlafforschung und der Traumdeutung gibt es kaum erwiesene Fakten. Klar ist nur: Jeder Mensch verarbeitet Erlebtes im Schlaf. Die plausibelste Erklärung ist somit, dass meine Patienten nachts eine wichtige Entscheidung aus der Vergangenheit verarbeiten.« Gedankenverloren knetete er seine Fingerknöchel.

»Das klingt, als wären Sie von dieser Erklärung nicht ganz überzeugt«, sagte ich.

»Doch, doch«, murmelte er vor sich hin. Dann sah er mich mit festem Blick an. »Die Entscheidungsschwäche mag ein unbewusster Versuch sein, eine einst getroffene Entscheidung auf sich beruhen zu lassen. Und es ergibt durchaus Sinn, dass eine Entscheidung, die am Tag verdrängt wird, in der Nacht mittels Träumen verarbeitet wird. Doch, doch, das ist durchaus schlüssig.«

»Aber warum jetzt? Warum habe ich nicht schon viel früher von Jonas geträumt?«, hakte ich nach.

»Haben Sie ihn vielleicht am Tag vor Ihrem ersten Traum getroffen?«, fragte Carl.

Ich schüttelte den Kopf. Dann fiel mir etwas ein: »Aber Barbara hatte uns von seiner Verlobung erzählt.«

»Das scheint Sie bewegt zu haben.«

Ich nickte. »Und konnten Sie Ihren Patienten helfen?«

»Ich konnte mit ihnen stets nur diese eine Ursprungsentscheidung herausfinden. Danach konnte ich nicht mehr tun, als ihnen bei der Frage zur Seite zu stehen, ob sie ihre Entscheidung im Nachhinein revidieren sollten – sofern das überhaupt noch möglich war. Wenn sie das taten, hörten die Träume und Déjà-vus augenblicklich auf und selbst die Unentschlossenheit wurde etwas besser.«

»Kaum zu glauben.«

»Mit vielen blieb ich in Kontakt, und langfristig stellte sich heraus, dass die andere Seite der Medaille nicht immer die bessere sein musste, viele Patienten suchten mich erneut auf.« Carl rieb sich die Augen. »Ohne nachhaltigen Erfolg fühlten sich meine Behandlungsmethoden zunehmend sinnlos an, weshalb ich irgendwann meine Praxis aufgab.«

»Haben Sie deswegen auch Ihre Professur abgegeben?«

Carl schmunzelte. »Das haben Sie aber nett formuliert. Nein, sie wurde mir entzogen, weil ich einem etwas zu esoterischen Erklärungsmodell für all das auf den Leim gegangen bin.«

Ich sah ihn fragend an, doch Carl zögerte. »Ich kann auch Jonas fragen.« Ich zwinkerte ihm zu.

»Sie sind heute ausgesprochen hartnäckig, junge Dame.«

»Ich brauche Antworten.«

»Die werden Sie bei den Decisionern bekommen.« Carl stieß ein kehliges Lachen aus. »Weiterhelfen werden die Theorien Ihnen aber wohl kaum.«

»Decisioner?« Dieses Wort kam mir bekannt vor, als hätte ich es schon einmal gehört. Ich fühlte mich wie elektrisiert.

»In Ordnung, gönnen wir uns diesen Spaß, denn unterhaltsam ist es allemal. Jonas würde es Ihnen ohnehin erzählen, und das Internet ist voll davon.« Carl seufzte. »Bei meinen Recherchen stieß ich auf eine Bewegung aus Amerika, die sich ›Decisioner‹ nennt. Kurzum vertreten sie die Ansicht, dass manche Menschen die Gabe besitzen, beliebig oft zum Ursprung einer beliebigen Entscheidung zurückzukehren und ihr Leben mit der geänderten Entscheidung nochmals zu leben. In dieser nächsten, wie sie es nennen ›Lebensiteration‹ wird man durch die Déjà-vus und Träume an die vorangegangene Iteration erinnert. Mit jeder weiteren Iteration sollen sie sich häufen.«

»Iteration?« Ich kannte das Wort von der Wahrsagerin, was diese Theorie nicht sonderlich vertrauenswürdig machte.

»Stellen Sie sich Ihr Leben vor, als gingen Sie wandern und es gäbe nur eine Richtung – nach vorne. Sie können nicht umkehren. An jeder Gabelung entscheiden Sie sich neu, in welche Richtung Sie gehen, aber irgendwann bereuen Sie, drei Kreuzungen zuvor nach rechts und nicht nach links gegangen zu sein, denn Sie sind im Morast gelandet und auf dem anderen Weg schien die viel schönere Landschaft auf Sie zu warten. Nun haben manche Menschen die Gabe, zu dieser Kreuzung zurückzukehren. Sie verlieren dabei aber das Wissen um die andere Strecke – die vorherige ›Iteration‹, wie die Decisioner sagen würden. Dieser Weg ist noch immer da, aber sie folgen ihm nicht mehr.«

»Abgefahrene Theorie.«

»Das kann man wohl sagen. Die Decisioner liefern sogar eine bestechend einfache Erklärung dafür, warum mich so viele meiner Patienten zu kennen meinten. Decisioner neigen zu einer ausgeprägten Entscheidungsschwäche, und das ist mein Fachgebiet. Also tummelten sich in meiner Praxis Menschen mit dieser Gabe. Wären sie schon in ihrer letzten Iteration bei mir gelandet, würden sie mich somit tatsächlich wiedererkennen.« Carl lachte, als würde er sich selbst nicht allzu ernst nehmen. Dann fuhr er fort: »Und für die Entscheidungsschwäche haben sie auch ein Erklärungsmodell: Das unentwegte Hadern mit Entscheidungen sei ein unbewusstes Verhaltensmuster, um sicherzustellen, dass man auf der neuen Strecke bleibt. Denn man weiß ja nichts von dem letzten Weg, aber es gab ja einen Grund, warum man zu der Gabelung zurückwollte, um einen anderen Weg einzuschlagen. Im Unterbewusstsein ist dieses Wissen noch vage vorhanden, so träumen Sie von dem vorherigen Weg, der im ekelhaften Morast endete. Durch dieses unbewusste Wissen versuchen Sie, auf dem neuen Pfad zu bleiben, denn Sie könnten durch ein paar ungünstige Abbiegungen ja wieder auf der Strecke mit dem Morast landen.«

»Also ändert man nur ungern seine Entscheidung, damit sich der Grund, warum man sich in der letzten Iteration umentschieden hat, nicht wiederholt?«

»Ganz genau.«

Ich versuchte, die Theorien der Decisioner auf mich zu münzen: »Somit wäre ich in meiner letzten Iteration mit Jonas zusammen gewesen, denn davon habe ich ja geträumt, und es gab einen Grund, warum ich mich für Marc umentschieden habe? Und aus diesem Grund fällt es mir so schwer, mich gegen Marc zu entscheiden?«

»Wenn man den Decisionern Glauben schenkt, dann ja.«

Ich dachte länger darüber nach und lachte auf. »Das klingt ziemlich an den Haaren herbeigezogen.«

»Ich weiß, ich weiß, aber es ist für viele Betroffene verlockend, ihre Probleme auf eine übernatürliche Gabe zu schieben. Für mich sind die Decisioner allenfalls eine Glaubensgemeinschaft mit wirtschaftlichen Zielen, kurzum: eine Sekte. Letztlich haben sie sich eines Krankheitsbildes bedient, das kaum erforscht ist, und Antworten ohne wissenschaftliche Belege gegeben. Eines muss ich den Gründern der Sekte allerdings lassen: Sie haben bei der Analyse ganze Arbeit geleistet, ihre Theorien sind mit vielen Details, die ich von meinen Patienten kenne, untermauert. Ich bin den Decisionern nicht umsonst für einen kurzen Zeitraum aufgesessen. Ich war damals drauf und dran, mich in eines der Seminare einzubuchen, doch als das Tohuwabohu an der Universität begann, kam ich wieder zu Sinnen. Und auch wenn ich heute nicht mehr an die Decisioner glaube, so muss ich oft über sie nachdenken, wie Sie merken. Ich hatte mich bis zum Ende meiner beruflichen Laufbahn immer wieder dabei ertappt, Patientenfälle hinsichtlich ihrer Theorien einzuordnen.«

»Und wie soll dieser Hokuspokus mit dem Zurückgehen funktionieren?«

»Wer die Gabe hat, kann sich zum Zeitpunkt seines Todes umentscheiden. Man muss ohne jeglichen Zweifel hinter der neuen Entscheidung stehen und sich mit all seiner Energie auf die ›Anziehungskraft‹ konzentrieren, die man im nächsten Leben setzen möchte. Decisioner nennen dies den ›Entscheidungsimpuls‹. Bei Ihnen wäre das die Anziehungskraft in dem Moment, in dem Sie mit Marc zusammenkamen, gewesen. Die Decisioner beschreiben diesen Moment mit denselben Worten wie Sie und all meine Patienten: ein Ziehen; eine mysteriöse Kraft, die auf einen einwirkt; ein berauschender Moment der Anziehung. In Vorbereitung auf diesen Augenblick hilft es, die Techniken des Meditierens zu erlernen.«

»Hm.« Ich beobachtete eine Weile die Wasseroberfläche, auf die die sanfte Brise kleine Rillen zeichnete, und dachte über die Decisioner nach.

Dann erinnerte ich mich wieder an die Worte, mit denen Barbara mir Carls psychologische Fähigkeiten angepriesen hatte: »Er hat Jonas geholfen, als er in einer schwierigen Phase war.« Mir war bewusst, dass er mir nicht mehr darüber erzählen konnte, da ihre Gespräche unter die ärztliche Schweigepflicht fielen. Dennoch konnte ich mir eine Frage nicht verkneifen: »Jonas hat mir von seinen Träumen erzählt. In der Zeit, als Sie an die Decisioner glaubten, dachten Sie da, Jonas sei einer?«

»Ich kann Ihnen nur so viel sagen: Ich kenne Jonas von klein auf, und ich war neugierig auf Sie. Auch Jonas hat einen starken Hang zur Unentschlossenheit. Jonas und ich konnten trotz Hypnose jedoch keinen ›Entscheidungsimpuls‹ ausmachen, es gab keine Entscheidung in seinem Leben, bei der er ein solches Ziehen verspürte.«

»Diese Theorien sind schon ziemlich verrückt.«

»In der Tat. Wir alle dürsten in einer hochkomplexen Welt nach einfachen Antworten. Selbst ich bin darauf reingefallen.«

Ich schüttelte ungläubig den Kopf.

»Aber wissen Sie was?«, fragte Carl. »Eine Sache der Decisioner kann man sich tatsächlich zu Herzen nehmen.«

Ich sah ihn fragend an.

»Die Decisioner verfolgen in ihren Seminaren hauptsächlich eine Sache: Ihre Anhänger sollen am Ende ihres Lebens glücklich sein. Denn dann gibt es keinen Grund mehr, sich umzuentscheiden, und der Kreislauf ist durchbrochen.« Carl sah mich eindringlich an. »Hören Sie also auf Ihr Herz und versuchen Sie, glücklich zu werden. Denn mich beschleicht das Gefühl, Ihre Entscheidung hinsichtlich des Heiratsantrags ist schon längst gefällt und Ihnen fehlt nur die Courage für die Umsetzung.«

»Aber Marc, er liebt mich …«

»Sie sind nur für Ihr eigenes Glück verantwortlich.«

»Ich werde es ihm sagen … wenn der richtige Zeitpunkt gekommen ist.«

Carl schmunzelte. »Ich verrate Ihnen etwas: Sie sollten Ihre Zeit nicht mit Warten auf den richtigen Zeitpunkt verbringen, denn den gibt es nicht.«

»Und wie beende ich das Warten?«

Der Schalk tänzelte in Carls Augen. »Indem Sie ihm Ihre Entscheidung mitteilen.«

»Haha.«

»Wenn Sie reden möchten, rufen Sie jederzeit gerne an.« Carl strich mir über die Schulter. »Sie bekommen das hin. Ganz gewiss.«

Wir standen von der Parkbank auf.

»Ich kann die U3 nehmen. Die U-Bahnstation ist ja gleich um die Ecke. Wie sieht es bei Ihnen aus?«, fragte Carl.

»Ich laufe noch ein Stückchen.« Ich war mit dem Auto gekommen, wollte das aber nicht sagen, da seine Höflichkeit es gebieten würde, mich zurückzubegleiten.

Wir verabschiedeten uns, und ich spazierte ziellos umher und nutzte die Ruhe, um Carls Worte sacken zu lassen. Ich wusste, meine Wahl war getroffen. Das laute Klopfen meines Herzens, das beim bloßen Gedanken an Jonas an Schnelligkeit gewann, ließ sich kaum noch ignorieren. Doch wenn ich darüber nachdachte, Marc zu verlassen, blieb es vor Schreck fast stehen.

Wahrscheinlich hatte Carl recht, und alle Zeit der Welt würde mir nicht dabei helfen, eine Entscheidung zu treffen. Ich sollte mich einfach mit Marc treffen. Ich müsste nur mein Handy in die Hand nehmen und tippen. Ich setzte an, öffnete dann jedoch das Chatfenster von Charly und fragte sie, ob wir uns morgen nach meiner letzten Unterrichtsstunde treffen könnten.

30

Ich war ein paar Minuten früher als verabredet im *AlsterCliff*, ging auf den Bootsanleger, der wie ein Laufsteg in die Alster ragte, und setzte mich auf eine der Sonnenliegen. Erschöpft lehnte ich mich zurück und reckte mein Gesicht in die Sonne, die trotz der angebrochenen Dämmerung genug Kraft besaß, um meiner vom Schultag ausgelaugten Seele noch ein wenig Wärme zu spenden. Ich schloss die Augen und spürte der Brise nach, die durch den Leinenstoff meines Kleides strich und eine angenehme Frische auf meiner von der Sonne aufgeheizten Haut hinterließ. Meine zunehmende Entspannung brach sich in einem lauten Gähnen Bahn, das ich hinter vorgehaltener Hand zu verstecken versuchte.

»Na, na, was sind das denn für Augenringe?«, begrüßte mich Charly und zog mich in eine wohltuende Umarmung.

»Ich konnte nicht schlafen«, antwortete ich wahrheitsgetreu.

»Ich gehe mal auf die Suche nach einem Kellner und besorge uns zwei Chardonnay, und dann erzählst du mir, was dir den Schlaf raubt.« Wenig später kehrte sie zurück, drückte mir einen Weißwein in die Hand und setzte sich auf den Liegestuhl neben mich. »So, erzähl!«

Mein Blick folgte den bauschigen Wattewölkchen, die von Nord nach Süd wanderten, und die Worte flossen nur so aus mir heraus. Ich berichtete ihr der Reihe nach von Jonas' Liebesgeständnis, dem Heiratsantrag, dem Haus und den verwirrenden Déjà-vus, als Marc mir die Räume gezeigt hatte. Zögerlich erzählte ich auch von meinem nächtlichen Besuch bei Jonas und von all den Träumen von ihm. Es war unglaublich, was sich alles in dieser kurzen Zeit ereignet hatte, und es tat gut, Charly einzuweihen. Je länger ich redete, desto mehr fiel an emotionaler Last von mir ab.

»Das ist ja der Hammer«, fasste sie die Situation zusammen und fragte mich noch weiter zu meinen Träumen aus. Doch ich konnte auch ihr nur noch Bruchstücke erzählen. »Erinnerst du dich noch an die Wahrsagerin? Sie hatte doch irgendwas von Lebensiterationen erzählt. Vielleicht hast du von einem früheren Leben geträumt.«

»Mit dieser Meinung stünde sie nicht alleine da«, entfuhr es mir. Ich hatte eigentlich nicht vorgehabt, Charly von den Decisionern zu erzählen. Im Gegensatz zu mir glaubte sie so ein Zeugs. Sie verfügte stets über ein wildes Potpourri aus Psychologie, Esoterik und einer überbordenden Fantasie und würde sich sofort darauf stürzen. Doch ich wusste, dass sie jetzt nicht lockerlassen würde, also berichtete ich ihr von den Theorien.

Charly hörte wie erwartet mit großen Augen zu, zückte dann ihr Smartphone und öffnete den Browser. »Decisioner heißen die?«

Ich nickte.

Während sie das Internet durchsuchte, murmelte sie vor sich hin: »Hier steht, dass Decisioner sich mehrfach umentscheiden, sich aber nicht daran erinnern können. Die Déjà-vus und Träume sind der einzige Zugang zu den letzten Iterationen.« Dann sah sie wieder mich an. »Das ist wie in dem Film *Und täglich grüßt das Murmeltier*, außer dass man sich nur noch vage an den Vortag erinnerte.« Erneut sah sie auf ihr Handy.

Ich wusste, dass es nichts bringen würde, Charly bei ihren Recherchen zu unterbrechen. Wenn sie einmal für eine Verschwörungstheorie Feuer gefangen hatte, war sie kaum noch zu bremsen. So lehnte ich mich zurück und nippte an meinem Weißwein. Charly stellte zwischendurch immer wieder Verständnisfragen und ich versuchte, Carls Erklärungen möglichst detailgetreu zum Besten zu geben.

Nach einer halben Stunde legte sie ihr Handy beiseite und sah mich an. »Okay. In deinem ersten Traum ist Jonas gestorben, und ihr wart in allen Träumen ein Paar.« Sie fasste sich nachdenklich ans Kinn. »Kannst du deine Träume in eine chronologische Reihenfolge bringen? Also nicht, wie du sie geträumt hast, sondern als Geschichte?«

»Wenn Jonas in meinem ersten Traum gestorben ist, war das wohl das Ende der Geschichte«, sagte ich sarkastisch.

»Denk nach, wie das genau passiert ist. Ein Überfall, sagtest du?«

Nun wurde ich doch stutzig. Carl hatte dieselbe Frage gestellt. »Warum interessiert dich das?«

Ihr Gesichtsausdruck wurde ernst. »Stell dir vor, du kommst mit Jonas zusammen und er wird wieder überfallen und stirbt? Um das zu vermeiden, gibt es nur zwei Wege: Du lässt die Finger von Jonas oder du erinnerst dich an die Details«, sagte sie mit geheimnisvoller Stimme.

Ich sah sie irritiert an.

»Na, überleg doch mal: Die Wahrsagerin hat gesagt, du seist in deiner dritten Lebensiteration. Laut den Decisionern sind die Flashbacks und Träume die Verbindung zu deiner letzten Iteration. Also warst du in der letzten Version mit Jonas zusammen, hast dich in diesem Leben aber für Marc entschieden, weil Jonas gestorben ist.«

»Dann wäre ich aber eine ziemlich schlechte Freundin, wenn ich mich für einen anderen Mann entscheide würde, nur weil der jetzige die Frechheit besitzt zu sterben«, merkte ich an.

»Womöglich hatte sein Tod etwas mit eurer Liebe zu tun.« Charly zog die Augenbrauen hoch und sah mich besserwisserisch an.

»Soso. Und mit wem war ich deiner Ansicht nach in der ersten Iteration zusammen?«

»Na, mit Marc natürlich. Sonst hättest du dich ja nicht umentschieden. Das ist wie im Pingpong: Marc – Jonas – Marc.« Charly gluckste vor Freude und klatschte in die Hände, als wolle sie ihren nächsten Geistesblitz feiern. »Ich finde, das ergibt alles Sinn.«

»Tut mir leid, diese Theorie ist mir zu abgefahren. Da bekommt man ja einen Knoten im Kopf. Ich habe von Jonas' Tod geträumt, weil er mir gefehlt hat und mein Unterbewusstsein mir einen Anstoß geben wollte, an dieser Situation etwas zu ändern – was ich ja auch getan habe.« Ich brauchte keine Decisioner und Wahrsager, um all das zu erklären.

Charly war aber noch längst nicht fertig. »Dieser sagenumwobene Augenblick, in dem du mit Marc zusammengekommen bist …« Sie malte mit ihren Händen ein imaginäres Banner in die Luft, auf dem ihre Worte standen. »Der Entscheidungsimpuls.« Dann sah sie mich mit todernstem Gesichtsausdruck an. Ich hätte fast losgelacht. »Ich sage dir, du hättest dich in dem Moment auch für Jonas entscheiden können.«

Nun schluckte ich. Wenn ich bisher an diese Schulfeier zurückgedacht hatte, dann ausschließlich an den kurzen Zeitabschnitt, in dem Marcs Anziehungskraft mich ergriff, wir uns in die Augen sahen und uns das erste Mal küssten, bis wir bei dem Lied *Cotton Eye Joe* wieder voneinander abließen. Doch plötzlich hatte ich den vorangegangenen Moment wieder vor Augen, in dem ich alleine auf der Tanzfläche stand und versuchte, Susi und all die anderen hübschen Mädchen der höheren Jahrgänge zu ignorieren, die Marc umgarnten – bis Jonas mich aus diesem schrecklichen Unbehagen rettete. Er hatte einen unserer Lieblingssongs aufgelegt, seine Position am DJ-Pult für mich verlassen und mich übermütig über das Parkett gewirbelt. Überhaupt fragte ich mich auf einmal, wer an dem Abend mein Date gewesen war. Marc hatte mich ein paar Tage zuvor gefragt, aber aus irgendeinem Impuls heraus hatte ich abgelehnt, beziehungsweise vorgeschlagen, dass wir zu dritt gehen könnten. Jonas war nicht mein offizielles Date gewesen, aber da wir nebeneinander wohnten, waren wir wie selbstverständlich gemeinsam zur Schulaula gegangen. Rückblickend tat mir Jonas leid, jetzt, da ich um seine Gefühle wusste, und ich schämte mich für meine Blindheit.

Ja, Charly hatte recht. Ich hätte mich damals auch für Jonas entscheiden können. Und jetzt, fünfzehn Jahre später, musste ich mich erneut entscheiden.

»Was mache ich denn jetzt?«

Charly biss sich auf die Unterlippe, während sie überlegte. »Es gibt ja auch die Möglichkeit, dich weder für Marc noch für Jonas zu entscheiden. Lenke deinen Blick doch zuerst einmal auf dich und Marc. Ich habe nie hinterfragt, wie so ein Saubermann zu so einem Wirrkopf wie dir passt, denn ihr scheint ja glücklich zu sein. Ich vermute aber, dass du dich Marc ziemlich untergeordnet hast, damit eure Beziehung funktioniert.«

Charly sah auf die Alster und gönnte damit auch mir eine Pause, mich zu sortieren. Der angenehme Sommerwind raute die Wasseroberfläche auf, bauschte die weißen Segel der Jollen weit auf und ließ sie kreuz und quer über das Wasser rasen. Dagegen glitten die Ruderer nahezu geradlinig im Takt ihres Steuermanns über den See. Charly hatte recht. Manchmal fühlte ich mich, als würde ich einfach nur auf Marcs Weg folgen, als steuerte er das Boot und ich zöge unermüdlich an den Skulls. Doch ich hatte mich nie daran gestört. Im Gegenteil, ich hatte es so für das Beste gehalten. Warum, wusste ich nicht.

»Ich glaube, ich sollte mich erst einmal um mich selbst kümmern.«

»Hört, hört.« Charly winkte hoheitlich mit der Hand, beugte sich zu mir herüber und nahm mich in den Arm.

»Und ich fange mit einer Reise an.« Ich wusste auch schon, wohin. Seit Marc so vehement gegen Kolumbien war, wurde dieses Land für mich zum Inbegriff meines Sehnens. Die Sommerferien standen kurz bevor und boten mir allen Freiraum; außerdem hatte ich etwas Geld gespart und konnte diesen Trip auch ohne Marc unternehmen.

»Darauf stoßen wir an!« Charly erhob ihr Weinglas.

»Möchtest du mitkommen?«, fragte ich sie, nachdem wir angestoßen hatten, von meiner eigenen Courage kurzweilig eingeschüchtert.

»Ich würde sofort, bekomme aber keinen Urlaub. Im Sommer haben wir das Restaurant und das Außencafé geöffnet. Dafür haben wir nicht genug Aushilfskräfte.«

Ich redete mir wieder gut zu. Ich würde das alleine hinbekommen. Ganz bestimmt.

Den Rest des Abends schmiedeten wir Reisepläne. Ich sah mich bereits im Karibischen Meer baden, durch die Straßen von Bogotá schlendern, den Hausberg Monserrate mit der Seilbahn erklimmen und durch den dichten Regenwald wandern.

Nachdem Charly und ich uns voneinander verabschiedet hatten, spazierte ich gedankenverloren durch die Stadt. Irgendwann fiel mir auf, dass meine Füße den altbekannten Weg zu unserer Wohnung eingeschlagen hatten, und ich beschloss, Carls Rat zu folgen und mich der Situation zu stellen. Ich hatte keine Ahnung, was ich sagen sollte, hoffte aber, dass mir mein flatterhaftes Bauchgefühl im entscheidenden Moment zur Seite stehen würde. Das musste reichen.

31

Marc war nicht da, als ich unsere Wohnung betrat. Ich legte mich auf die Couch und schaltete den Fernseher an, doch ich nahm die Bilder nicht wirklich wahr, denn am liebsten wäre ich wieder aufgestanden und hätte fluchtartig die Wohnung verlassen. Um mich abzulenken, fuhr ich meinen alten Laptop hoch und googelte »Decisioner, Dreams, Déjà-vus«. So landete ich auf einer professionell gestalteten Homepage mit mintgrünem Hintergrund. Das Logo in der Kopfleiste bestand aus zwei geschwungenen Pfeilen, die in entgegengesetzte Richtungen zeigten. Darunter posierten zwei Mittfünfziger mit Bürstenschnitt und seligem Lächeln Rücken an Rücken. Irgendwie hatte ich einen langhaarigen Guru in einem weißen, sackartigen Gewand erwartet. Die beiden sahen in ihren senffarbenen Anzügen und ihren grau-blau karierten Krawatten hingegen recht gewöhnlich aus, eher wie die Leiter einer Sparkassenfiliale denn einer Sekte.

Der Text unter dem Foto erzählte von ihrem Glauben. Ich fand vieles von dem wieder, was Carl mir bereits erklärt hatte, und klickte auf den Link mit Erfahrungsberichten. Die Entscheidung der Decisioner schien sich immer um einen geliebten Menschen zu drehen: ein verpasstes Zeitfenster, in dem beide Single gewesen waren; eine Frau, die der Liebe ihres Lebens zu spät begegnete, weil sie im falschen Moment am falschen Ort war; eine abgesagte Autoreparatur, aufgrund der ein Mann seine Ehefrau bei einem Unfall verlor.

Ich klickte weiter und entdeckte in der Seitenleiste ein Dokument mit dem Titel »Was die Hand verrät«.

»Was für ein Humbug.« Ich schüttelte den Kopf, schloss das Browserfenster und klappte den Laptop zu.

»Was ist Humbug?«

Ich zuckte zusammen. Meine Recherchen hatten mich so vereinnahmt, dass ich Marc nicht hatte kommen hören.

Er legte seine Computertasche neben den Schreibtisch und zögerte, gab mir dann aber einen Kuss auf den Mund.

»Ach, nichts.« Ich wunderte mich, dass er so früh Feierabend gemacht hatte, obwohl er nicht wusste, dass ich zu Hause auf ihn wartete.

Marc blieb vor mir stehen, wich meinem Blick aber aus. »Wollen wir …« Er wischte mit den Händen seine Hüfte entlang, als streiche er seinen Anzug glatt.

Auch ich fühlte mich seltsam unbeholfen in seiner Gegenwart. »… einen Wein auf der Terrasse trinken?«, vervollständigte ich seinen Satz.

»Gern. Ich hole eine Flasche aus dem Keller.« Marc machte kehrt, sichtlich erleichtert, etwas zu tun zu haben, und bewegte sich mit großen Schritten in den Flur. Kurz darauf hörte ich, wie unsere Wohnungstür ins Schloss fiel.

Ich besorgte zwei Gläser aus der Küche und setzte mich auf die Rattanbank unserer Sitzgruppe. Jetzt, wo es ernst wurde, braute sich Panik in meinem Bauch zusammen, meine Handflächen wurden schwitzig und das unaufhörliche Wippen meines Fußes ließ sich nur schwer unterdrücken. Am liebsten wäre ich aufgesprungen und hätte das Weite gesucht.

Was, wenn mein Herz mir im entscheidenden Moment zuflüsterte, dass ich Marc heiraten sollte, weil es unter dem Druck einknickte, ihn sonst zu verlieren? Was, wenn mein Herz mir sagte, dass Marc der Richtige wäre, und seine Meinung änderte, sobald ich in Jonas' Augen blickte? Gäbe es je eine Lösung für dieses Dilemma?

Das dumpfe »Plopp« eines Weinkorkens holte mich aus meinen Gedanken. Marc hatte sich umgezogen. In Jeans und einem grauen Poloshirt trat er hinter mich und füllte über meine rechte Schulter hinweg das bauchige Weinglas. Daraufhin goss er seines voll und ließ sich fast geräuschlos neben mir nieder.

Normalerweise hätte er seinen Arm um mich gelegt und mir einen Kuss auf die Haare gegeben. Doch der Abstand zwischen uns, der nicht mehr als ein paar Zentimeter betrug, verriet, wie es um uns stand: Unsere Beziehung hatte einen Riss bekommen, sie war nicht mehr von dem Vertrauen geprägt, dass wir zusammengehörten, sondern an Marcs Bedingung geknüpft, seine Frau zu werden – und bis diese Frage beantwortet war, mahnte mich Marcs Distanziertheit, wie es von nun an sein konnte.

»Cheers.« Ich hob mein Weinglas und prostete in die Luft, teils weil ich dringend Alkohol brauchte und teils um die Situation aufzulockern.

»Prost.« Marc nickte mir zu, starrte jedoch in sein Glas, ohne daraus zu trinken.

»Und was hast du die Woche getrieben?«, versuchte ich, unsere Unterhaltung in seichtere Bahnen zu lenken.

»Gearbeitet.«

»Wie war deine Geschäftsreise?«

»Gut.«

Ich vermied es, ihn anzusehen. Ich würde ohnehin keine Erkenntnis daraus ziehen, wenn er wie jetzt dichtmachte. Stattdessen konzentrierte ich mich auf das Spinnennetz zwischen Hauswand und Dachrinne, das in der Abendsonne wie ein Geflecht aus filigranen Silberketten glitzerte.

Marcs Stimme durchbrach schließlich die Stille. »Da du mir kein freudestrahlendes ›Ja‹ überbringst … Gehe ich recht in der Annahme, dass du meinen Antrag ablehnst?«

Ich brachte keine Antwort über die Lippen. Wie ein Reh im Scheinwerferlicht saß ich da, nicht imstande zu reagieren.

»Schweigen ist auch eine Antwort, Rebecca.«

»Es ist nur …«, setzte ich an. Wie konnte ich jemandem, der alles Konstante liebte, begreiflich machen, wie sehr mich das einengte? Wie konnte ich ihm nur begreiflich machen, dass ich noch so viele andere Dinge wollte?

»Nichts würde sich ändern.«

»Warum müssen wir dann heiraten?«

»Anstatt uns über das Für und Wider der Ehe zu unterhalten, sollten wir mal aussprechen, was dein wirkliches Problem ist: Du willst Jonas. Das ist doch so?« Marc hob seinen Blick und sah mir direkt in die Augen. Für die Dauer eines Augenblickes versteckte er nicht, wie weh ihm mein Verhalten tat.

Ich wollte widersprechen und öffnete den Mund, schloss ihn aber gleich wieder. Ich konnte es nicht.

»Fünfzehn Jahre wirfst du einfach weg«, herrschte Marc mich an und schlug mit der offenen Hand auf den Gartentisch, was mich zusammenzucken ließ.

Eingeschüchtert starrte ich ihn an. Er war mir gegenüber noch nie laut geworden.

»Läuft da was zwischen euch?«

»Nein«, erwiderte ich mit brüchiger Stimme, vielleicht etwas zu zögerlich.

Marc fasste mich an den Schultern und sah mich eindringlich an. »Was willst du, Rebecca? Ich verstehe dich nicht.«

Ich öffnete den Mund, bekam jedoch keinen Ton heraus.

»Was willst du?«, forderte er erneut.

»Ich will glücklich sein!«, schrie ich. Noch während meine Worte in mir nachhallten, sackte alles in mir zusammen. Könnte ich vor mir selbst zurückweichen, ich hätte es getan. Ich hätte mich distanziert von dieser Frau, die einem geliebten Menschen so einen Schlag in den Magen verpasste. Es war der Umkehrschluss, der meinen Worten die zerstörerische Kraft verlieh, und an Marcs schockierter Miene erkannte ich, dass er diesen zog. Eine Träne schlich sich aus meinem Augenwinkel und landete auf der Hand, mit der ich den Stil des Weinglases umkrallte.

»Ich kann das nicht mehr«, flüsterte er, wie mir schien, mehr zu sich selbst als zu mir.

»Marc.«

Er blickte mir direkt in die Augen, doch wo bis eben Schmerz und Traurigkeit durchschimmerten, sah ich nur noch seine innere Abwehr. »Das heißt also, du lehnst meinen Antrag ab.« Das war keine Frage gewesen. Marc schwenkte seinen Wein und starrte in den Strudel, der sich in der Mitte des Glases gebildet hatte. Dann nahm er einen Schluck. Den Blick ins Leere gerichtet, fuhr er fort: »Ich bin es leid, etwas zusammenzuhalten, was nach kurzer Zeit immer wieder auseinanderdriftet. Es ist anstrengend, nicht nur mein Leben im Griff haben zu müssen, sondern deines dazu.«

Marcs Stimme war fest, seine Worte klangen fast wie von einem Skript abgelesen. Es schien, als spulte er seinen Plan B ab, mit dem Titel »Sie sagt Nein«, nachdem Plan A, »Haus kaufen und Antrag machen«, gescheitert war. Ich wusste, dass er sich mit seiner kühlen Sachlichkeit nur zu schützen versuchte. Vor mir. Die Erkenntnis, dass er gut daran tat, schmerzte und alles in mir rebellierte dagegen, doch ich musste ehrlich zu mir sein: Er hatte recht.

»So hast du uns also gesehen?«, fragte ich zögerlich.

»Nicht immer.« Marcs Lippen vibrierten kaum merklich, was er unterband, indem er sie aufeinanderpresste. Dann fuhr er fort: »Ich habe nicht um deine Hand angehalten und das Haus gekauft, um dich unter Druck zu setzen. Ich wollte wissen, ob wir beide noch dieselben Ziele verfolgen. Wie sich zu meinem Bedauern herausgestellt hat, ist dem nicht so.«

»Ich wollte all das ja auch, aber ich muss noch so viel erleben …«

»Ich höre deine Worte …«, antwortete Marc mit einer Handbewegung, die aussah, als wolle er eine nervige Fliege vertreiben. »Ich denke, Emily hat recht. Du wirst dich nie ändern.«

»Das hat sie gesagt, ja?« Meine Stimme überschlug sich. Ich wusste nicht, was mich mehr ärgerte: Die Tatsache, dass er unsere Beziehungsprobleme vor Emily ausgebreitet hatte, dass Emily mich angelächelt und hintenrum gegen mich intrigiert hatte, dass Marc dachte, ich würde mich nie ändern … oder dass er nur an unserer Beziehung festgehalten hatte, weil er hoffte, ich würde mich doch noch ändern. Als wäre ich nicht liebenswert, wie ich war.

»Vielleicht ist Jonas doch der Bessere für dich.«

»Hier geht es nicht um Jonas, sondern um dich und mich.«

»Ach, komm schon. Es wird keine Woche dauern, bis du und Jonas ein Paar seid. Vielleicht kommt er mit diesem ganzen Hin und Her besser zurecht.«

Ich trank den Rest meines Rotweins auf ex und sah Marc in die Augen. »Weißt du was? Bei einem kann ich dir nicht widersprechen: Wir würden in zehn Jahren noch dieselben Diskussionen führen, weil ich bin, wie ich bin. Weil ich etwas Abenteuer brauche, die Welt sehen und mir meinen eigenen Weg suchen möchte. Das geht mit dir nicht. Also sollten wir uns am besten trennen.«

Ich starrte ihn an, und Marcs Schutzwall schien für einen kurzen Moment wieder durchbrochen zu sein. An seinem Adamsapfel erkannte ich, dass er hart schluckte, während sein ungläubiger Blick auf mich gerichtet war. Schockiert von dem, was gerade passierte, hielt ich die Luft an, als könne ich so die Welt anhalten. Doch sie drehte sich unaufhörlich weiter, und das Leben rauschte wie zum Hohn in meinen Ohren: das entfernte Brummen des Feierabendverkehrs, die schiefen Violinentöne aus einem Nachbarfenster, ein sich näherndes Martinshorn. Und wir mittendrin, ein Stillleben in einem dahinrasenden Film.

»Okay« war das Einzige, was ihm zu meinem Wutausbruch einfiel.

Danach sagte eine Weile keiner von uns mehr etwas. Alles schien gesagt zu sein, auch wenn keines der Worte unserer jahrelangen Beziehung gerecht wurde, in der wir stets respektvoll miteinander umgegangen waren.

»Das war es also?« Ich gab mir keine Mühe mehr, meine Tränen zurückzuhalten. Die Welt mitsamt Marcs Gesicht verschwamm hinter einem verwässerten Schleier.

Marc schielte nach oben, als wolle er der Schwerkraft, die an seinen Tränen zog, Einhalt gebieten. »So sieht es aus.«

Ich wischte meine Wangen mit meinem Pulloverärmel trocken und atmete tief durch. »Soll ich heute noch meine Sachen zusammenpacken?«

»Ich bin ab Montag wieder auf Geschäftsreise. Ich komme erst Freitagabend wieder. Wenn dir das zu kurzfristig ist, geht die Woche darauf genauso.«

»Die Möbel gehören ja weitestgehend dir, also muss ich keinen Transporter organisieren.«

»Du kannst die Kommode im Schlafzimmer mitnehmen. Ich weiß, wie sehr du sie magst.« Wir wussten beide, wie wenig sie seinem Geschmack entsprach. Ich bedankte mich dennoch. »Leg den Schlüssel auf den Küchentisch. Den Ring kannst du, wenn du möchtest, behalten.«

So war es also, wenn etwas Großes zu Ende ging. Man ignorierte all das, was einen über die Jahre verbunden hatte, und regelte die Formalien wie zwei Fremde.

»Gut. Dann gehe ich mal.« Erstaunt, bei dieser Scharade so gut durchzuhalten, klopfte ich mir auf die Oberschenkel und stand auf. Auf dem Weg zur Wohnungstür schweifte mein Blick durch das geräumige Wohnzimmer. Ich verspürte keinerlei Bedauern, mich von all dem Luxus trennen zu müssen. Die Möbel waren nicht die meinen, Marc hatte sie bezahlt und weitestgehend auch ausgesucht, weil ich auf so etwas nur wenig Wert legte. Ich hatte mich über die Jahre an sie gewöhnt, an ihr geradliniges Design, ihre schwarz glänzenden Oberflächen, an das kalte Leder im Rücken und den glatten Steinbelag unter den Fußsohlen. Sie würden mir aber nicht fehlen. Der einzige Akzent, den ich in diesem Apartment gesetzt hatte, war die Holzkommode … und diese durfte nun zusammen mit mir gehen.

Marc brachte mich noch an die Tür, die Hände in den Hosentaschen, den Blick auf den Boden gerichtet.

So sollten wir nicht auseinandergehen. »Marc …«

»Fährst du noch nach Jork?«, unterbrach er mich.

Ein Schwall aus Worten türmte sich hinter meinen verschlossenen Lippen auf, Worte, die meine Traurigkeit ausdrückten, die ihm sagen sollten, wie wichtig er mir war, immer sein würde, Worte, die mein Innerstes nach außen kehrten und unseren letzten Momenten als Paar das Gewicht verliehen, das sie verdienten. Ich sammelte meine letzte Kraft zusammen, hob den Kopf und sah ihm direkt in die Augen. »Es mag für uns nicht mehr als Paar reichen, aber du bist und bleibst hier drin«, flüsterte ich und klopfte mit der flachen Hand auf meine Brust. »Ob du willst oder nicht.«

Marc verzog keine Miene, kühl starrte er mich an. Nur sein Atem, der an Schnelligkeit gewann, zeugte von dem Aufruhr, der in ihm tobte. »Fahr vorsichtig«, presste er hervor. Ohne seinen Blick von mir zu lösen, schob er langsam die Tür zu, und das leise Klicken eines Türschlosses markierte das Ende unserer Beziehung.

Ich eilte die Treppe hinab, stolperte über Stufen, lehnte mich für einen Moment gegen die schwere Eingangstür und trat dann in den trüben Abend. Erst als ich auf dem Gehweg stand, realisierte ich, wie sehr die vergangenen Minuten mein Leben verändern würden. Ich konnte mich gerade noch an einer Straßenlaterne festhalten, bevor mir schwarz vor Augen wurde. Bunte Punkte tanzten hinter meinen Lidern, ein Kribbeln in meinen Füßen hinterließ eine dumpfe Kälte, und es kostete mich alle Kraft, nicht zu fallen.

Was hatte ich nur getan? Es stellte sich keine Erleichterung ein, dieses Gespräch hinter mich gebracht zu haben, oder Trauer, dass unsere Beziehung zu Ende gegangen war. Nein. Ich konnte meine Gefühle schwer fassen, am ehesten fühlte ich mich bedroht. Wovon, wusste ich nicht. Von meiner nun ungewissen Zukunft? Von den Formalien der Trennung, die auf mich warteten? Ich konnte all das verneinen. Vielmehr war es eine Angst, dass irgendwo etwas auf mich lauerte, eine Vorahnung, dass etwas Schlimmes passieren würde, ja sogar musste.

Ich schüttelte dieses Gefühl ab und holte tief Luft. Alles würde gut werden. Ganz bestimmt.

32

Am Montag meldete ich mich krank, zum ersten Mal seit ich arbeitete, aber ich fühlte mich wirklich elend. Meine Mutter lieh sich den Lieferwagen des Gärtners, und wir nutzten den Morgen, um meine Sachen aus der Wohnung zu holen.

Marc hatte schon einiges vorsortiert, das sah ihm ähnlich. Neben dem Ledersofa lag ein Stapel Zeitungen, die mir gehörten, obenauf die neuste Ausgabe des *Kulthefts*. Die hatte ich nicht gekauft. Neugierig schlug ich die Seite mit den Rezensionen auf und fand schnell Jonas' Namen.

Maria Mena liefert eingängige Pop-Hits ab, die sich mit ihren tiefgründigen Texten und anspruchsvollen Melodien von der Masse der Unterhaltungsmusik abheben, ohne an Chart-Tauglichkeit einzubüßen. Hinzu kommt noch ihre bemerkenswerte Stimme. Nur wenige Sängerinnen sind in der Lage, in nur drei Sekunden ihr Tonspektrum über mehrere Oktaven zu strecken – ein Merkmal, das einige Kritiker als schrill titulieren, doch genau das macht das Klangbild ihrer Musik so einzigartig. Ihre Songs decken die gesamte Palette von melancholisch, ja fast zerbrechlich, bis hin zu rockig-aggressiv ab. Auch live macht die 26-Jährige eine gute Figur, denn obwohl sie in ihrem Heimatland längst ein Star ist, vermittelt sie ihrem Publikum das Gefühl, das einem sonst nur unbekannte Künstler geben können: unverfälschte Begeisterungsfähigkeit.

Es war einer dieser perfekten Abende, von denen es viel zu wenige im Leben gibt. Wenn man auf einen einzigen Moment über ein Jahrzehnt lang wartet, dann ist die Enttäuschung oft vorprogrammiert. Doch wenn dieser Moment deine Erwartungen sogar noch übertrifft, dann weißt du: Halte ihn fest und sorge dafür, dass er wiederkommt. Somit vergebe ich erstmalig zehn von fünf Sternen für einen gelungenen Abend mit Maria Mena und meiner perfekten Abendbegleitung, live im Nochtspeicher.

Mit einem Schmunzeln legte ich die Zeitung zurück auf den Stapel und packte ihn in einen der Kartons. Anhand von Jonas' Beschreibungen hatte ich mich schon immer an den Ort des Geschehens träumen und mir vorstellen können, wie es wäre, mit ihm dort zu sein. Und doch hatte ich immer gewusst, dass keine Träumerei an ein Treffen mit Jonas herankommen könnte, denn es waren ja gerade seine Unvorhersehbarkeit und seine ansteckende Euphorie, die einen Abend an seiner Seite ausmachten. Der Artikel löste wunderbare Erinnerungen aus, vermittelte jedoch nur einen Abklatsch des Hochgefühls, das sich auf dem Konzert in mir ausgebreitet hatte. Tief in mir drinnen hatte ich mich all die Jahre danach gesehnt, es mir aber niemals eingestanden: Ich brauchte mehr Jonas in meinem Leben.

Ich ging nochmals durch jedes Zimmer und überprüfte, ob wir mein ganzes Hab und Gut eingepackt hatten, denn die Kartons nahmen nur eine mickrige Ecke des Transporters ein. Doch trotz mehrfachem Durchsehen vermisste ich nichts. Wie es aussah, war das alles, was ich besaß.

Marc war stets großzügig gewesen und hatte nie ein Wort darüber verloren, dass ich noch studierte, während er bereits ein sechsstelliges Jahresgehalt verdiente und einen Großteil der Eigentumswohnung alleine abbezahlte. Ich war ihm für seine Unterstützung immer dankbar gewesen, war es noch immer. Und doch war ich froh, von nun an alleine für mein Leben zu sorgen.

Ich sah mich noch einmal um und griff nach dem Schmuckkästchen in meiner Tasche und öffnete es. Ich nahm den Ring heraus und drehte ihn in meinen Fingern, unsicher, ob ich ihn zurückgeben sollte. Marc hatte mir zu verstehen gegeben, dass er ihn nicht wollte. Ich konnte mir vorstellen, wie er sich fühlen würde, wenn er nach Hause käme, meine Sachen verschwunden wären und als einzige Erinnerung ein Ring auf dem Küchentisch läge, auf den keiner von uns Wert legte. Kurzerhand beschloss ich, den Ring in ein Pfandhaus zu bringen und den Erlös für einen guten Zweck zu spenden.

Als ich die Wohnungstür ein letztes Mal zuzog, spürte ich eine seltsame Endgültigkeit. Der Schlüssel lag im Inneren der Wohnung, und von nun an war mir der Zugang wie jedem anderen Fremden verwehrt. Ich hielt einige Sekunden inne und hörte in mich hinein. Ich war traurig, dass dieses Kapitel zu Ende ging, doch ich verspürte nach wie vor keine Regung in mir, es erneut aufschlagen zu wollen. Dennoch vermisste ich Marc jetzt schon.

Meine Mutter, die einen Karton nach unten getragen hatte, kam die Treppe hinauf und setzte sich neben mich auf den Treppenabsatz. Ich lehnte mich bei ihr an. »Er wird mir fehlen. Nicht der zielstrebige Geschäftsmann, der ab und an vergessen hat, dass ich seine Freundin und nicht sein Projekt bin, sondern der Mann, mit dem ich jeden Abend Arm in Arm eingeschlafen bin. Er war immer für mich da, verstehst du?«

Meine Trauer war nicht mehr panisch, brauchte keine Tränen mehr, wedelte nicht mit den Händen und fragte sich, wie es bloß weitergehen sollte. Diese Traurigkeit fand ihren Ursprung tiefer in meiner Seele, legte sich wie ein Schleier über alle anderen Gefühle, war viel klarer, reiner, und hinterließ nur einen Gedanken: Marc war weg. Wirklich weg.

Meine Mutter zog mich enger an sich. »Und er wird wieder für dich da sein, als Freund. Das benötigt nur ein wenig Zeit.«

Es gab nichts, was ich mir sehnlicher wünschte. Wir waren als Freunde gestartet und in unserer Jugend ein Paar geworden; vielleicht würden wir eines Tages einen Weg zurück in unsere Freundschaft finden.

»Ich glaube, ich möchte jetzt heim«, flüsterte ich, und der Gedanke, dass ich vorerst kein Zuhause hatte, zog mich noch tiefer in meine Traurigkeit.

Stumm nickte meine Mutter, wir nahmen die letzten zwei Kartons und gingen zum Transporter.

Als wir in Jork meine Sachen ausluden, spazierte Gerti wie zufällig mit ihrem Dackel Karlchen an unserem Haus vorbei.

»Es stimmt also.« Sie schlug die Hände vor den Mund. Karlchen sah erschrocken zu seinem Frauchen auf und fing an zu kläffen.

»Ja«, antwortete ich überrumpelt. Ich hatte bisher nicht darüber nachgedacht, dass Gerti nun auch nicht mehr meine Schwiegermutter in spe war.

»Aber … aber … nur weil er dich heiraten wollte.« Sie sah mich an wie ein Kind, dem man den Stoffhasen weggenommen hatte. Die bebende Unterlippe kündigte eine Szene an, die die fehlende Emotionalität ihres Sohnes wettzumachen drohte.

»Das ist nicht der alleinige Grund«, sagte ich mit besänftigender Stimme.

Plötzlich wurde Gertis weinerlicher Gesichtsausdruck von zusammengekniffenen Lippen und einer tiefen Stirnfalte abgelöst. »Das glaube ich gern.«

»Was glaubst du gern?« Meine Mutter ließ einen der Buchkartons mit den Reiseführern vor unsere Füße plumpsen.

»Wusstet ihr, dass der alte Rottweiler Bruno von der Edeltraud gegenüber seit zwei Monaten inkontinent ist? Armes Tier. Und Edeltraud erst, die muss seither auch nachts mit ihm raus«, erzählte Gerti in einem Ton, als wäre das die Antwort auf die Frage meiner Mutter.

Meine Mutter gluckste. »Mein Mitleid hat sie nicht. Sie könnte ihm auch eine Windel anlegen, aber das ist ihrer Meinung nach zu teuer.«

»Dass es so was überhaupt gibt. Hah. Windeln für Hunde. Na, jedenfalls bekommt sie da so allerhand mit, wenn sie spätabends durch die Straßen zieht.« Gerti nickte langsam in meine Richtung.

Es war fast zu erwarten gewesen, dass dem Argusauge der Nachbarschaft mein nächtlicher Spontanbesuch nicht entgehen würde.

»Ich habe mal geschaut: Die Windeln gibt es auch wiederverwendbar«, merkte meine Mutter an. »Dann kommt es ein wenig günstiger.«

»Ja, aber keiner möchte in seiner Waschmaschine vollgepinkelte Hundewindeln haben. Da muss man seine eigene Kleidung ja auch drin waschen.«

»Wollen wir weiter auspacken?«, unterbrach ich ihren Tratsch – ein unkluger Schachzug, denn Gerti besann sich wieder darauf, wohin ihre Geschichte eigentlich führen sollte. »Was da gerade wohl in der Luft liegt? Erst Jonas und Sabine, nun du und Marc.«

Karlchen bellte mich vorwurfsvoll an und rannte vor meinen Beinen hin und her.

»Ich vermute, es ist das Alter. Man muss sich entscheiden, ob es für immer ist«, erklärte ich.

»Mit mir hättest du auf jeden Fall die einfachere Schwiegermutter gehabt.«

»Verglichen mit wem?« Meine Mutter, der inzwischen auch aufgefallen war, dass dem Gespräch ein Subtext innewohnte, sah Gerti angriffslustig an.

»Es ist wirklich nicht so, wie du denkst«, verteidigte ich mich.

»Was ist denn hier los?« Barbara lugte hinter dem Lieferwagen hervor, einen mit Äpfeln gefüllten Weidenkorb in der Armbeuge, die Hand in die Hüfte gestemmt.

Sie inspizierte die Kartons auf der Laderampe des Lasters, dann fixierte sie mich.

»Gibt es Apfelkuchen bei euch?«, fragte meine Mutter, sichtlich bemüht, das Gespräch von meiner Trennung auf ein anderes Thema zu lenken.

»Ja. Wir bekommen heute Mittag Besuch von der Pastorin, und ich hoffe, sie bleibt bis zum Kaffee. Mein Mann ist von ihr auch ganz angetan.« Barbara grinste gönnerhaft, als hätte sie nur darauf gewartet, diese Information loszuwerden.

Gerti klatschte in die Hände. »Ach, wie herrlich.«

»In der Tat.« Barbara inspizierte die restlichen Umzugskartons und wandte sich wieder mir zu. »Und?«

Ich beschloss, es kurz und schmerzlos zu machen. »Marc und ich haben uns getrennt.«

»So was.« Barbaras Blick nahm an Intensität zu, ihre Augenbrauen schoben eine tiefe Furche zwischen ihre Augen. »Schade, ihr ward so ein reizendes Paar. Aber du findest sicherlich auch bald jemand Neues.«

Mein Herz zog sich zusammen. *Auch?*

Meine Mutter stellte die Frage, die ich mich nicht zu stellen traute: »Hat Jonas eine neue Freundin?«

»So gut wie. Es gibt Fortschritte mit Anke.«

»Ach, ist das so?«, hinterfragte meine Mutter Barbaras Aussage. »Wie schön.« Ich meinte, einen Hauch Spott aus ihrer Stimme herauszuhören. »Lass uns weitermachen«, sagte sie an mich gerichtet. »Der Lieferwagen muss zurück.«

Ich schnappte mir einen Sack mit Kleidungsstücken und stieg mit einem großen Schritt über Gertis Dackel, der sich vor die Gartenpforte gelegt hatte.

»Karlchen, Gassi!«, rief Gerti, und auch Barbara stolzierte von dannen.

Während der nächsten Stunde trugen wir meine Kartons und die Kommode in mein Jugendzimmer und räumten alles ein. Nachdem wir die Take-That-Poster abgenommen hatten, an deren Stelle einem nunmehr helle Abdrücke im Holzfurnier entgegenleuchteten, die Smiley-Sticker vom Bettpfosten gekratzt waren und die rote Pilzlampe auf dem Nachttisch gegen die Schirmlampe aus dem Arbeitszimmer meiner Mutter ausgetauscht worden war, fühlte es sich ansatzweise wie ein Erwachsenenzimmer an.

Als meine Mutter die Tür hinter sich zugezogen hatte, ließ ich mich aufs Bett fallen und rollte mich in Fötushaltung zusammen, die Arme um meine Schienbeine geschlungen. Hier war ich nun, zurück am Anfang, doch nichts war wie früher.

33

Ich nutzte den regnerischen Nachmittag und frühen Abend, um im Internet nach dem frühesten Datum zu suchen, an dem es bezahlbare Flüge von Hamburg nach Kolumbien gab. Ich malte die möglichen Reiserouten in eine Landkarte von Kolumbien, wälzte meine Reiseführer und entschied mich, nach Santa Marta im Norden Kolumbiens zu fliegen, um zu Beginn an den traumhaften

Karibikstränden zu entspannen und im Anschluss nach Bogotá zu reisen. Nach einigen Stunden beschloss ich, bei den Unterkünften zu sparen und dafür einen sündhaft teuren Flug zu buchen, der bereits an meinem zweiten Tag nach Ende des Referendariats ging. Das war in etwas über einer Woche. Kaum hatte ich meine Kreditkartendaten eingegeben und auf »Buchen« geklickt, überkam mich ein Hochgefühl, das mir ein zufriedenes Aufatmen entlockte. Nun gab es kein Zurück mehr.

Glücklich ließ ich mich mit dem Rücken aufs Bett fallen, lauschte den Regentropfen, die auf die Schindeln klopften, und überlegte, ob ich Jonas besuchen oder ihm eine SMS schreiben sollte. Ich sehnte mich danach, ihn wiederzusehen. Es wunderte mich ein wenig, dass er noch nicht vorbeigekommen war, denn Barbara war sicher nach Hause gestürmt und hatte den neuesten Tratsch berichtet … Wahrscheinlich war er einfach nicht zu Hause.

Dann fiel mir der Kaffeeklatsch mit der Pastorin wieder ein, von dem Barbara erzählt hatte. Ich sah auf die Uhr. Es war bereits nach sechs, bestimmt war sie inzwischen gegangen. Kurzentschlossen zog ich meine Regenjacke über, ging nach unten und trat durch die Haustür in die Abenddämmerung. Draußen empfing mich der für Norddeutschland so typische Nieselregen, alles wirkte trübe, als läge die Straße hinter Milchglas versteckt. Ich zog die Jacke enger um meinen Körper und öffnete die Gartenpforte, da spazierten Jonas und Carl um die Straßenecke. Schweigend liefen sie nebeneinander her. Jonas wirkte in sich gekehrt, die Hände tief in den Taschen vergraben und den Blick starr auf seine Schuhspitzen gerichtet.

»Hey, ihr zwei!«, rief ich ihnen fröhlich entgegen. Bei Carl hatte ich mich ebenfalls melden wollen.

Als sie mich erblickten, fingen beide an zu strahlen.

»Wie schön, Sie zu sehen, Rebecca.« Carl reichte mir die Hand und musterte mein Gesicht, als versuchte er, meine Stimmung zu lesen.

»Ihr kennt euch?« Jonas sah zwischen Carl und mir hin und her.

Seine Unwissenheit überraschte mich. Irgendwie war ich davon ausgegangen, dass Carl ihm von unseren Treffen erzählt hatte.

Carl überließ es mir zu antworten. »Ja, wir haben uns hin und wieder getroffen«, erklärte ich, bewusst vage.

»Aaaaha«, erwiderte Jonas gedehnt. Als ich darauf nicht reagierte, schüttelte er den Kopf. »Aber lass dich erst einmal umarmen.«

Jonas zog mich an sich und die klamme Kälte verschwand augenblicklich. Mich umgab plötzlich eine Behaglichkeit, die man während eines Wintersturms spürte, wenn man mit dicken Wollsocken an den Füßen und einer Decke auf dem Schoß vor dem Kamin saß, eine Tasse heiße Schokolade in der einen und ein gutes Buch in der anderen Hand. Ich hätte ewig in seinen Armen liegen und in seiner Wärme baden können, doch er war es, der den Griff schließlich lockerte.

»Besuchst du deine Mutter?«, erkundigte Jonas sich.

»Hat Barbara nichts erzählt?«

»Was sollte sie mir erzählt haben?«

»Ich bin vorübergehend wieder hier eingezogen.«

Jonas' Augen weiteten sich. Auf seinen Lippen erschien ein zaghaftes Lächeln, das sich allmählich in ein Freudestrahlen verwandelte. In diesem Moment gab es nur Jonas und mich. Die ansonsten triste, graue Welt erschien mir plötzlich heller, als wäre ein einzelner Sonnenstrahl durch die dichte Wolkendecke gebrochen, dessen Schein alles um uns herum erleuchten ließ.

»Sie haben also Ihre Wahl getroffen«, riss Carl uns aus unserer gefühlten Zweisamkeit. Auch er schien entzückt zu sein.

Erneut sah Jonas von Carl zu mir und wieder zu Carl. An seinem noch breiter werdenden Grinsen sah ich, dass er nicht lange überlegen musste, zwischen was oder wem ich mich entschieden hatte.

Überraschenderweise war mir Carls Andeutung nicht peinlich, im Gegenteil. Es war schön, Jonas so glücklich zu sehen, insbesondere da ich der Anlass für seine Freude war.

»Sie müssen mir diese Bemerkung verzeihen. Ich habe so lange meinen Mund gehalten …« Carl lächelte mich entschuldigend an. »So, ich lasse euch jungen Leute mal alleine.« Dann legte er uns jeweils eine Hand auf die Schulter, drückte sie zufrieden und ging zu einem älteren Mercedes, der an der Straßenseite geparkt war.

Jonas nickte mit offen stehendem Mund, ohne seinen Blick von mir abzuwenden. »Ich kann das gar nicht glauben.« Er schüttelte den Kopf. »Du und Marc, nicht mehr zusammen.« Nach einer kurzen Pause fragte er: »Wie hieß unsere Klassenlehrerin?«

Ich sah ihn irritiert an. »Frau Greising?«

»Welche Band haben wir einen Monat lang gehört?«

»Nirvana?«

»Wie haben wir diese Sandsteinschlange vor der Schule genannt?«

»Nessi. Was soll die Fragerei?«, fragte ich.

»Ich musste nur sichergehen, dass du nicht irgendeine nächtliche Erscheinung bist.«

»Aber wäre es ein Traum, könntest *du* doch an meiner statt die Fragen beantworten.«

»Das ist richtig.« Er tippte sich spielerisch ans Kinn. »Dann brauchen wir etwas, das ich nicht weiß … Was hast du mit Carl besprochen?«

»Netter Versuch.«

Jonas zuckte mit den Schultern und stieß sein kehliges Schlitzohrlachen aus.

»Probieren wir es mal mit der altbewährten Methode«, schlug ich vor. Ehe Jonas sich versah, kniff ich ihm kräftig in den Oberarm.

»Aua, das tut weh. In der Tat, du wirkst echt. Wohin wolltest du eigentlich? Halte ich dich auf?«

»Ich wollte zu dir.«

»Ich scheine doch zu träumen.«

»Du alter Charmeur.«

»Nur Realist.«

Wir grinsten uns an und unsere Blicke hielten einander fest, jetzt wo es keinen Grund mehr gab, sich auszuweichen. Der nächste Wolkenbruch beendete diesen Moment des Einklangs.

»Hast du Zeit?«, fragte ich.

»Da fragst du noch?«

Ich griff nach Jonas' Hand und zog ihn zu unserer Haustür. Wie früher schlichen wir uns nach oben, auch wenn es für die Geheimnistuerei heute keinen Grund mehr gab.

»Wenn man den Nachbarschaftsfunk wirklich mal braucht, dann geht er kaputt. Seit wann seid ihr getrennt?«

»Ich bin heute ausgezogen. Barbara hat wohl befürchtet, dass ich deine Romanze mit der Pastorin torpediere. Laut ihren Erzählungen seid ihr kurz davor, euch zu verloben.«

»Schau an, meine Mutter wusste davon? Ja, sie kann es einfach nicht lassen. Sie hat sich unentwegt fadenscheinige Storys ausgedacht, mit denen sie an Ankes Hilfsbereitschaft appellierte. Und wie es der Zufall so wollte, war auch ich immer zugegen, nicht minder überrascht von dem Besuch. Nach dem dritten Treffen haben wir uns verbündet und meine Frau Mama mit einer gespielten Säuselei auf den Arm genommen. Anke hat es faustdick hinter den Ohren.«

Jonas zog eine Lionel-Richie-CD aus einem Einschub des CD-Ständers in meinem Zimmer und betrachtete das Cover. »Oha.« Er legte sie in die alte Stereoanlage, die ein ganzes Regalfach füllte. Kurz darauf erklang *Say You, Say Me* aus den Lautsprechern. Jonas bewegte den Kopf im Takt der gleichmäßigen Akkorde.

Diese CD hatte ich längst vergessen. Ich hatte sie als Jugendliche meiner Mutter stibitzt, womit er der einzige Sänger sein dürfte, den wir beide gerne hörten.

»Für diesen Song bekam er einen Oscar.«

»Welcher Film?«

»*White Nights – Die Nacht der Entscheidung.*«

»Klingt nach einer ziemlichen Schmonzette.«

»Es geht eigentlich. Er handelt von einem sowjetischen Tänzer, der sich in den Westen abgesetzt hat, dann aber durch einen Flugzeugabsturz unfreiwillig wieder in seiner Heimat landet.«

»Was du alles weißt.«

»Jonas Wikipedia Priller. Zu Ihren Diensten.« Jonas fasste sich theatralisch ans Herz und sang mit seiner erstaunlich sonoren Stimme den Refrain des Liedes mit, dann ließ er sich neben mir aufs Bett plumpsen und legte sich auf den Rücken.

Jonas' Nähe war wie ein Magnet: Seine Wirkkraft schien sich zu verstärken, je näher wir uns kamen. Nur mühsam konnte ich meine Hand davon abhalten, zu seiner zu wandern, doch irgendwie fühlte sich das nicht richtig an. Die Trennung von Marc war noch zu frisch. Ich rückte ein wenig von Jonas ab und sank tiefer in den Kissenhaufen, der eine rettende Barriere zu ihm bildete.

Jonas lachte. »Gott, der olle Schwerenöter wusste wirklich, was Frauenherzen höherschlagen lässt.« Jonas trällerte die Liedstrophe textsicher vor sich hin.

Ich hatte ihn das letzte Mal mitten im Stimmbruch singen gehört. In der Zwischenzeit war seine samtige

Stimme eine Oktave tiefer gerutscht. »Du solltest in einen Chor eintreten.«

»Das habe ich schon hinter mir. Im ersten Internatsjahr wurde ich dazu genötigt.«

»Tu doch nicht so. Du hast es geliebt.«

»Stimmt. Die Chorleiterin war 'ne Schnitte.«

»Und was hat Sabine dazu gesagt?«

»Sie hat mich zu der Zeit zwar des Öfteren besucht, aber zwischen uns lief noch nichts.«

Die Erinnerung an diese Zeit stimmte mich traurig. »Es tut mir leid.«

»Was genau?«

»Dass ich dich nie besucht habe.«

»Du warst frisch verliebt.«

»Und du warst mein bester Freund.« Kaum hatte ich die Worte ausgesprochen, türmte sich das Gefühlschaos von damals wieder im mir auf, doch heute war ich besser in der Lage, die verschiedenen Schichten voneinander zu unterscheiden. Ja, ich war in Marc verliebt gewesen. Ja, Jonas war mein bester Freund gewesen. Und die beiden hatten sich nichts mehr zu sagen gehabt. Aber das war nicht die ganze Wahrheit. Ich hatte Jonas ziehen lassen, weil ich nicht nachdenken wollte: über ihn, über mich, über uns. Ich war euphorisch wegen Marc gewesen und hatte insgeheim gewusst, dass Jonas meine Gefühle mit wenigen Sätzen auf die Probe hätte stellen können. Die Beziehung von Marc und mir war noch nicht gefestigt genug gewesen, um der Tatsache standzuhalten, dass auch Jonas Gefühle in mir hervorrief.

Während ich meinen Gedanken nachhing, studierte Jonas das Bild auf dem CD-Cover. »Dieser Schnauzer ist wirklich spektakulär. Ich glaube, ich sollte mir auch einen wachsen lassen.«

»Nur zu.« Ich grinste.

»Und was hast du als Nächstes vor?«

»Ich fliege nach Kolumbien«, sagte ich stolz.

Jonas wälzte sich auf die Seite, stützte seinen Kopf mit der Hand ab und sah mich an. »Es ist auch höchste Zeit, deine Träume wieder aufleben zu lassen. Warum Kolumbien?«

Ich registrierte erleichtert, dass er die Frage interessiert und nicht wertend gestellt hatte.

»Ich habe eine Doku auf Arte gesehen. Die Bilder waren so wunderschön. Ich wollte so gerne dorthin, aber …« Ich suchte nach den richtigen Worten. »Marc fand es dort zu gefährlich, deswegen wurde dieses Reiseziel von unserer Liste gestrichen«, erklärte ich letztlich.

»Erzähl, was gibt es dort zu sehen?«

Ich berichtete von der Route, die ich mir zurechtgelegt hatte. »Man kann in einer Hängematte am Karibikstrand abhängen, Trekkingtouren durch die Anden machen, die Flora und Fauna am Amazonas entdecken, Inkastätten besuchen … alles in einem Land. Und es ist touristisch noch nicht so überlaufen.« Ich stockte, als sich auf Jonas' Gesicht ein Grinsen breitmachte. »Was?«

»Das ist mein Engelchen. Es ist schön, wieder dieses Funkeln in deinen Augen zu sehen.«

Verlegen sah ich zur Seite. »Und was machst du in der Auszeit, von der du erzählt hast?«

»Ich wollte eigentlich mit ein paar Freunden auf ein Musikfestival und danach mal schauen.«

»›Eigentlich‹?«

»Na ja … also … Jetzt, wo du … Vielleicht nimmst du mich ja mit?«

»Machst du Witze?«

»War nur so eine Idee«, wiegelte Jonas ab.

»Nein, nein, ich hätte dich gerne dabei!« Alles in mir war vor Aufregung wie elektrisiert. Ich konnte mich nicht entsinnen, dass Marc je ein solches Kribbeln durch meinen Körper geschickt hatte wie Jonas: durch einen liebevollen Blick, wenn er mich aus dem Augenwinkel beobachtete; durch seine Hand, die nur wenige Zentimeter von meiner entfernt lag, ohne danach zu greifen; durch sein spitzbübisches Grinsen, aus dem mein bester Freund von damals hervorblitzte. »Es ist nur …«

Ich erinnerte mich an Marcs Prophezeiung, gleich mit Jonas zusammenzukommen. Ich hatte ihm widersprochen, und auch heute sah ich das nicht anders. Ich musste erst einmal mich selbst wiederfinden, bevor ich mich in der nächsten Beziehung verlor.

»Hey. Wir sind Freunde«, entkräftete Jonas meine Sorge, ohne dass ich sie aussprechen musste. »Wenn ich muss, werde ich weitere fünfzehn Jahre warten.«

»Auch sechzehn?« Ich zwinkerte ihm zu.

»Das eine Jahr macht den Kohl dann auch nicht mehr fett.«

»Okay«, sagte ich nach längerem Zögern.

»Was ist okay?«

Ich ging zu meinem Schreibtisch, suchte den Ausdruck mit den Flugdaten heraus und überreichte ihn Jonas. »Vielleicht bekommst du noch einen Platz im selben Flieger. Das wird allerdings teuer.«

Jonas nahm den Zettel entgegen, ließ sich wieder auf den Rücken plumpsen und grinste bis über beide Ohren.

Ohne ein weiteres Wort zu wechseln, hörten wir Lionel Richie zu, wie er davon sang, sich schon tausendmal vorgestellt zu haben, die Lippen seiner großen Liebe zu küssen. Automatisch fragte ich mich, wie es sich wohl anfühlen würde, Jonas zu küssen. Erst als er auf meinen Mund starrte, merkte ich, dass ich mit der Hand über meine Lippen gefahren war. Unsere Blicke trafen sich, doch ich sah schnell weg.

Im Moment genoss ich es, nur zu träumen. Wenn es so weit war, sollte jede unserer Berührungen rein sein, sie sollte nichts als ein Gefühl der Freude hervorrufen und ganz alleine uns beiden gehören. Die Gewissheit, dass Jonas mich verstand, machte es mir leicht, dennoch neben ihm zu liegen, seine Nähe zu genießen und der Musik zu lauschen, wie wir es früher oft getan hatten.

Um kurz vor vier Uhr morgens verabschiedete sich Jonas, den Zettel mit meinen Flugdaten in der Hosentasche und ein nicht enden wollendes Lächeln auf den Lippen. »Gute Nacht, Engelchen.«

»Gute Nacht.«

34

In den nächsten Tagen schafften Jonas und ich es gerade einmal, uns telefonisch über Details der Reise auszutauschen. Jonas saßen zuvor noch einige Abgabefristen im Nacken, und auch ich hatte mit dem Pendeln zwischen Schule und Jork und all den Urlaubsvorbereitungen, die ich für uns beide übernommen hatte, ebenfalls viel zu tun.

All das war Neuland für mich, selbst das Packen. Bei jedem Kleidungsstück wägte ich ab, ob ich es wirklich brauchte. Meine Urlaube mit Marc waren stets auf einen Ort beschränkt gewesen, da war ich mit einem riesigen Koffer und Handgepäck gereist. Für Kolumbien hatte ich einen Rucksack von Charly ausgeliehen, der vierzig Liter fasste, was mir ursprünglich wenig vorgekommen war. Jetzt, wo er aus allen Nähten zu platzen drohte, fragte ich mich, wie ich dieses Gewicht auf meinen Rücken hieven sollte. Erneut leerte ich ihn, legte zwei Handtücher beiseite und ging nach unten.

»Mama, hast du eines …« Ich erblickte Gerti, die mit einer Tasse Kaffee am Küchentisch saß.

»Hallo, Rebecca.« In ihrer Stimme lag eine ungewohnte Kälte.

»Hallo, Gerti.«

»Was brauchst du denn, Schätzchen?« Meine Mutter trocknete sich die Hände an ihrer Schürze ab.

Ich versuchte, mich daran zu erinnern, was ich eigentlich wollte. »Hast du noch diese dünnen, schnell trocknenden Frotteetücher von unseren Campingurlauben?«

»Ja, irgendwo im Keller. Ich seh mal kurz nach.« Damit ließ sie uns alleine.

Gerti begann, mit der Papierserviette ihren Kaffeelöffel zu polieren.

Ich wusste nicht, was ich sagen sollte, denn sie hatte mir schon beim letzten Mal nicht zugehört. Meine Augen suchten einen Fixpunkt, nur um sie nicht ansehen zu müssen, und mein Blick blieb an dem umgefallenen Spülmittel im Waschbecken hängen. Um die Flaschenöffnung breitete sich eine grüne Lache aus, die sich allmählich ihren Weg zum Abfluss bahnte.

Die Stille zwischen uns wurde von Sekunde zu Sekunde unangenehmer, so gab ich mir einen Ruck. »Wie geht es Marc?« Ich fragte möglichst beiläufig, doch innerlich dürstete ich nach einem Lebenszeichen von ihm. Nach all den Jahren war es eigenartig, ihn nicht einfach anrufen zu können.

»Gut«, antwortete Gerti, ohne ihren Blick zu heben.

»Hör zu, ich habe Marc nicht hintergangen. Zwischen mir und Jonas ist nichts vorgefallen.«

»Ich weiß.« Gerti stieß einen Seufzer aus. »Ich wollte … Ich hätte dir so etwas nicht unterstellen sollen. Marc hat mir gesagt, dass nicht du es warst, die … also, ich meine … dass es nicht deine Schuld war. Ist ja auch egal.«

»Du wirst immer die Schwiegermutter meines Herzens bleiben«, versuchte ich, den Frieden mit Gerti zu besiegeln.

»Es wird dir auch nichts anderes übrig bleiben, bei der Alternative«, schmollte sie weiter vor sich hin, doch ihre zuckenden Mundwinkel verrieten, dass sie mir längst verziehen hatte.

Ich legte einen Arm auf ihre Schultern und knuffte sie.

»Ihr drei …« Gerti lächelte kopfschüttelnd. »Ihr werdet euer Leben lang miteinander verbunden bleiben.«

»Ich wünsche mir das so sehr.«

»Und ich freue mich für dich, dass du endlich die Art von Reise machen kannst, die du dir immer gewünscht hast. Ich weiß sehr wohl, dass mein Sohn dich an vielen Stellen ausgebremst hat«, räumte Gerti ein.

Dankbar nahm ich sie in den Arm. Ihre Absolution bedeutete mir viel.

»Aber seid schön vorsichtig. Barbara hat sich gestern darüber ausgelassen, dass du ihren allerliebsten Jonas in ein so gefährliches Land schleppst. Sie ist fast ausgerastet.«

»Damit hat sie allerdings nicht unrecht«, pflichtete meine Mutter Gerti bei, als sie mit einem Stapel Handtücher im Arm die Küche betrat.

»Ach, so schlimm ist das gar nicht.« Ich zückte mein Smartphone und öffnete die Reise- und Sicherheitshinweise für Kolumbien. Ich überflog die Passagen, die ich meiner Mutter lieber nicht vorlesen sollte, und zitierte: »In den Großstädten ist die Sicherheitslage mit der in anderen lateinamerikanischen Metropolen vergleichbar.«

»Na, das ist ja beruhigend. Das heißt, in Bogotá schießen sie genauso rum wie in Rio«, schlussfolgerte meine Mutter.

Gerti kicherte. »Ein kleiner Tipp: Wenn du mit Barbara sprichst, solltest du überzeugendere Argumente bringen.«

»Wir passen auf uns auf.«

»Bitte«, sagten Gerti und meine Mutter unisono.

Ich nahm die Handtücher und ging in mein Zimmer, wo ich mich auf die Bettkante setzte und weiterlas: »Die Kriminalitätsrate und die allgemeine Gewaltbereitschaft sind hoch. Das gilt sowohl für landschaftlich reizvolle Gegenden als auch für die Hauptstadt Bogotá und andere Touristenzentren. Selbst tagsüber muss mit Raubüberfällen und Trickdiebstahl gerechnet werden. Mit Einbruch der Dämmerung besteht bei Überfällen eine erhöhte Gefahr der Gewaltanwendung.« Ein Schauer lief über meinen Rücken, als ich den Text las, denn er rief mir Charlys Theorie wieder ins Gedächtnis.

Ich schob den Blödsinn beiseite und machte Platz für die Vorfreude, die mich seit Tagen auf Schritt und Tritt begleitete. Ich wandte mich wieder meinem Rucksack zu, packte ihn erneut und stopfte meinen Kosmetikbeutel in die freie Lücke, die mir die schlankeren Handtücher verschafft hatten. Danach ordnete ich meine Schulunterlagen für die letzten zwei Tage, in denen ohnehin nicht viel passieren würde, und füllte die Unterlagen für den Schuldirektor aus, mit denen er mich aus dem Referendariat entlassen würde. Ich konnte es kaum erwarten.

35

Mein letzter Arbeitstag ging ohne große Überraschungen zu Ende. Die Schüler waren gedanklich bereits in den Sommerferien und auch das Kollegium war schon ausgedünnt. Nur das kurze Abschlussgespräch mit dem Direktor und die vollgepackte, blaue Ikeatasche, in der ich die Schulbücher, Ordner, Reiseführer, Stifte und Kaffeetassen aus meinem Fach transportierte, unterschieden diesen Tag von den vielen anderen.

Mir war es recht. Ich mochte keine Abschiede. So schlich ich mich nach Schulschluss sang- und klanglos aus dem Gebäude und schloss das Kapitel meines Lehrerdaseins ohne großes Aufsehen. Als ich zum Auto ging, fiel eine zentnerschwere Last von meinen Schultern.

Freudig fuhr ich zu dem Sommerfest im Asylheim, zu dem mich Silke Heidenreich eingeladen hatte. Als ich Jonas von Nesrin erzählt hatte, hatte er gleich seine Bücherkartons nach Werken durchstöbert, die leicht zu lesen und für ein Mädchen in ihrem Alter geeignet waren. Ich wusste, wie schwer es ihm fiel, sich von guten Büchern zu trennen, weshalb ich ihn gebeten hatte, mich zu begleiten. So konnte er sie selbst überreichen und sehen, dass sie in gute Hände kamen.

Mit einer Kiste Lesestoff zu seinen Füßen stand Jonas bereits vor dem roten Containerbau und wartete auf mich. In den geöffneten Fenstern hing Kleidung zum Trocknen und die wellblechartige Fassade war mit klapprigen Fahrrädern zugestellt.

Als wir uns dem Heim näherten, schlugen uns bereits Lachen und lautes Stimmengewirr entgegen. Im Hintergrund, aber nicht minder laut, erklang die fremdartig klingende Musik einer Sängerin mit tiefer Stimme, begleitet von einer Laute und Trommeln, deren Schellen den getragenen Gesang rhythmisch untermalten.

»Arabische Musik klingt für mich irgendwie immer gleich«, gestand ich.

»Geht mir ähnlich. Das liegt daran, dass sie meist einstimmig ist. Aber man kann sie nicht mit unserer vergleichen. Ihr Charakter wird mehr von der Melodie und der Rhythmik bestimmt als von der Harmonie. Dafür ist der Gesang deutlich komplexer«, erklärte Jonas mir, während er – die Kiste mit Büchern unter dem Arm – das Tor aus Maschendraht aufschob und wir den Hof betraten.

»Wenn du über Musik sprichst, klingt das, als würde ein Sommelier seinen neuesten Wein anpreisen.«

Jonas zuckte mit den Schultern. »Ich finde nur gerne Worte für das, was ich höre, und Musik ist nicht minder vielschichtig als Wein.«

»Schlaubi-Schlumpf«, foppte ich ihn.

»Ich kann leider nicht aus meiner Haut.« Jonas sah mich zerknirscht an.

»Und genau dafür …« Ich stockte und schluckte erschrocken die drei Worte herunter, die mir auf der Zunge lagen. »… hab ich dich so lieb«, sagte ich stattdessen.

Jonas strahlte. Er sah in diesem Moment so unglaublich glücklich aus.

Wir bogen um die Ecke des Hauses und wurden sofort von Nesrin begrüßt. Sie stand hinter einer Bierzeltgarnitur, die als Essensausgabe diente. »Hallo, Frau Mahler.«

Wir gingen auf sie zu, und der Geruch von Kreuzkümmel und Minze stieg mir in die Nase. »Mmmmmhhh. Was ist das denn?«, fragte ich und stellte den Kuchen, den meine Mutter am Vorabend gebacken hatte, auf den Tisch mit den Desserts.

Nesrin schnappte sich einen Plastikteller und belud ihn mit ein paar Teigtaschen, auf denen sie eine Joghurtsauce verteilte. »Das sind *Mantu*, aus Kichererbsen und Hackfleisch.« Dann öffnete sie den nächsten Topf, und der Duft von Kardamom und Koriander zog durch die Luft. »Das nennt man *Kabuli*.« Sie schaufelte den Gemüsereis, der mit Pistazien und Rosinen gespickt war, großzügig auf einen zweiten Teller. Das Wasser lief mir im Mund zusammen. Sie erklärte mit entschuldigender Miene: »Normalerweise ist das mit Lamm.«

»Das sieht großartig aus«, beeilte ich mich zu sagen. »Wo ist denn die Kasse?«

»Dort vorne steht die Spardose. Ist freiwillig.«

»Wir haben Bücher für dich dabei. Jonas liest leidenschaftlich gerne und hat seine Sammlung für dich durchstöbert«, versuchte ich, eine Brücke zwischen den beiden zu schlagen.

Jonas stellte die Kiste neben den Tisch.

Nesrins Augen glänzten, und ich fühlte mich an Jonas in jungen Jahren erinnert. Schon damals genügte es, ihm einen guten Roman zu schenken, um seine Begeisterung zu wecken.

Ein Junge, der sich als Mohammed vorstellte, löste Nesrin ab. Wir schoben einen Schein in die Spendenkasse und setzten uns gemeinsam an einen der Tische. Wie ich es geahnt hatte, verstanden sich Jonas und Nesrin ausgezeichnet. Schnell waren sie in ein Gespräch über irgendeinen Sammelband vertieft, den ich nicht einmal kannte. Nesrin gab Jonas ein paar Tipps für afghanische Schriftsteller, die ins Deutsche übersetzt worden waren, und erläuterte grob den Inhalt ihrer bekanntesten Werke. Jonas zückte sein Handy und notierte sich die Namen.

»Frau Mahler, ich freue mich, dass Sie es geschafft haben.«

»Hallo, Frau Heidenreich.«

Wie schon beim letzten Mal trug sie eine ausgebeulte Hose, heute aber mit einem khakifarbenen T-Shirt und Turnschuhen in Neonfarbe kombiniert. »Sie sind schon gut versorgt worden, wie ich sehe.« Frau Heidenreich sah die zwei neben mir sitzenden Mädchen an, woraufhin die augenblicklich den Platz für ihre Betreuerin räumten.

»Ja, alle sind sehr nett, und das Essen ist fantastisch.«

»Wollen wir uns nicht duzen?«, schlug sie vor.

»Gerne. Rebecca.«

»Silke. Und, was machst du Schönes in den Sommerferien?«, erkundigte sie sich.

Ich berichtete ein wenig von Kolumbien, und sie lauschte begeistert.

»Hach, ich muss auch mal wieder in die Ferne«, stellte sie mit einem tiefen Seufzer fest. »Hier ist nur so viel zu tun. Dieses Jahr habe ich auf meinen Urlaub verzichtet. Klingt dumm, ich weiß, aber die Kids haben auch nie frei von ihrem Leben.«

Ich sah Silke überrascht an. Der respektvolle Blick und der Gehorsam ihrer Schützlinge zeugten von einem harten Regiment, doch genauso trat stets etwas Weiches in ihre

Züge, wenn sie voller Stolz auf die herumtobenden Jugendlichen sah.

»Du liebst deinen Job, nicht wahr?«, fragte ich geradeheraus.

»Das stimmt. An Tagen wie heute besonders. An manch anderen lässt er mich fast verzweifeln. Die Hilfe ist nie genug, aber die Arbeit gibt einem viel. Wenn ich abends nach Hause komme, habe ich das Gefühl, durch zehn Länder gereist zu sein und ebenso viele Sprachen gelernt zu haben. Ganz abgesehen von all den Kulturunterschieden, die meine Toleranzgrenzen und meinen Horizont Tag für Tag um Kilometer verschieben.«

»Das klingt toll.« Es war schön zu sehen, wie sie in ihrem Job aufging.

»Wir benötigen immer Verstärkung. Du bist Deutschlehrerin, wenn ich das richtig in Erinnerung habe, oder? So jemanden könnten wir hier gut gebrauchen.«

»Nicht ganz. Ich habe mein zweites Staatsexamen geschmissen.«

Silke lachte kehlig. »Was die Kids hier brauchen, ist kein zweites Staatsexamen, sondern Menschen, die mitfühlen und ihnen unsere Sprache näherbringen können.«

»Das würde ich hinbekommen.«

»Wann könntest du anfangen?«, witzelte Silke, doch ihrem erwartungsvollen Blick entnahm ich, dass die Frage ernst gemeint war.

»Nach meiner Reise«, antwortete ich, ebenfalls lachend, doch in mir begann es zu rattern.

»Meinst du das ernst?« Silke klatschte in die Hände.

»Ich glaube, ja«, antwortete ich zu meiner eigenen Überraschung.

»Großartig! Ich muss noch mit dem Bezirksleiter sprechen, aber wir haben eine Stelle offen, das sollte also kein Problem darstellen.«

»Okay«, sagte ich nur, immer noch von mir selbst überrumpelt.

Silke reckte ihren Kopf und hob einen drahtigen Arm wie zur Warnung in die Luft. »Amir, hör auf mit dem Blödsinn.« Sie blickte einen langhaarigen Teenager streng an, der einem anderen Jungen eine Kopfnuss verpasst hatte. Die zwei Raufbolde ließen sofort voneinander ab. »Die Pflicht ruft. Lass mir deine Telefonnummer und Mailadresse da. Ich melde mich dann zeitnah.« Silke stand auf und hielt einen schlaksigen, dunkelhäutigen Jungen mit Knopfaugen beim Vorbeirennen auf. »Setzt du dich hier dazu?«

Er tat wie geheißen und stellte sich als »Abu« vor. Silke zwinkerte mir zu und verließ uns dann. Schon nach wenigen Minuten verstand ich ihre Geste. Abu war ein schlaues Kerlchen, und interessiert obendrein. Es machte Freude, sich mit ihm über die kulturellen Unterschiede zwischen Deutschland und seinem Heimatland zu unterhalten und darüber, was er an der deutschen Sprache mochte.

Ein Thema ergab das andere, und nach einer halben Stunde hatten wir mit Cola im Pappbecher bereits auf unsere Freundschaft angestoßen. Mich beschlich zwar der Verdacht, dass Silke mich zugunsten ihrer Job-Offerte manipulieren wollte, doch angesichts des interessanten Gespräches war mir das gleich. Ich wusste aus meiner Erfahrung mit Jugendlichen nur zu gut, dass nicht alle in diesem Heim so zugänglich sein würden.

Am späten Nachmittag, nachdem ich Silke meine Kontaktdaten aufgeschrieben und überreicht hatte, verabschiedeten wir uns.

»Tschüss, Rebecca! Bis bald«, sagte Silke, die hinter der Kuchentheke stand.

»Ich freue mich!«, antwortete ich und winkte zum Abschied. Im Gehen wandte ich mich Jonas zu. »Nesrin ist ein tolles Mädchen, oder?«

Jonas nickte. »Sehr warmherzig! Diese Art, einen anzusehen … Der Blick einer sensiblen Seele. Es erinnert mich an das Porträt einer jungen Frau, das in der Hamburger Kunsthalle hängt.«

»Das kannst du mir ja bei Gelegenheit mal zeigen.« Ich dachte immer wieder gerne an unseren letzten gemeinsamen Moment in dem Museum zurück.

»Und zu was hast du dich mit der Betreuerin verabredet?«, hakte Jonas nach, während er mir die Autotür aufhielt.

»Zum Arbeiten.« Ich erzählte von Silkes im Spaß hervorgebrachtem Jobangebot.

»Und hättest du Lust darauf?«

Ich hörte tief in mich hinein, fand aber keine zweifelnden Stimmen. »Ich glaube, ja«, sagte ich. Langsam realisierte ich, was da eben passiert war. Eine kribbelnde Aufregung machte sich in mir breit.

»Das ist doch super«, ermutigte mich Jonas.

»Es wird schlecht bezahlt sein … und wie ich Silkes Erzählungen entnommen habe, sind die Arbeitszeiten katastrophal.«

»Solange man liebt, was man tut …«, entgegnete Jonas unbeeindruckt.

Ich wusste, dass sein Job ihm regelmäßig Nachtschichten abverlangte, damit er seine Abgabefristen einhalten konnte, und nicht gut bezahlt war. Dennoch würde er nie etwas anderes machen wollen. Unsere Blicke begegneten sich und wir schmunzelten einander an.

»Das ist richtig toll!«, bekräftigte Jonas und drückte mich.

Ich beschloss, in meinem Leben schon viel zu viel Zeit mit Grübeln verbracht zu haben. Ich würde es einfach ausprobieren.

36

Zwei Tage später war es so weit: Wir starteten von Hamburg aus in die weite Welt. Alles in mir kribbelte vor Aufregung, und während des Achtzehn-Stunden-Flugs mit Zwischenstopp in Amsterdam und Bogotá schaffte ich es nicht, auch nur ein Auge zuzumachen. Jonas füllte die Zeit, indem er mir auf seinem Smartphone Bands vorspielte, die er in letzter Zeit entdeckt hatte, aus seinem Krimi vorlas, der in einem Hamburger Fleet spielte, und mich überredete, auf dem Bordfernseher *Die nackte Kanone* anzusehen.

Am frühen Nachmittag landeten wir völlig übermüdet aber glücklich in Santa Marta, von wo wir den Bus in den Tayrona National Park nahmen. Als ich unsere kleine Lodge betrat, hielt ich inne, schloss die Augen und lauschte dem entfernten Rauschen der Wellen und dem Rascheln der Palmenblätter. Die feuchte Luft war aufgeheizt, sodass einen die leichte Brise, die durch das offene Fenster zog, kaum abkühlte, doch sie roch nach Meersalz und einer süßlichen Blüte, die ich keiner Pflanze zuordnen konnte.

Ich öffnete die Augen wieder und sah mich um. Die Einfachheit der Unterkunft wirkte seltsam befreiend. Nichts von alledem, was man sonst glaubte, haben zu müssen, war hier vorhanden, nur ein durch eine Schiebetür abgetrenntes Schlafzimmer mit zwei Betten und im Vorraum ein Tisch mit zwei Stühlen, deren Beine aus dicken Bambusrohren bestanden. Die runde Hütte war aus unterschiedlich großen Holzlatten zusammengezimmert und von innen pink angemalt. Das kegelförmige Dach war mit getrockneten Palmwedeln bedeckt, und auf unserer kleinen Veranda hing eine Hängematte aus geflochtenem Bambus. Internet gab es noch nicht einmal am Empfang.

Es war das schönste Fleckchen Erde, das ich je gesehen hatte. Ich konnte kaum glauben, dass ich nun wirklich hier war. Die Müdigkeit ließ all das surreal erscheinen, als wäre ich nicht hier, sondern träumte bloß davon.

»Ich bin sowas von müde. Da hilft nur eine Abkühlung im Meer!« Jonas rieb sich die Augen, schnappte seine Badehose, verschwand im Schlafzimmer und schob die Tür hinter sich zu.

Ich ließ mich auf einen der Stühle plumpsen, legte den Kopf auf den Tisch und schloss die Augen. Die Schwerkraft in Kolumbien schien stärker zu sein, sie zog all meine Glieder nach unten und meine Augenlider fielen immer wieder zu.

»Los, Engelchen. Es ist noch zu früh zum Schlafen. Gegen Jetlag hilft eine Abkühlung im Meer.«

Ich öffnete die Augen und erblickte Jonas, der in einer knielangen Badehose vor mir stand. In Eigenregie wanderten meine Augen über seinen muskulösen Oberkörper, der nicht zu massig, aber eindeutig sportlich war, und hinab über seinen flachen, definierten Bauch bis hin zu dem dunklen Haaransatz, der im Bund seiner Hose verschwand. Ein Schwall Hitze durchflutete meinen Körper.

»Brauchst du noch ein bisschen? Oder reicht das fürs Erste?« Jonas schmunzelte und ließ seine Brustmuskeln tanzen.

»Blödmann.« Ich schluckte, löste meinen Blick von ihm und quälte mich vom Stuhl hoch. Mit meinem schweren Rucksack in der Hand schlurfte ich ins Schlafzimmer und machte mich daran, nach meinem Bikini zu fischen. Natürlich war er am Boden des Rucksacks vergraben.

»Es gibt keinen Tresor. Lassen wir unsere Wertsachen hier? Oder sind sie bei uns am Strand sicherer?«, fragte ich, als ich im Bikini aus dem Schlafzimmer trat.

»Keine Ahnung.« Nun war es an Jonas, mich einer eingehenden Betrachtung zu unterziehen. Er räusperte sich und ließ seinen Blick hinter mich wandern, wo meine

Kleidung kreuz und quer auf dem Boden verteilt lag. »Du hast es dir schon bequem gemacht, wie ich sehe.«

»Mein Bikini war … ach, egal. Das räume ich nachher auf.«

»Ich glaube, ich würde sie mitnehmen. Dann können wir sie im Auge behalten«, antwortete er, ohne mich anzusehen.

»Was mitnehmen?«

»Na, die Wertsachen.«

»Ach ja.« Ich packte ein Handtuch, Handy und Geldbeutel in einen Jutebeutel, schlüpfte in meine Flip-Flops, klemmte mir die Strohmatte aus der Unterkunft unter den Arm und folgte Jonas auf dem feinsandigen Trampelpfad durch den dichten Regenwald, hinter dem ich bereits das Blau des Meeres zu sehen wähnte.

Am Strand angekommen, fühlte ich mich wie in die Werbebroschüre eines Luxusresorts versetzt. Das türkisfarbene Wasser wurde von dunkelblauen Streifen unterbrochen, die Palmen ragten über die schäumende Brandung. Die allmählich untergehende Sonne malte einen goldgelb glitzernden Streifen auf die Wasseroberfläche.

Ich legte meine Sachen ab und folgte Jonas ins kühle Nass. Kniehoch in der Brandung stehend, vergrub ich meine Füße im feinen Sand und genoss die angenehme Frische des Meeres, die mit jeder Welle gegen meine Oberschenkel schwappte. Ich spürte Wasserspritzer auf dem Rücken und drehte mich um. Ein weiterer Schwall landete in meinem Gesicht.

»Hey!« Ich rannte hinter Jonas her, bis ich kaum noch stehen konnte, schwamm dann einige Züge, bis ich ihn erreicht hatte, und tauchte seinen Kopf unter Wasser. Jonas hatte das allerdings kommen sehen und die Luft angehalten. Als er nun mit einem triumphierenden Lächeln auftauchte, spritzte ich ihm Wasser ins Gesicht, was ihn dann doch noch prusten ließ. »Wer zuletzt lacht …«

Weiter kam ich nicht, denn Jonas stellte mir ein Bein und drückte meinen Oberkörper unter Wasser. Als ich wieder hochkam, fragte er: »Der was?«

Wir grinsten uns an. Mit einem Mal fiel mir auf, wie nahe wir beieinanderstanden, während meine Hand, die Halt gesucht hatte, auf seiner Brust lag.

»Lass uns rausschwimmen«, schlug Jonas vor, drehte sich um und kraulte aufs offene Meer hinaus.

Ich folgte ihm. Nur wenige Meter weiter merkte ich, wie das Wasser unter mir flacher wurde, bis ich fast auf einer Sandbank aufsaß. Ich legte mich auf den Rücken und ließ mich treiben.

Jonas erschien neben mir und tat es mir gleich. Gedankenverloren starrte er in den wolkenlosen Himmel. »Ich war noch nie an einem so schönen Ort. Danke, Engelchen.«

»Nichts zu danken. Es war ja deine Entscheidung, mich zu begleiten.«

»Stimmt, aber du hast mir den Anstoß gegeben. Ich wäre niemals auf Kolumbien gekommen.«

Wir schwebten einige Minuten schwerelos im Wasser, das Gluckern der sanften Wellenbewegungen in den Ohren, die wohltuende Wärme der Abendsonne im Gesicht.

»Schau mal, der Fels dort vorne.«

Mein Blick folgte Jonas' Zeigefinger und ich erblickte einen granitfarbenen, von den Wellen rund geschliffenen Felsen, der die Bucht säumte.

»Der sieht wie ein gigantischer Thron aus, auf dem sich Neptun höchstpersönlich jeden Abend niederlassen und das Farbspiel der Abendstunden genießen würde.« Jonas grinste.

Ich richtete mich abrupt auf, von einem Gedankenblitz wie elektrisiert. Erneut blickte ich zu der Gesteinsformation und erinnerte mich dabei an die Traumnotizen, die ich auf Carls Bitte hin verfasst hatte. Ich meinte, da etwas von einem Felsen wie diesem notiert zu haben. »Ich habe mich nicht eingecremt. Ich lege mich lieber in den Schatten.«

Jonas nickte, und ich schwamm zurück an den Strand. Mit einer schwungvollen Bewegung breitete ich die Strohmatte im Schatten aus, legte das Handtuch darüber und trocknete meine Hände ab. Von Neugierde gepackt, griff ich dann nach meinem Handy und öffnete die Notizen. Beim Lesen wurde mir plötzlich heiß und kalt.

Carl am Anfang, sieht aus wie Captain Iglo, fragt mich nach Erlebnis, führt mich zu Traumstrand, Palmen, Fels am Ende der Bucht, wie Thron, türkisblaues Meer, seichte Sandbank im Meer, Jonas und ich so alt wie heute, Wasserschlacht.

Wie konnte das sein? Die Beschreibung löste kein Déjà-vu aus, das mich wie ein Blitzlichtgewitter verwirrt zurückließ. Ich starrte vollkommen nüchtern auf mein Handy, während ich mich wunderte, wie deckungsgleich die Schilderung mit dem eben Erlebten war, und nach einer Erklärung suchte.

Wie ein Rätsel, das es zu lösen galt, ging ich die einzelnen Wörter immer und immer wieder durch. Hatte ich diesen Moment vielleicht schon einmal erlebt? Ich schüttelte den Kopf über mich selbst und schob den wirren Gedanken auf den Jetlag. Ich hatte in meinem Traum sicher nur die Bilder aus der Arte-Reportage verarbeitet. Der Tayrona National Park war sehr bekannt und gehörte zum Pflichtprogramm eines jeden Touristen … Genau so war es bestimmt gewesen: Ich hatte die Bilder aus der Doku in meinen Traum eingewoben und später in einem Reiseführer gelesen, dass es hier die schönsten Strände Kolumbiens gebe, weswegen ich dieses Ziel ausgewählt hatte. Aber hatten die etwas von einer Sandbank erwähnt? Es musste so gewesen sein. Und dass Jonas und ich eine Wasserschlacht veranstalteten, sobald wir zusammen im Meer oder Hallenbad waren, war auch nichts Neues – das war schon in unserer Kindheit so gewesen.

All das klang schlüssig, dennoch blieb ein flaues Gefühl in meiner Magengegend zurück. Die Müdigkeit, die mich zu übermannen drohte, hielt mich jedoch von weiteren Grübeleien ab. Ich legte mich auf den Rücken und gab ihr nach.

Kurze Zeit später wurde ich von Jonas geweckt und wir liefen den kleinen Pfad zum Duschhaus, um das Salzwasser von der Haut zu spülen. Dann gingen wir zu unserer Hütte zurück und zogen uns nacheinander im Schlafzimmer um.

»Süßer Schlafanzug. Endlich mal ein wenig Farbe«, merkte Jonas an, bevor er sich auf sein Bett fallen ließ und ein Buch zur Hand nahm.

Ich trug Shorts aus Jersey, rot mit weißen Punkten, und ein orangefarbenes Unterhemd mit einem Spitzensaum im Ausschnitt. »Ich bin mir jetzt nicht sicher, ob das ein Kompliment war.«

Jonas sah mich mit weichem Blick an. »Früher bist du wie ein Paradiesvogel durch die Gegend gelaufen, Engelchen. Das stand dir gut. Schwarz steht nur Katzen, finde ich.«

»Marc mochte gedeckte Farben«, erklärte ich, fragte mich aber gleichzeitig, wann ich aufgehört hatte, Kleidung in knalligen Farben zu tragen. War Rot noch meine Lieblingsfarbe? Marc hatte nie bewusst versucht, mich zu ändern, doch mit ein paar Komplimenten hier und ein paar bewundernden Blicken da hatte ich wie Knetmasse die richtige Form angenommen. Ein Blick auf den Kleiderhaufen, den ich noch immer nicht weggeräumt hatte, verriet mir, dass ich unbewusst nur die wenige farbenfrohe Kleidung eingepackt hatte, die mein Kleiderschrank hergab. Glücklich lächelte ich in mich hinein.

»Ich bin todmüde.« Jonas klappte sein Buch zu, rückte sein Kissen zurecht und drehte sich mir zu.

Ich ließ mich auf meinem Bett nieder und legte mich auf die Seite, Jonas zugewandt. Der Abstand zwischen unseren Betten schien auf einmal viel weniger als die tatsächlichen zwei Meter zu betragen.

Keiner von uns sagte etwas. Wir lagen nur da und sahen einander an, sein liebevoller Blick wie das Streicheln einer Feder auf meiner Wange. Der Moment schien unendlich zu sein und dennoch so kurz wie ein Wimpernschlag. Ich hatte kein Zeitgefühl, irgendwann fielen meine Lider zu und ich glitt in einen tiefen, traumlosen Schlaf.

37

Nachdem wir eine Woche am Strand gefaulenzt hatten, reisten wir für einige Tage nach Cartagena de Indias, einer farbenfrohen Küstenstadt, die vor Leben nur so sprühte. Dann flogen wir zurück nach Bogotá, von wo aus wir unsere Rundtour im südlichen Teil des Landes fortsetzen wollten.

Am Nachmittag der Landung beschlossen wir, uns einen Überblick über die Größe der Metropole zu verschaffen, indem wir den Hausberg Monserrate besuchten. Wir fuhren mit der Seilbahn zum Gipfel, schlenderten durch Straßen im Altstadtflair, vorbei an unzähligen Souvenirständen, sahen uns das weiß getünchte Kloster an und setzten uns letztlich fernab vom Touristentrubel mit einer Picknickdecke auf den verdorrten Rasen, um den Ausblick zu bestaunen.

Jonas legte sich auf den Rücken und blätterte in unserem Reiseführer. »*Barreta.*« Er ließ das Wort genüsslich über seine Zunge rollen und lehnte sich auf die Decke zurück. »*Barreta*«, sagte er erneut mit verträumtem Blick gen Himmel. Dann sah er wieder in das Buch und überflog weitere Vokabeln. »*Chichipato*«, schmetterte er voller Inbrunst.

»Was heißt das?«

»Geizhals.«

»*Chichipato*«, wiederholte ich.

»Oder das da, das ist auch schön: *mamacita.*« Er blinzelte mich neckisch an.

»Und das heißt?«

»Schöne Frau.«

Sein eindringlicher Blick ließ mich erröten. Ich wollte seinem Blick standhalten und mich gleichzeitig von ihm abwenden. Ich wollte näher an ihn heranrutschen und dennoch genau dort verweilen, wo ich war. Ich wollte meine Hand heben und sanft seine Lippen berühren. Ich stellte mir vor, dass sie ganz weich waren, wollte es gerne herausfinden … Und doch blieb meine Hand auf den piksenden Grashalmen und der sandigen Erde liegen.

Es war nicht mehr Marc, der zwischen uns stand. Ich fühlte mich so frei, wie schon lange nicht mehr. Dennoch hielt mich irgendetwas zurück.

Ich wandte mich wieder der Aussicht zu, als hätte es diese Gedanken nie gegeben. Das goldgelbe Licht der Nachmittagssonne tauchte die Großstadt in Terrakotta- und Sandsteintöne. Das Häusermeer ging fast nahtlos in die Farben der umliegenden Weiden und Bergwälder über. Das Ende der Hochebene, auf der die Stadt mit fast sieben Millionen Einwohnern lag, verschmolz in der Ferne mit dem Horizont. Ich konnte nicht fassen, dass wir inmitten der Anden auf 2.600 Meter Höhe waren, denn aufgrund des kaum begreiflichen Ausmaßes wirkte dieses Plateau wie Flachland. Ich fühlte mich in diesem Moment unglaublich klein.

»Wenn man in der Stadt ist, begreift man die schiere Größe gar nicht«, flüsterte Jonas vor sich hin.

Der Passatwind fegte eine bauschige Kumuluswolke über die Stadt. Fasziniert beobachtete ich den Schatten, der wie die dunkle Silhouette eines Geistes über die Miniaturwelt zu unseren Füßen zog.

Jonas folgte meinem Blick. »Sieht aus, als würde ein Adler über Bogotá wachen.«

Ich betrachtete die Form der Wolke. Tatsächlich sahen die seitlich abstehenden Ausläufer wie die Schwingen und der Nebelschleier an der Spitze wie der Schnabel eines Raubvogels aus. »Oder er möchte das Kaninchen dort hinten fangen.« Ich zeigte auf einen kleineren Wattebausch mit zwei Zipfeln, die den Löffeln eines Hasen ähnelten.

Während wir weiter den Himmel nach Tieren absuchten, baute hinter uns eine Band ihre Instrumente auf. Kurz darauf erklang der lustig hüpfende Rhythmus von Rasseln und Trommeln, und wir drehten uns um. Ein älterer Herr spielte mit geschlossenen Augen ein Intro auf dem Akkordeon. Als die klare Stimme der zierlichen Sängerin aus dem knackenden Lautsprecher ertönte, bekam ich eine Gänsehaut. In ihrem Gesang lag eine Kraft, die einen Sprühregen positiver Energie auf ihre Zuhörer zu verteilen schien. Die Gesichter der stehen gebliebenen Passanten erhellten sich, und auch mir zauberte das Strahlen der Sängerin ein Lächeln auf die Lippen. Zaghaft wippten Einzelne aus dem Publikum mit, dann löste sich eine Gruppe Kolumbianer aus der Menge, die ausgelassen miteinander tanzten. Auch ohne Sprachkenntnisse begriff ich, dass diese Frau, die deutlich jünger als ich war, von der Lust auf das Leben singen musste.

Jonas und ich sahen uns an. Ich hatte fast den Eindruck, er könne in meiner Seele lesen und wisse genau, was ich empfand. Die Musik und die jubelnden Zuschauer rückten in den Hintergrund. Die Welt drehte sich für ein paar Sekunden nur um uns, und ich genoss das Wissen, vollkommen und ausnahmslos verstanden zu werden.

»Es gibt da diese Momente …«, flüsterte Jonas in unsere Stille hinein, in der sich das Ende seines Satzes verlor.

… *die perfekt sind*, vervollständigte ich seinen Satz in Gedanken, sprach die Worte aber nicht aus, denn das musste ich nicht. Ohne lange darüber nachzudenken, rutschte ich näher an ihn heran. Die verzauberte Stimmung schien mir eine Extraportion Mut zu verleihen. Jonas sah mich erst verwundert, dann voller Zärtlichkeit an, legte seinen Arm um meine Schultern und zog mich an sich, als hätte er das schon tausendmal gemacht. Genauso selbstverständlich lehnte ich mich an ihn und ließ mich fallen. Umgeben von diesem zarten Hauch erster Intimität spürte ich, wie Jonas den Duft meiner Haare einatmete, bevor er wieder in die Ferne sah.

»Manche Momente fühlen sich an, als hätte Gott alle Puzzlestücke an den richtigen Platz geschoben«, seufzte er. »Eine sinnliche Frauenstimme, die *Esta Vida* singt, dieser Blick über Bogotá, dein Duft in meiner Nase, du in meinen Armen. Alle Schönheit dieser Welt, verdichtet in einem Augenblick.«

»Und es warten noch viele solcher Momente auf uns«, versprach ich ihm. Mit einem erwartungsvollen Kribbeln im Bauch startete ich im Stummen eine Aufzählung: unser erster Kuss, unsere erste gemeinsame Nacht, zusammenziehen ... vielleicht würden wir irgendwann sogar heiraten. Erstaunt stellte ich fest, dass meine übliche Abwehrreaktion, die sich sonst jedes Mal einschaltete, wenn ich auch nur ans Heiraten dachte, ausblieb. Ich rief mich mit einem Kopfschütteln zur Vernunft. Wir sollten uns erst einmal küssen, bevor ich Jonas in Gedanken vor den Traualtar schleppte.

»Wie hat Marc eigentlich um deine Hand angehalten?«, fragte Jonas wie aus dem Nichts.

Verwundert sah ich ihn an. »Wie kommst du gerade jetzt darauf?«

»Na ja, also ... keine Ahnung«, druckste Jonas herum.

Wahrscheinlich hatte er eine ähnliche Gedankenkette gesponnen. Ich machte mir aber einen Spaß daraus, ihn nicht aus der Frage zu entlassen. Auffordernd und mit größter Mühe, ein Schmunzeln zu unterdrücken, sah ich ihn an.

»Oh Gott, ich rede mich gleich um Kopf und Kragen. Also … wenn ich an Marcs Stelle gewesen wäre, hätte ich einen besonderen Ort ausgewählt, einen wie diesen hier, weil ich weiß, wie sehr du es genießt, andere Länder und Kulturen kennenzulernen, und weil ich glücklich bin, mit dir hier sein zu dürfen. Reisen stand auf meiner Agenda nie weit oben. Ich habe mein Leben voll und ganz den schönen Künsten verschrieben, und inzwischen bezahlen mich auch noch irgendwelche Verrückte dafür, über sie zu berichten. Deswegen verfalle ich ab und an in die an Größenwahn grenzende Überzeugung, jedweden Blickwinkel einnehmen zu können und das meiste in irgendeiner Form bereits gesehen zu haben. Doch dann setzte ich meine Füße in dieses Land, und plötzlich stand alles auf null. Eindrücke prasselten auf mich ein, bekannte Lieder wurden auf völlig neue Weise interpretiert. Ich starre eine Aussicht an, bei der die wundervollste Landschaftsmalerei nicht mithalten kann. Und überall sind wir umgeben von dieser melodisch klingenden Sprache …« Jonas' Blick, der erneut über die Stadt gewandert war, wandte sich wieder mir zu. »Ich schweife ab. Um auf deine Frage zurückzukommen: Wären wir ein Paar, hätte mich dieser Ort inspiriert, und ich hoffe, du hättest nicht abgelehnt.«

Ich musste lächeln. »Um die Spannung zu halten, sage ich dazu mal nichts.«

Jonas knuffte mich in die Seite. »Ich hätte hier ausnahmsweise mal nichts gegen einen Spoiler.«

»Und um wiederum auf deine Frage zurückzukommen …« Ich begutachtete die orangenen Trompetenblumen, die an einem Busch neben uns hingen. »Es wurde in unserer Beziehung nie ausgesprochen, dennoch schwang bei Gesprächen über unsere Zukunft stets mit, dass Marc heiraten wollte, ich aber nicht. Um ihn nicht vor den Kopf zu stoßen, habe ich geschwiegen, wenn das Thema aufkam. Als er merkte, dass ich ihm allmählich entglitt, wollte er Fakten schaffen, in welche Richtung auch immer. Er brauchte Gewissheit. Und du kennst Marc. Er hätte es einfach aussprechen können, hätte fragen können, wo wir zwei stehen und wie es um unsere Zukunft bestellt ist. Doch stattdessen kaufte er ein Haus und einen Ring, weil seine Entschlossenheit ihn in der Vergangenheit immer ans Ziel gebracht hatte.«

Ich erschrak vor meinen eigenen Worten. Augenblicklich überkam mich ein schlechtes Gewissen. Das hatte Marc nicht verdient.

Schnell fuhr ich fort: »Marc hat mich geliebt, und ich vermute, er hat zu sehr darunter gelitten, dass ich ihm stets ausgewichen bin, wenn es um unsere Zukunftspläne ging. Seine Frage hatte zwar nicht die Klarheit zur Folge, die er sich erhofft hatte, doch bestimmt wird er irgendwann erkennen, dass es so besser ist. Für uns beide.«

Jonas sah mich an, und ich meinte, Mitgefühl in seinen Augen zu erkennen. Marc war einst auch sein Freund gewesen. »Und warum wolltest du nicht heiraten?«

»Weil ich mit ihm nicht ich selbst sein konnte.« Ich merkte, wie viel von mir ich mit dieser Antwort offenbart hatte, und spürte, wie die Hitze in meine Wangen schoss. »Solltest du jemals um meine Hand anhalten, wirst du feststellen, ob ich darüber hinaus eine generelle Abneigung gegen die Ehe hege.«

»Meine neugierige Seite möchte direkt vor dir auf die Knie gehen, aber der Romantiker in mir sagt, dass ich den Moment durch mein ganzes Gequatsche totgeredet habe und auf das nächste Zeitfenster warten muss, in dem Gott seinen Dirigierstab schwingt, um alle Sinne und Eindrücke in perfekten Einklang zu bringen.«

»Das hast du aber schön gesagt.«

»Ja, nicht wahr? Ich habe mir auch wirklich Mühe gegeben.«

»Sollten wir nicht langsam los?«, fragte ich. Die Dämmerung setzte sicherlich bald ein.

»Da hast du wohl recht.«

Als wir zu einem nahe gelegenen Restaurant schlenderten, legte Jonas seinen Arm auf meine Schultern. Ich ignorierte das seltsame Gefühl, das mich anmahnte, Abstand zu halten, legte meinen Arm um seine Hüfte und ließ ihn ebenso selbstverständlich dort liegen. Es fühlte sich an, als rücke Stück für Stück alles an seinen rechten Platz und als wäre diese Umarmung nur der erste Schritt. Fast bereute ich, auf der Picknickdecke nicht eindeutigere Signale gesendet zu haben – der Moment war so perfekt gewesen. Doch ich wusste mit absoluter Sicherheit, dass es nur eine Frage der Zeit war … eine Frage sehr kurzer Zeit.

38

Am nächsten Tag besichtigten wir die Altstadt von Bogotá, schlenderten durch die schmalen Gässchen und streiften über den Markt in einer Passage, die bis oben hin mit Kunsthandwerk und Nippes vollgestopft war. Ich hatte sie in der Arte-Dokumentation gesehen, und die Bilder waren in meinem Kopf hängen geblieben, weswegen ich unbedingt hatte herkommen wollen.

Farbenfrohe Wandteppiche hingen an den Steinwänden, die die Passage säumten, Schmuck aus Blech, Federn und buntem Glas zierte die Auslagen der Verkaufsstände. Überall türmten sich Bastkörbe bis unter das Glasdach. Ich bewunderte die filigran geschnitzten Tierfiguren, fuhr mit den Fingern über die glatten Holzschalen, legte mich in eine Hängematte und kaufte ein kleines, kunterbuntes Holzkästchen für meinen Schmuck.

Jonas blieb an einem Stand stehen. »Schau mal da: Die Farben passen irgendwie zu dir.« Er zeigte auf eine rot-weiß gestreifte Basttasche.

»Die ist toll.« Sie würde super zu dem ausgestellten Kleid mit aufgedruckten Kirschen aussehen, das ich vor einigen Jahren gekauft, aber noch nie angezogen hatte.

Jonas fing den Blick der dickbäuchigen Kolumbianerin auf, deren Finger in atemberaubender Geschwindigkeit den Boden einer weiteren Tasche knüpften. Sie unterbrach ihre Tätigkeit nicht, während sie Jonas ansah. »*Fifty thousand*«, forderte sie, ohne eine Miene zu verziehen.

»*Thirty*«, erwiderte Jonas.

Die Frau zuckte gleichgültig mit den Schultern und antwortete: »*Okay.*«

Jonas gab ihr die Scheine, nahm die Tasche entgegen und überreichte sie mir mit einem Schmunzeln. Sein Blick glitt kurz nach rechts zu der Verkäuferin. »Ein wahres Verkaufstalent, die Lady«, flüsterte er, als könne sie uns verstehen.

Ich packte Geldbeutel und Handy aus meinem kleinen Tagesrucksack in die neue Tasche um, knüllte den Rucksack zusammen und schob ihn zusammen mit dem Rest in das Innenfach. »Danke dir.« Gut gelaunt griff ich nach Jonas' Hand und verschränkte meine Finger mit seinen. Es fühlte sich gut an, als hätte meine Handfläche ihr Gegenstück gefunden.

Gemächlich schlenderten wir an mit Spitzdächern versehenen Pavillons vorbei. Der Markt war gut besucht, sodass wir uns in engeren Abschnitten dem trägen Tempo des Menschenstroms anpassen mussten. Jonas ging vor, um uns den Weg zu bahnen. Der Druck seiner Hand verstärkte sich ab und an, um mir eine Richtung zu weisen oder mich durch eine Lücke zu lotsen.

»Die ist auch sehr schön.« Ich betrachtete eine gelbe Schale mit schwarzem Blumenmuster.

»Das ist jetzt gefühlt das zehnte Mal, dass du bei so einer stehen bleibst. Kauf sie doch.«

Ich nahm die Schale, drehte sie in meiner Hand und seufzte. »Die passt nicht mehr in meinen Rucksack.«

»Überleg es dir gut. Wir sollten nämlich allmählich los.«

Ich sah zwischen den Häuserwänden hinauf zum Himmel, der allmählich dunkler zu werden begann. »Stimmt.

Schade, keine zweihundert Meter von hier ist ein total tolles kolumbianisches Restaurant. Das hätte ich gerne besucht.«

»Dann los.«

»Ich weiß nicht. Ich meine … wir sind schon den ganzen Tag auf den Beinen. Außerdem dämmert es bereits. Hier in der Altstadt kann es …«

»Ja, so viel könnte passieren«, unterbrach Jonas mich. »Aber du möchtest doch gerne da hin, oder?«

Ich nickte.

»Dann hopp, hopp.« Jonas zog mich hinter sich her zu einem Seitenausgang und legte die Stirn in Falten. »Kein Taxi in Sicht.«

»Man soll eh keines von der Straße nehmen.«

»Dann lass uns schnell gehen«, schlug Jonas vor.

Ich holte meinen Stadtplan hervor und suchte den Weg heraus. »In die Richtung.« Ich bemühte mich, mit Jonas Schritt zu halten. An seinen Augen, die hin und her wanderten und jeden Passanten argwöhnisch fixierten, merkte ich, wie unwohl er sich in seiner Haut fühlte. »Jonas, wir können auch …«

»Wir sind doch gleich da.«

Wir bogen in eine Seitenstraße ein, in der wir einen Billigschuhladen passierten, der mit blauweißen Kunststoffröhren wie ein OP-Saal ausgeleuchtet war. In der Tür stand ein großer Jugendlicher und kaute auf einem Zahnstocher herum. Er drehte sich um und rief etwas in den Laden, während wir ihn passierten. Zwei kleine Jungs sprangen hinter der Theke hervor und rannten mit einem

Fußball nach draußen. Der Ball landete vor Jonas' Füßen, der ihn zu dem Kleineren der beiden zurückkickte.

»*Gracias*«, bedankte der sich lachend, kickte den Ball die Straße hinunter und rannte an mir vorbei.

Im selben Moment merkte ich, wie mir die Tasche von der Schulter gezogen wurde. Völlig überrumpelt sah ich dem Jungen hinterher, der mit ihr davon lief. Im nächsten Augenblick spürte ich eine ungewohnte Leere an meinem Handgelenk. Ich senkte den Blick und mir stockte der Atem. »Nein, nein, nein. Nicht die Kette von Papa«, flehte ich und sah zu Jonas.

»Verdammte Scheiße«, sagte Jonas und setzte sich in Bewegung.

»Nein, bleib hier!«, rief ich, doch er sah nicht einmal zurück. Nicht imstande, mich zu bewegen, sah ich ihm hinterher. »Jonas! Nein!«, schrie ich aus Leibeskräften. Als er noch immer nicht reagierte, setzte ich mich ebenfalls in Bewegung. »Jonas, bleib bei mir!«, rief ich, allmählich von Panik erfasst.

Mit jedem Schritt wurde die verzweifelte Stimme in meinem Inneren lauter: *Bitte nicht. Bitte nicht. Bitte nicht.* Charlys Worte kamen mir wieder in den Sinn: »Stell dir vor, er wird wieder überfallen und stirbt?« Charlys Prophezeiung heftete sich wie ein Schreckgespenst an meine Fersen und ließ mich noch schneller rennen.

Doch ich war zu langsam. Jonas entfernte sich immer weiter von mir und schloss immer dichter zu den zwei Dieben auf. Der Puls hämmerte in meinen Ohren. Meine Kehle schnürte sich atemlos zusammen. Ich kämpfte gegen meine Erschöpfung an, merkte aber, wie sich eine Schwärze allmählich wie ein Schatten vor meine Augen schob. Für einige Sekunden stützte ich mich mit den Händen auf die Knie, um den Schwindel zu vertreiben. *Bitte nicht, bitte nicht, bitte nicht*, flehte ich stumm, richtete mich wieder auf und bog in die Gasse ein, in der Jonas verschwunden war.

»Bleib stehen!«, schrie ich, doch mein Flehen verhallte zwischen den Hauswänden, die sich aufeinander zuzubewegen schienen. Dann verschwand Jonas hinter einer Ecke. Keuchend rannte ich weiter, die Hand in meine stechende Seite gepresst. Die immer schmaler werdende Gasse war zuletzt nicht breiter als einen Meter.

Als ich endlich ebenfalls abbog, konnte ich Jonas nirgendwo entdecken. Die Angst ließ mich kaum noch klar denken, schnürte etwas in mir zu, drückte mich in ein Korsett und zog die Bänder immer enger und enger, bis ich kaum noch Luft bekam. Ich hatte hiervon geträumt, da war ich mir plötzlich sicher. Warum nur hatte ich nicht auf Charly gehört? Ich hätte das hier verhindern müssen! Wenn Jonas etwas passierte, dann wäre das meine Schuld. Ich durfte das nicht zulassen!

Ich atmete tief durch, zählte bis drei und rannte wieder los. Blindlings lief ich immer weiter, vorbei an unzähligen Gassen, die wie Fischgräten rechts und links vom Hauptweg abgingen und sich in endlos vielen Abzweigungen zu einem undurchsichtigen Labyrinth verzweigten. Doch ich gab nicht auf. Ich nahm einen beliebigen Weg, um nur nicht stehen zu bleiben. Ich musste Jonas finden!

Irgendwann jedoch, ich hatte das Gefühl für Zeit und Raum längst verloren, sackte ich erschöpft zusammen und ließ den Kopf auf meine Oberschenkel sinken, während der Schweißfilm auf meiner Haut erkaltete und mich frösteln ließ.

»Bitte nicht«, schluchzte ich. Mein Mund war staubtrocken, meine Hände klamm, die Eiseskälte der Steinplatten unter meinen Schienbeinen kroch meine Oberschenkel hinauf, kühlte mich aus und betäubte meinen Verstand. Verzweiflung durchflutete meinen Körper, schob alle anderen Emotionen beiseite und hinterließ eine Leere, die von den immer gleichen Worten gefüllt wurde: »Bitte nicht, bitte nicht, bitte nicht …«

Mit größter Mühe hielt ich die Tränen zurück, denn sie würden meine Vorahnung zu etwas Realem machen, würden meine Wangen hinablaufen und somit besiegeln, dass es tatsächlich etwas zu beweinen gab. Doch dem war nicht so. Die Decisioner hatten keine Beweise für ihre Behauptungen. Es würde nichts passieren. Es durfte nichts passieren …

Die mit dicken Stahlstreben vergitterten Fenster der mich umgebenden Häuser schienen mich zu verhöhnen. Sie erinnerten mich daran, dass die Einwohner sich hier verbarrikadierten, während ich bei anbrechender Dunkelheit alleine in dieser gottverlassenen Gasse saß und der Mann, den ich liebte, einem Taschendieb folgte.

Eine Hand auf meiner Schulter und ein vorsichtiges »Rebecca?« ließen mich aufschrecken. Mein Kopf schnellte nach oben und ich blickte in Jonas' Gesicht. Seine Miene spiegelte all meine Ängste wider: Sein Teint war blass, sein Blick von Sorge erfüllt. Ich sprang auf und warf mich schluchzend in seine Arme. Nun konnte ich mir erlauben zu weinen, denn es waren Tränen der Erleichterung.

Jonas vergrub seine Finger in meinen Haaren. Stirn an Stirn standen wir da, unser Atem im Gleichklang. Jonas flüsterte besänftigende Worte, ein vom Rauschen meines Blutes gedämpftes Murmeln, dessen Bedeutung nicht bei mir ankam. Doch es reichte mir, seine Stimme zu hören, um mich allmählich zu fassen.

Ich nahm seine rechte Hand, verwob meine Finger mit seinen und fühlte, wie seine Daumenspitze beruhigende Kreise in meiner Handinnenfläche zog. Jonas fuhr mit seiner Linken meinen Nacken und Rücken hinab und drückte mich so fest an sich, dass mir beinahe erneut die Luft wegblieb. Und dennoch wollte ich ihm noch näher sein. Wie in Zeitlupe näherten sich unsere Gesichter einander, bis ich seine weichen Lippen auf meinen spürte, erst behutsam, doch als ich mich ihm entgegendrängte, verstärkte er seinen Griff um meine Taille und wagte einen Vorstoß seiner Zunge, die zaghaft mit meiner spielte.

Jonas löste sich von mir und sah mich zärtlich an. Sein Blick fand seinen Weg in mein Innerstes und das Gefühl, geliebt zu sein, breitete sich von dort mit einer wohltuenden Wärme bis in meine Fingerspitzen aus. Dann neigte Jonas seinen Kopf und verschloss meinen Mund erneut mit einem Kuss, nun forscher, inniger, drängender. Meine Hände gingen auf Wanderschaft, fuhren durch seine dichten Haare, über die muskulöse Rundung seiner

Schultern hinab bis zu seinem unteren Rücken, wo sie verweilten und ihn enger an mich zogen.

Jonas stöhnte auf, hielt inne und vergrub sein Gesicht in meinen Locken. »Ich … oh Gott, Rebecca«, hauchte er in mein Ohr.

Ein halb ersticktes Schluchzen brach aus meiner Kehle hervor. »Ich hatte von diesem Moment geträumt. Ich dachte, ich würde dich verlieren, und es wäre meine Schuld gewesen. Ganz allein meine Schuld …«

»Engelchen. Es war meine Entscheidung, dem Jungen zu folgen, nicht deine. Und es ist nichts passiert«, redete Jonas mit sanfter Stimme auf mich ein.

»Aber … ich hatte es gewusst. Ich hätte es wissen müssen. Es wäre meine Verantwortung gewesen …«

»Das ist Blödsinn, Engelchen. Hörst du? Und es ist ja alles gut gegangen. Wir sperren gleich deine Kreditkarten, und das bisschen Bargeld ist doch nicht der Rede wert. Es tut mir nur so leid um das Armkettchen …«

Ich legte Jonas den Zeigefinger auf den Mund. All das war unwichtig. Wie eine Süchtige suchten meine Lippen die seinen und mein Körper drängte sich ihm erneut entgegen. Jonas kam meiner Aufforderung nur zu gerne nach und zog mich an seine Brust. Wir versanken in einem weiteren Kuss, von dem ich hoffte, er würde nie enden.

Als wir uns irgendwann voneinander lösten, glänzten Jonas' Augen vor Glück. Er blinzelte mehrfach, verlor jedoch den Kampf: Eine einsame Träne rann über seine Wange und landete auf meiner Schulter. Sanft strich er eine Locke aus meiner Stirn und streichelte mit seiner Fingerkuppe kaum spürbar von meiner Schläfe bis zum Kinn. »Ich habe so oft von diesem Moment geträumt, aber ich hatte ja keine Ahnung … Du bist eine Naturgewalt.«

Während ich zugleich lachte und weinte, schlug ich ihm auf den Oberarm. »Mach so was nie wieder. Ich meine das ernst.«

»Das waren doch nur kleine Jungs«, verteidigte Jonas sich.

»Kleine Jungs haben meist große Brüder, in deren Auftrag sie losziehen.«

»Na, dann habe ich ja nochmal Glück gehabt«, witzelte Jonas.

»Waren sie zu schnell für dich?« Den ersten Schreck hinter mir, gewann ich allmählich meine Fassung wieder. Wahrscheinlich hatte ich wirklich übertrieben reagiert.

»Blödsinn«, antwortete Jonas wenig überzeugend. Seine Gedanken schienen ganz woanders zu sein.

»Dann hast du sie ziehen lassen?«, fragte ich, nun von Neugier gepackt.

»Quasi.« Jonas' Stirn lag in Falten und er schüttelte ungläubig den Kopf.

»Will heißen?«

»Ich weiß nicht recht, wie ich das erklären soll. Das klingt vielleicht abstrus … Ich hatte wirklich vor, deine Tasche zurückzuholen, aber irgendwie wollte jede Faser meines Körpers auf einmal bei dir sein, wie eine unsichtbare Kraft, gegen die ich nicht ankam. Das war geradezu unheimlich. Das Verlangen war so stark, dass ich plötzlich Angst hatte, dir sei etwas passiert, als wollte ein sechster

Sinn mir mitteilen, dass ich mich beeilen müsse. Als ich dich dann fand, zusammengekauert auf der Straße, bekam ich einen fürchterlichen Schreck. Und als du mir in die Augen gesehen hast, war es um mich geschehen. Ich dachte: *Jetzt oder nie*. Ich konnte nicht anders, als dich zu küssen, obwohl ich doch eigentlich den richtigen Moment hatte abwarten wollen. Und obwohl dieser Augenblick alles andere als perfekt war … ich weiß auch nicht, ich habe es einfach gemacht. Und es war, wow. Ich glaube, das ist das erste Mal in meinem Leben, dass mir die Worte fehlen …«

Ich unterbrach Jonas, indem ich ihm einen weiteren Kuss auf den Mund drückte.

»Rede ich zu viel?«

»Kann sein.«

»Das war nur so unheimlich. Nein, das trifft es nicht: Es war irgendwie magisch. Dieses innere Verlangen war so stark …«

Ich wusste, was er meinte, auch wenn dieses Gefühl bei mir in eine andere Zeit gehörte, auf einen Schulball, zu einem anderen Mann … Die Anziehungskraft, die Jonas auf mich ausübte, war damit jedoch nicht ansatzweise zu vergleichen. Die Wärme, die sich seit unserer ersten Berührung in meinem ganzen Körper ausgebreitet hatte, die meine Wangen glühen ließ und meinen Geist wie zwei Gläser Wein benebelte, fühlte sich seltsam beständig an. Es war nicht nur dieser eine Moment. Unser Kuss hatte etwas in mir in Gang gesetzt, von dem ich wusste, dass ich es niemals wieder zurückdrehen wollte.

Jonas griff nach meiner Hand. »Komm, lass uns schnell von hier verschwinden. Auf dem Weg suche ich die Sperrtelefonnummer für Kreditkarten raus.«

Ohne es auszusprechen, wussten Jonas und ich, dass wir nicht in die Herberge mit getrennten Schlafsälen gehen wollten. Wir bestellten in einem Restaurant ein Taxi und suchten ein Hotel, das noch ein Doppelzimmer für uns frei hatte.

Obwohl der Schreck hinter uns lag, war er doch im weiteren Verlauf des Abends stets zugegen. Es war fast, als hätte ich diesen Moment gebraucht, in dem ich um Jonas bangte, um zu begreifen, wie wertvoll jeder einzelne Augenblick mit ihm war. Die unsichtbare Barriere zwischen uns war eingerissen und hatte eine nahezu überwältigende Sehnsucht nach Nähe zurückgelassen. Ich hatte kaum einen Blick für das Hotelzimmer übrig, nahm nur am Rande die hochwertigen Mahagonimöbel und das dunkle Ledersofa wahr. Alles, was in diesem Moment zählte, war das mit weißem Leinen fest umspannte, riesig wirkende Bett.

Die ungeduldige Seite in mir wollte meine Kleider loswerden, seine Haut spüren, ihm so schnell wie möglich nahe sein. Doch Jonas' zaghafte, fast vorsichtige Berührungen fingen dieses Bedürfnis ein. Er stand einfach nur da, während seine Hand meine Wange streichelte und sein Blick auf mir ruhte. Langsam, fast in Zeitlupe, schob er die Träger des Kleides über meine Schultern.

Nach all den Jahren hätte ich erwartet, dass wir unsicher wären, mit zittrigen Fingern an unserer Kleidung nestelten, doch seine Bewegungen waren ruhig und zielgerichtet, als folgte er dem Ritual einer bekannten Zeremonie. Mein Kleid fiel zu Boden, und Jonas begann, die Konturen meines Körpers mit seinen Fingerspitzen nachzufahren. Sanft zogen sie über mein Schlüsselbein und zwischen meinen Brüsten hinab zu meinem Bauchnabel, weiter über meinen Rücken, wo er den kleinen Verschluss meines BHs an der Wirbelsäule öffnete.

Seine Berührungen hinterließen einen Pfad aus Gänsehaut. Genießerisch schloss ich die Augen. Jonas trat näher und unsere Münder verschmolzen zu einem Kuss. Ohne sich von mir zu lösen, hob er mich hoch, legte mich auf das Bett und ließ sich neben mir nieder. »Du weißt nicht, wie oft ich hiervon geträumt habe«, hauchte er gegen meine Lippen.

Tatsächlich schienen Jonas' Berührungen stets meinem Wunsch vorauszugehen, wo ich ihn spüren wollte. Instinktiv wussten seine Hände, was ich brauchte, und auch mir kam es so vor, als hätte ich Jonas schon tausendmal berührt – sein Körper war mir vertraut und zugleich so fremd und aufregend.

Ich strich über seinen Bauch und tiefer, wo der leichte Haaransatz in seiner Jeans verschwand. Jonas stöhnte auf. Er umspielte meine Brüste mit seiner Zunge, unsere Atmung wurde kürzer, unsere Hände fordernder. Jonas streifte das letzte Stück Stoff an meinen Beinen hinab von meinem Körper und entledigte sich auch seiner Kleidung.

Als sein Blick über meinen nackten Körper glitt, sah ich Bewunderung in seinen Augen. Ich zog ihn zu mir, wollte seine Haut auf meiner spüren, schloss die Augen und genoss das Kribbeln, das sich allmählich zu einer Spannung aufbäumte, die ich nicht mehr kontrollieren konnte.

»Jonas, bitte …«

Ich schlang meine Beine um seine Taille, und als wir uns vereinten, hatte ich das Gefühl ins Bodenlose zu fallen, unaufhaltsam und für alle Ewigkeit.

39

Wir verbrachten noch drei wundervolle Wochen in Kolumbien, besuchten Kaffeefarmen, wanderten zwischen Atlantik und Sierra Nevada entlang einer traumhaften Küstenkulisse durch den Regenwald, schlenderten durch die malerischen Gassen von Barichara und reisten zuletzt zurück nach Bogotá, von wo aus wir nach Hause flogen. Währenddessen überkam mich immer wieder der Gedanke, dass dies die schönste Zeit meines Lebens war. Jonas und ich verstanden uns blind: Während ich noch die Landschaft bestaunte, fasste er die Schönheit in treffende Worte; bei jedem Vorschlag, den er machte, sprach er mir geradezu aus der Seele; und bei Ideen, die Marc als Flause abgetan hätte, sprang er mit mir ins Abenteuer. Wie selbstverständlich hatte er zudem den Platz meines Geliebten eingenommen, ohne die Stellung als mein bester Freund aufzugeben.

Zwei Tage nach unserer Rückkehr stand Jonas' Umzug ins Haus, und wir mussten den Kokon unserer Zweisamkeit verlassen. Ich wäre Barbara gerne länger aus dem Weg gegangen, denn von meiner Mutter wusste ich, wie enttäuscht sie noch immer darüber war, dass Jonas sein Herz nicht der Pastorin geschenkt hatte.

Mit einem flauen Gefühl im Magen, die nächste ungeliebte Schwiegertochter in spe zu werden, verharrte ich daher noch einen Augenblick vor der großen Gartenpforte und betrachtete die Rottweiler aus schwarzem Marmor, die neben den Säulen des Vordachs Wache hielten. Gerade wollte ich die Klingel drücken, als ich Marcs Auto erblickte, das soeben vor seinem Elternhaus vorfuhr. Ich täuschte vor, in meiner Handtasche nach etwas zu suchen, und schielte aus dem Augenwinkel zu ihm hinüber. Er parkte an der Straße und stieg aus. Da erst bemerkte ich, dass er nicht alleine war. Emily saß auf dem Beifahrersitz und wartete, bis Marc um das Auto gegangen war und ihr die Autotür geöffnet hatte. Sie stieg aus und drückte ihm einen Kuss auf den Mund, was er mit einem Lächeln quittierte.

Überrascht und sonderbar bestätigt zugleich beobachtete ich, wie Marc nach Emilys Hand griff. Ich horchte in mich hinein, was diese Situation in mir auslöste. Es war keine Eifersucht, die ich spürte, eher ein bitterer Nachgeschmack auf der Zunge, weil sie mir beide vorgespielt hatten, nur befreundete Kollegen zu sein. Allerdings war ich mir sicher, dass die Beziehung erst nach unserem Schlussstrich begonnen hatte.

Wenn ich ehrlich zu mir war, passte Emily in vielerlei Hinsicht auch viel besser zu Marc. Außerdem hieß das doch, dass er mit mir abgeschlossen hatte, wenn er nun mit ihr zusammen war. Damit gab es vielleicht die Chance auf eine Freundschaft zwischen uns … irgendwann. So hoffte ich.

Mit einer galanten Geste wies Marc Emily den Weg in Richtung Eingangstür, was mir verriet, dass sie zum ersten Mal seine Eltern besuchten. Als würde er spüren, dass er beobachtet wurde, änderte er seine Blickrichtung und sah mir mit einem Mal direkt in die Augen. Ich gab nicht länger vor, mit meiner Handtasche zugange zu sein, und hob die Hand zum Gruß. Für einen Augenblick starrte er mich an, als wäre ich ein Gespenst. Nachdem er sich jedoch gefasst hatte, formte sich auf seinen Lippen ein zaghaftes Lächeln. Es war keines dieser aufgesetzten Politikerlächeln, mit denen Marc für gewöhnlich den Einblick in seine Seele verwehrte. Dieses hier war aufrichtig. Er freute sich, mich zu sehen, und war dabei nicht schadenfroh, weil er eine andere Frau im Schlepptau hatte.

Emily bekam von unserem Blickaustausch nichts mit. Sie war ganz mit sich selbst beschäftigt, zupfte an ihrem Rocksaum, strich sich über ihre Bluse und nestelte an den Perlenohrringen. Marc beendete unseren Blickkontakt, legte seine Hand um Emilys Taille und dirigierte sie zu einer freudestrahlenden Gerti, die bereits mit ausgestreckten Armen im Türrahmen auf sie wartete.

Auch ich wandte mich wieder meiner eigentlichen Mission zu. In diesem Moment wünschte ich mir nichts sehnlicher, als dass Barbara mich mit genauso viel Offenheit willkommen heißen würde wie Gerti eben Emily. Mir war aber klar, dass ich darauf nicht zu hoffen brauchte.

Barbara, die ich durch das Küchenfenster erspähte, machte keinerlei Anstalten, mich zu grüßen. Ihr Blick war auffällig konzentriert nach unten gerichtet. Sie musste mich gesehen haben – sie konnte gar nicht anders, so dicht wie sie hinter dem Fenster stand. Schweren Herzens drückte ich den Klingelknopf.

»Ja, bitte?«, erklang es nach einer Weile aus der Gegensprechanlage, und ich fragte mich, was dieser Blödsinn sollte. Barbara war im Erdgeschoss, da konnte sie doch auch gleich an die Tür gehen.

»Ich bin's, Rebecca«, meldete ich mich gehorsam.

Kaum hatte ich ausgesprochen, surrte der Türöffner und gewährte mir Einlass in den Priller-Palast.

»Wie schön! Hilfst du Jonas beim Umzug?«, flötete Barbara mit einem strahlenden Lächeln, das ich ihr keine Sekunde lang abnahm.

Ich nickte nur.

»Er ist oben. Geh gerne hoch.«

Ich fühlte mich wieder wie mit zwölf, zu Besuch bei meinem Schulfreund. Beinahe hätte ich »Vielen Dank, Frau Priller« genuschelt und wäre losgesprintet. Stattdessen stieg ich in gemäßigtem Tempo die Rundtreppe hinauf zu der mit Glas überdachten Galerie, von der Jonas' Zimmer abging.

Jonas kam mir mit einem Umzugskarton in den Armen entgegen.

»Hey, Engelchen.« Seine Miene hellte sich auf, als er mich sah. Er stellte den Karton ab, zog mich in seine Arme und gab mir einen langen Kuss. Noch immer sendete mein Herz bei jeder seiner Berührungen ein Kribbeln durch meinen gesamten Körper.

»Möchtet ihr eine Limonade?«, rief Barbara aus der Küche.

»Willst du mich aufklären, was mit deiner Mutter los ist?«, fragte ich geradeheraus.

»Sie hat von Papa klare Instruktionen bekommen.« Jonas schmunzelte vielsagend.

»Die Liste würde ich gerne mal sehen«, witzelte ich.

»Immer schön lächeln und keine Spitzen.«

Es kribbelte mir in den Fingern, mein Glück herauszufordern und auszureizen, bis wohin Barbara sich beherrschen konnte. Angesichts der Tatsache, dass wir künftig miteinander auskommen mussten, hielt ich mich aber zurück, schnappte mir eine Kiste, in der keine Bücher waren, und folgte Jonas ins Erdgeschoss.

»Kommt dein Papa noch dazu?«

»Ja. Er muss bis dreizehn Uhr arbeiten und holt dann einen Lieferwagen vom Autoverleih. Bis dahin stapeln wir die Kisten vor dem Haus. Zwei Kumpels von mir helfen in Ottensen, die Sachen in die Wohnung hochzutragen.«

»Mmmmhhh, köstlich«, hörte ich in diesem Moment eine mir bekannte Stimme im Flur sagen. Freudig stellte ich den Umzugskarton ab und ging zu Carl, der gerade ein Glas Limonade trank.

»Hallo, Rebecca, es freut mich, dich zu sehen.« Carl nahm mich in den Arm, was mich wunderte, da wir uns bisher stets mit einem Händedruck begrüßt hatten. Außerdem hatte er mich bisher zwar immer beim Vornamen genannt, aber dennoch gesiezt.

»Hallo, Carl. Wie geht es dir?«, stieg ich ins Duzen mit ein.

»Prächtig. Ich bin bereit, ein paar Kisten zu tragen.«

Barbara drängte sich zwischen uns. »Das ist Bio-Lavendel-Limonade. Ich habe sie in einem Reformhaus in Winterhude gekauft. Sie ist reich an Antioxidantien und Vitaminen.«

»Und schmackhaft dazu«, merkte Carl in nicht ganz ernstem Tonfall an.

»Das klingt lecker«, kommentierte meine Mutter, die gerade zur Haustür hereingekommen war. Das Backblech in ihren Händen verströmte einen Geruch von warmen Pflaumen, Streuseln und gerösteten Mandeln.

»Hallo, mein Schatz.« Sie umarmte mich mit ihrem freien Arm und überreichte Barbara den Kuchen. »Ich habe passend dazu etwas Süßes gebacken. Das Obst ist ebenfalls bio, komplett aus meinem Garten. Antioxi-Dings sind da bestimmt auch drin.«

»Wie schön«, säuselte Barbara, während ihre schmaler werdenden Lippen verrieten, dass sie einen deutlich spitzeren Kommentar zurückhielt.

Meine Mutter runzelte irritiert die Stirn.

»Ansage vom Ehemann, immer schön nett zu bleiben«, flüsterte ich ihr von hinten ins Ohr, sodass es keiner außer ihr hören konnte – so dachte ich zumindest, bis ich bemerkte, dass über Carls Gesicht der Hauch eines Lächelns huschte.

»Carl Lambert, mein Name«, stellte er sich meiner Mutter vor. »Wir kamen noch nicht dazu, uns vorzustellen. Und ich liebe Pflaumenkuchen, besonders mit Streuseln. Ganz köstlich.«

»Maren Mahler. Wie schön, Sie endlich kennenzulernen. Ich habe bereits viel von Ihnen gehört.«

»So wie ich Barbara kenne, sicherlich nur Gutes.« Er zwinkerte meiner Mutter zu.

Jonas bot uns einen Platz an der langen Wohnzimmertafel an und holte kristallene Sektkelche, Kuchenteller und das in einem roten Samtkarton aufgereihte Silberbesteck aus der Glasvitrine. »Der Umzug kann auch noch eine halbe Stunde warten. Feste sollte man feiern, wie sie fallen.«

Nach einem lauten Knall in der Küche tauchte Barbara mit einer Sektflasche in der Hand auf. »Champagner ist leider aus, den haben Frank und ich die Tage erst ausgetrunken. Wir waren so erleichtert, dass unser Jonas wohlbehalten aus Kolumbien zurück ist, dass wir darauf anstoßen mussten. Ich hoffe, auf so eine dumme Idee kommt er nicht so schnell wieder.«

Alle am Tisch wussten, wessen Idee diese Reise gewesen war, was ein betretenes Schweigen hervorrief.

»Erzählt uns von eurem Urlaub«, überging Carl Barbaras Anspielung.

Jonas berichtete von den verschiedenen Stationen. Natürlich war der Handtaschenraub für Barbara nur Öl ins bereits lodernde Feuer. Immer und immer wieder ließ sie sich davon berichten, mit erschrockener Miene schlug sie jedes Mal entsetzt die Hand vor den Mund.

»Gut, dass du nicht weitergerannt bist«, urteilte Carl.

»Mein erster Impuls war, sie zu schnappen, aber dann drängte mich alles in mir dazu, nach Rebecca zu sehen. Erinnerst du dich noch an die Zeiten, in denen du an die Decisioner geglaubt hast? Da haben wir einen Entscheidungsimpuls in meinem Leben gesucht. Der Moment, in dem ich mich entschieden habe, umzukehren und zu Rebecca zu gehen, war genau so, wie Decisioner ihn beschreiben.«

»Oh, oh, oh. Da bin ich direkt wieder versucht, die Theorien der Decisioner aus der Schublade zu kramen.« Carl lachte herzlich.

»Als Jonas dem Dieb hinterherrannte, hatte ich auch Angst bekommen, dass ihre Theorien wahr sind. In meinem ersten Traum war Jonas ja überfallen worden.«, erzählte ich.

Jonas sah mich irritiert an. Wir hatten nie wieder über den Albtraum gesprochen, der dazu geführt hatte, dass ich wieder Kontakt mit ihm aufgenommen hatte.

»Hm …« Carl starrte nachdenklich in die Luft.

Meine Mutter und Barbara schienen nicht den blassesten Schimmer zu haben, wovon wir redeten. Wie Zuschauer eines Tennismatches waren sie der Unterhaltung mit Blicken von rechts nach links und wieder zurück gefolgt, immer auf der Suche nach einem plausiblen Anknüpfungspunkt.

Carl schüttelte den Kopf, als wolle er seine Spinnereien loswerden. »Es ist doch verrückt, wie sich dieser Humbug immer wieder in unsere Gedankenwelt schleicht. Aber Decisioner hin oder her: Ihr seid nun glücklich und nur darauf kommt es an.«

»Ja, Mann«, jubelte Jonas, wie in einem Gospelchor, und zog mich in seine Arme. Dann hielt er sein Sektglas in die Höhe. »Auf die Liebe!«

Alle stießen mit Jonas an, nur Barbara zog es vor, ihr Glas gleich zu leeren.

40

Am Nachmittag hatten wir die Kisten in den Sprinter geräumt und mit ein paar von Jonas' Freunden in den zweiten Stock des Altbaus in Ottensen getragen. Kurz darauf kam die Spedition und brachte sein Klavier, das er hatte einlagern lassen. Nach und nach verabschiedeten sich die anderen Helfer und ließen uns alleine.

»Die Wohnung ist der Wahnsinn.« Ich betrachtete die hohen Decken, die mit Stuckblumenmustern verzierte Lichteinfassung und die bodentiefen Flügelfenster, die durch zwei Sprossen unterteilt waren.

Jonas fasste meine Hände und zog mich auf das Sofa, das inmitten der Kartontürme quer im Wohnzimmer stand.

»Zieh mit mir zusammen.«

»Ist das nicht ein wenig übereilt?« Ich wollte es zumindest ausgesprochen haben, auch wenn alles in mir bereits laut »Ja!« schrie.

Als Antwort kitzelte Jonas mich. »Übereilt? Hat man so was schon gehört?«

Ich kuschelte mich an seine Brust. »Ich würde liebend gerne bei dir einziehen.«

»›Bei mir einziehen‹ trifft es nicht ganz. Das ist dann unsere gemeinsame Wohnung.« Er sah mich lange an. In seinem Blick lag eine Intensität, die mich völlig zu durchdringen schien. »Du hast keine Ahnung, wie sehr ich dich liebe, oder?«, fragte er in die Stille hinein.

Ich küsste ihn zärtlich.

»Carl hat dir also von den Decisionern erzählt?«, fragte Jonas.

Ich nickte.

»Das wundert mich. Er redet nicht gerne von diesem unsinnigen Exkurs in seinem Leben.«

»Vielleicht war ich etwas hartnäckig.« Ich lachte.

»Und? Auf einer Skala von eins bis zehn, wie abstrus findest du das?«

»Eine klare Zehn. Und doch bin ich ihnen für einen kurzen Moment aufgesessen. Erinnerst du dich noch an meine erste SMS? Ich hatte geträumt, du seist bei einem Raubüberfall gestorben. Und als du dann in Bogotá diesen Jungs hinterhergerannt bist …« Ich verstummte. Wir beide wussten, was dann passiert war. Nach einer Pause flüsterte ich: »Ich hatte solche Angst um dich.«

Jonas verstärkte seine Umarmung und küsste mich auf die Wange. »Ach, Engelchen. Lass los, es ist doch alles gut gegangen.«

»Hast du jemals an die Decisioner geglaubt?«

»Es gab Zeiten, da war auch ich sehr anfällig für deren Hokuspokus. All die merkwürdigen Träume … Und ich habe mich so nach dir gesehnt, da griff ich nach jedem noch so absurden Strohhalm. Es hörte sich verlockend an, Entscheidungen aus meinem Leben ändern zu können. Ich hätte alles dafür gegeben, zu diesem Abend zurückgehen zu können, an dem Marc sich an dich rangeschmissen hat. Ich habe tausendmal in Gedanken durchgespielt, wie ich dazwischengehe und dich aus seinen Fängen befreie.« Jonas sagte die letzten Worte so, als hätte er mich vor einem wild gewordenen Bären retten müssen.

»Stell dir mal vor, wir wären gleich zusammengekommen«, überlegte ich. »Fünfzehn Jahre.« Ich seufzte.

Jonas dachte darüber nach.

»Unterm Strich ist doch alles perfekt, wie es jetzt ist. Die Summe unserer Entscheidungen führte uns hierher, zueinander.«

»Das stimmt.« Jonas' Worte erinnerten mich an meinen Vater. Er würde nichts anders machen, hatte er gesagt – auch wenn ihn das viele Jahre seines Lebens gekostet hatte, wenn man den Hirngespinsten meiner Mutter Glauben schenkte.

Jonas sah mich ernst an. »Vielleicht musstest du zuerst mit Marc zusammen sein, um herauszufinden, dass ich der Richtige für dich bin.« Jonas biss mir liebevoll ins Ohrläppchen. »Und hätte ich nur den Hauch einer Chance bei dir gehabt, wäre ich regelmäßig aus dem Internat ausgebüxt, so viel steht fest. Und wer weiß, was dann aus mir geworden wäre? Ich hatte im Internat tolle Berater, die meinem Leben die richtige Richtung gegeben haben. Ich weiß nicht, ob ich ohne sie den richtigen Beruf ergriffen hätte. Und schau dich an: Du hättest ohne Marc niemals das Lehramtsstudium durchgezogen. Nun kannst du aber in einem Job, der dir gefällt, darauf aufbauen.«

»Das klingt, als hättest du lange darüber nachgedacht.« Ich stupste ihm auf die Brust.

»Carl und ich haben viel Zeit damit verbracht, über solche Dinge zu reden. Und letztlich ist es egal, ob es die Decisioner nun gibt oder nicht. Für mich zählt nur eines: Wir sind nun genau dort, wo wir hingehören, und ich bin mir sicher, das wird so bleiben. Ich würde nichts anders machen wollen.«

Ich rückte ein wenig näher, kuschelte meinen Kopf an seine Schulter und dachte nach. Wahrscheinlich hatte er recht. Alle Entscheidungen hatten mich hierhergeführt, in Jonas' Arme. Wir hatten »Rechts oder links« gespielt, waren in unserer Kindheit eine lange Strecke miteinander gegangen, hatten uns einander angenähert und uns dann getrennt voneinander verlaufen, um letztlich an derselben Kreuzung zusammenzutreffen und gemeinsam in eine Straße einzubiegen. Früher hatten wir bei dem Spiel davon geträumt, am Ende der Straße auf Dünen und Wellen zu treffen, und immer wurden wir enttäuscht. Doch dieses Mal würde der Weg uns wirklich ans Meer führen. Da war ich mir ganz sicher!

Epilog

»Na, hopp, hopp«, forderte ich Abu auf, der an einem Gemälde von Caspar David Friedrich hängen geblieben war. Entschuldigend grinste er mich an und folgte dann Frau Seiffert, einer Kunsthistorikerin und Bekannten von Jonas, die uns durch die Hamburger Kunsthalle führte.

Ich arbeitete inzwischen seit mehr als einem halben Jahr im Flüchtlingsheim. Oft war es anstrengend, genau wie Silke es beschrieben hatte. Trotzdem hatte ich keinen einzigen Tag bereut, den Posten angenommen zu haben. Auch Jonas waren die Kids ans Herz gewachsen, und so hatte er mit einem Hamburger Kunstträger eine Initiative ins Leben gerufen, die Jugendlichen mit Migrationshintergrund den Zugang zu Museen ermöglichte.

Ich stellte mich in die hinterste Reihe neben Jonas, drückte seine Hand und sah mich in dem hell ausgeleuchteten Saal mit dunklem Parkett um, dessen Wände in blassem Violett gestrichen waren. Nesrin hielt vor einem Gemälde inne. Es zeigte ein Mädchen mit einem goldgelben Sonnenhut, den eine marineblaue Schleife zierte. Es sah aus, als käme es von einem Alsterspaziergang und hätte gerade eben erst auf dem Stuhl Platz genommen, um sich malen zu lassen. Ihre Wangen waren wie von der Anstrengung leicht gerötet, ihr Tuch war scheinbar unbeabsichtigt von den Schultern gerutscht. Nesrin trat näher und betrachtete das Porträt. Jonas und ich gesellten uns zu ihr, während der Rest der Gruppe einem Bild an der gegenüberliegenden Wand zugewandt war.

»Schön, nicht wahr?«, fragte Jonas.

Nesrin legte den Kopf schief und nickte abwesend.

»Das ist die Tochter der Hudtwalckers, einer Hamburger Kaufmannsfamilie. Sie war also eine Bürgerliche und in deinem Alter. Es war eine Zeit des Umbruchs und sie hatte ihr ganzes Leben noch vor sich – um nur ein paar Parallelen zu dir zu nennen.«

»Ich mag ihren Blick«, sagte Nesrin schlicht.

Mich wunderte es nicht, dass genau dieses Bild ihre Aufmerksamkeit auf sich gezogen hatte und nicht die Porträts der prinzessinnengleichen Mädchen, die auf den umliegenden Gemälden abgebildet waren. Es waren nicht nur die Umstände, die sie verbanden, sondern auch ihr Äußeres: Der Mund der jungen Frau, den ein leicht verwischtes Lächeln umspielte, ähnelte Nesrins Miene, wenn sie jemanden ansah, den sie mochte. In den Augen, die von der Krempe des Sonnenhuts beschattet wurden, lag etwas Unergründliches. »Eine sensible Seele«, griff ich Jonas' Worte auf, mit denen er Nesrin einst beschrieben hatte.

Jonas sah mich an, überrascht und stolz zugleich, und nickte. Während Nesrin noch immer das Mädchen betrachtete, zog er mich in den nächsten Ausstellungsraum. Augenblicklich erkannte ich die Werke von Philipp Otto Runge: Bilder von seiner Frau Pauline, seinen Kindern und Eltern. Jonas' vielsagendes Schmunzeln verriet mir, dass wir nicht zufällig hier gelandet waren. Zielsicher steuerte er das Gemälde an, das mich bis heute nicht losgelassen hatte. Genau wie bei unserem letzten gemeinsamen Besuch trat er hinter mich und nahm meine Hand.

Sein Atem in meinem Nacken, seine Finger, die sich zwischen meine stahlen, das Bild aus nächster Nähe und das leise Flüstern der anderen Kunstliebhaber im Hintergrund ließen meine Erinnerungen lebendig werden. Ohne Mühe tauchte ich in Paulines Gefühlswelt ein, während sie das Porträt ihres Geliebten das erste Mal erblickte. In meinem Herzen breitete sich eine unbeirrbare Zuneigung aus. Ich fühlte mich gerührt angesichts der schonungslosen Offenheit des Mannes, der sie durch dieses Gemälde bat, seine Frau zu werden, und diese Rührung mischte sich mit Ehrfurcht vor dem künstlerischen Können, das sich in dem Werk manifestierte.

Ich studierte den weichen Blick, mit dem sich der Maler für die Ewigkeit festgehalten hatte, drehte meinen Kopf und schaute in Jonas' Augen, die mich nicht minder zärtlich ansahen. In diesem Augenblick konnten meine Gefühle denen von Pauline nicht ähnlicher sein. Jonas' Mundwinkel zuckten. Ich kannte diesen Anflug eines Lächelns, das sich scheinbar ohne Zutun seines Besitzers auf dessen Lippen stahl. Es kündigte für gewöhnlich irgendwelchen Schabernack an. Und tatsächlich: Jonas öffnete seine lederne Umhängetasche und zog ein weißes Kuvert hervor.

In meinem Inneren formte sich eine leise Vorahnung, was gleich passieren würde, doch ich wagte nicht, diesen Gedanken zu Ende zu denken. Wie gebannt folgte mein Blick seiner Hand, die in dem Umschlag verschwand und ein Foto hervorzog, das in ein cremefarbenes Passepartout eingefasst war. Mit zittriger Hand nahm ich es entgegen und betrachtete die vergilbten Farben. Das Foto zeigte uns beide. Wir waren vielleicht sechs oder sieben Jahre alt, hielten uns an den Händen und sprangen auf einer gelben Hüpfburg in die Luft. Unsere Arme und Beine waren in sämtliche Himmelsrichtungen abgesteckt. Auf unseren Gesichtern stand eine Freude, die nur Kindern zu eigen war – völlig unverfälscht.

Unser Kichern drang nahezu aus dem Bild, und obwohl dieser Moment schon so lange zurücklag, konnte ich mich lebhaft daran erinnern. Es war der Sommer gewesen, in dem Marcs Familie vier Wochen Urlaub in Südfrankreich gemacht hatte und Jonas und ich zu zweit gewesen waren. Wir hatten auf dem Stadtfest Reißaus genommen und unser ganzes Taschengeld für Zuckerwatte, Waffeln und Kettenkarussellfahrten ausgegeben. Als unsere Eltern uns Stunden später auf der Hüpfburg fanden, bekamen wir eine ordentliche Standpauke und eine Woche Hausarrest. Doch keiner von uns bereute den Ausflug, zumal wir uns ohnehin nicht an das Verbot hielten. Bei jeder sich bietenden Gelegenheit, in der unsere Eltern außer Haus waren, büxten wir aus und statteten einander einen Besuch ab. Wenige Tage später war das Foto in der Lokalzeitung neben einem Bericht über das Stadtfest erschienen. Jonas musste sich das Original aus dem Zeitungsarchiv besorgt haben.

Ich hätte das Foto ewig betrachten können; es war wie eine Zeitreise in meine Kindheit, zu einem Erlebnis, das ich fast vergessen hatte. Doch Jonas schob bereits das nächste Bild in meine Hand. Auf diesem sah ich ihn in einer Diskothek. Er war vielleicht zehn Jahre jünger als heute und stand inmitten einer Menschenmenge, komplett in das blaue Licht eines Scheinwerfers gehüllt. Seine Augen waren geschlossen und sein Kopf nach oben geneigt, wie das Gesicht eines Sonnenanbeters, das sich gen Himmel reckt. Seine Arme, die in die Luft gestreckt waren, zeigten, dass er tanzte, doch sein verträumter, in die Musik versunkener Gesichtsausdruck verriet mir, dass seine Bewegungen langsam gewesen sein mussten, wie zu einer Ballade. Ich fühlte mich zu dem Konzert zurückversetzt, bei dem wir so ausgelassen getanzt hatten, hörte das Lied der Zugabe und spürte, wie meine Beine zu kribbeln begannen.

Als Jonas mir ein weiteres Passepartout überreichte, musste ich laut lachen. Ich blickte auf eine Schwarzweiß-Collage aus vier Bildern, die in einer Fotobox geschossen worden waren. Auf einem der Bilder verdrehte Jonas die Augen und verzog den Mund, daneben schielte er mit finsterer Miene an den Bildrand rechts oben. Auf dem dritten Bild pustete sein Abbild mit aufgerissenen Augen die Wangen auf und auf dem vierten grinste es mich spitzbübisch an, als wollte Jonas mich zu etwas herausfordern, das ich seiner Meinung nach sowieso nicht machen würde.

Ich sah Jonas an und grinste. »Quatschkopf.«

Er zuckte entschuldigend mit den Schultern. »Das musste raus.«

Dann holte er ein weiteres Foto aus dem Umschlag und legte es zaghaft in meine Hände. Ich betrachtete die Nahaufnahme von ihm. Sie musste bei einem professionellen Fotografen gemacht worden sein. Die Konturen seines Gesichts waren scharf, der Hintergrund verschwommen; schemenhaft konnte ich die Hamburger Speicherstadt erkennen. Jonas' Züge waren so ernst, wie es ihm eben möglich war. Der türkisfarbene Schimmer um seine Iris war einem dunklen Meeresblau gewichen, das seinen Augen eine sehnsuchtsvolle Tiefe gab. An seinem Gesichtsausdruck konnte ich eine Frage ablesen, und die Sehnsucht, die der Fotograf eingefangen hatte, ließ keinen Zweifel daran, welche.

Jedes einzelne dieser Fotos sagte mir: So bin ich – verrückt, impulsiv, ich liebe das Leben. Das letzte Porträt aber fragte zudem: Willst du mich, so wie ich bin? Mein Blick glitt zu dem Bild, mit dem Philipp Otto Runge seinem Paulinchen einen Antrag gemacht hatte, und zurück zu dem Porträtfoto von Jonas.

Ich sah zu Jonas, dessen Gesichtsausdruck dem auf dem letzten Porträtfoto ähnelte.

»Und?«, flüsterte er vorsichtig, als könne der wunderschöne Moment durch ein zu lautes Wort zerstört werden.

Ich hörte in mich hinein, um dem Zweifel in mir die Möglichkeit zu geben, seine Stimme zu erheben. Doch er blieb stumm. Nur ein einziges Wort formte sich in meinem Herzen und bahnte sich seinen Weg auf meine Zunge.

»Ja«, stieß ich hervor.

Ich war mir nie in meinem Leben bei einer Sache so sicher gewesen – eine Tatsache, die mich mindestens genauso bewegte wie Jonas' Antrag selbst.

»Ja, ja, ja«, wiederholte ich, wie um meine Entschlossenheit zu feiern. Überwältigt schlug ich die Hand vor den Mund, um einen Laut zu unterdrücken, der Lachen und Schluchzen zugleich war.

Jonas nahm mich in die Arme und wirbelte mich herum. Nur am Rande nahm ich wahr, wie wir die Blicke der anderen Besucher auf uns zogen. Wir versanken in einem langen Kuss, der irgendwann durch die sich nähernde Stimme von Frau Seiffert unterbrochen wurde.

Nesrin und Silke betraten als Letzte den Raum, und Jonas zeigte mit dem Daumen nach oben. Beide begannen breit zu grinsen und Silke stellte nüchtern fest: »Sie hat also Ja gesagt.«

Als der Rest der Truppe die Bedeutung ihres Kommentars begriff, fingen alle an zu klatschen, stürmten auf uns zu und überhäuften uns mit Umarmungen.

Nachdem der Jubel verebbt war, hob Jonas seine Hand und bat um Ruhe. Nach und nach verstummten die letzten Stimmen, die Blicke waren gebannt auf uns gerichtet.

»Da fehlt noch was.« Jonas kramte in seiner Jeanstasche, zog einen goldenen Ring hervor und griff nach meiner Hand.

Mir stockte der Atem, als ich den Verlobungsring erblickte, der aussah, als hätte er bereits das Ja-Wort mehrerer Generationen besiegelt. Er war filigran gearbeitet. Kleine Blütenblätter saßen um eine Knospe, in deren Mitte ein smaragdgrüner Stein steckte.

»Er ist wunderschön«, flüsterte ich.

»Er gehörte meiner Urgroßmutter«, sagte Jonas, während er ihn über meinen linken Ringfinger streifte.

Tonlos formte ich mit meinen Lippen die Worte »Ich liebe dich«.

Jonas antwortete mit einem zärtlichen Lächeln und dem Druck seiner Hand. Er sah so glücklich aus, wie ich mich fühlte.

Nachwort

Ich hoffe, die Geschichte von Rebecca und Jonas hat dir gefallen. Mit *Drei Leben mit dir* habe ich eine Geschichte erzählt, die mich schon lange beschäftigt. Ich bereue nichts in meinem Leben, dennoch fand ich den Gedankengang schon immer faszinierend, wie mein Leben verlaufen wäre, hätte ich in bestimmten Momenten eine andere Entscheidung getroffen. So bin ich im Alter von siebenundzwanzig Jahren zum Beispiel nach Paris gezogen. Nach zwei Jahren in einer Weltmetropole wollte ich partout nicht zurück aufs Land ziehen und so hat es mich nach Hamburg verschlagen, wo ich meinen heutigen Mann kennengelernt habe. Momente, die eine Weiche für den Verlauf deines Lebens stellen, gibt es unzählige, und doch möchte der Romantiker in mir glauben, dass die Liebe immer ihren Weg findet. So kam ich auf die Idee für diesen Roman.

Alle Erzählstränge der Geschichte haben ihren Abschluss gefunden, dennoch überlasse ich ein paar Dinge eurer Fantasie. Wie erging es Jonas in der ersten Iteration? Glaubt Carl wirklich nicht mehr an die Decisioner? Werden Jonas, Marc und Rebecca eines Tages wieder Freunde?

Wenn du mit Jonas und Rebecca noch ein wenig Zeit verbringen möchtest, melde dich einfach für meinen Newsletter auf meiner Homepage an, dann schicke ich dir drei »Bonuskapitel« zu. Außerdem informiere ich dich zukünftig über meine Neuerscheinungen, Lesungen und Gewinnspiele (www.kerstin-boehm.com/newsletter).

Überhaupt freue ich mich über jeden Kontakt. Schreiben ist ein recht einsames Unterfangen, man verfasst in seinem stillen Kämmerlein einen Roman mit dem sicheren Wissen, dass jeder Leser ihn anders lesen, empfinden und interpretieren wird. Umso gespannter bin ich auf dein Feedback. Schreib mir an meine Mailadresse info@kerstin-boehm.com oder über Facebook (www.facebook.com/BoehmKerstin), wenn du über den Roman klönen möchtest, Fragen hast oder die Geschichte ein wenig mit mir weiterspinnen willst.

Ich freue mich auch sehr über jede Rezension. Ich bin ein Indie-Autor – habe also keinen Verlag, der hinter mir steht – und die beste Werbung ist noch immer eine Weiterempfehlung von Leser zu Leser.

Bis hoffentlich zum nächsten Roman

Eure Kerstin

Danksagung

Nun möchte ich mich noch bei ein paar Menschen bedanken. Einmal bei meinen lieben Probelesern. Ohne euch wäre mein Roman nicht das, was er heute ist! Der Dank gebührt: Bettina, Thorben (Marcs Advokat), Christina, Michael, Martina, Aileen, Jasmin, Michaela, Moni, Uli und Claudia.

Und wie immer danke ich meinem Mann Thorben. Ohne deine Unterstützung würde es dieses Buch nicht geben!

Dann natürlich noch ein großes Dankeschön an Dagmar Lott-Reschke, die mich bei einer Führung in der Hamburger Kunsthalle auf die wundervolle Geschichte von Philipp Otto Runge und Pauline gestoßen hat.

Und ein Merci für die Lektoren Lara und Corinna von ebokks. Ihr habt dem Buch den perfekten Schliff verliehen.

Zu guter Letzt möchte ich *dir* danken, dass du mein Buch gelesen hast und sogar noch das Nachwort bis hierhin durchhältst. Ohne Leser gäbe es keinen Grund, Bücher zu schreiben, und ich danke dir, dass du meinem Leben diesen Sinn gibst!

Weitere Bücher von Kerstin Böhm

Fernweh zum Glück

Eine verlorene Liebe im Rücken, den Koffer in der Hand – Welt ich komme!

Bislang hat die 26-jährige Lena nur von fernen Ländern geträumt, doch weiter als nach Südtirol ist sie nie gekommen. Als sich ihr Mann von ihr trennt, bucht sie spontan eine Weltreise. Bloß weg! Bei ihrem ersten Stopp in Thailand begegnet sie Roman, der sie prompt an ihren Ex erinnert. Und dann nimmt er auch noch dieselbe Route … Was sie jedoch nicht weiß: Auch der so lässig wirkende Roman versucht, sein altes Leben hinter sich zu lassen.

Ein Liebesroman für alle, die sich gern in die Ferne träumen. „Fernweh zum Glück" nimmt den Leser mit auf eine Fahrradtour durch Bangkok, zu einem Tuk-Tuk-Rennen in Angkor, einem Surfkurs in Down Under und einer Wanderung auf dem Inka Trail.

Verplant verliebt

Marie hat einen Plan, doch die Liebe hält sich nicht daran.

Die 29-jährige Marie liebt geordnete Strukturen. Sie arbeitet als Business Analyst in einem Stuttgarter IT-Konzern, kocht nur nach Rezept und hält sich bei der Suche nach ihrem Traummann an eine Liste mit No-Gos. Darin steht: Nichts mit einem Kollegen anfangen, bloß keine Onlinedates, keine Karrieremenschen, keine Raucher und keine Tattoos. Als ihr Exfreund heiratet, wirft Marie ihre Vorsicht für einen Abend über Bord und schleppt Karlo ab. Von ihm weiß sie nur, dass er in einem Matrosenkostüm verdammt gut aussieht. Was sie nicht weiß: Er wird ihr Leben gehörig durcheinanderwirbeln.

Anmerkung

Für die Aufmerksamen unter euch, möchte ich mich für die zeitliche Unschärfe an drei Stellen entschuldigen. Wer genau aufgepasst hat, wird festgestellt haben, dass der Roman 2012 spielt. Nun wollte ich Jonas und Rebecca aber unbedingt auf ein Konzert von Maria Mena schicken. Maria war jedoch 2014 in Hamburg. Und auch Sarah Gazarek (Konzertkritik von Jonas) war 2011 in Deutschland, nicht 2012. Verzeiht mir diese Ungenauigkeit, ich liebe die Musik von diesen beiden Frauen und vielleicht hat die ein oder andere von euch ja Lust bekommen, mal reinzuhören, und kann meine Begeisterung nachempfinden, die mich dazu gebracht hat, diese Ungenauigkeit in Kauf zu nehmen.

Darüber hinaus: Der Isemarkt findet dienstags und freitags statt, nicht donnerstags. Hier ein kleiner Tipp für alle, die nicht aus Hamburg kommen: Wenn ihr Urlaub in unserer wunderschönen Stadt macht, dann plant einen Besuch auf dem Isemarkt ein, schlemmt euch einmal durch alle Stände und setzt euch danach in eines der vielen Cafés in Eppendorf. Ein Träumchen!